CATHRIN GEISSLER
Ein hundsgemeiner Mord

Über die Autorin:

Cathrin Geissler wurde im Jahr 1967 in Hamburg geboren. Nach dem Abitur studierte sie Tiermedizin an der Freien Universität in Berlin und eröffnete kurze Zeit später eine Kleintierpraxis in Hamburg, in der sie nach wie vor tätig ist. Das Schreiben fasziniert sie schon lange, und nachdem sie das Onlinestudium des Kreativen Schreibens absolviert hatte, schrieb sie mit EIN HUNDSGEMEINER MORD ihren ersten Kriminalroman. Cathrin Geissler lebt mit ihrem Mann, ihrem Sohn und drei Hunden in der Nähe von Hamburg.

CATHRIN GEISSLER

EIN FALL FÜR TIERÄRZTIN
TINA DEERTEN

lübbe

Dieser Titel ist auch als Hörbuch und E-Book erschienen

Originalausgabe

Copyright © 2021 by Bastei Lübbe AG, Köln
Lektorat: Katharina Rottenbacher, Berlin
Umschlaggestaltung: Birgit Gitschier, Augsburg unter Verwendung von Illustrationen von © shutterstock: Korrapon Karapan | detchana wangkheeree | Lia Li | Color Symphony | prapann | Pawel Kazmierczak; © istockphoto: GeorgePeters
Satz: hanseatenSatz-bremen, Bremen
Gesetzt aus der Minion Pro
Druck und Verarbeitung: GGP Media GmbH, Pößneck
Printed in Germany
ISBN 978-3-404-18322-7

1   2   3   4   5

Sie finden uns im Internet unter eichborn.de
Bitte beachten Sie auch luebbe.de

Für Serry, den wahren Swatt.
Ich werde Dich nie vergessen.

Kapitel 1

Der Tag hatte schlecht angefangen und ging weiter den Bach runter. Tierärztin Tina Deerten stand kurz vor dem Ortseingang zu der kleinen Stadt Plön im Stau. Plön war die Hauptstadt des gleichnamigen Kreises und lag inmitten der Holsteinischen Schweiz am Nordufer des Großen Plöner Sees. Es war sonnig an diesem Augusttag, was Tina normalerweise freute, doch heute nervte sie alles. In ihrem Isuzu-Pick-up war es unerträglich heiß, und die Klimaanlage hatte es bisher nicht geschafft, die Luft auch nur um ein Grad abzukühlen. Tina ließ alle Scheiben herunter, doch statt einer kühlen Brise waberten nur Autoabgase herein. Sie hustete und fuhr die Fenster wieder hoch.

»So ein verdammter Mist! Heute klappt aber auch gar nichts. Fahrt doch endlich mal weiter, ihr Trödelbacken!«

Tina schlug mit der flachen Hand auf das Lenkrad. Ihr schwarzer Mischlingshund Swatt, der bis dahin auf dem Beifahrersitz gelegen und gehechelt hatte, sprang auf und bellte. In seinem imposanten Bart hingen ein paar Speicheltröpfchen, und seine im oberen Drittel abgeknickten großen Ohren wackelten im Takt des Bellens. Tina schor ihm jedes Jahr im Frühjahr und im Spätsommer die Haare kurz, was dazu führte, dass er im Sommer eher aussah wie ein Riesenschnauzer, im Winter mit seinem nachgewachsenen Fell eher wie ein Schäferhund mit Bart.

»Swatt, beruhige dich! Aus, Schluss jetzt!«

Swatt bellte noch ein letztes Mal und ließ sich wieder auf den Sitz sinken.

Tina blickte auf die Uhr am Armaturenbrett. Mist, schon Viertel nach drei! Wenn es hier nicht bald mal weiterginge, käme sie zu spät zur Arbeit. Wenn ihre blöde Karre schneller angesprungen wäre, hätte sie jetzt nicht so einen Stress. Aber es hatte fast zehn Minuten gedauert, bis der Motor hustend zum Leben erwacht war. Eigentlich brauchte Tina gar kein so großes Auto, aber sie hatte den Wagen von ihrem Bruder geschenkt bekommen, als der sich einen Jeep angeschafft hatte.

Und jetzt auch noch der Stau. Heute war aber auch ein Scheißtag. In der Morgensprechstunde waren nur nervige Leute gewesen, eine Französische Bulldogge hätte sie fast in den Finger gebissen, und dann war auch noch das EC-Gerät ausgefallen. Doch der Hauptgrund für Tinas schlechte Laune war, dass heute vor genau einem Jahr ihr langjähriger Freund Sven mit ihr Schluss gemacht hatte.

»Weißt du, Tina, du bist mit deinem Beruf verheiratet, und ich habe es satt, immer erst an dritter, vierter oder fünfter Stelle nach deinen Viechern zu kommen«, hatte er ihr damals gesagt.

»Aber das stimmt doch gar ni...«

»Lass mich ausreden. Wenn du mal ehrlich zu dir selbst bist, musst du zugeben, dass ich recht habe. Und im Bett lief es ja in letzter Zeit auch nicht mehr so doll. Und außerdem habe ich eine andere kennengelernt.«

Tina schossen vor Wut die Tränen in die Augen, als sie an das Gespräch dachte, und sie fasste das Lenkrad so fest, dass ihre Fingerknöchel weiß wurden. Dieses Oberarschloch! Und sie war fest davon überzeugt gewesen, sie hätte die Liebe ihres Lebens gefunden!

Eigentlich hatte Tina gedacht, sie hätte die Wutphase hinter sich gelassen und wäre schon in der Ein-Glück-dass-du-ihn-losbist-Phase angekommen, doch anscheinend hatte sie gerade einen Rückfall.

Der einzige Lichtblick war, dass sie sich am Abend mit ihrer besten Freundin Mareike verabredet hatte. Sie wollten zum Koreaner, der seit Neuestem eine Happy Hour anbot, und ein paar Cocktails schlürfen. Bei Tina lief es normalerweise darauf hinaus, dass sie nach dem ersten Mojito müde wurde und nach dem zweiten einschlief. Zum Glück wohnte Mareike mit ihrem frisch gebackenen Ehemann Costa schräg gegenüber des Restaurants und hatte Tina ihr Gästezimmer angeboten.

Endlich setzte sich die Schlange in Bewegung, doch der dänische Mazda vor ihr blieb stehen. »Was ist los?« Tina hupte. »Jetzt fahr schon, du schnarchgesichtiger Wikinger! Es gibt Leute, die müssen pünktlich bei der Arbeit sein!«

Kurz nach Beginn der Sprechstunde öffnete sich die Tür zum Wartezimmer mit einem lauten »Ding-Dong«, dicht gefolgt von einem heftigen Klopfen an der Tür des Behandlungszimmers.

Tinas Angestellte Sanne runzelte die Stirn, sodass ihr Augenbrauenpiercing zuckte. »Immer mit der Ruhe«, sagte sie und öffnete die Tür.

Ein Mann um die sechzig mit Halbglatze, der einen Hund auf dem Arm trug, drängte sich an Sanne vorbei. »Das ist ein Notfall«, sagte er.

Tina warf einen Blick auf den Hund und deutete auf den Behandlungstisch. »Legen Sie ihn hierhin.«

Der Mann ließ den Hund etwas unsanft auf den Tisch gleiten, und Tina sah, dass sein kariertes, kurzärmliges Hemd und sein Arm blutverschmiert waren.

»Passen Sie doch auf!«, rief sie und konnte den Kopf des Hundes gerade noch auffangen, bevor er auf dem Tisch aufgeschlagen wäre.

»Was ist passiert? Ein Autounfall?«, fragte sie und begann den braun gestromten Greyhound zu untersuchen.

»Wir vermuten es«, erwiderte die rundliche Frau mit blond gefärbter Dauerwelle, die sich hinter dem Mann in den Behandlungsraum gedrängt hatte.

»Wir haben ihn kurz vor Dersau an der Straße gefunden«, fuhr der Mann fort.

»Wir wohnen in Dersau, wissen Sie«, ergänzte die Frau. »Direkt gegenüber dem Restaurant.«

»Also ist es gar nicht Ihr Hund?«, erkundigte sich Tina.

»Um Gottes willen! So ein Köter kommt mir nicht ins Haus!« Der Mann schüttelte den Kopf und hob abwehrend die Hände.

»Wir schätzen, dass sie von Gut Finkenstein kommt. Ich habe auf der Fahrt hierher schon dort angerufen«, sagte die Frau.

»Stimmt, auf dem Gut werden Greyhounds gezüchtet.« Sanne strich dem Hund über das braun gestromte kurze Fell. »Er ist ganz kalt.« Sie warf einen Blick unter den Bauch des Hundes. »Sie. Es ist ein Mädel.«

»Wissen Sie schon, was sie hat? Sie wird es doch schaffen, oder?«, fragte die Frau.

Schon als der Mann die Hündin auf den Tisch gelegt hatte, hatte Tina zwei blutverkrustete Wunden bemerkt.

»Bis jetzt weiß ich nur, dass sie eine Wunde an der Brust und eine am Oberschenkel hat.«

»Renate, lass uns endlich los. Ich verpasse noch das Snookerturnier auf Eurosport.«

»Gleich, Heinz.« Die Frau blickte Tina auffordernd an. »Nun machen Sie schon weiter. Sie hören ja, Heinz will nach Hause.«

»Ich will Sie nicht aufhalten«, erwiderte Tina und merkte, dass sie sauer wurde.

»Ich will aber wissen, was sie hat.«

Tina zuckte mit den Schultern und maß die Temperatur der Hündin. »Untertemperatur«, stellte sie fest. Sie blickte zu Sanne, die nickte.

»Ich mache die Wärmematte fertig«, sagte sie und verschwand in Richtung des Käfigraumes.

Tina kontrollierte den Kreislauf und die Atmung. Die Hündin hatte sich auf die Seite gelegt. Nur an den Bewegungen ihrer braunen Augen, die Tina ängstlich anblickten, sah sie, dass das Tier bei Bewusstsein war. Noch. Tina spritzte Medikamente gegen den Schock, nahm Blut für einen großen Check-up ab und legte einen Tropf an. Während die Flüssigkeit in die Vene des Hundes tropfte, untersuchte sie das Hinterbein. Die Hündin jaulte auf und hob den Kopf, als Tina das Bein bewegte. Sie streichelte ihr sanft über den Rücken, und die Hündin ließ den Kopf wieder auf die blaue Matte des Behandlungstisches sinken. Sie atmete tief ein, stöhnte und schloss die Augen.

»Ist es gebrochen?«, erkundigte sich die Frau.

»Ich werde sie röntgen müssen, um es sagen zu können.« Tina nahm sich mehrere Tupfer und eine Flasche mit Desinfektionsmittel und begann, die dicken Krusten geronnenen Blutes am Hinterbein abzuwischen. Mitten im Oberschenkel war eine tiefe, rundliche Wunde zu sehen, aus der es wieder anfing zu tropfen, als Tina die Blutkrusten entfernte. »Merkwürdig«, sagte sie und begutachtete die Wunde genauer.

»Was denn?«, fragte Sanne, die zurück ins Behandlungszimmer gekommen war.

»Ich habe nur gedacht, dass es eine ungewöhnliche Form für eine Wunde ist, die durch einen Autounfall verursacht wurde. Sie lag am Straßenrand, oder?«, fragte sie den Mann.

»Ja, direkt neben der Straße. Heinz musste sogar einen kleinen Schlenker machen, um sie nicht zu überfahren«, antwortete die Frau. Sie drängelte sich neben Tina, um einen Blick auf die Wunde werfen zu können. Eine Wolke ihres penetrant nach künstlichem Lavendel duftenden Parfüms waberte in Tinas Nase, und sie verzog unwillkürlich das Gesicht. »Was meinen Sie denn, was sie hat?«

»Das weiß ich noch nicht. Das Röntgenbild wird uns Genaueres sagen.«

»In dieser Tierarztserie – kennen Sie *Tierärztin Dr. Sabine Martens*?, die guck ich immer total gern – also, da weiß die Frau Doktor immer sofort, was los ist. Die ist wenigstens kompetent.«

Tina drängte die Frau etwas unsanft zur Seite. »Sie wissen schon, dass das ein Film ist, oder? Im echten Leben ist es nicht damit getan, einen Blick auf das Tier zu werfen und sofort die Diagnose parat zu haben.«

Die Frau blickte Tina zweifelnd an. »Vielleicht hätten wir den Hund doch zu dem Tierarzt am Bahnhof bringen sollen, zu diesem Doktor ... Wie heißt der noch, Heinz? Der hat so einen lustigen Namen.«

»Kather. Dr. Kather.«

»Genau, der wüsste bestimmt schon, was der Hund hat.« Die Frau piekte mit ihrem Zeigefinger in Tinas Richtung.

Tina sah, dass der rosafarbene Nagellack anfing abzublättern. Sie verdrehte die Augen. Was für eine unsympathische Frau!

»Ist doch egal, was der Köter hat. Ich verpasse das Finale, wenn wir jetzt nicht endlich losfahren«, sagte der Mann und sah auf seine Uhr.

»Ich will Sie auf gar keinen Fall länger aufhalten. Snooker ist ja so viel wichtiger als ein Hund«, sagte Tina mit mühsam gezügelter Wut. »Haben Sie eine Telefonnummer für uns, falls wir Sie erreichen müssen?«

»Wir müssen die Rechnung aber nicht bezahlen, oder?«, fragte der Mann, während er seine Nummer auf einen Zettel schrieb, den Sanne ihm hingelegt hatte. »Ich hab Renate gleich gesagt, wir zahlen die Behandlung nicht. Ist ja schließlich nicht unser Hund!« Er sah Tina mit einem lauernden Ausdruck an.

»Natürlich nicht. Wenn sie vom Gut kommt, werde ich die Rechnung dorthin schicken.«

»Aber wenn sie nicht von Finkenstein kommt?«

»Dann versuchen wir, den Besitzer zu finden. Danke, dass Sie sie hergebracht haben.« Tina sah die Frau an, und diese verzog den Mund zu einem schmallippigen Lächeln.

»Wir konnten sie da ja nicht liegen lassen, nicht wahr.«

»Renate, mein Hemd ist voller Blut. Das geht doch nie wieder raus!«, rief der Mann, der die Blutflecken entdeckt hatte. Er wischte hektisch an seinem Hemd herum. »Das war mein Lieblingshemd! Wir hätten das Vieh doch liegen lassen sollen.«

Die Frau warf Tina einen Blick zu. »Er meint das nicht so.« Und an ihren Mann gewandt: »Das geht wieder raus, Heinz, ich hab zu Hause ein Mittel gegen Blutflecken.«

»Von wegen, er meinte das nicht so. Was für ein Arsch«, stellte Sanne fest, als die beiden die Praxis verlassen hatten.

»Mach mal das Röntgen fertig, danach kommt sie in die Box. Und lüfte mal, dieses Parfüm stinkt ja abartig.«

»Was ist das denn?«, fragte Sanne und zeigte auf ein weißliches, unregelmäßig geformtes Gebilde, das auf dem Bildschirm zu sehen war.

Tina beugte sich vor und betrachtete das Röntgenbild genauer. »Sieht aus wie eine Kugel.«

»Sie ist angeschossen worden? Hammer!«

Tina zoomte die Kugel näher heran. »Ja, eindeutig.«

»Und was machen wir jetzt?« Sanne wippte auf den Fersen, bereit, in Aktion zu treten.

»Wir warten, bis sie sich ein bisschen stabilisiert hat, dann operieren wir. Das Blutbild ist okay, bis auf den Blutverlust, aber das wussten wir ja schon vorher.«

Die Türklingel kündigte einen weiteren Kunden an.

»Wir machen die Sprechstunde zu Ende, dann sollte sie fit genug für die OP sein.«

Nachdem die letzte Kundin, eine dünne Frau mit einem übergewichtigen Mops, die Praxis verlassen hatte, schloss Tina den Schrank mit den Betäubungsmitteln auf und holte die Narkosemittel heraus. Sie zog sie in eine Spritze auf und ging zu dem Käfig, in dem die Hündin lag. Als Tina an die Box trat, hob das Tier den Kopf und sah ihr aus seinen dunkelbraunen Augen direkt ins Gesicht. »Wir bringen dich wieder auf die Beine, Mädchen«, versprach Tina, und die Hündin wedelte zweimal schwach mit dem Schwanz, bevor sie den Kopf wieder auf die Flauschmatte sinken ließ. Tina untersuchte sie und maß nochmals die Temperatur.

»Wie sieht es aus?«, erkundigte sich Sanne.

»Besser.« Tina spritzte die Narkose in den unverletzten Oberschenkel. Die Hündin zuckte noch nicht einmal mit den Ohren. »Braver Hund.« Tina kraulte ihr kurz den Kopf und ging zu Sanne in den OP.

Sanne hatte bereits alles vorbereitet und stellte gerade das Narkosegerät an. Es erwachte mit einem Brummen zum Leben. Ein lautes Zischen kündigte an, dass es einsatzbereit war.

Als die Hündin eingeschlafen war, bereitete Sanne sie für die Operation vor. Tina schob einen Tubus in die Luftröhre des Hundes und schloss das Narkosegerät an. Sie wusch sich gerade die Hände, als das Telefon klingelte.

»Wer ist das denn jetzt noch?«, fragte Sanne genervt und nahm den Hörer ab. »Tierarztpraxis Deerten, Sie sprechen mit …« Sie lauschte in den Hörer. »Ja, sie ist hier. Wir wollen sie gerade operieren.« Sanne verzog das Gesicht und rollte mit den Augen. »Moment, ich verbinde Sie mit der Tierärztin.« Sie wedelte mit der Hand vor den Augen hin und her. »Total meschugge«, flüsterte sie und drückte Tina den Hörer in die feuchte Hand.

»Deerten.«

»Ich verlange, dass Daisy's Dawn sofort zu uns gebracht wird. Wir haben hier auf dem Gut einen hervorragend ausgestatteten OP und eine überaus kompetente Tierärztin.« Die Stimme aus dem Hörer klang sehr kühl. Man hörte, dass die Frau am anderen Ende es gewohnt war, Anweisungen zu geben, die sofort befolgt wurden.

»Mit wem spreche ich?«, erkundigte sich Tina.

»Das habe ich Ihrer Angestellten bereits gesagt. Ich bin Gräfin von Finkenstein, und ich verlange, dass Daisy's Dawn …«

»Das sagten Sie bereits, Frau von Finkenstein, doch das wird schlecht möglich sein. Sie liegt bereits auf dem OP-Tisch, und wir wollen gerade anfangen.«

»Ist die Operation überhaupt nötig? Was hat sie denn?«

»Sie hat eine Kugel im Oberschenkel und bereits viel Blut verloren.«

»Das ist völlig unmöglich.« Die Stimme aus dem Hörer wurde sogar noch kühler.

»Auf dem Röntgenbild ist eine Kugel zu sehen, die ich jetzt gern herausoperieren würde.« Auch Tina konnte kühl sein, und Sanne gab ihr das Daumen-hoch-Zeichen.

»Nun gut, dann ist es nicht mehr zu ändern. Ich erwarte, dass Sie keinen Pfusch abliefern. Die Hündin ist ein internationaler Derbygewinner und 75.000 Euro wert.«

»Ihr Hund wird von mir bestmöglich behandelt werden. Wie alle Tiere, die in meine Praxis kommen, sei es ein Hamster oder ein wertvoller Zuchthund.«

»Ich hoffe sehr, dass Ihr Bestes gut genug ist. Sollte ich feststellen, dass Daisy nicht optimal behandelt wurde, werde ich Sie verklagen. Halten Sie mich auf dem Laufenden.« Es klickte, und die Leitung war tot.

Tina schluckte und legte das Telefon neben dem Blutanalysegerät ab.

»Was war das denn?«, erkundigte sich Sanne. Sie desinfizierte sich die Hände und zog ihre OP-Handschuhe an.

»Die Alte hat ja nicht alle an der Klarinette. Angeblich ist der Hund 75.000 Euro wert, und sie will mich verklagen, wenn was schiefgeht.«

»Ach du Scheiße! Sollen wir sie nicht doch lieber zu denen bringen?« Sanne blickte das Telefon an. »Ich kann sofort anrufen.«

Tina beobachtete die Hündin. Daisy hieß sie also. Sie atmete ruhig. Aus der Wunde am Oberschenkel floss ein stetiges Rinnsal aus Blut auf den OP-Tisch, wo es durch einen Abfluss in einen darunterhängenden Edelstahleimer tropfte. Während Tina überlegte, was sie tun sollte, hörte sie, wie die Blutstropfen mit einem tickenden Geräusch in dem Eimer aufschlugen.

»Nein, wenn sie jetzt transportiert wird, dauert die Narkose viel zu lange. Außerdem blutet sie zu stark.«

»Du bist der Boss. Meinst du, sie ist wirklich 75.000 Euro wert? Die übertreibt doch bestimmt.«

Tina schrubbte sich die Hände und gab anschließend ordentlich Desinfektionsmittel darauf. »Anscheinend ist sie ein internationaler Champion oder so was.«

»Oh Mann, ich hab kein gutes Gefühl.«

»Es wird schon schiefgehen. Außerdem bin ich versichert.« Tina machte eine Pause und überlegte.

»Was ist? Du bist doch versichert, oder?«

»Ja klar.«

Bestimmt. Höchstwahrscheinlich. Sie hatte die Rechnung doch schon überwiesen, oder? Tina schüttelte den Kopf, um die Gedanken an die Versicherung zu vertreiben. Jetzt musste sie sich ganz auf die OP konzentrieren. Sie zog sich die Handschuhe an und wandte sich der Hündin zu.

Sanne hatte das OP-Feld bereits mit einem grünen Schlitztuch abgedeckt und das OP-Besteck ordentlich auf dem Beistelltisch aufgereiht.

Tina nickte ihr zu. »Also los.«

Es klimperte leise, als Tina die Pinzette öffnete und die blutige Kugel, die sich in ein flaches Gebilde verformt hatte, in eine Nierenschale fallen ließ.

»Tupf bitte noch mal.«

Sanne griff nach einem sterilen Tupfer und beugte sich vor, um ihn auf die Wunde in der Oberschenkelmuskulatur zu drücken. »Sie hat Glück gehabt, dass der Knochen nichts abgekriegt hat«, stellte sie fest.

»Offensichtlich haben die Rippen schon einen Teil der Wucht aus dem Schuss genommen und die Kugel abgelenkt. So ist sie schließlich in den Oberschenkelmuskeln stecken geblieben.« Tina begutachtete die Wunde. Es waren keine Haare oder Dreck mehr darin zu sehen. »Aber merkwürdig ist es schon. Wenn ein Jäger auf sie geschossen hat – und wer sonst sollte auf einen Hund schießen? –, muss sie direkt auf den Jäger zugelaufen sein, denn sonst hätte er sie nicht von vorne erwischt. Und welcher Jäger schießt auf einen Hund, der direkt auf ihn zuläuft? Ich verstehe das nicht.«

Ein schrilles Piepen erklang und hallte in dem weiß gekachelten OP wider. Tina blickte auf den etwa handygroßen Apparat, der an der Zunge des Hundes angeschlossen war und die Atmung und den Sauerstoffgehalt des Blutes kontrollierte. Bisher hatte er nur leise und gleichmäßig gepiept.

»Nur noch 80 % Sättigung! 75! 70!«

»Scheiße, Tina, sie atmet nicht mehr!« Sanne rannte zum Schrank und holte das Notfallset.

»Fahr erst mal das Gas auf null. Und dreh den Sauerstoff höher«, befahl Tina mit ruhiger Stimme. »Und dann zieh mal an der Zunge, oft reicht das ja schon.«

Sanne drehte das Narkosegas aus und zog die Zunge des Hundes nach vorn. Ihr entfuhr ein leises Wimmern, als sie auf die Zunge blickte. »Die wird schon ganz blau!« Sie zog nochmals an der Zunge. Mit angstvollem Blick beobachtete sie den Brustkorb des Hundes. »Es tut sich nichts!«

»Ich spritze ihr Doxa.« Tina zog das atmungsanregende Medikament in eine Spritze auf und injizierte es routiniert in die Vene des Hundes. Anschließend hörte sie den Brustkorb des Greyhounds ab. »Das Herz schlägt noch.« Sie nahm den Beatmungsbeutel und drückte ihn Sanne in die Hand. »Mach den Narkoseschlauch ab, und fang mit der Beatmung an.«

Sanne drückte den Ambu-Beutel zusammen, und Tina beobachtete, wie die Luft, die in die Lunge strömte, ein Heben und Senken des Brustkorbes verursachte. Doch sobald Sanne aufhörte, den Beutel zusammenzudrücken, war keine Atmung mehr zu sehen. Das Schrillen des Überwachungsgeräts hallte weiterhin durch den OP. Tina schaltete das Gerät aus und griff nach ihrem Stethoskop. Sie horchte konzentriert. »Das Herz schlägt nicht mehr. Zieh Adrenalin und Effortil auf«, bat sie und begann mit der Herzmassage.

»Scheiße, verlieren wir sie?«, rief Sanne und ließ die Medikamente in zwei Spritzen fließen. »Hier.«

Tina nahm die Spritzen und ließ die Medikamente in die Vene des Hundes laufen. Dann fuhr sie mit ihren Reanimierungsmaßnahmen fort. »Sanne, du machst mit der Beatmung weiter.«

Sanne nickte und drückte immer dann den Ambu-Beutel zusammen, wenn Tina dreimal das Herz massiert hatte. Sie fanden ihren Rhythmus und hielten nur manchmal kurz inne, um nach der Atmung zu sehen oder das Herz abzuhören. In der fast gespenstischen Stille, die eingetreten war, nachdem Tina das Überwachungsgerät ausgeschaltet hatte, waren nur das Geräusch von ihren Händen auf dem Fell des Windhundes und das Geräusch der Luft, die aus dem Beatmungsbeutel in die Lunge des Hundes strömte, zu hören.

»Sie atmet immer noch nicht, Tina! Das Doxa hat nichts genützt. Soll ich noch mehr spritzen?«

»Zieh noch mal einen Milliliter auf, aber warte noch einen Moment. Ich will erst noch mal das Herz abhören.« Tina legte das Stethoskop an die linke Brustwand des Hundes und lauschte konzentriert. Nichts. Verdammt! Das durfte doch nicht wahr sein. »Spritz das Doxa, und zieh noch mal Adrenalin auf«, sagte sie und reanimierte die Hündin weiter.

Durch die wochenlange Hitze hatte sich die Praxis mittlerweile auf knapp dreißig Grad aufgeheizt, und der Schweiß lief Tina in Strömen über das Gesicht. Sie wischte ihn ungeduldig mit dem Ärmel ihres OP-Kittels ab und bearbeitete den Hund weiter.

Sanne spritzte die Medikamente, und Tina hörte den Hund erneut ab. Da, war da ein leises Herzgeräusch zu hören gewesen? Tina lauschte angestrengt. Ganz leise, von den Darmgeräuschen fast übertönt, hörte Tina ein zaghaftes »Bu-dupp«.

»Sie kommt! Sanne, sie kommt!« Tina lauschte weiter, und der Herzschlag wurde kräftiger. Sie lachte erleichtert. »Okay, noch mal Doxa für die Atmung, dann sollten wir es geschafft haben. Brave Daisy«, sagte sie und strich der Hündin über den Kopf.

Während Sanne noch ein weiteres Mal das atmungsanregende Medikament spritzte, hörte Tina die Hündin weiter ab. Mit einem leisen Seufzer nahm diese einen tiefen Atemzug.

»Sie hat geatmet!«, rief Sanne und hielt Tina die Hand zu einem High five hin.

Tina schlug ein, ein breites Lächeln auf dem Gesicht. Dann wandte sie sich wieder der Hündin zu. »Feiner Hund, immer schön weiteratmen.«

Als ein regelmäßiger Herzschlag und eine gleichmäßige Atmung zu hören waren, wechselte Tina ihre Handschuhe und spülte die Wunde mit Desinfektionsflüssigkeit aus. Anschließend griff sie nach einem Nadelhalter und einer Pinzette und begann mit der ersten Schicht der Wundnaht.

»Das war knapp«, stellte sie fest. »Diese Windhunde sind wirklich nicht ohne in der Narkose. Dabei hatte ich ihr schon deutlich weniger gegeben, als sie aufgrund ihres Gewichts gebraucht hätte.«

»Ich hätte nicht gedacht, dass sie es schafft.«

»Ich hatte auch so langsam meine Zweifel, aber Hauptsache, es ist gut gegangen.« Tina wechselte die Nadel und den Faden für die Hautnaht. »Ich überlege immer noch, wieso auf Daisy geschossen wurde. Wenn sie gewildert hätte, müsste das Reh, oder was auch immer es war, das sie gehetzt hat, auf den Jäger zugelaufen sein.«

»Vielleicht saß der Jäger auf einem Hochsitz«, schlug Sanne vor und schnitt die weißen Fäden ab, die Tina ihr hinhielt.

»Ich verstehe nicht viel von Ballistik, aber der Jäger muss auf dem Boden und nicht auf einem Hochsitz gewesen sein, denn sonst wäre der Schuss von viel weiter oben eingedrungen. Und welches Reh läuft direkt auf einen Menschen zu?«

»Es soll schon Leute gegeben haben, die von einem Reh umgerannt wurden. Meine Mutter hat von einem Typen gehört, der ging ganz harmlos im Wald spazieren, und plötzlich – zack! – kam ein Reh und haute ihn aus den Pantinen.«

Tina blickte auf und sah Sanne mit gerunzelter Stirn an. »Also, nichts gegen deine Mutter, aber das kann ich mir kaum vorstellen. So ein Reh ist doch nicht blind. Und es wäre dem Menschen ausgewichen, jede Wette.«

»Aber wenn das Reh sich gerade nach Daisy umgedreht hat? Dann hätte es den Jäger nicht gesehen, oder?«

»Nehmen wir an, es wäre so gewesen, nach wem hat sich Daisy dann umgedreht? Oder willst du mir erzählen, dass sie so blind war, dass auch sie den Jäger nicht gesehen hat? Und der Jäger auch noch von dem Hund umgerannt wurde?«

»Nee, natürlich nicht, denn da hatte er ja schon auf sie geschossen.« Sanne sah Tina triumphierend an.

»Also suchen wir nach einem Jäger mit den Abdrücken von Rehspuren auf dem Gesicht und einer rauchenden Waffe in der Hand«, stellte Tina mit ernster Miene fest.

»Du bist blöd«, erwiderte Sanne und schnitt den letzten Faden ab.

Tina grinste und legte den Nadelhalter und die Pinzette auf den Beistelltisch. »Fertig. Spritz ihr das Antibiotikum und das Schmerzmittel, und mach einen Verband, ich desinfiziere inzwischen die Wunde an den Rippen.«

Tina spülte die Wunde mehrere Male mit einem Desinfektionsmittel und legte einen antibiotikumgetränkten Tupfer darauf, den sie mit Klebestreifen auf der Haut fixierte. Anschließend zog sie ihre OP-Handschuhe aus, die dabei ein lautes Schnalzgeräusch von sich gaben. Erleichtert schälte sie sich aus ihrem OP-Kittel, der bei diesen Temperaturen viel zu warm war.

Es roch nach Hund und Desinfektionsmittel. Außerdem lag der leicht metallische Geruch von Blut in der Luft. Keine wohlriechende Kombination, doch für Tina repräsentierte es den Teil ihres Berufs, den sie besonders liebte: die Chirurgie. Sie blickte sich in dem weiß gefliesten Operationsraum um. Mit rund zwanzig Quadratmetern nicht gerade riesig, aber für sie reichte es. Hier befanden sich auch die Röntgenanlage, der Sterilisator für das OP-Besteck und die OP-Tücher sowie das Labor. Und das Ultraschallgerät, das zwar mehr gekostet hatte, als sie eigentlich geplant hatte – deutlich mehr, um genau zu sein –, das ihr aber schon wertvolle Dienste geleistet hatte, und auf das sie besonders stolz war. Alles bis auf das übliche Chaos nach einer größeren Operation – blutige Tupfer, blutverschmiertes OP-Besteck und blutbefleckte OP-Tücher – war aufgeräumt, die Ablagen blinkten vor Sauberkeit. Zu Hause war sie nicht besonders ordentlich, doch in ihrer Praxis musste alles tipptopp sein.

Zusammen mit Sanne hob sie den Greyhound vom OP-Tisch und legte ihn in einer Aufwachbox auf eine Wärmematte.

»Behalt sie im Auge. Wenn sie sich regt, zieh ihr den Tubus raus. Der Tropf kann noch einen Moment dranbleiben. Ich hole das Lesegerät. Ich will noch schnell den Chip auslesen.«

Mit einem Piepton zeigte das Lesegerät an, dass es einen Mikrochip gefunden hatte. Tina notierte die Nummer in der Kartei der Hündin, die sie vorhin zunächst ohne Namen und Besitzer eingetragen hatte. Außerdem ergänzte sie den Namen der Gräfin, die Adresse und Daisys Namen.

»Sie kommt langsam hoch«, rief Sanne aus dem Aufwachraum. Sie hatte den Beatmungsschlauch bereits gezogen, als Tina zu ihr trat.

Sie beobachtete, wie die Hündin versuchte, ihren Kopf anzuheben.

»Ich mache hier noch grob Klarschiff und komme morgen etwas eher, um das Besteck sauber zu machen. Ist das okay?«, fragte Sanne.

»Ja, sicher, es ist ja schon spät. Deine beiden Jungs schlafen bestimmt schon.« Tina bückte sich und zog das Unterlid der Hündin ein Stück herunter, um die Farbe zu prüfen. Blassrosarot, so, wie es sein sollte. Zufrieden richtete sie sich auf, als ihr etwas einfiel. »Oh Mist, ich habe vergessen, Mareike Bescheid zu sagen! Die sitzt jetzt bestimmt im *Goldenen Kegel* und fragt sich, wo ich bleibe.«

»Das glaube ich kaum. Sie kennt dich ja schon länger«, erwiderte Sanne, die das OP-Besteck in eine Wanne mit Reinigungsmittel legte, damit es über Nacht einweichen konnte.

»Die Arme ist Kummer gewohnt«, gab Tina zu.

Sie kannte Mareike schon, seit sie beide drei Jahre alt waren. Am ersten Tag im Kindergarten sollten sich alle Kinder eine Sonnenblume bei Frau Reisig, der Leiterin der Kita, abholen, doch Tina hatte sich geweigert und sich auf den Boden geschmissen. Als ihre Eltern noch mit peinlich berührten Gesichtern neben ihr hockten und sie überreden wollten, wieder aufzustehen, war plötzlich eine große gelbe Blume vor ihren Augen aufgetaucht. Aus Reflex hatte Tina danach gegriffen, und dahinter kam Mareikes herzförmiges, lächelndes Gesicht zum Vorschein, das von zwei festen hellblonden Zöpfen umrahmt wurde. Tina hatte zurückgelächelt, und seitdem waren sie die allerbesten Freundinnen. Ihre Freundschaft hatte auch die Studienzeit unbeschadet überstanden, die Tina in München und Mareike in Hamburg verbracht hatte. Mareike hatte Pharmazie studiert und vor fünf Jahren die Alte Apotheke in Plön von ihrem Vater übernommen.

Tina holte ihr Handy aus dem Büro und sah, dass sie drei Anrufe und eine WhatsApp von Mareike verpasst hatte. Schnell wählte sie ihre Nummer.

»Na, Tina, was war es diesmal? Eine Taube, die aus dem Nest gefallen ist, ein überfahrenes Kätzchen, oder ist Colin Firth in deiner Praxis aufgetaucht?«

Tina musste grinsen. Anscheinend hatte Mareike schon den einen oder anderen Bahama Mama gekippt, denn ihre Aussprache war etwas verwaschen.

»Alles falsch, leider auch kein Colin Firth. Aber ein Hund mit einer Schussverletzung, den ich notoperieren musste. Sorry, dass ich nicht kommen konnte. Ich hatte so viel zu tun, dass ich es nicht geschafft habe, dich anzurufen.«

»Alles gut. Wie geht es dir? Soll ich in der Praxis vorbeikommen?«

»Es geht schon«, erwiderte Tina und stellte überrascht fest, dass dem tatsächlich so war. Sie hatte seit dem Beginn der Sprechstunde nicht mehr an Sven gedacht. »Ich warte nur noch, bis der Hund wacher ist, dann fahre ich nach Hause.«

»Sicher?«

»Lass Costa nicht so lange warten, euch Turteltäubchen fällt bestimmt etwas ein, wie ihr den Abend verbringen könnt.«

Mareike lachte. Im Gegensatz zu Tinas röhrender Lache klang es so perlend wie ein Gebirgsbach, der über ein Kieselbett floss.

»Ich trink noch einen Bahama und mache mich dann auf den Weg. Wir sehen uns!«

»Lass dir von Li vorher aber noch eine Kleinigkeit zu essen geben, sonst kriegst du Ärger mit Costa, wenn du nach Hause getorkelt kommst.«

»Ich habe mir schon Frühlingsrollen bestellt, die saugen den Alkohol auf wie nichts.«

Tina grinste. »Bis dann.« Sie legte das Handy weg und ging zurück in den OP.

Sanne hielt die Nierenschale in der Hand und nahm die deformierte Kugel heraus. »Krass, wie die sich verformt hat.«

»Mensch, Sanne! Nicht anfassen!«

Erschrocken ließ Sanne die Kugel zurück in die Schale fallen.

Tina seufzte. »Falls da Fingerabdrücke drauf waren, hast du sie jetzt mit deinen überdeckt.«

»Ach du Scheiße! Nicht, dass ich jetzt wegen des Schusses verhaftet werde!« Sanne blickte Tina alarmiert an.

»Keine Sorge, ich kann doch bezeugen, dass du die Kugel hier in der Praxis angefasst hast.«

Sanne atmete erleichtert aus. »Puh, ich hab schon einen Schrecken bekommen.«

»Hau ab, der Rest kann bis morgen warten. Ich mache noch ein wenig Buchhaltung, bis die Hündin wacher ist. Dann nehme ich sie mit nach Hause. Zum Glück bin ich heute mit dem Auto da und nicht mit dem Rad.«

»Wie sind denn unsere Zahlen für diesen Monat?«, fragte Sanne, als sie sich den OP-Kittel über den Kopf zog und in den Wäschekorb warf.

»Könnte besser sein, aber noch sind wir nicht pleite, keine Sorge.«

Tina erzählte Sanne nicht, dass sie sie entweder entlassen oder ihre Stundenzahl drastisch kürzen müsste, wenn sie nicht bald mehr Umsatz machte. Es war sogar fraglich, ob sie sich die Miete für die Praxis, die mitten in der Fußgängerzone lag, noch würde leisten können. Sie hatte vor drei Jahren ihre gesamten Ersparnisse in die Ausstattung der Praxis gesteckt und keine weiteren Rücklagen mehr. Es war frustrierend. Sie wusste, sie war gut in ihrem Job. Sie war eine solide Diagnostikerin und eine gute Chirurgin, und durch ihre offene und ruhige Art konnte sie sowohl gut mit Menschen als auch mit Tieren umgehen. Nur wenn sie merkte, dass den Besitzern das Wohl ihres Tieres nicht wichtig war, konnte sie ungemütlich werden.

In der Stadt Plön mit seinen knapp neuntausend Einwohnern gab es alleine drei weitere Tierarztpraxen, in den umliegenden Gemeinden noch mindestens zehn weitere, sodass die Konkurrenz recht groß war. Natürlich waren auch Großtier- und Pferdepraktiker darunter, doch es gab noch genügend weitere Kollegen im Kleintierbereich. Wie den Kollegen Kather zum Beispiel.

Vielleicht hätte sie das eine Jahr, das sie in Kenia für den Verein »Tierärzte ohne Grenzen« verbracht hatte, nicht machen sollen? Aber das Jahr war wichtig für sie gewesen, und sie hatte Erfahrungen gesammelt, die sie hier in Plön sicher nicht hätte machen können.

Leider halfen sie ihr in keiner Weise, um die Unterlagen für den Steuerberater zusammenzustellen. Außerdem musste sie unbedingt kontrollieren, ob sie ihre Berufshaftpflicht bezahlt hatte. Missmutig ging Tina in ihr Büro und wühlte in dem chaotischen Stapel Rechnungen herum.

»Ich bin weg!«

Sanne hatte sich ein hautenges T-Shirt in grellen Farben mit einem unregelmäßigen Muster angezogen, das in Tina den Wunsch weckte, ihre Augen mit Bleichmittel zu behandeln, dazu eine enge limonengrüne Shorts, die so kurz waren, dass man fast Sannes Unterhose sehen konnte. Sie trug eine kleine silberne Blume im linken Nasenflügel sowie einen silbernen Ring in der rechten Augenbraue, und Tina wusste, dass sie sich auch die Zunge hatte piercen lassen. Sanne zupfte sich ihre grün-pink gefärbten und mit viel Gel zu kurzen Stacheln frisierten Haare zurecht und winkte Tina zum Abschied zu.

»Schönen Abend! Bis morgen!«

Tina wandte sich wieder den Rechnungen zu und zog an einem leicht zerknitterten Beleg, der sich etwa in der Mitte eines fast zwanzig Zentimeter hohen Stapels Rechnungen auf ihrem Schreibtisch befand. Der Stapel hatte bereits eine leichte Schlagseite nach rechts, und als Tina den Beleg ganz herauszog, kippte der Stapel, und die Papiere ergossen sich niagarafallartig auf den dunkelgrünen, flauschigen Teppich, auf dem Swatt gern sein Nickerchen machte. »Scheiße, verdammt!«

Swatt, der bisher ruhig unter dem Schreibtisch gelegen hatte, sprang auf, trampelte über die Rechnungen und schüttelte sich.

»Swatt, komm da runter!« Tina bückte sich, sammelte die zerknitterten und zerdrückten Rechnungen auf und warf sie zurück auf den Schreibtisch. »Ich hasse Buchhaltung!«

Ihr Blick fiel auf eine Rechnung mit dem Logo ihres Versicherers. Die Berufshaftpflicht. Natürlich noch nicht bezahlt. Tina faltete die Rechnung achtlos und stopfte sie in ihre Jeanstasche. Sie würde sie gleich morgen früh überweisen.

»Ach, Mist!« Ihr war eingefallen, dass sie auf dem Gut anrufen musste, dass die OP gut verlaufen war. Dass Daisy fast in der Narkose gestorben wäre, würde sie natürlich nicht erwähnen. Das Telefonat mit der arroganten Gräfin würde sowieso schon anstrengend genug werden. Sie seufzte und holte sich die Nummer aus der Anrufliste des Praxistelefons.

»Gut Finkenstein, Sie sprechen mit Stefan Harders.«

Glück gehabt, es war nicht die Durchwahl der Gräfin.

»Deerten, Tierarztpraxis. Ich wollte nur kurz Bescheid geben, dass Daisy die Operation gut überstanden hat. Ich möchte sie gern bis morgen hierbehalten, damit ich die Aufwachphase überwachen kann.«

»Einen Augenblick, ich verbinde.«

»Das ist nicht nö…«

»Von Finkenstein.«

Mist!

»Deerten. Die OP von Daisy ist gut verlaufen. Sie liegt jetzt in der Aufwachbox.«

»Ich möchte, dass Sie den Hund so schnell wie möglich zu uns bringen. Unsere Tierärztin weiß bereits Bescheid.«

»Ich gebe Daisy nicht heraus, bevor sie wach ist. Die Narkose fällt in meine Verantwortung, und deshalb bleibt sie bis morgen bei mir.«

»Auf gar keinen Fall. Ihre Feld-Wald-und-Wiesen-Praxis ist

mit Sicherheit deutlich schlechter ausgestattet als unsere auf dem Gut. Sie bringen den Hund zu uns.«

Tina schoss das Blut ins Gesicht, und sie umfasste das Telefon so fest, dass das Plastik knirschte.

»Da Sie vorhaben, mich zu verklagen, wenn etwas schiefgeht, bleibt Daisy hier. Ich bringe sie morgen Mittag bei Ihnen vorbei.«

Tina legte auf und atmete tief durch. Ein Blick auf die Funkuhr auf ihrem Schreibtisch zeigte, dass es schon fast halb zehn war. Hoffentlich wachte Daisy langsam mal auf, damit sie nach Hause kam.

»Uhuhuhuu!« Das Jaulen kam aus dem Käfigraum.

Swatt legte den Kopf schief und lauschte. Er setzte sich hin und legte den Kopf in den Nacken.

»Swatt, wehe! Ein heulender Hund reicht mir!«

Swatt ließ den Kopf wieder sinken und sah Tina erwartungsvoll an.

»Madam ist anscheinend wach genug. Dann können wir ja los.« Tina hob eine letzte Rechnung vom Boden auf und warf sie auf den Schreibtisch.

Swatt sprang auf, rannte ins Wartezimmer und wartete vor der Eingangstür auf sie. Mit ihrem Hund auf den Fersen trat Tina auf die Lange Straße. Diese war als Haupteinkaufsstraße für den Verkehr gesperrt und führte von der kleinen Johanniskirche unterhalb des imposanten weißen Schlosses im Renaissance-Stil, das über Plön thronte wie eine Glucke über ihren Küken, zum Marktplatz mit der roten Backsteinkirche. Die gepflasterte Straße wurde von historischen, vorwiegend zweistöckigen roten Backsteinhäusern mit spitzen Dächern gesäumt, in denen sich kleine Geschäfte, Restaurants und Cafés befanden.

Touristen aus ganz Deutschland und Skandinavien schlenderten die Straße entlang, saßen vor Restaurants an kleinen Tischen, aßen Pasta oder Fischbrötchen und amüsierten sich offensichtlich hervorragend. Von dem italienischen Restaurant gegenüber wehte eine Brise von Knoblauch, Rosmarin und in Olivenöl gebratenem Fleisch herüber. Tina lief das Wasser im Mund zusammen, und ihr fiel auf, dass sie seit der Mittagspause, in der sie sich ohne Appetit ein Fischbrötchen mit Räuchermaräne reingezwängt hatte, nichts mehr gegessen hatte. Sie reihte sich in den Strom der Touristen ein und nutzte die erste Gelegenheit, um dem Gewimmel zu entkommen.

Tina trat durch einen schmalen Durchgang auf den großen Parkplatz hinter den Häusern und ging zu ihrem Pick-up. Sie stieg ein und ließ schnell die Scheiben herunter, denn im Auto waren es gefühlt mindestens hundert Grad. Swatt sprang auf den Beifahrersitz, seinen Stammplatz. Tina hatte den Sitz zwar mit einer Wolldecke abgedeckt, dennoch sammelte sich innerhalb kürzester Zeit so viel Sand auf den Polstern wie im Fell eines Kamels nach einem tagelangen Sandsturm. Sie drehte den Schlüssel im Zündschloss. Der Motor machte ein paar hustende Geräusche und ging aus.

»Oh nein, nicht schon wieder! Verdammte Karre!« Tina kuppelte, drehte den Schlüssel erneut und gab Gas.

Diesmal hustete der Wagen ein wenig länger.

»Schiet noch mal! Du blöde Scheißkarre! Ich hasse dich!« Tina schlug auf das Lenkrad ein, dann seufzte sie.

Sie würde wohl nicht drum herumkommen, das Auto in die Werkstatt zu bringen. Mit etwas Glück bräuchte sie nur eine neue Batterie. Hoffentlich. Sie machte einen erneuten Startversuch. Der Motor gab gequälte Laute von sich, doch endlich sprang er an.

Sie fuhr vom Parkplatz und bog gegenüber der Johanniskirche in die Lange Straße ein. In Fällen wie diesem, in denen Tina schwere Fracht zu transportieren hatte, setzte sie sich über das Autoverbot hinweg. Sie schlängelte sich vorsichtig zwischen den Menschen hindurch, hielt vor der Praxis, ging hinein und hob die Hündin mitsamt ihrer Unterlage aus der Aufwachbox. Swatt trottete heran und wedelte. Die Hündin hob kurz den Kopf und versuchte einen zaghaften Schwanzwedler, bevor sie den Kopf wieder auf die weiße Flauschmatte sinken ließ. Swatt beschnupperte sie intensiv an der linken Halsseite und leckte sie.

»Was machst du denn da, Swatt?« Tina legte die Hündin vorsichtig auf den Fliesenboden und schob ihn zur Seite. »Nur eine kleine Kruste. Die hat sie sich bestimmt im Wald geholt. Mach dir keine Sorgen, mein Alter, das ist nicht ihr Hauptproblem.«

Sie ging in die Knie und schob ihre Hände unter die Hündin. Mit einem leisen Ächzen richtete sie sich auf, trug den Greyhound zum Auto, legte ihn vorsichtig auf den Rücksitz und wunderte sich wieder einmal, wieso ein Hund in Narkose scheinbar so viel schwerer war als im wachen Zustand.

Auf dem Weg nach Hause dachte Tina über das Rätsel des angeschossenen Hundes nach, kam jedoch zu keiner schlüssigen Erklärung.

Die Sonne war bereits untergegangen, und der dunkelorangefarbene Himmel ging in ein tiefes Dunkelblau über, als Tina ihren Isuzu auf den Deertenhoff lenkte.

Der Hof war ursprünglich als Gutshof angelegt gewesen, doch das Herrenhaus war schon vor über zweihundert Jahren abgebrannt und nie neu erbaut worden. Die ehemaligen Besitzer hatten das Gut kurze Zeit später aufgegeben, und Tinas Ururururopa hatte es den von Schnackenburgs abgekauft. Neben dem Tor stand ein fast zwei Meter langes und einen Meter hohes geschnitztes Schild mit dem Namen »De Deertenhoff«. Der Name war von grasenden Kühen, Schafen und rennenden Hunden umgeben. Tina hatte das Schild selbst mit der Kettensäge geschnitzt und ihrem Vater zum sechzigsten Geburtstag geschenkt. Langsam fuhr sie an dem weiß geklinkerten Gebäude der alten Meierei vorbei, das links hinter einigen hohen Rhododendren lag und inzwischen als Altenteil für ihre Eltern diente. Der Sandweg führte zwischen dem Kuhstall und der alten, reetgedeckten Saatscheune hindurch direkt auf das ebenfalls reetgedeckte Hauptgebäude des ehemaligen Gutes zu. In dessen kleinem, quadratischem Turm, der das Dach des Gebäudes nur um ein kurzes Stück überragte, schlug die Uhr gerade die Viertelstunde. Der Weg umrundete das Haupthaus, führte am Kälberstall und an einer großen Schafsweide vorbei, um sich schließlich am See entlang durch die Felder des Deertenhoffs in Richtung des nächstgelegenen Ortes Bosau zu schlängeln. Hinter der Weide, auf denen sich die Schafe als helle Flecken abhoben, lag das Wasser des Sees wie ein dunkler Spiegel, darauf glitzerte der Sonnenuntergang in dunkelorangefarbenen Tupfen.

Tina bremste ab und bog vor dem Hauptgebäude zu ihrem Häuschen ab. Der Sandweg war durch die wochenlange, für Schleswig-Holstein absolut untypische Hitze und Dürre so trocken, dass sie eine riesige Staubwolke hinter sich herzog.

Ihr kleines Reetdachhaus aus rotem Backstein mit großen Sprossenfenstern, das vor dem Umbau in ein gemütliches Heim ein Pferdestall gewesen war, lag etwa dreißig Meter vom Ostufer des Sees entfernt in einem großen, etwas ungepflegten Bauerngarten. Giersch, Sauerampfer und Hahnenfuß hatten einen Großteil der Beete erobert, und Tina hatte den Kampf gegen das Unkraut als aussichtslos deklariert und mähte die Beete zwischen den Stauden alle paar Wochen mit dem Rasenmäher. Der Rasen war im Frühjahr üppig grün gewesen, aber nun in ein verbranntes Beigebraun übergegangen. Lediglich direkt am Ufer war ein dunkelgrüner Streifen Gras stehen geblieben. Auf der anderen Seeseite funkelten hinter dem Schatten der Möweninsel die Lichter der Stadt und des Plöner Schlosses.

Als Tina vor das Haus fuhr, sprangen die Bewegungsmelder an und tauchten den Garten und die Auffahrt in ein helles Licht. Sie parkte, stieg aus und nahm einen tiefen Atemzug. Die klare Luft machte ihren Kopf frei und vertrieb die Reste des Narkosegases und des Blutgeruchs, der sich in ihrer Nase festgesetzt hatte. Swatt sprang aus dem Auto und wollte gegen eine der vielen Holzskulpturen pinkeln, die im Garten verstreut standen. Hunde und Adler standen neben Bären, Katzen und einer Wildschweinfamilie.

»Swatt! Wehe! Mit dem Adler habe ich den Wettbewerb in Rendsburg gewonnen! Du weißt genau, dass du das nicht darfst.«

Ein wenig schuldbewusst trabte Swatt weiter in den Garten und erleichterte sich schließlich an einer großen Sonnenblume.

»Da auch nicht, du Dödel!«

»Na, hast du Spaß, Schwesterherz?«

Tina blickte auf und sah ihren Bruder auf sich zukommen. Sein blondes Haar hätte mal wieder einen Schnitt nötig gehabt, doch sein Vollbart war kurz und gepflegt. Er trug ein altes beigefarbenes T-Shirt, das Tina ihm vor ein paar Jahren aus München vom Oktoberfest mitgebracht hatte, mit aufgedruckten Hosenträgern und dem Schriftzug: »Meine Lederhose ist in der Wäsche«. Seine ausgefransten Jeansshorts wiesen diverse Flecken und Risse auf und rochen dezent nach Kuh.

»Kai! Du kommst gerade richtig. Ich muss den Hund aus dem Auto holen.«

Kai grinste, und seine blauen Augen funkelten. »Hast dir wieder Arbeit mit nach Hause genommen, was?«

»Ich baue nur schnell den Faltkäfig auf, dann kann sie rein.« Tina verschwand im Haus.

Kai folgte ihr und beobachtete, wie sie den Käfig mitten im Wohnzimmer auseinanderklappte. »Was ist mit dem Hund?«

»Sie wurde angeschossen. Autofahrer haben sie kurz vor Dersau direkt neben der Straße gefunden und in die Praxis gebracht.«

»Konnte wohl den Rehen nicht widerstehen. Obwohl die meisten Jäger heutzutage nicht mehr auf einen wildernden Hund schießen würden.« Kai war, wie die meisten Landwirte, selbst auch Jäger. »Ich würde es zumindest nicht tun.«

»Die Kugel steckte im Oberschenkel. Sie hat auch eine Wunde an den Rippen, die ist aber nicht so dramatisch. Ich schätze, die Kugel ist von den Rippen abgeprallt und im Oberschenkel stecken geblieben.«

»Wie groß war denn die Wunde?«

»Eher klein, vielleicht einen Zentimeter breit, aber trotzdem hat es ganz schön geblutet.« Tina ließ den letzten Riegel des Käfigs einrasten und richtete sich auf.

»Wenn sie gewildert hat und ein Jäger auf sie geschossen hat, hätte er seine Büchse dabeigehabt. Eine Büchsenkugel macht normalerweise ein Riesenloch. Der Tod soll ja schnell eintreten.«

Tina starrte ihren Bruder an. »Was willst du damit sagen? Dass es kein Jäger war?«

Kai zuckte mit seinen breiten Schultern. »Wer sollte sonst auf einen Hund schießen? Merkwürdig ist es aber schon.«

»Zumal der Eintrittswinkel darauf hindeutet, dass der Schütze nicht auf einem Hochsitz saß. Glaube ich zumindest.«

»Du hast wohl ein bisschen zu viel *CSI* geguckt«, stellte Kai fest und grinste wieder.

»Ich krieg den, der das getan hat, das schwöre ich dir!«

»Meine kleine Schwester hat mal wieder eine Mission. Hast du nicht genug damit zu tun, die Wale zu retten, die Straßenhunde weltweit, Pelztiere aus Farmen zu befreien und …«

Tina baute sich vor ihrem Bruder auf. Mit seinen beinahe 1,90 Meter war er fast fünfundzwanzig Zentimeter größer als sie. Sie wippte auf den Fußballen und stemmte die Arme in die Seiten.

»Das mit den Nerzen war in meiner Jugend, das würde ich heute nicht mehr machen, aber da du schon davon anfängst beziehungsweise so vielsagend verstummt bist … Hast du endlich mal durchgerechnet, wie es mit einer Umstellung des Hofes auf Bio wäre?«

Kai seufzte. »Ich hatte …«

»… noch keine Zeit, ja, ja. Hör endlich auf, unser Land und

den See mit Glyphosat zu verseuchen, oder benutz wenigstens keine Neonicotinoide, sonst gibt's bald gar keine Insekten mehr!«

»Wie du diese komplizierten Wörter immer so raushaust, beindruckend!«, erwiderte Kai wütend.

Tina trat einen Schritt zurück, sodass sie ihm ins Gesicht blicken konnte.

»Solche komplizierten Wörter lernt man im Studium. Im Fach Bienenkrankheiten!«

»Vadder ist auch dagegen.«

»Mensch, Kai, du hast es in der Hand, etwas Gutes für die Umwelt zu tun. Mach was draus! Vadder leitet den Hof nicht mehr.«

Kai wandte sich ab. Sein Gesicht hatte eine rötliche Farbe angenommen. Er atmete ein paar Mal tief durch, und Tina sah, dass er versuchte, sich zu beherrschen. Sie hatten diese Diskussion schon sehr oft geführt. Zu oft.

»Lass uns den Hund reinholen, dann gehe ich rüber. Sabrina wartet bestimmt schon.« Kai stapfte zum Auto, öffnete die Seitentür und hob den Greyhound mit Leichtigkeit heraus. Er trug ihn zum Käfig und legte ihn behutsam hinein, dann schloss er die Tür und wandte sich zum Gehen. »Nacht.«

»Schlaf gut.«

Tina sah ihm nach, während er über den Hof zum Haupthaus ging, in dem er mit seiner schwangeren Frau Sabrina und seinem Hund Jule wohnte. Wenn er doch nur ein klein wenig risikofreudiger wäre.

Das Sirren der Mücken, die um ihren Kopf kreisten, trieb sie ins Haus.

Sie überlegte, sich ein Omelette zu braten, riss stattdessen eine Packung Schokoerdnüsse auf und ließ den Korken eines Proseccos knallen. Wenn sie schon keinen Mojito mehr bekam, wollte sie wenigstens noch etwas Blubberwasser trinken.

Sie setzte sich auf das etwas abgewetzte Ledersofa und legte die Füße auf den Couchtisch. Während sie das erste Glas Prosecco trank, dachte sie an Kais Bemerkung über die Waffe. Was für eine konnte es gewesen sein? Eine Pistole? Sie würde morgen früh etwas eher nach Plön fahren, damit sie vor der Arbeit zur Polizei gehen könnte, um Anzeige gegen Unbekannt wegen Tierquälerei zu erstatten. Die Kugel würde sie mitnehmen, damit sie ballistisch untersucht werden konnte. Zumindest hoffte Tina, dass die Polizei den Fall ernst genug nahm, um eine ballistische Untersuchung vorzunehmen.

Kapitel 2

Als Tina am Freitagvormittag um kurz nach neun Uhr mit den beiden Hunden in die Praxis kam, schob Sanne gerade das OP-Besteck in den Sterilisator.

Swatt preschte auf sie zu.

»Na, Junge, bist schon wieder tagelang nicht gestreichelt worden, was?«

Er wedelte enthusiastisch und presste sich an Sannes rechtes Bein.

»Wie geht es unserer Patientin?«

Tina beobachtete die Hündin, die langsam ins Behandlungszimmer humpelte. Ihr Schwanz klemmte so weit zwischen den Hinterbeinen, dass er fast unter der Brust wieder herauskam, und sie hielt den Kopf gesenkt. »Deutlich besser, sie hat heute Morgen ein wenig getrunken und einen kleinen Happen gefressen.«

Daisy drehte sich um und trottete zurück ins Wartezimmer, wo sie sich direkt vor die Eingangstür stellte.

»Das ist deutlich, sie möchte sofort wieder gehen«, stellte Tina fest.

Sanne seufzte theatralisch. »Immer macht man sich unbeliebt.«

Tina lachte. »Bring sie in den Käfig, und bereite schon mal den Verbandswechsel vor. Ich gehe noch kurz zur Bank, danach erstatte ich bei der Polizei Anzeige und gebe die Kugel ab. Ich sage denen am besten gleich, dass du sie angefasst hast.«

Sanne verzog das Gesicht. »Erinnere mich nicht daran.«

Kurz vor Beginn der Sprechstunde kam Tina zurück.

»Der Polizist meinte, es sieht nicht nach einer Büchsen-, sondern nach einer Pistolenkugel aus.«

»Wer schießt denn mit einer Pistole auf einen Hund?« Sanne drehte sich um. Sie hielt eine Rolle Verbandsmull in der Hand.

»Das kann nur ein Gestörter sein«, sagte Tina wütend. »Der Polizist wollte keine ballistische Untersuchung machen lassen. Ist ja ›nur‹ ein Hund.«

»Dann werden wir wohl nie erfahren, was passiert ist.«

»Ich werde mich auf jeden Fall umhören. Vielleicht finde ich doch noch was raus.«

Sanne nickte. »Hast du schon auf dem Gut angerufen?«

»Bei der Eiskönigin? Gestern Abend noch. Ich bringe Daisy in der Mittagspause vorbei.«

»Da kann ich mitkommen! Meine Mutter holt Leon und Finn heute aus dem Kindergarten ab. Ich wollte immer schon mal auf das Gut. Graf von Finkenstein soll ja sehr charmant und gut aussehend sein!«, sagte Sanne mit leuchtenden Augen.

Tina grinste. Wer Sanne sah, mit ihrer bunten Punkerfrisur, den Piercings und ihren hauteng anliegenden Klamotten, würde nie auf die Idee kommen, dass sie mit Begeisterung die Klatschspalten in den bunten Blättern las und sich besonders über den Adel Europas auf dem Laufenden hielt.

»Was man von seiner Frau nicht behaupten kann.«

Das Leuchten in Sannes Augen erlosch. »Meinst du, sie ist auch da?«

»Mit Sicherheit. Daisy ist doch 75.000 Euro wert, und sie wird bestimmt gucken, ob ich nicht gepfuscht habe.«

»Egal, ich komme trotzdem mit. Denk dran, schon mal die Rechnung fertig zu machen, dann können wir sie der Gräfin gleich in die Hand drücken.«

»Wenn ich dich nicht hätte!«

»Wenn du mich nicht hättest, wärst du schon pleite.«

Es stimmte, Sanne drängte immer darauf, die Rechnungen sofort zu schreiben und direkt in bar oder per ec-Karte bezahlen zu lassen. Tina hatte es in ihrer Zeit als Assistenztierärztin in einer großen Tierklinik in Lübeck so kennengelernt, dass alles auf Rechnung lief, doch auf diese Weise häufte man nur immense Außenstände an. Seit sie Sanne vor zwei Jahren eingestellt hatte, waren die Außenstände immerhin nicht noch weiter angewachsen.

Die Sprechstunde war trotz der Hitze recht gut besucht, und Tina war zufrieden, als sich die Tür hinter dem letzten Kunden schloss. Sanne war die ganze Zeit total hibbelig gewesen und konnte es kaum erwarten loszufahren.

»Meinst du, ich muss mich noch umziehen?«, fragte sie.

Tina musterte Sannes Garderobe des Tages, nachdem diese ihre Praxisklamotten – einen dunkelgrünen, kurzen Kittel, eine dazu passende Baumwollhose und die weißen Birkenstocks – gegen ihre Alltagskleidung getauscht hatte. Sie trug ein hautenges, kirschrotes, kurzärmeliges Kapuzenshirt mit Hundepfotenprint, eng sitzende lilafarbene Jeansshorts mit tief hängendem Bund, aus denen ihr Tribaltattoo über dem Steißbein herausschaute, und rosafarbene Stoffschuhe mit einem Keilabsatz aus Kork.

»Du siehst toll aus, perfekt für den Eintritt in die gehobene Gesellschaft.«

Tina nahm den Weg über Dersau, nachdem sie den Vorschlag von Sanne abgelehnt hatte, auf dem Deertenhoff vorbeizufahren, damit sie sich zu Hause noch umziehen könne.

»Du kannst doch nicht in Schlabber-T-Shirt und uralten Shorts beim Grafen aufschlagen. Das muss schon etwas peppiger sein. Guck dir mich an«, hatte Sanne so nachdrücklich gesagt, dass Tina an ihre Mutter erinnert wurde.

»Zieh doch mal was Flottes an«, war deren Standardsatz in Tinas Teenie- und Studentenjahren gewesen. Zum Glück hatte ihre Mutter inzwischen resigniert und verdrehte nur noch die Augen, wenn Tina ihrer Meinung nach zu schlunzig aussah.

Tina bog in die von Eichen und Buchen gesäumte winzige Straße zum Gut ein. Links von der Straße lag eine Wiese, die mindestens so groß war wie zehn Fußballfelder. Auf dem verdorrten Gras war ein Hindernisparcours aus großen und schweren Hindernissen aufgebaut. Eine Reiterin in grüner Jacke und heller Reithose trainierte ein braunes Pferd mit dunkler Mähne. Die beiden flogen in perfekter Einheit über die Hindernisse.

»Die kann aber reiten«, sagte Sanne und verdrehte den Hals, um die Reiterin noch etwas länger im Auge behalten zu können.

»Wir sind da.«

Tina bremste und bog in Richtung des weiß gestrichenen Haupttores des Gutes ab, auf dem in goldenen Buchstaben »Gut Finkenstein« stand. Rechts daneben hing ein Schild mit der Aufschrift »Privat. Durchfahrt verboten!«.

Sie musste anhalten, weil ein schwarzer Porsche mit Hamburger Kennzeichen die Durchfahrt blockierte. Der Fahrer in schwarzem Leinenhemd hatte den Arm auf das heruntergelassene Fenster gelehnt und unterhielt sich mit einem hochgewachsenen Mann in dunkelblauer Jeans und hellem Jeanshemd. Dieser hatte die Ärmel bis zu den Oberarmen hochgekrempelt, sodass Tina seinen muskulösen Bizeps sehen konnte. Er blickte kurz in Tinas Richtung, dann konzentrierte er sich wieder auf sein Gegenüber. Tina drückte auf die Hupe. Der Porschefahrer wedelte mit dem Arm in ihre Richtung und unterhielt sich weiter.

»Das ist doch nicht zu fassen!« Tina riss die Fahrertür auf und sprang aus dem Wagen. Mit schnellen Schritten ging sie auf den Porsche zu. »Macht es Ihnen sehr viel aus, den Weg freizugeben? Ich möchte durch das Tor fahren!«

Widerwillig unterbrach der Mann seine Unterhaltung und blickte Tina aus seinen grünen Augen so angewidert an, als sei sie gerade aus einem Schlammloch gekrabbelt. »Aber das hat doch keine Eile.«

»Brauchen Sie Starthilfe? Ich habe ein Überbrückungskabel im Auto.«

Der Mann zog eine Augenbraue hoch. »Was wollen Sie überhaupt auf dem Gut? Dies ist Privatbesitz. Das Gut steht für eine Besichtigung durch die Öffentlichkeit nicht zur Verfügung.«

»Ich bin Tierärztin und bringe den verschwundenen Greyhound der Gräfin.«

»Noch so ein blöder Köter! Als hätten wir nicht schon genug von den Viechern.«

Der Mann nickte seinem Gesprächspartner kurz zu. »Wenn Sie noch Fragen haben, ich bin im Herrenhaus.«

Der Mann in Jeans reichte dem Porschefahrer eine Visitenkarte. »Vielleicht fällt Ihnen ja noch etwas ein«, sagte er.

Der Fahrer nahm die Karte, startete den Porsche und fuhr mit röhrendem Motor auf das Gut. Tina sah ihm nach, als er nach links auf die kiesbestreute Auffahrt des imposanten weißen Herrenhauses abbog. Mit seinen beiden Flügelbauten sah es eher wie ein Schloss aus.

»Vollidiot!«

Sie sprang zurück in ihren Wagen und fuhr auf das Gutsgelände, vorbei an einem modernen Stallgebäude, durch dessen offen stehendes Tor sie eine Reihe von Pferdeboxen erkennen konnte. Rechts des Weges lag eine mindestens fußballplatzgroße, perfekt gepflegte Rasenfläche, die auf beiden Seiten von einer Reihe alter Lindenbäume begrenzt wurde. Hinter den Linden standen zwei lange reetgedeckte Fachwerkscheunen.

Als Tina langsam weiterfuhr, sah sie vor einem Nebengebäude eine schlanke Frau in blütenweißem Arztkittel stehen, die ihnen entgegenblickte und auf sie zu warten schien. Sie winkte Tina zu.

»Ach du Scheiße!«, entfuhr es ihr.

Sanne blickte sie neugierig an. »Was ist? Kennst du die etwa?«

»Das ist *Dr.* Irene Müller. Die blöde Kuh hat mir die Idee für meine Doktorarbeit geklaut, als ich in Kenia war. Es war ein Fehler, dass ich ihr davon erzählt habe. Als ich zurückkam, hatte sie mit meinem Thema bereits promoviert. Ich könnte mich schon wieder aufregen!« Tina nahm einen tiefen Atemzug und fuhr fort: »Wir haben in München zusammen studiert und waren damals recht gut befreundet. Sie kommt übrigens auch aus Plön, wir waren eine Zeit lang in derselben Klasse.«

Tina fuhr auf Irene zu und hielt vor ihr an.

Irene schaute ins Auto. »Tina! Was für eine Überraschung!«

»Ich dachte, Plön wäre dir zu provinziell?«, erwiderte Tina und stieg aus.

Irene lachte und warf ihre schulterlangen blondierten Haare schwungvoll zurück. »Ach, weißt du, von hier aus bin ich ja schnell in Hamburg. Und für den täglichen Einkauf ist Kiel nicht weit. Und als mir der Graf …«, sie machte eine Pause und sah Tina vielsagend an, »… diesen Job hier angeboten hat, ach, was sage ich, auf Knien hat er mich angefleht, da konnte ich nicht Nein sagen.«

»Plön hat auch Supermärkte und andere Läden für den täglichen Bedarf«, sagte Tina. »Wir haben sogar eine Bank *und* einen Schuhladen.«

»In dem du anscheinend deine Schuhe kaufst«, erwiderte Irene mit einem Blick auf Tinas ausgetretene Sneakers.

»Lieber bequem als Blasen an den Füßen. Sag mal, wer ist denn dieser arrogante Schnösel im Porsche?«

»Du meinst sicher Graf Ferdinand von Finkenstein.« Irene lächelte affektiert. »Er ist der jüngere Bruder der Gräfin. Wir beide sind so …« Sie presste Zeige- und Mittelfinger ihrer perfekt manikürten rechten Hand zusammen.

»Was du nicht sagst«, sagte Tina unbeeindruckt.

Wahrscheinlich grüßte Ferdinand Irene, wenn sie sich zufällig trafen, aber damit hatte es sich auch schon. Irene hatte immer schon damit angegeben, dass sie angeblich auf Du und Du mit irgendwelchen Prominenten war.

»Wieso heißt er auch Finkenstein? Das ist doch unlogisch«, sagte Sanne, die ebenfalls ausgestiegen war.

»Von Finkenstein ist der Mädchenname der Gräfin, also heißt ihr Bruder auch so. Ihr Mann hat bei der Hochzeit ihren Namen angenommen, weil sie den Namen von Finkenstein auf keinen Fall abgeben wollte.«

»Wahnsinnig spannend«, warf Tina ein. »Können wir mal zum Thema kommen? Ich bringe Daisy zurück.«

»Daisy's Dawn, ja. Wir haben sie schon überall gesucht. Geht es ihr gut?«

»So gut es einem eben geht, wenn man eine Kugel im Bein hatte.«

Irene wich ein Stück zurück und strich sich durchs Haar. »Die Gräfin hat mir davon erzählt. Wie kann das sein?«

»Das frage ich dich. Wieso ist sie überhaupt weggelaufen?«

Bevor Irene antworten konnte, hörten sie eine kultiviert klingende, sonore Stimme hinter sich.

»Sie bringen uns Daisy's Dawn zurück, nehme ich an?«

Tina drehte sich zu dem Mann um. Er lächelte Tina an und ließ seine offensichtlich gebleichten Zähne aufblitzen. So ein reinweißes Lächeln konnte niemand von Natur aus haben. Er hatte dunkle kurze, sich an der Stirn lichtende Haare, die an den Schläfen grau meliert waren. Den Haarschnitt hatte er bestimmt nicht bei Susis Haarmanufaktur in Preetz machen lassen, wo sich Tina alle halbe Jahre die Haare stutzen ließ, sondern in einem der teuren Salons in Hamburg. Seine dunkelbraunen Augen musterten Tina, als er vor ihr stehen blieb. Tina schätzte ihn auf Mitte vierzig. Sein gut geschnittenes Jackett in Blautönen, das, wie Tina annahm, ein Vermögen gekostet hatte, passte hervorragend zu dem dunkelblauen Hemd und der unauffällig gemusterten nachtblauen Krawatte. Das Einzige, was nicht auf seine Garderobe abgestimmt war, war ein leuchtend weißer Verband an seiner linken Hand.

»Falk von Finkenstein. Ich bin entzückt.« Er nahm Tinas Hand und beugte sich darüber.

Sie brauchte sich nicht zu Sanne umzudrehen, um zu wissen, dass der die Kinnlade auf die Brust gefallen war.

»Tina Deerten.«

Der Graf hielt Tinas Hand ein wenig länger fest als nötig und musterte sie von oben bis unten. Seine Miene war unergründlich, und Tina konnte nur vermuten, dass ihm ihr Aufzug nicht gefiel. Pech gehabt, sie warf sich doch nicht extra in Schale, um einen Hund abzuliefern.

Die Augen des Grafen weiteten sich kurz, als er Sanne erblickte, die auf ihn zustöckelte. Tina musste ihm zugutehalten, dass er sich nicht anmerken ließ, was er über Sannes Outfit dachte.

»Und wer ist diese bezaubernde junge Dame?«

Sanne kicherte und wurde rot. »Sanne Finke.«

Der Graf nickte ihr zu. »Konnten sich Ihre Eltern das ›Su‹ nicht leisten?«

Sanne blickte irritiert, doch Tina hatte verstanden, dass er Sanne gerade beleidigt hatte. Arrogantes Arschloch.

»Daisy ist hinten im Auto.«

Der Graf trat an den Wagen und blickte hinein. Mit gefletschten Zähnen sprang Daisy an die Scheibe und bellte ihn an. Er trat schnell einige Schritte zurück, und die Hündin beruhigte sich wieder. Tina sah aber, dass der Hund den Grafen im Auge behielt.

»Wie meine Frau mir erzählte, ist sie angeschossen worden?«

»Es steckte eine Pistolenkugel in ihrem Oberschenkel, und auch die Rippen wurden gestreift.«

»Eine Pistolenkugel? Sind Sie sicher?« Der Graf machte ein zweifelndes Gesicht.

»Wer hatte eine Pistolenkugel im Oberschenkel?« Der Mann

im Jeanslook, der eben am Tor gestanden hatte, war herangekommen.

Seine blonden Haare waren kragenlang, und sein etwas zu langer Pony fiel ihm immer wieder in die Augen. Er hatte ein kantiges Kinn und schon jetzt einen Fünf-Uhr-Bartschatten. Er war braungebrannt und sah aus wie ein Surfer. Tina konnte ihn sich auch gut auf einem Katamaran oder einem anderen Segelschiff vorstellen. Er kam ihr vage bekannt vor, aber sie kam nicht darauf, woher sie ihn kannte.

»Es geht um unsere Hündin, Herr Kommissar. Sie war weggelaufen. Diese bezaubernde Tierärztin hier hat sie operiert und uns zurückgebracht.«

»Wo wurde der Hund gefunden?«, fragte der Surfer und sah Tina mit seinen blaugrauen Augen an.

»Kurz vor Dersau. Ein Ehepaar hat sie am Straßenrand gefunden.«

»Warum interessiert Sie das? Sie glauben doch wohl nicht etwa, dass das etwas mit dem Selbstmord von Perry zu tun hat?«, fragte der Graf.

Tina hörte, wie Sanne zischend die Luft einsog. Sie musste im siebten Himmel schweben, ein Selbstmord auf Finkenstein!

»Ich glaube gar nichts, ich halte mich an die Fakten. Und noch ist es nicht gesichert, dass es ein Selbstmord war«, stellte der Kommissar klar.

»Sie meinen, dass dieser Perry ermordet wurde?«, fragte Sanne mit leuchtenden Augen.

»Das ist völlig ausgeschlossen!« Der Graf hatte die Stimme gehoben, fing sich aber schnell wieder und fuhr in normaler Lautstärke fort: »Alles deutet auf einen Selbstmord hin. Er war schwerer Alkoholiker und hatte wieder einmal zu viel getrunken. Er hatte keine Familie, nur seinen Job. Er hat hier keine Freunde gefunden, obwohl er schon vor fünf Jahren aus England hergekommen ist. Immer wieder hatte er depressive Phasen.« Der Graf machte eine kurze Pause und blickte den Kommissar an. »Ich denke, er war so verzweifelt, dass er keinen anderen Ausweg gesehen hat.«

»Warum haben Sie ihm eigentlich nicht gekündigt?«, fragte der Kommissar. »Er muss doch zumindest phasenweise recht unzuverlässig gewesen sein.«

»Perry war ein ausgezeichneter Trainer. Es stimmt, er hatte seine Durchhänger, aber die Hunde bedeuteten ihm alles, und er konnte hervorragend mit ihnen umgehen.«

»Wie der Hundeflüsterer«, sagte Sanne ehrfürchtig.

»Ich erwarte, dass Sie den Fall schnell abschließen. Hier auf Finkenstein mögen wir keine negative Publicity.«

Der Kommissar, der bisher lässig an der Motorhaube von Tinas Auto gelehnt hatte, richtete sich auf und blickte dem Grafen direkt ins Gesicht. »Es dauert so lange, wie es eben dauert, Herr von Finkenstein.« Er wandte sich an Tina. »Haben Sie die Kugel noch, die Sie aus dem Hund herausoperiert haben?«

»Ich habe sie heute Morgen bei der Polizei in Plön abgegeben. Aber Ihr Kollege sagte, dass er keine ballistische Untersuchung veranlassen wolle. Es wäre doch ›nur‹ ein Hund.« Tina merkte, dass sie sich schon wieder aufregte.

»Ich werde dafür sorgen, dass sie untersucht wird.«

»Ähm …«, sagte Sanne.

Der Kommissar blickte sie an. »Ja?«

»Es könnte sein … also … dass …« Sanne brach ab und biss sich auf die Unterlippe, während der Kommissar sie fragend ansah. »Es könnte sein, dass meine Fingerabdrücke auf der Kugel sind. Ich habe sie angefasst, als sie nach der OP auf dem Tisch lag. Ich weiß, das war dumm von mir, aber ich habe bestimmt nicht auf Daisy geschossen.« Sanne hatte immer schneller gesprochen, als wollte sie ihr Geständnis rasch hinter sich bringen. »Ich werde doch jetzt nicht verhaftet, oder?«, fragte sie mit leiser Stimme.

»Kommen Sie möglichst heute noch auf dem Revier in Plön

vorbei, dort werden wir Ihre Fingerabdrücke nehmen, um sie von eventuell vorhandenen weiteren Abdrücken unterscheiden zu können.«

Sanne atmete hörbar aus. »Das heißt, ich bin nicht verdächtig?«

»Ich habe keinen Grund anzunehmen, dass Sie auf den Hund geschossen haben. Einen schönen Tag allerseits.« Der Kommissar nickte ihnen zu und verschwand in Richtung des Pförtnerhauses.

»Guter Mann«, murmelte Tina.

»Dr. Müller, kümmern Sie sich um Daisy. Ich will, dass sie die beste Pflege bekommt.«

»Selbstverständlich, Herr von Finkenstein«, erwiderte Irene.

Fehlte nur noch, dass sie einen Knicks machte.

»Sie wird natürlich keine Rennen mehr laufen können, aber als Zuchthündin wird sie sicher noch taugen. Frau Deerten, haben Sie eine Telefonnummer für mich, falls noch Fragen zur Behandlung des Hundes auftauchen?«

Tina nannte ihre Handynummer, die der Graf direkt in sein Smartphone eintippte.

»Darf ich mich noch einmal melden, um zu fragen, wie es Daisy geht?«, fragte Tina. »Sie ist ein wirklich toller Hund.«

»Sie mögen Greyhounds? Haben Sie schon einmal ein Greyhoundrennen gesehen?«

»Nein, bisher nicht.«

»Darf ich Sie und Fräulein Sanne dann für den morgigen Sonnabend zu unserem vierteljährlichen Spaßrennen einladen? Es wird reine Windhundrennen geben, aber auch Rennen für andere Rassen. Jeder, der möchte, kann seinen Hund anmelden. Der schwarze Hund im Auto ist Ihrer?«

»Ja, das ist Swatt.«

»Zwar ist die Meldefrist schon abgelaufen, aber für Sie könnte ich eine Ausnahme machen, wenn Sie Ihren Hund noch nachmelden möchten.« Der Graf trat einen Schritt auf das Auto zu, um einen Blick auf Swatt zu werfen.

Daisy fing sofort wieder an zu bellen. Diesmal ließ sich auch Swatt von dem Gekläffe anstecken.

»Ich weiß nicht, Swatt ist kein Windhund«, rief Tina über das Gebell hinweg.

»Das ist ja das Schöne, es dürfen alle Rassen mitmachen. Sogar solche Promenadenmischungen wie Ihrer.«

Tina sah, dass Irene sich ein Grinsen nicht verkneifen konnte. Blöde Kuh.

Sanne stupste Tina in die Seite. »Nun komm schon, das wird bestimmt lustig.«

»Na gut, warum nicht.«

Der Graf lächelte. »Ausgezeichnet! Ich werde Ihren Hund für das Rennen der Mischlinge anmelden. Ich erwarte Sie also morgen ab zwölf Uhr hier bei uns auf der Rennbahn. Für das leibliche Wohl ist gesorgt.« Er verbeugte sich. »Guten Tag, die Damen.«

Als er hinter den mannshohen Rhododendronbüschen verschwunden war, sagte Tina grinsend: »Mit Frauen ist er ja sehr charmant. Aber der Kommissar war ganz schön angepisst.«

»Er ist schon irgendwie cool, oder?« Sanne schaute mit leicht verklärtem Blick in die Richtung, in die der Graf verschwunden war.

»Der Graf mag es nicht, wenn auf Finkenstein herumgeschnüffelt wird. Das muss er sich nicht bieten lassen«, warf Irene ein.

»Bei einer Morduntersuchung wird er keine andere Wahl haben, Graf hin oder her.«

»Es war mit Sicherheit ein Selbstmord. Wer sollte einen Grund haben, Perry umzubringen?«, fragte Irene.

Tina sah ihr direkt in die Augen. Irenes Blick flackerte, und sie schaute zur Seite.

»Keine Ahnung. Vielleicht warst du es ja?«

Irenes Gesicht bekam rote Flecken. »Es war Selbstmord! Wie

kommst du darauf, dass ich was damit zu tun habe?« Sie schrie jetzt fast.

Tina musste sich ein Grinsen verkneifen. Irene hatte immer schon besser austeilen als einstecken können. Deshalb machte es so viel Spaß, sie zu ärgern.

»War nur so ins Blaue hinein gedacht.«

Irene atmete ein paar Mal tief ein. »Werd endlich erwachsen, Tina.«

»Wo soll Daisy hingebracht werden, Irene?«

Irene reckte sich, sodass sie Tina knapp überragte. Sie schaffte es sogar, den Eindruck zu erwecken, als würde sie auf Tina hinabschauen. »Ich lasse mich jetzt Alixa nennen. Mein zweiter Vorname passt einfach besser zu meiner jetzigen Situation und dieser außerordentlich gut bezahlten Stelle hier. Wie läuft es denn bei dir so, Tina?«

Das geht dich gar nichts an, Irene.

»Könnte nicht besser sein, die Praxis brummt.« Tina ignorierte Sannes überraschten Blick. »Ich überlege sogar, ob ich die Sprechzeiten erweitere, so viel ist zu tun.«

»Schön für dich«, erwiderte Alixa gleichgültig. »Daisy muss erst mal in die Praxis, damit ich sie untersuchen kann. Die Gräfin legt Wert darauf, dass alles hundertprozentig gemacht wird.«

Tina stapfte um das Auto herum und öffnete die Tür zur Rückbank. Daisy stand auf und wedelte zaghaft.

Swatt, der seinen Stammplatz auf dem Beifahrersitz nur murrend an Sanne abgetreten hatte, drängelte sich an Daisy vorbei und sprang aus dem Auto. Er raste zum nächstgelegenen Busch und brachte seine Markierung an. Das Klappern von Pferdehufen unterbrach ihn, und er rannte laut bellend auf das Pferd zu.

Es war die Reiterin, die Sanne so bewundert hatte.

»Swatt! Komm her! Sofort!«

Er bellte noch einmal herzhaft und trottete zurück zum Auto.

»Wo kommt denn dieser Hund her? Wir haben hier eine wertvolle Zucht- und Trainingsanlage, da haben fremde Hunde keinen Zutritt«, sagte die Reiterin in scharfem Tonfall.

Tina erkannte die Stimme sofort von ihrem Telefonat wieder.

»Swatt, ins Auto«, zischte sie und sah erleichtert, dass Swatt auf den Rücksitz sprang.

»Und wer sind Sie, wenn ich fragen darf?«

Die Reiterin blickte Tina mit steinerner Miene an. Entweder putzte sie sich morgens mit Essig die Zähne, oder sie hatte nur diesen einen, grimmigen Gesichtsausdruck. Als ihr Blick auf Sanne fiel, entfuhr ihr ein ungläubiges Schnauben.

»Frau von Finkenstein, das ist die Tierärztin aus Plön, die Daisy's Dawn operiert hat«, meldete sich Alixa zu Wort.

»Ich hoffe sehr für Sie, dass sie sich gut erholen wird. Sie ist eine unserer besten Hunde und 75.000 Euro wert.« Die Gräfin musterte Tina vom Sattel aus.

Ihre weiße Reithose aus weichem Leder saß wie angegossen, und der dunkelgrüne Blazer, den sie trotz der Hitze trug, schmiegte sich an ihre schlanke Figur wie eine zweite Haut. Wenn Tina so warm angezogen gewesen wäre, hätte sie mit Sicherheit sowohl den Blazer als auch die Lederhose durchgeschwitzt, doch erstaunlicherweise war noch nicht einmal auf der Stirn der Gräfin ein Schweißtropfen zu sehen.

»Das erwähnten Sie bereits«, entgegnete Tina und versuchte, ruhig zu bleiben.

»Ich gehe davon aus, dass Sie eine gute Berufshaftpflichtversicherung haben«, fuhr die Gräfin fort.

So langsam hatte Tina die Nase voll von den arroganten Gestalten auf Finkenstein.

»Die Berufshaftplicht werde ich nicht brauchen, Frau Gräfin. Es ist alles lege artis behandelt worden. Ich hoffe nur, dass die OP-Nachsorge bei Dr. Müller genauso sorgfältig durchgeführt wird wie die Operation.« Mit Tinas Stimme hätte man die Sahara schockgefrieren können.

»Nun gut, wir werden sehen. Frau Müller, kommen Sie bitte in mein Büro, wenn Sie hier fertig sind.«

»Selbstverständlich.«

Die Gräfin wendete ihr Pferd, eine große braune Irish-Hunter-Stute mit einer Blesse in Form eines Sterns. »Es heißt im Übrigen ›Gräfin von Finkenstein‹, nicht ›Frau Gräfin‹«, sagte sie über ihre Schulter hinweg und trabte in Richtung der Pferdeställe davon.

»Frau Gräfin! Eine Frage noch!«, rief Sanne ihr hinterher, und Tina grinste.

Die Gräfin zügelte ihr Pferd und wandte sich ungehalten um. »Was ist denn noch?«

»Wo sollen wir die Rechnung abgeben?« Sanne hatte ein zuckersüßes Lächeln aufgelegt und wedelte mit dem Briefumschlag.

Die Gräfin verzog das Gesicht.

»Geben Sie sie Frau Müller.« Die Gräfin gab ihrem Pferd die Sporen und trabte davon.

»Du hast ja ausgesprochen sympathische Arbeitgeber, meine liebe *Alixa*. Da hast du wirklich den ganz großen Wurf gemacht. Gratuliere.«

»Das muss an dir und deiner bäuerlichen Art liegen, Tina. Ich habe sonst überhaupt keine Probleme mit ihnen.«

»Kannst du überhaupt noch was sehen, so tief, wie du denen in den Hintern kriechst?«

Alixa schnappte nach Luft und wollte etwas erwidern, doch Tina kam ihr zuvor. »Lass uns endlich den Hund in deine Praxis bringen, wir müssen langsam mal los.«

Sie brachte Swatt mit einem Zischen dazu, auf dem Rücksitz liegen zu bleiben, hob Daisy aus dem Auto und folgte Alixa in deren zugegebenermaßen traumhaft schöne Praxis, wo sie Daisy auf dem Boden absetzte.

Die Sonne schien durch die hohen Flügelfenster und malte helle Rechtecke auf die hellbeigefarbenen Fliesen mit dunkler

Marmorierung. Die Schränke waren aus Eichenholz, das mit einer so dünnen Schicht aus weißem Lack gestrichen war, dass die Maserung des Holzes gut zur Geltung kam. Ein hydraulisch betriebener Edelstahltisch stand unter einer OP-Leuchte in der Mitte des Raumes. Tina sah sich in dem mindestens vierzig Quadratmeter großen Behandlungszimmer um, das in einen weiteren, etwa gleich großen Raum überging. Sie schlenderte hinüber und warf einen Blick hinein.

»Es ist alles da, wie du siehst. Digitales Röntgen vom Feinsten, Doppler-Ultraschall, Labor mit allem Drum und Dran, außerdem habe ich zwei tiermedizinische Fachangestellte und, und, und …« Alixa machte eine ausholende Handbewegung. »Was sagst du dazu? Toll, was?«

Tina blickte sich um, gegen ihren Willen beeindruckt.

Sie deutete auf mehrere Schachteln mit Mikrochips zur Kennzeichnung von Hunden und einen Haufen in Sterilisiertüten verpackte Plastikhülsen. »Wie viele Welpen habt ihr denn hier jedes Jahr, dass du so viele Chips brauchst? Und was sind das für Hülsen? Warum sind die steril verpackt?«

Alixa öffnete eine Schublade, wischte die Hülsen mit einer schnellen Bewegung hinein und schloss die Schublade wieder. »Wir haben eine große Zucht hier, da braucht man eine ganze Menge. Wir haben fünfzehn Zuchthündinnen, jetzt sechzehn mit Daisy, dazu zwanzig Hunde im vollen Training plus die Junghunde, die antrainiert werden. Die Zucht von Finkenstein hat einen sehr guten Ruf. Es gibt eine lange Warteliste für die Welpen. Mit Glück könntest du in zwei Jahren einen Welpen bekommen. Wenn du genügend Geld hättest.«

»Ich steh nicht so auf Windhunde.« Tina schaute auf einen Computer in der Ecke des Raumes, auf dem ein Programm geöffnet war. Es war dieselbe Software, die sie in der Praxis benutzte.

Alixa trat in den benachbarten Raum und schaltete das Licht an. »Der OP. Wie findest du ihn?« Mit einer ausholenden Handbewegung wies sie in den Raum, in dem Tinas ganze Praxis Platz gefunden hätte.

Es war alles da, was das Herz begehrte. Tina war kein neidischer Mensch, doch dies hier war so sensationell, dass sie bedauerte, dass ihre eigene Praxis deutlich bescheidener ausgestattet war. Der OP-Tisch war riesig und verfügte sogar über zwei OP-Leuchten, an jedem Ende eine, es gab eine hochmoderne Narkoseanlage, einen Lift …

Tina stutzte. »Operierst du hier auch Pferde?«

»Wenn ich operiere, dann vor allem die Pferde. Bei den Hunden …«, Alixa machte eine winzige Pause, bevor sie fortfuhr, »… besteht nicht so ein hoher OP-Bedarf.«

Tina hatte das Gefühl, dass sie etwas anderes hatte sagen wollen.

»Nebenan sind die Box für die Narkose und das Behandlungszimmer für die Pferde. Ich zeige es dir.«

»Nicht nötig.« Tina blickte in die Glastüren der Schränke, die an der rechten Wand des OPs standen. Ein Doppelschrank enthielt Berge von OP-Tüchern, ein anderer war mit in sterile Tüten eingeschweißten OP-Bestecken gefüllt. Sie schaute sich die durchsichtigen Tüten etwas genauer an. In einer war eine Bohrmaschine aus Metall zu sehen, daneben ein Kasten, der anscheinend Schrauben enthielt. »Du machst auch Knochenchirurgie?«

»Dafür kommt ein Kollege aus Wahlstedt, aber zum Glück ist es nicht so oft nötig.«

Sanne, die ihnen gefolgt war, sah sich mit großen Augen um. »Das ist ja wie im Krankenhaus. Mannomann!«

Alixa warf ihre blonden Haare mit einer schnellen Bewegung des Kopfes über die Schulter und lächelte wie ein weißer Hai, der gerade einen Surfer erspäht hat. »Ich bin ganz zufrieden.«

Sie ist ganz zufrieden. Es ist der Himmel!

»Für die Pferde der Gräfin ist das Beste gerade gut genug«, fügte sie hinzu. »Sie sind ihr Ein und Alles.«

»Aber die Hunde doch sicher auch?«, fragte Tina.

Alixa zögerte kaum merklich. »Ja sicher, die Hunde auch.«

»Wir müssen los.«

»Ich komme mit raus.«

»Musst bei der Gräfin Männchen machen, was?«

»Tina, du bist so pubertär!« Alixa verdrehte die Augen.

»Ich bin eben jung geblieben, meine Liebe.«

Als sie bei Tinas Auto ankamen, blickte Alixa schräg über Tinas Schulter und verzog das Gesicht. Tina drehte sich um und sah einen relativ kleinen Mann mit fettigen, langen Haaren herankommen. Er war um die vierzig Jahre alt und hielt eine glimmende Zigarette in der Hand. Als er sah, dass Tina ihn beobachtete, warf er ihr ein schmieriges Grinsen zu und zog an seinem Glimmstängel. Er hustete und spuckte einen Schleimbatzen auf den Boden.

»Was ist das denn für ein widerlicher Kerl?«, fragte Tina und beobachtete, wie der Mann sich umdrehte und in Richtung der Pferdeställe verschwand.

»Das ist Franz Kränkel. Er ist Pferdepfleger hier. Er ist der irrigen Meinung, dass ich etwas mit ihm anfangen würde.« Alixa schüttelte sich. »Er ist mir unheimlich. Der Graf hat ihm schon zwei Abmahnungen geschickt, dass er mich in Ruhe lassen soll.«

»Scheint nicht viel genützt zu haben.« Tina öffnete die Fahrertür und stieg ein. »Wir müssen los.«

Bevor Sanne ebenfalls einstieg, drückte sie Alixa die Rechnung in die Hand. »Für die Behandlung von Daisy. Wir wollen doch hoffen, dass die Gräfin keine säumige Zahlerin ist.«

Alixa schnaubte nur und steckte die Rechnung in ihre Kitteltasche.

Tina grinste, als sie losfuhr. Doch dann wurde sie wieder ernst. Ein Selbstmord, vielleicht sogar ein Mord ausgerechnet auf Gut Finkenstein! Die Gerüchteküche in Plön würde überkochen. Sie beneidete den Kommissar nicht um seine Aufgabe, Licht in die

Angelegenheit zu bringen. Sie runzelte die Stirn. Woher kannte sie ihn bloß?

»Herr Graf hier, Frau Gräfin da. Der guten alten Irene ist der Schleim ja nur so aus der Kitteltasche getropft.«
Sanne kicherte, während sie in ihrer Jeanstasche herumwühlte. »Suchst du was Bestimmtes?«
»Hab's gefunden!« Sanne zog eine kleine Hülse aus ihrer Hosentasche und betrachtete sie eingehend. »Wofür die wohl sind?«
»Du hast eine mitgehen lassen?« Tina lachte.
»Alixa war ein wenig zu sehr darauf bedacht, sie verschwinden zu lassen. Aber wozu braucht man sterile Plastikhülsen?«
»Vielleicht füllt Alixa dadrin den Schleim ab, bevor sie sich mit den Hochwohlgeborenen trifft.«
»Glaube ich nicht«, erwiderte Sanne mit ernster Miene. »Dafür ist das Ding doch viel zu klein!« Sie prustete los, und Tina fiel mit ihrem röhrenden Lachen ein.
»Der Mord auf Finkenstein bringt mich bei meinen Freundinnen ganz groß raus, das kann ich dir sagen«, sagte Sanne, als sie sich wieder beruhigt hatte.
»Höchstwahrscheinlich war es Selbstmord, Sanne! Bring keine falschen Gerüchte in Umlauf, sonst bekommst du von den sauberen Von-und-Zus bestimmt eine Klage wegen übler Nachrede an den Hals.«
Sanne seufzte theatralisch. »Dass du immer so eine Spaßbremse sein musst.« Sie sah Tina an. »Glaubst du eigentlich wirklich, dass Alixa diesen Perry ermordet hat?«
»Quatsch. Ich wollte sie nur ärgern.« Tina konzentrierte sich auf die Straße, die sich durch die Hügel schlängelte. »Jan Voss«, rief sie so plötzlich, dass Sanne hochfuhr.
»Hast du mich erschreckt. Wer zum Teufel ist Jan Voss?«
»Der Kommissar. Ich habe die ganze Zeit überlegt, woher ich ihn kenne.« Tina verstummte und überholte einen Mähdrescher.

»Sagst du es mir heute noch, oder muss ich dir die Würmer einzeln aus der Nase ziehen?«

»Jan war der beste Freund von Kai und ist oft bei uns auf dem Hof zu Besuch gewesen. Ich wollte immer mitmachen, wenn sie Indianer gespielt haben, aber ich durfte nur die Squaw sein, die blöd am Marterpfahl rumstand, während die beiden mit ihren selbst gebauten Bögen in der Gegend rumgeschossen haben. Dabei wäre ich auch so gern ein Krieger gewesen.« Tina machte eine Pause, während sie ihre Erinnerungen aufleben ließ. »Einmal hatten sie mich am Marterpfahl vergessen. Da war was los! Kai bekam eine Woche Stubenarrest und vier Wochen Fernsehverbot. Aber ich fand es trotzdem toll, dass ich mitspielen durfte. Ich war nämlich total in Jan verknallt.«

Sanne zog die Augenbrauen hoch. »Ach nee!«

»Ich war zehn, Sanne! Jan war dreizehn, der hat das überhaupt nicht mitbekommen.«

»Typisch Mann!«

»In dem Alter finden die meisten Jungs Mädchen total überflüssig, das wirst du an deinen beiden auch noch sehen. Irgendwann kam Jan nicht mehr. Es hatte irgendwas damit zu tun, dass er plötzlich Angst vor unserem Hund bekam.« Tina überlegte. »Er war vom Hund der Nachbarn gebissen worden, glaube ich, und traute keinem Hund mehr, obwohl er vorher mit Lizzy immer gern Ball gespielt hatte. Ab da ging Kai immer zu ihm, wenn sie sich getroffen haben, und ich habe Jan nur noch manchmal in der Schule gesehen. Nur zu Kais legendärer Abifete war er noch mal bei uns, dann ist er nach Kiel gegangen, und er und Kai haben sich aus den Augen verloren.«

»Er sieht echt gut aus. Müsste doch genau dein Typ sein, leger, nicht so überkandidelt wie der Graf oder dieser Kerl im Porsche.«

»Ich weiß nicht, ob ich schon wieder so weit bin, mich auf einen Mann einzulassen.«

»Mensch, Tina, das mit Sven ist jetzt ein Jahr her!«

»Ein Jahr und einen Tag. Außerdem ist Jan mit Sicherheit verheiratet und hat vier Kinder.«

Sanne grinste. »Mindestens. Das fünfte ist bestimmt schon unterwegs. Nur, dass er keinen Ehering trug.«

»Das beweist gar nichts.«

»Nun gib schon zu, dass du interessiert bist.«

»Ich habe andere Sorgen.« Tinas Blick fiel auf die Uhr am Armaturenbrett. »Wir müssen uns beeilen, die Sprechstunde fängt gleich an.«

»Und dann ist Wochenende! Ich freue mich schon auf das Hunderennen.«

»Kann lustig werden. Hoffentlich macht Swatt keinen Mist.«

»Swatt doch nicht«, sagte Sanne, und Tina musste grinsen.

Sie dachte daran, wie er sich einmal bei ihrem Onkel durch die Durchreiche von der Küche ins Esszimmer gequetscht hatte, weil sie ihn aus Versehen in der Küche eingesperrt hatte, und wie er auf Mareikes dreißigstem Geburtstag die komplette Käseplatte bis auf den Roquefort gefressen hatte. Er war schon ein echter Chaot. Andererseits, was konnte auf einer Hunderennbahn schon passieren? Die waren auf Hunde eingestellt, richtig?

Kapitel 3

Freitags endete die Nachmittagssprechstunde immer schon um fünf Uhr, sodass Tina um sechs mit dem neuesten Krimi von Donna Leon auf ihrem Steg saß. Sie trug einen hellblauen Bikini und schlürfte eine Apfelsaftschorle mit Eiswürfeln. Swatt hatte bereits ein Bad im See genommen und buddelte jetzt mit Begeisterung im Sand unter der großen Trauerweide, die rechts vom Steg stand. Als er eine ausreichend große Kuhle ausgehoben hatte, drehte er sich mehrmals um sich selbst und ließ sich mit einem zufriedenen Seufzer in das Loch fallen. Tina grinste und widmete sich dem ersten Kapitel des Venedig-Krimis. Commissario Brunetti war noch nicht einmal zum Tatort gerufen worden, als ihr Telefon klingelte. Sie blickte auf das Display und nahm ab.

»Onkel Lorenz! Wie schön, dass du dich mal wieder meldest.«

»Meine liebe Tina. Ich hoffe, es geht dir gut.«

Ihr Onkel hatte eine angenehme Baritonstimme, er war bis zu seinem dreißigsten Lebensjahr Opernsänger gewesen. Der Höhepunkt seiner Karriere war die Rolle des Papageno in Mozarts *Zauberflöte*, die er auf der Freilichtbühne in Eutin gegeben hatte. Erst nach dem Ende seiner Opernlaufbahn hatte er angefangen, Medizin zu studieren. Seit fast zehn Jahren war er als Pathologe in Kiel tätig und schmetterte seine Arien nur noch unter der Dusche.

»Könnte nicht besser sein. Und bei dir?«

»Viel zu tun, bei dieser Hitze fallen die Leute um wie die Fliegen, und der Pathologe hat die ganze Arbeit. Übrigens, kennst du den? Was ist der Unterschied zwischen einem Internisten, einem Chirurgen, einem Psychiater und einem Pathologen?« Tinas Onkel wartete nicht auf ihre Antwort, sondern fuhr gleich fort: »Der Internist hat Ahnung, kann aber nichts. Der Chirurg hat keine Ahnung, kann aber alles. Der Psychiater hat keine Ahnung und kann nichts, hat aber für alles Verständnis. Der Pathologe weiß alles und kann alles, kommt aber immer zu spät.«

Ihr Onkel lachte laut meckernd ins Telefon, und Tina musste den Hörer ein Stück von ihrem Ohr weghalten. Ihre eigene röhrende Lache hatte sie eindeutig von der Familie ihrer Mutter geerbt.

»Den kannte ich schon, Onkel Lorenz.«

»Ach, wirklich? Egal. Weshalb ich anrufe: Ich möchte dich gern mal wieder zum Essen einladen. Passt es dir am Samstag in drei Wochen?«

Tina öffnete ihren Kalender auf dem Handy. »Das passt gut. Wo und wann?«

Sie hörte eine weitere Stimme im Hintergrund und dann wieder ihren Onkel, der offensichtlich mit dem Neuankömmling sprach. »Voss, Sie sind schon da. Moment, ich beende noch eben mein Telefonat. Um neunzehn Uhr im Restaurant im Yachtclub?«

»Ist notiert.«

»Fein, ich freue mich schon. Tschüss.«

»Tschüss.« Tina wollte auflegen, doch sie hörte immer noch Onkel Lorenz, der irgendetwas sagte, was sie nicht verstehen konnte. »Ja, was ist denn noch?«

Statt der ruhigen Stimme ihres Onkels vernahm sie nun die etwas tiefere Stimme von Jan Voss.

»Moin, Doktor. Gibt es schon etwas, das Sie mir über Perrys Tod mitteilen können?«

Tina war hin- und hergerissen. Eigentlich müsste sie sofort auflegen, andererseits war dies hier zu gut, als dass sie es sich entgehen lassen könnte.

»Außer dem Offensichtlichen, dass er an einer Schussverletzung gestorben ist? Bisher nur das …«

Tina hörte ein leises Geklapper, dann wieder ihren Onkel.

»Schauen Sie mal her, Voss. Das hier in der Schale ist seine Leber. Sie ist kurz vor dem Kollaps gewesen. Lange hätte sie den Alkoholkonsum nicht mehr mitgemacht.«

»Äh, danke, so genau wollte ich das gar nicht ...«

Jans Stimme verklang, und Tina grinste. Der Herr Kommissar war wohl ein wenig empfindlich, wenn es um innere Organe in Nierenschalen ging. Und das bei seinem Job. Irgendwie machte es ihn noch sympathischer. Sie konzentrierte sich wieder auf das Gespräch.

»Wann ist der Tod eingetreten?«

»In der Nacht zu Donnerstag etwa zwischen Mitternacht und zwei Uhr.«

»Gibt es Hinweise, dass er die Waffe nicht selbst geführt hat?«

»Er hat Schmauchspuren an der rechten Hand, und ich habe keine Abwehrverletzungen gefunden«, erklärte Onkel Lorenz. »Allerdings hatte er 2,8 Promille Alkohol im Blut. Er dürfte ziemlich hinüber gewesen sein.«

2,8 Promille! Tina wäre mindestens im Koma, wahrscheinlich sogar tot, wenn sie einen so hohen Alkoholspiegel hätte.

»Also hätte er sich, wenn überhaupt, kaum wehren können«, stellte Jan fest.

»Richtig. Gibt es sonst noch was, was Sie wissen wollen?«

»Das wäre zunächst mal alles. Wann bekomme ich den Obduktionsbericht?«

»Ich habe noch einen unbekannten Toten, der bei Laboe am Strand gefunden wurde, und eine alte Dame, die im Pflegeheim gestorben ist. Frühestens Montagnachmittag. Zum Glück habe ich die Wasserleiche ohne Kopf schon fertig.«

»Geht es nicht etwas eher? Ich möchte den Fall möglichst schnell abschließen.«

»Für mich sieht es nach einem Selbstmord aus. Ich bin zurzeit alleine hier, weil Dr. Garcia im Urlaub ist. Seien Sie froh, wenn Sie den Bericht am Montag haben.«

Tina hörte gedämpfte Schritte. Offensichtlich ging Jan weg.

»Alle wollen sie die Berichte immer schon vorgestern haben. Was stellen die sich vor, wie ich das schaffen soll?«, hörte Tina ihren Onkel leise vor sich hin meckern.

»Dr. Engelbrecht, ich meine gehört zu haben, dass Sie sich ein wenig mit Whisky auskennen, oder ist das Dr. Garcia?«

Jan war anscheinend noch einmal zurückgekommen.

»Mit Whisky?« Ihr Onkel klang überrascht. »Das stimmt. Ich habe eine kleine Sammlung, nichts Außergewöhnliches, aber mir gefällt sie.«

Jans Stimme klang ungläubig, als er fragte: »Sie sammeln Whisky? Ich dachte, den trinkt man.«

Das hatte Tina auch gedacht, bis ihr Onkel ihr stolz seine Whiskysammlung gezeigt hatte.

»Das ist wie bei Aktien«, erklärte ihr Onkel. »Man kauft einen Whisky und hofft, dass der Preis steigt.«

»Und wenn nicht, kann man ihn immer noch trinken.«

»Der teuerste Whisky der Welt hat fast eine Million Euro gekostet, mein lieber Voss.« Onkel Lorenz' Stimme klang triumphierend, und Jans Reaktion enttäuschte ihn bestimmt nicht.

»Eine Million! Sie wollen mich doch verar…«

»Das ist wirklich wahr. Er war über hundert Jahre alt. Wenn das mein Whisky gewesen wäre …«

»Wie teuer ist denn so ungefähr …«, Jan machte eine kurze Pause und fuhr dann fort: »… vierundzwanzig Jahre alter Teeling Single Cask Whiskey?«

»Das ist ein irischer Whiskey. Vierundzwanzig Jahre alt? Ich würde schätzen, dass der zwischen dreihundert bis dreihundertfünfzig Euro kosten müsste.«

»Dreihundertfünfzig Euro? Und wie teuer ist Paddy Whiskey?«

»Ach, nicht mehr als zwanzig. Ein ziemlicher Fusel. Seit wann interessieren Sie sich für Whisky, Voss?«

»Wir haben bei dem Toten hauptsächlich Paddy Whiskey gefunden, aber neben seinem Sessel lag eine Flasche Teeling. Das gibt mir schon zu denken. Warum trinkt er ausgerechnet an seinem Todestag einen so teuren Whisky?«

»Tja, Voss, das herauszufinden ist Ihr Job. Viel Erfolg dabei.«

»Danke.«

Jan klang etwas säuerlich, fand Tina.

»Übrigens, Voss, kennen Sie den?«, rief ihr Onkel. »Treffen sich ein Jurist, ein Pathologe und ein …«

»Den kenne ich schon, Doktor«, sagte Jan schnell.

Tina musste lachen und drückte das Gespräch schnell weg. Onkel Lorenz und seine Pathologenwitze.

Sie legte das Telefon neben sich auf den Steg und sah über die Möweninsel hinweg auf Plön.

Ein Selbstmord also. Aber wer hatte auf Daisy geschossen? Der Trainer selbst? Das ergab keinen Sinn. Mit Sicherheit liebte er seine Hunde, da würde er niemals auf sie schießen. Und was hatte es mit dem teuren Whisky auf sich? Tina grübelte noch eine Weile, doch sie kam zu keinem Ergebnis. Vielleicht würde sie morgen bei dem Hunderennen etwas herausfinden, was Licht auf den Schuss auf Daisy werfen könnte. Sie tauchte ihre Füße ins Wasser, schob sich die Sonnenbrille auf der Nase hoch und wandte sich wieder Commissario Brunetti zu.

Kapitel 4

Den Samstagvormittag verbrachte Tina im Kuhstall und half einer schwarzbunten Kuh aus der Herde ihres Bruders dabei, ein hübsches, fast komplett schwarzes Kalb auf die Welt zu bringen. Obwohl sie danach beinah eine halbe Stunde lang duschte und ihre Haare dreimal wusch, befürchtete sie, dass sie immer noch nach Kuh roch. Sie trat aus der Dusche und trocknete sich ab, während sie aus dem Fenster auf den See schaute, dessen durch den Wind aufgewühltes Wasser unter einem mit Schäfchenwolken betupften Himmel tiefblau leuchtete. Sie schätzte, dass es mindestens vier Windstärken waren. Perfekt, dann war es draußen nicht mehr so brütend heiß. Gerade richtig für einen Ausflug auf die Rennbahn.

Sie warf einen Blick auf ihre Armbanduhr mit den bunten Hundeköpfen. »Oh Schiet, schon fast halb zwölf! Und ich muss auch noch Sanne abholen!«

Schnell zog sie sich ein schwarzes T-Shirt mit dem neongrünen Aufdruck »Ohne Hund ist alles doof« über den Kopf und sprang in eine schwarze Jeans. Ihre noch feuchten Haare band sie zu einem Pferdeschwanz zusammen. Sie schlüpfte in ihre schon etwas abgestoßenen Dockers, rief nach Swatt und schwang sich in ihren Pick-up.

Sanne stand schon an der Straße vor dem Haus ihrer Mutter in Plön-Appelwarder.

Sie war nach der Trennung von ihrem Freund Sascha und der Geburt der Zwillinge Leon und Finn in das obere Stockwerk ihres Elternhauses gezogen. So kam sie finanziell einigermaßen über die Runden, und ihre Mutter half ihr mit den Zwillingen, die mittlerweile vier Jahre alt waren.

Sanne stieg in den Wagen.

Sie trug ein lilafarbenes Kleid und weiße Spitzenhandschuhe (»Nur drei Euro bei eBay, toll, was?«). Den Vogel schoss jedoch der rosafarbene Strohhut mit einer Blumengirlande in Pink ab, die sich direkt über der Krempe um den Hut wand und in einer Blumenkaskade über dem Rücken endete. Die schweren Motorradschuhe ruinierten den Gesamteindruck allerdings ein wenig.

Widerwillig sprang Swatt auf die Rückbank und streckte sich mit einem tiefen Seufzer lang auf der Seite aus.

»Du bist spät dran, ich warte schon eine Ewigkeit.«

»Ich habe den ganzen Vormittag in einer Kuh verbracht, sei froh, dass ich es überhaupt geschafft habe«, entgegnete Tina.

Sie wendete den Wagen und bog in Richtung Ascheberg ab.

»Ich bin schon ganz aufgeregt, das wird bestimmt toll«, sagte Sanne. »Ich habe extra die Digitalkamera von meiner Mutter mitgenommen, die hat einen besseren Zoom als mein Handy.«

»Willst du als Paparazzo anfangen?«, fragte Tina.

Sie stellte sich vor, wie Sanne durch die Rhododendren pirschte, immer auf der Suche nach einem Promi, den sie ablichten könnte, und musste grinsen.

»Grins nicht so blöd. Mit einem guten Foto kann man jede Menge Kohle machen.«

»Dann musst du den Grafen aber in einer verfänglichen Situation erwischen, sonst interessiert es keinen.«

»Oder die Gräfin.«

»Der würde ich es noch mehr gönnen, wenn sie ihr Foto in der *Bild* oder der *Gala* sehen müsste.«

Tina bog auf die Zufahrt zum Gut ein. Es war recht viel Verkehr, und sie hatte Mühe, einen Parkplatz zu finden. Ein ganzes Stück hinter dem Gutshof fand sie schließlich eine Lücke im Schatten einer großen Eiche kurz vor dem alten Forsthaus und quetschte den großen Wagen hinein.

»Auf ins Getümmel«, sagte sie. »Vielleicht finden wir etwas über den Schuss auf Daisy raus.«

»Oder über den Mord«, ergänzte Sanne.

»Es war ein Selbstmord, Sanne!«

»Wir werden sehen.«

Tina ließ Swatt aus dem Auto springen, leinte ihn aber an, damit es nicht wieder Ärger gab.

Sie folgten der Beschilderung zur Hunderennbahn, die etwa einen halben Kilometer vom Gutshof entfernt mitten im Wald lag. Sie war von allen Seiten von einer dichten meterhohen Lebensbaumhecke umgeben und konnte von außen nicht eingesehen werden. Nur ein weit offen stehendes, ähnlich hohes Eingangstor aus massiven Eichenholzplanken gab den Blick auf die Rennbahn frei. Das lang gestreckte Oval der Sandbahn war insgesamt etwa fünfhundert Meter lang, schätzte Tina. An der westlichen Kurve, an der auch die Startboxen standen, war eine Tribüne aufgebaut, die fast voll besetzt war. Auch rings um das Geläuf drängten sich Menschen. Viele von ihnen hielten aufgeregt bellende Hunde an der Leine.

Es lief bereits das erste Rennen, und der Sprecher kommentierte den Rennverlauf. »Die Nummer Fünf hat sich an die Spitze gesetzt, dicht gefolgt von der Nummer Sieben. Aber was ist das? Nummer Fünf fällt zurück, und nun kommt die Nummer Zwei, schiebt sich an der Sieben vorbei und geht als Erstes über die Ziellinie! Nummer Zwei gewinnt, Zweiter ist die Sieben und auf Platz drei die Nummer Fünf.«

Die Zuschauer johlten und jubelten, Hunde kläfften, und ein Husky, der in der Nähe des Tores stand, setzte sich hin, legte den Kopf in den Nacken und heulte. Ein paar der anderen Hunde fielen ein, und die Menschen verstummten. Tina bekam eine Gänsehaut, als ihr Stammhirn unwillkürlich »Wolf! Gefahr!« rief.

Endlich verstummte das Heulen, und es herrschte eine bedrückende Stille.

»Vielen Dank an unsere Wolfsband, doch nun darf ich die Italienischen Windspiele an den Start bitten«, kommentierte der Sprecher schließlich.

Die Menschen lachten und begannen wieder, sich zu unterhalten.

»Krass«, stellte Sanne fest. »Ich hab total die Gänsehaut bekommen.«

»Ich auch.« Tina strich sich ein paarmal über die Arme, und die kleinen Erhebungen auf der Haut verschwanden. »Na gut, lass uns sehen, dass wir reinkommen.«

Vor dem Tor hatte sich eine Schlange gebildet, und Tina und Sanne reihten sich hinter einer ganz in grünen Loden gekleideten Frau mit Dauerwelle ein, die zwei Möpse an der Leine hielt. Als sie das Gelände der Rennbahn endlich betreten konnten, war Swatt so aufgeregt, dass Tina Mühe hatte, ihn zu halten. Er sprang hin und her und biss in die Leine.

»Ruhig, Junge, entspann dich.«

»Da ist der Herr des Hauses«, sagte Sanne und zeigte auf den Grafen, der ganz im Look des Landadels in ein dunkelgrünes Leinenhemd, eine hellbeige leichte Hose und dunkelbraune Wildlederschuhe gekleidet war. Passend zur Veranstaltung trug er eine hellbraune Krawatte mit kleinen goldenen Greyhounds darauf. Ein ebenfalls dunkelgrüner, teuer aussehender dünner Leinenblazer vervollständigte sein Outfit.

Der Graf hatte sie entdeckt, verabschiedete sich von seinem Gesprächspartner und kam lächelnd auf sie zu.

»Meine Damen! Ich freue mich, dass Sie es einrichten konnten. Was für ein extravaganter Hut, Fräulein Sanne.« Er musterte Sanne von Kopf bis Fuß und konnte den Blick gar nicht mehr von dem Gesamtkunstwerk, vor allem von den Schuhen, abwenden.

»Sie müssen sich bitte in dem kleinen Turm neben der Tribüne melden«, erklärte er schließlich. »Dort sitzt die Rennleitung. Sie erhalten da Ihre Startnummer. Die Mischlinge starten in einer halben Stunde. Essen und Getränke finden Sie im Zelt auf der anderen Seite der Bahn.«

»Vielen Dank«, erwiderte Sanne und machte einen Knicks.

Tina hatte eine heftige Fremdschäm-Attacke, doch der Graf lächelte, deutete eine Verbeugung an und wandte sich in Richtung der Tribüne.

»Herr von Finkenstein, wie geht es Daisy?«, rief Tina ihm hinterher.

Der Graf drehte sich um und kam zurück. »Sie erholt sich ganz ausgezeichnet. Ich denke, dass wir sie bei ihrer nächsten Läufigkeit im Oktober decken lassen können.« Nach einer erneuten Verbeugung verschwand er in der Menge.

»Der verliert aber auch keine Zeit. Er könnte sie sich doch wenigstens ein wenig länger erholen lassen. So eine Trächtigkeit ist für die Hündin auch kein Zuckerschlecken.«

»Stimmt, aber was kannst du dagegen machen? Nichts. Es ist sein Hund, Tina.«

»Ich weiß.« Tina blickte sich um und suchte nach dem schnellsten Weg zur Rennleitung. »Na, dann wollen wir mal, was, Swatt?« Sie drängten sich durch die Menge.

Im Turm bekam sie die Startnummer für Swatt und wurde instruiert, sich zu den Startboxen zu begeben.

»Aber das kann Swatt gar nicht, er war noch nie in einer solchen Box.«

Die ältere Dame hinter dem Tisch lachte. »Er muss nicht in die Box. Die Amateure starten vor den Startboxen. Ist er überhaupt schon mal ein Rennen gelaufen?«

»Nein, noch nie.«

»Passen Sie auf, Kind. Sie machen das Halsband ab und halten ihn fest, indem Sie ihn umarmen. Wenn der Hase in Sicht kommt, lassen Sie ihn los. Es ist ganz einfach.«

»Klar, ganz einfach«, entgegnete Tina.

Hoffentlich machte Swatt keinen Quatsch!

»Viel Erfolg!«

An den Startboxen hatten sich gut zwei Dutzend Menschen mit ihren Mischlingen versammelt.

Ein junger Mann mit einem Wolfstattoo auf dem rechten Arm, das toll aussah, und dem Tattoo eines Typen in einem Karatesprung – sollte das Jackie Chan sein? Tina war kein Jackie-Chan-Fan, aber dass Jackie einen Buckel hatte, war ihr neu – erklärte den Ablauf. »Wir haben drei Startgruppen, die kleinen, die mittleren und die großen Hunde. Die kleinen starten zuerst.«

Es dauerte eine Weile, bis alle Hunde startklar waren. Tina nutzte die Zeit, um sich mit dem jungen Mann zu unterhalten.

»Ich bin Tina«, sagte sie und streckte die Hand aus.

Der Wolfsmann schüttelte sie, nachdem er sich die Hände an seiner Jeans abgewischt hatte. »Kevin.«

»Ein tolles Tattoo haben Sie da.«

»Voll krass, oder?« Kevin blickte bewundernd auf das Tattoo von Jackie Chan. »Ich hab's erst vor zwei Tagen stechen lassen.«

»Ich meinte eigentlich den Wolf.«

»Der ist auch übertrieben geil.«

»Äh, ja. Kann man so sagen.« Tina musterte Kevin, der mit kurzen, ruckartigen Bewegungen auf einem Kaugummi kaute. »Arbeiten Sie schon länger hier, Kevin?«

»Fast drei Jahre.«

»Was machen Sie denn normalerweise, wenn Sie nicht gerade den Start der Rennen beaufsichtigen?«

»Ich mach alles, Mann«, erklärte Kevin stolz. »Hunde füttern, Zwinger sauber machen und beim Training helfen.«

»Wer trainiert denn jetzt die Hunde nach dem Tod des Trainers?«

»Warum woll'n Sie das denn wissen?« Er blickte Tina aus zu

Schlitzen verengten Augen an. »Sind Sie vom Fernsehen, oder was?«

»Sehen Sie hier irgendwo eine Kamera?«

Kevin blickte sich um. »Vielleicht haben Sie ja so 'ne Mini-Kamera versteckt, kann doch sein.«

Tina schüttelte den Kopf. »Ich bin die Tierärztin, die Daisy operiert hat.«

Kevins Blick hellte sich auf. »Ach so. Wir dachten schon, sie wär tot oder so was.«

»Wer trainiert denn die Hunde nun, Kevin?«

»Das macht Kowalski, der Co-Trainer.«

»Sie sind bestimmt alle völlig fertig wegen dem Selbstmord, oder?«, platzte Sanne heraus.

»Ich hab ihn gefunden.« Kevin machte eine Pause und schluckte trocken, sodass sein Adamsapfel auf und ab sprang. »Es war total abartig, ey. Alles voller Blut und Hirn.« Er atmete ein paar Mal tief durch. »Ich träum da schon von, das ist voll krass. Echt voll krass, ey.«

Er kaute so heftig auf seinem Kaugummi, dass Tina Angst bekam, er würde sich durch die Unterlippe beißen.

Sie legte Kevin eine Hand auf den Arm. »Waren Sie schon bei einem Psychologen? Das muss wirklich traumatisch gewesen sein.«

»Son Psychoklempner?« Kevin schüttelte Tinas Hand ab und lachte. »Ich komm schon klar.« Er machte eine Pause und schob sein Kaugummi von einer Backe in die andere. »Wenn ich bloß 'nen Plan hätte, was mit Daisy passiert ist. Sie war Bernies Liebling. Er hat immer voll den Aufriss gemacht. Daisy hier, Daisy da. Der Köter hat sogar in seinem Bett geschlafen und so. Er wär voll eskaliert, wenn er gewusst hätte, dass jemand sie angeschossen hat.«

»Bernie ist … war der Trainer?«

»Klaro, Alte.«

»Sind Sie gut mit ihm ausgekommen?«

»Nee, er war ein echtes ...« Kevin brach ab und überlegte kurz, bevor er fortfuhr: »Na klar, kann mich nicht beklagen. Obwohl er schon manchmal voll rumgebrüllt hat.«

»Wegen der Hunde?«, fragte Tina.

»Jo. Da war der voll son Hundertprozenttyp, verstehen Sie, was ich meine? Obwohl, am Donnerstag hat *er* vom Grafen voll auf den Sack gekriegt.« Kevin grinste breit.

»Wieso das denn?«

»Daisy ist in Nottingham nur Zweite geworden. Da war die Kacke am Dampfen, Mann.« Kevin machte eine Kaugummiblase und ließ sie zerknallen.

»Kevin! Was erzählst du da so lange! Das nächste Rennen geht los! Mach dich an die Arbeit!«, rief da der Graf, der plötzlich hinter ihnen aufgetaucht war.

Kevin zuckte zusammen. »Ja, Herr Graf!«

Er ging zu den Hunden, die mehr oder weniger geordnet auf der Startlinie standen. Es gab Dackel- und Mopsmischlinge, Malteser- und Shi-Tzu-Mixe und ein »Einmal-durchs-ganze-Dorf«-Wollknäuel, das von seiner Besitzerin kaum gebändigt werden konnte. Der künstliche Hase kam in Sicht, und die Meute raste los. Bis auf »Einmal-durchs-ganze-Dorf«, der nur wenige Meter mitrannte, bevor er schließlich unter dem Johlen der Menge zu einem blonden, etwa fünfjährigen Mädchen lief, ihr das Eis aus der Hand schnappte und mit seiner Beute unter der Tribüne verschwand.

Tina musste so lachen, dass ihr die Tränen die Wangen herabliefen. Durch ihr lautes Lachen zog sie fast so viele amüsierte Blicke auf sich wie der kleine Hund.

»Ich habe gar nicht mitbekommen, dass das Rennen schon vorbei ist«, sagte sie zu Sanne, als sie sich wieder beruhigt hatte. »Wer hat gewonnen?«

»Der schwarze Dackel-Mix. Mit seinen kurzen Beinen konnte der ganz schön flitzen.«

Kevin meldete sich wieder zu Wort. »Bitte jetzt die mittelgroßen Hunde mit den Startnummern vierundfünfzig bis sechzig.«

Tina blickte auf Swatts Nummer. »Fünfundfünfzig, Swatt ist dran.«

Sie ging mit ihm, der aufgeregt an der Leine hin- und hersprang, auf das Geläuf und hockte sich neben ihn in den Sand. Sie nahm das Halsband ab und umfasste seinen Hals mit beiden Armen. Swatt wand sich und wäre ihr fast nach hinten entkommen. Da, der künstliche Hase kam in Sicht. Tina öffnete ihre Arme, und Swatt schoss los wie Lewis Hamilton von der Pole Position.

Da bewegt sich was! Die Beute! Na warte, ich krieg dich! Ich belle mein lautes Jagdbellen. Der Wind peitscht mir um die Ohren, ich sehe nur die Beute. Was ist das? Da kommt von links ein Labradormischling und will mich überholen! Das ist meine Beute! Ich renne schneller und schnappe nach ihm. Er wird langsamer, na bitte. Wo ist die Beute? Da vorn, aber irgendwie schaffe ich es nicht, näher an sie ranzukommen. Ich höre das Stapfen der Pfoten und das Hecheln der anderen Hunde. Ein kurzer Blick seitlich aus dem Augenwinkel – sie sind ein gutes Stück hinter mir. Noch eine Kurve, vor mir liegt wieder eine gerade Strecke. Die Beute ist immer noch sehr schnell, so langsam müsste sie doch mal müde werden. Ich bin noch fit, doch mein Hecheln ist so laut, dass ich den Krach, den die Menschen machen, kaum hören kann. Die Beute verschwindet um die nächste Kurve. Ich springe über eine Art Schiene und rase quer über die Rasenfläche. Ich komme näher, ja, ich habe ihr den Weg abgeschnitten. Ich springe erneut über die Schiene, und mit einem letzten großen Satz stürze ich mich auf die Beute! Ich werde von ihr mitgezogen, ich knalle auf dem Boden auf, doch ich lasse nicht los! Sie wird langsamer und steht. Ich rapple mich hoch, zerre kräftig und schleudere mir die Beute um die Ohren. Ich beiße hinein und schüttle sie. Sie ist mein! Ich trabe ein Stück mit der Beute im Maul, mein Schwanz steht stolz nach oben gerichtet. Ich bin der Champ, der König! Ich bin ...

»SWATT! AUS!« Völlig außer Atem kam Tina bei Swatt an.

Das Gelächter und Gejohle des Publikums hallte in ihren Ohren wider. Ihr Puls dröhnte, und ihr Gesicht war heiß. Das war die Strafe, dass sie so laut über den kleinen Mischling gelacht hatte. Endlich ließ Swatt den künstlichen Hasen fallen, und Tina hob ihn auf. Er sah nicht so aus, als könnte er noch einmal benutzt werden. Drähte hingen unten aus dem vollgesabberten, zerzausten Kunstfell heraus, und als Tina ihn umdrehte, fiel ein Metallteil mit einem leisen Klirren auf den Boden. Swatt ließ sich laut hechelnd in den Sand fallen. Anscheinend hatte er sich bei seinem Sturz nicht verletzt.

Oh nein, jetzt kam auch noch der Graf auf sie zu.

»Frau Deerten, das ist ungeheuerlich. Warum haben Sie mir nicht gesagt, dass Ihr Hund einen derartigen Jagdtrieb hat? Wenn ich das gewusst hätte, hätte ich Ihnen nie angeboten, dass er starten darf.«

»Moment mal, Herr von Finkenstein. Swatt hat ein ganz normales Jagdverhalten. Er hat dem Hasen den Weg abgeschnitten und ihn dann zur Strecke gebracht. Wie ein Wolf es auch getan hätte.«

»Das ist auf einer Rennbahn völlig inakzeptabel. Bitte verlassen Sie mit Ihrem Hund das Gelände, und nehmen Sie diese Person mit der unglaublichsten Geschmacksverirrung diesseits des Urals mit.«

Tina drückte dem Grafen die traurigen Reste des künstlichen Hasen in die Hand. »Schicken Sie mir die Rechnung.« Sie legte Swatt das Halsband mit der Leine an und verließ die Rennbahn hoch erhobenen Hauptes.

Sie tauchte in der Menge unter, die sich an der Absperrung zum Geläuf drängte, und sah sich nach Sanne um. Endlich entdeckte sie sie im Gespräch mit Frau Wiese, einer etwas anstrengenden Kundin um die fünfzig, die immer alles besser wusste. Ihre hellbeigefarbene Labradoodlehündin Maya trottete zu Swatt, und die beiden begrüßten sich schwanzwedelnd.

Auch das noch, die größte Klatschtante Plöns hatte Swatts Aussetzer mit angesehen!

»Frau Doktor, da hat Ihr Hund sich aber unbeliebt gemacht, was? Der Graf sah gar nicht glücklich aus«, begrüßte Frau Wiese Tina strahlend.

Bestimmt überlegte sie schon, wen sie als Erstes anrufen sollte, um von dem chaotischen Hund der Frau Doktor zu erzählen.

»Er wird es überleben. Wir müssen jetzt los. Einen schönen Tag noch.« Tina packte Sanne am Arm und zog sie hinter sich her zum Ausgang.

»He, was soll das, ich möchte noch bleiben«, protestierte sie.

»Wir wurden rausgeschmissen«, zischte Tina ihr zu. »Wir alle drei.«

Entsetzt sah Sanne sie an. »Aber wir haben noch gar nichts gegessen und getrunken!«

»Und über den Schuss auf Daisy wissen wir auch noch nichts. Außer, dass Daisy der Liebling des Toten war und dass es Ärger wegen des Rennens in Nottingham gab.« Tina bahnte sich ihren Weg durch das Gedränge und versuchte zu ignorieren, dass sich die Leute nach ihr umdrehten, mit dem Finger auf sie zeigten und anfingen zu tuscheln.

Sie konnte sich denken, was sie sagten. Da geht die Frau, deren Hund den Hasen zerlegt hat. Toll. Danke, Swatt!

Endlich waren sie beim Tor angekommen und ließen die Rennbahn hinter sich. Als sie durch den Wald zurück zum Pick-up gingen, hatte Tina eine Idee.

»Warum setzen wir Swatt nicht ins Auto, der ist bestimmt jetzt völlig fertig, und schauen uns ein wenig auf dem Gut um? Die sind jetzt alle auf der Rennbahn, es sollte uns also keiner in die Quere kommen.«

Sannes finstere Mine heiterte sich auf. »Gute Idee! Vielleicht kann ich doch noch ein gutes Foto machen, zum Beispiel von dem Mörder.«

Tina verdrehte die Augen, ließ Swatt auf die Rückbank springen und füllte Wasser aus einer Flasche in eine Schüssel. Er machte sich laut schlabbernd darüber her. »Du bleibst hier, wir kommen gleich wieder.«

Swatt blickte Tina kurz an und wedelte, dann schlabberte er weiter.

Tina ließ die Scheiben bis zur Hälfte herunter, sodass der Wind durch die Fenster wehen konnte.

»Willst du vielleicht deinen Hut und die Handschuhe hierlassen?«

»Nö, wieso das denn?«

Tina zuckte mit den Schultern. »Na, dann los.«

Kapitel 5

Sie gingen den Sandweg entlang in Richtung des Haupttores des Gutshofes. Im Gegensatz zu gestern, als sie hindurchgefahren waren, war es geschlossen. Autos standen in ungeordneten Reihen rechts und links des Weges, doch es war kein Mensch zu sehen.

Als sie das Tor erreichten, blickte Tina sich kurz um und wollte durch die Querlatten kriechen, doch Sanne hielt sie an ihrem T-Shirt zurück.

»Lieber nicht, da oben sind Kameras.«

Tina blickte auf und sah unter dem Dach eines runden Pavillons neben dem Tor eine kleine Videokamera, die direkt auf sie gerichtet war. Sie trat einen Schritt zur Seite, und die Kamera folgte ihren Bewegungen.

»Schiet. Und nun?«

»Die werden bestimmt nicht den gesamten Zaun überwachen«, sagte Sanne. »Wir gehen hier an der Straße lang, bis wir eine Ecke finden, die nicht von den Kameras abgedeckt ist.«

Langsam schlenderten sie an dem weiß gestrichenen hohen Zaun entlang. An beiden Einfahrten konnten sie nach kurzem Suchen Kameras entdecken, und auch zwischen den Einfahrten waren in regelmäßigen Abständen die kleinen schwarzen Geräte zu sehen. Das kleine weiße Haus hinter der zweiten Einfahrt war mit rot-weißem Polizeiabsperrband gesichert.

Tina schluckte. »Das ist bestimmt das Haus, in dem der Trainer gestorben ist.«

»Cool!« Sanne zückte ihre Kamera und machte mehrere Fotos.

»Sanne!«

»Was? Das sieht man doch nicht alle Tage.« Sanne ließ die Kamera wieder in ihre Tasche gleiten und ging am Zaun entlang weiter.

Tina folgte ihr, bis der Zaun einen Neunzig-Grad-Knick machte und sich zum Seeufer hin fortsetzte. Vor dem Zaun entdeckte sie einen schmalen, von Giersch und Springkraut überwucherten Trampelpfad, der ebenfalls zum See führte. Tina und Sanne bogen in den Pfad ein und folgten ihm. In Abständen von wenigen Metern blieben sie stehen und betrachteten gründlich die Büsche und kleinen Bäume hinter dem Zaun.

»Hier sind keine Kameras mehr. Dafür haben die den Zaun mit Stacheldraht umwickelt. Da kommen wir nicht rüber, ohne uns die Hände und die Klamotten aufzureißen«, sagte Sanne.

Der Zaun endete in einem dichten Gebüsch aus Weiden, Erlen und Brombeeren kurz vor dem Seeufer.

Tina sah sich um. »Es gibt nur eine Möglichkeit. Wir müssen durch die Büsche kriechen.«

Sanne musterte die Büsche. »Willst du mich verarschen? Da krieche ich nie im Leben durch. Schon gar nicht im Sommerkleid und mit Hut!«

»Am besten ist es sowieso, wenn du zum Tor zurückgehst und Wache hältst. Wenn jemand kommt, ruf mich auf dem Handy an.«

»Und du gehst alleine da rein? Nichts da, ich komme mit!« Sanne betrachtete das Gebüsch missmutig. »Zum Glück habe ich wenigstens die richtigen Schuhe an.«

»Aber wenn es Ärger gibt, bist du wenigstens nicht auf dem Gutsgelände. Das ist widerrechtliches Betreten oder so was. Denk an deine Jungs!«

»So schlimm, dass sie uns dafür einbuchten, wird es schon nicht sein. Ich komme auf jeden Fall mit, ob du es willst oder nicht!«

»Na gut.«

Tina hob einen abgebrochenen Ast vom Boden auf und schlug damit auf das Brombeerdickicht ein. Als sie einen schmalen Durchgang freigelegt hatte, trat sie hinein und schlängelte sich zwischen zwei Erlenbüschen hindurch. Gefolgt von Sanne quetschte sie sich durch das Geäst. Hinter ihr war ein quatschendes Geräusch zu hören.

»So eine Scheiße! Ich bin im Schlamm stecken geblieben!«

Tina schaute sich um. Sanne war aus ihrem rechten Motorradstiefel gerutscht und stand auf einem Bein im blauschwarzen Matsch. Ihre rote Socke bildete einen deutlichen Kontrast zu ihrem lilafarbenen Kleid. Der schwere Schuh ragte aus dem Matsch wie ein einsamer Leuchtturm im Watt. Während Tina ihn noch betrachtete, bekam er langsam Schlagseite. Sie musste lachen.

»Er säuft gleich ab! Nun hilf mir schon, bevor er weg ist!«

Tina arbeitete sich zurück zu Sanne, wobei ihr das modrige Wasser in die Schuhe schwappte, und zog kräftig an dem Stiefel. Mit einem Schnalzen löste er sich aus dem Modder. Gasblasen stiegen auf, und es roch nach verrottenden Pflanzen. Schwarzer Schlamm tropfte vom Schuh in das aufgewühlte Wasser.

»Hier.«

Sanne nahm Tina den Schuh ab und zog ihn rasch wieder an.

»Los, lass uns sehen, dass wir hier rauskommen.«

Sie quälten sich noch etwa fünfzig Meter durch die Büsche. Endlich blieb Tina stehen. Sie schlug nach einer der Mücken, die sie umschwirrten, und wischte sich den Schweiß aus dem Gesicht.

»Mal gucken, ob hier irgendwo Kameras sind.«

Sie spähte zwischen den Ästen einer umgefallenen Ulme hindurch auf die Rasenfläche hinter dem Uferstreifen. In den Linden hinter dem Rasen schienen keine Kameras versteckt zu sein.

»Diese blöden Viecher!« Sanne klatschte sich auf den rechten Arm und zerquetschte eine mit Blut vollgesogene Mücke. »Igitt! Also mir reicht's. Ich gehe auf dem Rasen weiter!«

»Warte kurz!« Tina blickte nochmals sorgfältig in alle Richtungen. Es war niemand zu sehen. »Also los.«

Der Schlamm in Tinas Schuhen machte quatschende Geräusche, und die nassen Socken klebten ihr unangenehm an den Füßen, als sie auf den Rasen lief. Doch immerhin kamen sie nun deutlich schneller voran.

Schon bald kamen zwei L-förmige reetgedeckte Häuser in Sicht, die durch einen breiten Kiesweg getrennt waren.

Tina und Sanne hielten an und beobachteten die freie, ebenfalls mit Kies bestreute Fläche vor den Häusern. Es war niemand zu sehen, und sie rannten los, in den Schutz der dicken Bäume der Lindenallee.

Tina zeigte auf ein rotes Backsteingebäude links von ihnen. »Da ist Alixas Praxis. Lass uns dort mal schauen, ob wir was Interessantes sehen.«

Zwischen der Lindenallee und der Praxis befand sich ein weiterer, etwa zwanzig Meter breiter Rasenstreifen. Wie alle Rasenflächen war auch er perfekt gemäht und frei von Unkraut und Maulwurfshügeln.

Es war immer noch niemand zu sehen, und Tina und Sanne rannten über den Rasen und drückten sich mit dem Rücken gegen die von der Sonne aufgeheizte Hauswand. Sie schoben sich vorsichtig um die Hausecke, als sie plötzlich Alixas Stimme hörten. Tina und Sanne blieben ruckartig stehen. Hektisch blickten sie sich um, doch Alixa war nirgends zu sehen. Tina zeigte auf ein geöffnetes Fenster und presste sich an die Hauswand schräg darunter. Ihr Herz schlug so laut, dass sie die Worte von Alixa kaum verstehen konnte.

»Sind die Hunde fit für heute Abend?«

»Natürlich, Frau Doktor. Ich habe nach Perrys Tod mit dem Trainingsplan genauso weitergemacht, wie er es festgelegt hatte.« Das musste die Stimme von Kowalski sein, dem Co-Trainer.

»Welche Außenseiter gewinnen heute?«, fragte Alixa.

»Heute sind es Running Gag, Casanova und Bella.«

»Gut, gut. Danke, Kowalski. Sie können jetzt gehen.«

Tina und Sanne sahen sich hektisch an. Tina deutete auf eine kleine Gruppe Lorbeersträucher, die neben dem Fenster stand. Die beiden Frauen konnten sich gerade noch zwischen die Büsche quetschen, als ein korpulenter Mann aus der Haustür trat.

Er hatte einen grau melierten Schnauzbart, der aussah, als würde eine dicke Raupe auf seiner Oberlippe kleben. Auf seinem breiten Schädel, der nahezu ohne Hals in seinen fleischigen Oberkörper überging, trug er eine schmierige rote Kappe mit dem Ferrari-Logo.

Er ging langsam an ihnen vorbei und blieb plötzlich stehen. Tina hielt den Atem an, während sie Kowalski beobachtete. Er griff in die hintere Tasche seiner abgewetzten braunen Cordhose und zog eine Packung Zigaretten hervor, zündete sich eine Zigarette an und zog kräftig daran. Endlich schlenderte er weiter und blies den Rauch in Tinas Richtung.

Als er außer Sicht war, flüsterte Tina: »Bloß weg hier.«

Sanne nickte und zwängte sich wieder aus den Büschen.

Tina wollte ihr folgen, blieb aber mit ihrem T-Shirt an einem Zweig hängen. Während sie ihr Shirt von dem Zweig befreite, hörte sie wieder Alixas Stimme.

»Guten Tag, ich habe gerade versucht, online eine Wette auf Ihrer Homepage zu platzieren. Irgendetwas stimmt aber nicht, ich kann meine Eingaben nicht abspeichern.« Nach einer kurzen Pause, in der Alixa wohl auf die Antwort des Gesprächspartners lauschte, war wieder ihre Stimme zu hören, diesmal mit einem leicht wütenden Unterton. »Ich habe es bereits zehn Mal probiert. Es funktioniert nicht. Ich muss die Wetten aber jetzt platzieren. Geht es nicht ausnahmsweise mal telefonisch?« Pause. »Gut, ich setze auf die Rennen, die heute Abend auf der Rennbahn von Ystâd Carreg stattfinden werden. Ich möchte 5000 Euro auf Running Gag im ersten Rennen, 5000 auf Bella Italia im vierten und

5000 auf Casanova im siebten Rennen setzen. Haben Sie das? Die Quoten sind 5:1 im ersten, 6:1 im vierten und 5:1 im siebten Rennen, ist das richtig? Gut, danke. Wiederhören.«

Tina stieß Sanne an und deutete auf die Hausecke. Sanne nickte, und die beiden Frauen liefen rasch zum Ende des Hauses. Sanne wollte um die Ecke stürmen, doch Tina hielt sie an ihrem Kleid fest. Vorsichtig schob sie sich, mit dem Rücken an die Hauswand gepresst, an die Ecke und spähte herum. Sie kam sich vor wie in einem schlechten Kriminalfilm. Kowalski war nirgends zu sehen. Tina und Sanne spurteten zurück zur Lindenallee und blickten sich um. Aus Richtung des Sees war Gebell zu hören. Dort mussten die Hundezwinger sein.

»Lass uns zu den Zwingern gehen«, flüsterte Tina.

Sanne nickte.

Unter dem Schatten der Bäume arbeiteten sie sich zügig zu den beiden L-förmigen Gebäuden vor. Es war niemand zu sehen, und sie überquerten die Kiesfläche im Laufschritt. Tina lief der Schweiß über das Gesicht. Es lag nicht nur an den sommerlichen Temperaturen, dass ihr so heiß war. Ihr Puls raste. Sie blickte zu Sanne hinüber, deren Gesicht knallrot angelaufen war. Ein Schweißtropfen lief ihr die Nase herunter und tropfte auf ihr Dekolleté.

»Lass uns weiter«, drängte Tina.

Sie gingen schnell an den Gebäuden vorbei und kamen in den Bereich der Zwinger. Als die Hunde sie sahen, fingen sie an zu bellen.

»Scht, leise«, zischte Tina.

Die braun gestromten Greyhounds kläfften weiter und sprangen gegen die Gitter der Zwinger.

»Lass uns abhauen, Tina.« Sanne musste schreien, damit Tina sie über den Krach hinweg verstehen konnte. Sie trat unruhig von einem Fuß auf den anderen und blickte sich immer wieder um.

»Gleich, ich will nur kurz nach Daisy gucken.«

Tina ging schnell an der Reihe von Zwingern entlang. Es standen zehn Zwinger nebeneinander. Weitere zehn standen auf der anderen Seite eines etwa einen Meter breiten Kieswegs und quer dazu an beiden Enden noch jeweils zehn weitere Zwinger, sodass sich eine Anordnung wie eine römische Zwei ergab. Jeder der überdachten Zwinger war ungefähr fünf mal fünf Meter groß. Im hinteren Drittel stand eine solide Hundehütte aus Kiefernholz. Der Name des jeweiligen Hundes war sorgfältig mit Kreide auf einer Schiefertafel notiert und hing an der Zwingertür.

Wenn sie Daisy nicht bald fand, müssten sie los. Das Gebell der Hunde würde bestimmt dazu führen, dass jemand kam, um nach dem Rechten zu sehen. Wo war die Hündin bloß?

Da, in der letzten Reihe ganz am hinteren Rand war ein Hund mit einem dicken Verband am Hinterbein zu sehen. Tina lief hin und hockte sich vor den Zwinger.

»Hallo, Daisy, na, wie geht es dir, meine Schöne?«

Daisy wedelte zaghaft mit dem Schwanz und humpelte ans Gitter.

Tina streichelte ihr durch die Stäbe hindurch das Kinn.

»Tina, da kommt jemand!« Sanne wedelte aufgeregt mit den Armen.

Tina blickte sich hektisch um. Hinter Daisys Zwinger führte ein breiter Trampelpfad in Richtung des Sees. »Hier lang!«

Der Weg machte nach etwa fünfzig Metern eine scharfe Kurve und endete an einer gemauerten Umrandung mit Betonboden. Es stank penetrant nach Hundekot, Tausende von Schmeißfliegen saßen auf riesigen Kothaufen und stoben in einer großen Wolke hoch, als Tina und Sanne um die Kurve bogen.

»Ihh! Boah, ist das eklig!«

Mit den Händen wedelnd, wichen Tina und Sanne zurück. Die Fliegen umschwirrten sie, und Sanne sah so aus, als würde sie jeden Moment loskreischen.

»Was ist denn mit euch los, Hunde? Beruhigt euch wieder! Was hat euch so aufgeregt?«, hörten sie plötzlich Kowalskis Stimme.

»Kowalski kommt! Da rüber«, sagte Tina.

Sanne blickte Tina aus großen, hervorquellenden Augen an. Sie sah aus wie ein Hamster kurz vor dem Herzinfarkt. Tina zeigte auf einen Bruchwald aus Roterlen und verschiedenen Weidenbäumen und zwängte sich durch die Äste einer Salweide, die umgekippt war und nun vom Boden aus wieder ausgetrieben hatte. Ihre Dockers traten in den Matsch, und der Schuh versank bis zum Schaft in dem zähen Morast.

»Dieser eklige Schlamm. Ich will da nicht wieder rein«, maulte Sanne.

»Los, nur ein kleines Stück, bis man uns vom Weg aus nicht mehr sehen kann. Du willst doch nicht erwischt werden?«, erwiderte Tina ungeduldig.

»Daisy, was ist hier los? Hast du jemanden gesehen?«, hörten sie plötzlich die Stimme von Kowalski direkt hinter den Büschen bei den Zwingern.

Sanne sprang mit einem Satz in den Matsch, und Tina zog sie am Arm hinter die Weide. Wie erstarrt blieben sie stehen und wagten es kaum zu atmen. Tina spähte unter einem dicken Weidenzweig hindurch und konnte Kowalski sehen, der den Weg entlangkam und stehen blieb. Er schirmte seine Augen mit der rechten Hand ab und blickte genau in ihre Richtung. Tina hielt den Atem an. Hatte er sie gesehen?

»Scheiß Fliegen. Haut ab!« Der Trainer wedelte hektisch mit beiden Armen und verschwand wieder hinter den Büschen.

»Gerettet von Schmeißfliegen, wer hätte das gedacht?« Sanne musste kichern und biss sich in den Arm, um nicht laut herauszuplatzen.

Auch Tina musste giggeln, und es dauerte eine Weile, bis die beiden sich wieder beruhigt hatten.

»Jetzt müssen wir nur sehen, wie wir zurück zum Auto kommen.«

Umschwirrt von Mückenwolken arbeiteten sich Tina und Sanne am Seeufer entlang zu dem weißen Lattenzaun vor, der das Ende von Gut Finkenstein markierte. Sie krochen zurück durch das Brombeergestrüpp und standen schließlich wieder auf dem kleinen Fußweg, den sie gekommen waren. Schnell gingen sie in Richtung des Autos.

»Guck mal, ist das da vorne nicht der Kommissar?«, fragte Sanne plötzlich und zeigte auf einen Mann in Jeans und dunkelblauem T-Shirt, der gerade durch das Gutstor getreten war und mit dem Rücken zu ihnen stehen blieb. Er warf einen Blick auf das Herrenhaus und ging in Richtung Alixas Praxis weiter.

»Stimmt, das ist er.«

»Kommissar ist ein echt blöder Job. Da muss man ganz oft an Wochenenden arbeiten und hat nie rechtzeitig Feierabend.«

»Kennst du denn einen persönlich?«, wollte Tina wissen, die Jan hinterherblickte.

»Nee, aber das weiß man doch. Oder guckst du nie Krimis? Und außerdem – welchen Wochentag haben wir heute?«

Tina schaute Sanne nur leicht genervt an.

»Samstag, genau. Also, was hab ich gesagt?«, fragte Sanne triumphierend.

Tina seufzte und ging weiter.

»Ich bin völlig zerkratzt«, jammerte Sanne. »Und ich habe bestimmt eine Million Mückenstiche.« Sie blickte an ihrem Kleid herunter. »Oh Shit, mein Kleid ist eingerissen. So ein verdammter Mist, das Teil habe ich erst letzte Woche bei eBay ersteigert!«

Auch Tinas Arme und ihr Nacken waren von den Mücken zerstochen, doch ihre Beine waren durch die Jeans geschützt gewesen.

»Deine Mutter kann es bestimmt flicken.« Tina entriegelte den Wagen. »Los, steig ein!«

Nachdem Sanne Swatt mühsam davon überzeugt hatte, sich auf den Rücksitz zu begeben, nahm sie Platz, und Tina setzte zurück und fuhr auf die Straße, die sie über Dersau und Ascheberg nach Plön brachte.

»Es scheint so, als würden hier heute Abend noch weitere Rennen stattfinden. Auf dem Programm stand doch aber, dass es um fünfzehn Uhr zu Ende sein sollte«, sagte Tina.

Sanne wühlte in ihrer Handtasche und förderte das Programm zutage, das sie am Eingang bekommen hatte. »Stimmt, um fünfzehn Uhr findet das Mopsrennen statt, dann ist Schluss.«

»Merkwürdig. Ich fahre heute Abend noch mal hin.«

Sanne überlegte. »Ich gehe gleich mit den Jungs ins Freibad, aber um sechs sind wir wieder zu Hause. Meine Mutter kann die beiden ins Bett bringen.«

»Nein, vergiss es. Ich fahre allein. Wir wären eben schon fast erwischt worden.«

»Aber auch nur fast. Und es ist immer besser, ein Back-up dabeizuhaben.«

»Sagt wer?« Tina bremste an der Ampel bei der Johanniskirche, die auf Rot gesprungen war.

»Das ist allgemein bekannt. Starsky hat Hutch, Asterix hat Obelix, und Sherlock Holmes hat Dr. Watson.«

»Und Shrek hat den Esel, und R2-D2 hat C-3PO.«

Die Ironie prallte an Sanne ab.

»Genau. Also?«

»Also was?«

»Wann holst du mich ab?«

»Sanne, das kann gefährlich werden.«

»Wenn du mich nicht mitnimmst, fahr ich selbst.« Sanne hatte einen entschlossenen Zug um den Mund, und Tina seufzte. »Na gut, ich komme um halb sieben.«

Sanne machte das Daumen-hoch-Zeichen.

Tina setzte den Blinker und bog nach Appelwarder ab. »Alixa

hat eine ganze Menge Geld auf die Außenseiter gesetzt. Ganz schön mutig. Ich hätte nicht mal eben 15.000 Euro übrig.«

»Sie sahnt aber eine ganze Menge Kohle ab, wenn die Hunde gewinnen.« Sanne rechnete im Kopf nach. »Das müssten insgesamt bummelig 80.000 Euro sein. Hammer!«

Tina pfiff tonlos durch die Lippen. »Warum kann sie schon vor dem Rennen wissen, dass die Außenseiter gewinnen? Sie wären doch wohl keine Außenseiter, wenn sie bisher schon oft erfolgreich gewesen wären.«

»Dann wären sie die Favoriten«, stellte Sanne fest. »Eins verstehe ich aber nicht.«

»Was denn?«

»Der Name der Rennbahn, den sie am Telefon gesagt hat, war nicht Finkenstein.«

»Stimmt. Das klang irgendwie gälisch. Mal sehen, was wir heute Abend rausfinden.«

Tina hielt vor Sannes Haus. »Die Hunde sahen sich alle sehr ähnlich«, überlegte sie laut. »Alle waren braun gestromt.«

»Die sind doch auch alle aus derselben Zucht.«

»Auch von der Statur her waren die sich sehr ähnlich. Das muss ein sehr enger Genpool sein.«

»Von mir aus. Ich brauche erst mal einen Mückenstift.«

»Da brauchst du aber eine Großpackung«, sagte Tina und betrachtete Sannes Arme und Beine, die von Mückenstichen übersät waren. Sie selbst sah auch nicht besser aus.

Sanne stieg aus und winkte Tina zum Abschied zu.

»Ich hole dich um halb sieben ab«, sagte Tina, drückte kurz auf die Hupe und fuhr los.

Kapitel 6

Als Tina am frühen Abend wieder bei Sanne ankam, hatte sie ihr Lieblings-T-Shirt gegen ein altes schwarzes Langarmshirt getauscht und sich eine tarnfarbene lange Baumwollhose angezogen. Die schlammverkrusteten Dockers standen draußen vor ihrer Haustür, stattdessen trug sie ein altes Paar schwarzer Sneakers.

Sanne trat aus dem Haus und sprang die vier Stufen zum Vorgarten hinunter. Tina konnte sich ein Grinsen nicht verkneifen.

Auch Sanne hatte sich auf die Schnüffelaktion mit einer tarnfarbenen Garderobe eingestellt. Bei ihr bestand sie aus einem eng anliegenden Shirt mit Tigerstreifen und einem Paar Leggins in Leopardenoptik. Die Wangen hatte sie sich geschwärzt, und ihre Haare unter einem schwarzen Tuch versteckt.

Sie riss die Beifahrertür auf. »Na, wie sehe ich aus?«

Tina schluckte. »Wie eine Großkatze auf geheimer Mission.«

»Ist das nicht toll?«, rief Sanne begeistert. »Wir sind wie drei Engel für Charly, nur zu zweit.«

»Eher wie Cagney und Lacey treffen Dick und Doof«, sagte Tina. »Ich habe mir die Gegend um das Gut bei Google Maps angeguckt. Wir sollten statt der Hauptzufahrt lieber den kleinen Feldweg nehmen, der von der Straße Im Sande abzweigt. Wenn wir da lang fahren, kommen wir direkt gegenüber vom Haupttor raus. Wir stellen den Wagen ein Stück weiter vorn im Wald ab und pirschen uns zu Fuß ran.«

Während sie durch Dersau fuhren, berichtete Tina, dass sie im Internet nach Hunderennen und Hundewetten gegoogelt hatte.

»In Deutschland gibt es keine professionellen Hunderennen. Das ist genauso wenig erlaubt wie Hundewetten.«

»Aber es gibt doch noch andere Hunderennbahnen. Ist bei Hamburg nicht auch eine?«

»Du meinst Höltigbaum. Ja, aber die lassen die Hunde da nur just for fun laufen, genau wie auf Finkenstein heute Mittag, damit die sich mal ordentlich ausrennen können.«

»Also, wenn auf Finkenstein heute Abend Rennen stattfinden, bei denen gewettet wird ...«

»... sind es illegale Rennen«, beendete Tina den Satz. »Und die gute alte Irene macht sich strafbar.«

»Hammer!«

Der Feldweg war eine winzige Schotterstraße mit mehr Schlaglöchern, als Flöhe auf einem Igel sitzen. Tina musste in den zweiten Gang schalten, und obwohl sie sehr vorsichtig fuhr, knallte der Wagen ein paar Mal in ein tiefes Loch.

»Endlich lohnt es sich mal, so ein fettes Auto zu fahren.« Nachdem sie eine breite Pfütze umfahren hatte, die anscheinend vom Gewitter vor drei Tagen übrig geblieben war, fuhr sie hinter ein Weidengebüsch und parkte. »Ab hier gehen wir zu Fuß weiter.«

Sie hielten sich in der Nähe der Büsche, die den Weg rechts und links begrenzten. Hinter den Büschen begann der Buchenwald, der von vereinzelten Eichen und Fichten durchsetzt war. Die Sonne warf helle Flecken auf den Weg, die im Rhythmus der vom Wind bewegten Blätter flimmerten. Ein Bussard kreischte, und als Tina nach oben blickte, sah sie den braun-weißen Vogel zwischen den Buchen verschwinden. Er kreischte erneut, dann war es bis auf das Rascheln der Blätter im Wind still. Als sie das Tor des Gutes sehen konnten, hielten sie an.

Tina nahm ein Fernglas aus ihrem Rucksack und stellte es scharf. »Das Tor ist offen. Der Glatzkopf daneben scheint der Türsteher zu sein.«

Tina beobachtete, wie ein nachtblauer Jaguar am Tor anhielt.

Der Mann von der Security, der einen schwarzen Anzug und eine Sonnenbrille trug, beugte sich vor, um eine Karte zu prüfen, bei der es sich anscheinend um eine Einladung handelte. Dabei klaffte sein Jackett ein wenig auf, und Tina konnte ein Holster mit einer Pistole erkennen. Sie ließ das Fernglas sinken und sog scharf die Luft ein.

»Was ist?«, flüsterte Sanne.

»Der Kerl ist bewaffnet.«

»Ach du Scheiße.«

Die beiden Frauen wechselten einen entsetzten Blick.

Tina nahm das Fernglas wieder hoch und beobachtete, wie der Wachmann den Jaguar durch das Tor winkte. Nachdem noch weitere teure Wagen die Sicherheitskontrolle passiert hatten, war vom Gutshaus her Musik zu hören.

»Klingt nach Mozart«, sagte Tina.

»Wenn du meinst. Klassik klingt für mich alles gleich. Wollen wir mal näher rangehen?«

Sanne wartete nicht auf Tinas Antwort, sondern schob sich vorsichtig durch die Haselnuss- und Erlensträucher, bis nur noch die Straße und eine schmale Reihe Büsche sie vom Tor trennten. Tina hätte sie am liebsten zurückgerufen, aber das konnte sie nicht riskieren. Der Gorilla neben dem Tor sah so aus, als würde er erst schießen und dann Fragen stellen.

Ein silberfarbener Rolls-Royce kam in Sicht und fuhr auf das Tor zu. Tina nutzte das Motorengeräusch, das ein eventuelles Knacken der Äste übertönen würde, und ging zügig zu Sanne. Von hier konnte man verstehen, was gesprochen wurde.

»Your invitation, please.«

Eine cremefarbene Karte wurde aus dem Auto gereicht.

Der Wachmann las sie gründlich, verglich den Namen auf der Karte mit einer Liste und hakte den Namen ab. »Have a nice evening, Schaik Al Amadi.«

»Wie international«, flüsterte Tina Sanne zu.

Der Wachmann nickte dem Fahrer zu, der Rolls fuhr an und verschwand hinter den Rhododendronbüschen. Das Funkgerät des Wachmanns knackte. Er hob es und sprach hinein. »Das war der Letzte. Sie sind jetzt alle auf dem Weg zum Essen.«

Ein unverständliches Quäken war zu hören.

»Verstanden, bleibe auf Posten. Ende.«

Tina klopfte Sanne auf die Schulter und zeigte mit dem Kopf nach hinten. Sanne nickte, und sie schoben sich langsam durch die Büsche, bis das Tor und der Mann von der Security außer Sicht- und Hörweite waren.

»Nur ein Essen. Ich dachte, es sollten heute noch weitere Rennen stattfinden«, sagte Sanne und sah enttäuscht aus.

»Hast du nicht gesehen, dass hinten im Rolls ein weißer Greyhound saß?«, fragte Tina.

»Echt?«

»Warst wohl zu sehr von dem Scheich abgelenkt, was?«

»Wie wär's, wenn wir uns zum Herrenhaus schleichen und schauen, wer alles eingeladen ist?«

»Zu riskant. Lass uns lieber bei der Rennbahn gucken, ob es dort so aussieht, als würden noch Rennen stattfinden. Wenn nicht, sollten wir uns vom Acker machen. Der Typ am Tor sah nicht aus, als wäre mit ihm gut Kirschen essen.«

»Feigling.«

Tina ließ sich nicht auf Sannes Provokation ein und blickte sie nur an. Eine Technik, über die sie einmal in einem Buch gelesen hatte. Das Gegenüber versuchte irgendwann, meist recht schnell, das Schweigen zu beenden. So auch diesmal.

»Nun komm schon, ein kleiner Blick kann doch nicht schaden.«

Tina schwieg.

»Oh, ich hasse es, wenn du das machst. Also gut, okay. Gehen wir zur Rennbahn.« Sanne stapfte los, ohne sich nach Tina umzusehen.

Sie schlugen sich so lange durch das Unterholz, bis sie das Forsthaus hinter sich gelassen hatten. Dann betraten sie den Sandweg und schritten schnell aus.

Die geschlossenen Tore an der Rennbahn ragten abweisend vor ihnen auf, es war kein Geräusch zu hören. Die Bahn lag im Schatten des Waldes, sodass die Hecke fast schwarz aussah.

»Sieht aus wie die Mauer von Mordor«, flüsterte Sanne und sah sich unbehaglich um.

»Und der Graf ist Sauron? Könnte passen.«

»Es scheint wirklich keine Rennen mehr zu geben.« Sanne sah so enttäuscht aus, wie Tina sich fühlte.

Sie rüttelte am Tor, doch es war verschlossen. »Wir gehen mal außen entlang. Vielleicht kann man irgendwo durchgucken.«

Tina und Sanne gingen an der Hecke entlang und ließen die erste Kurve hinter sich. An einer Stelle ragten ein paar vertrocknete Zweige aus den ansonsten perfekt gepflegten Lebensbäumen hervor.

Tina blieb stehen und versuchte, die Zweige zur Seite zu schieben. »Die Hecke ist irre dick, man kann gar nichts sehen. Hier finden bestimmt illegale Rennen statt, sonst wäre es doch nicht nötig, die Bahn so aufwendig abzuschirmen.«

»Wir hätten eine Gartenschere mitnehmen sollen«, sagte Sanne.

»Ich habe mein Schweizer Messer dabei.« Tina kramte in ihrem Rucksack nach dem Multifunktionswerkzeug und klappte die kleine Säge aus. »Damit müsste es gehen.«

Nachdem sie sich fünf Minuten abgemüht hatte, hatte sie ein kleines Guckloch in die Hecke geschnitten. Sie spähte hindurch. Ein Mann mit langen dunklen Haaren stand auf der Rennbahn und bastelte an dem künstlichen Hasen herum.

»Es ist doch jemand da«, flüsterte sie.

»Wo?« Sanne drängte Tina zur Seite und spähte durch die Lücke. »Das ist dieser schleimige Typ, dieser Kränkel oder wie der heißt.«

»Lass mich noch mal gucken!«

Tina sah, wie Kränkel ein paar Mal mit einem kleinen Hammer auf dem falschen Hasen herumklopfte, dann zurücktrat und zum Turm hinaufnickte. Der Hase flitzte los und wurde einmal um die gesamte Bahn gezogen. Kränkel hob den Daumen in Richtung des Turms und stieg in einen Trecker, an den ein Glättbrett und eine Walze angehängt waren. Er fuhr knatternd los und schien das Geläuf der Bahn für das nächste Rennen vorzubereiten.

»Es geht doch noch los. Wir sollten einmal ganz um die Bahn herumgehen. Vielleicht finden wir irgendwo einen Durchschlupf. Durch die Tore werden wir mit Sicherheit nicht kommen«, sagte Tina.

Sie umrundeten die Bahn, ohne eine Öffnung in der Hecke zu finden, und kamen wieder bei dem kleinen Sichtfenster an, das Tina in die Hecke geschnitten hatte.

»Ich schneide noch ein paar Zweige weg, damit wir beide etwas sehen können.« Tina machte sich an die Arbeit und hatte bald ein weiteres Loch in die Hecke geschnitten. »Nun können wir nur noch warten.«

Sanne setzte sich auf einen Baumstumpf. »Hoffentlich geht es bald los.«

»Du hast wirklich keine Geduld.«

»Das sagt gerade die Richtige! Darf ich dich an die Show von der Hundeflüsterin erinnern? Wer hat denn da alle zwei Minuten gefragt, ob es bald losgeht?«

Tina wollte schon zu einer Antwort ansetzen, als sie Hundegebell hörte. »Die Hunde kommen!«

Sanne sprang auf und stellte sich neben Tina. Sie standen schräg hinter der Tribüne und hatten einen guten Blick auf das Tor. Tina quetschte das Fernglas in die Lücke und stellte es scharf. Das Tor wurde von einem großen, muskulösen Mann in schwarzem Anzug geöffnet. Die tief stehende Sonne schien zwischen zwei Buchen hindurch und spiegelte sich in seiner großen Pilotenbrille. Sie ließ seine Augen aussehen wie zwei brennende Kohlen. Tina erschauerte, als er in ihre Richtung blickte.

»Da kommt Glatze«, flüsterte Sanne.

Die beiden Wachleute öffneten das Tor ganz und postierten sich rechts und links neben dem Eingang. Der Graf kam an der Spitze einer Gruppe von etwa vierzig Leuten, die alle in Abendgarderobe gekleidet waren, in Sicht. Er nickte den Wächtern kurz zu, und diese schlossen das Tor. Der Graf führte die Gruppe zur Tribüne und wartete, bis sich alle gesetzt hatten.

»Meine sehr verehrten Gäste! Ich freue mich, Sie hier auf Gut Finkenstein auf unserer Rennbahn Ystâd Carreg zu unserem Hunderennen begrüßen zu dürfen.«

Der Graf sprach mit lauter, deutlicher Stimme, sodass Tina und Sanne ihn gut verstehen konnten.

»Denjenigen unter Ihnen, die eigene Hunde mitgebracht haben, wünsche ich viel Erfolg. Die Wetten können wie immer online abgegeben werden. Die Rennen werden selbstverständlich bei den großen Wettanbietern im Internet übertragen. Deshalb bin ich zuversichtlich, dass die Quoten Ihnen zusagen werden. Und nun wünsche ich Ihnen einen angenehmen Abend!«

Die Gäste applaudierten, und der Graf wiederholte seine Ansprache auf Englisch. Der Scheich, der mit einem traditionellen weißen Gewand sowie einem blau-weiß karierten Kopftuch bekleidet war und den Tina und Sanne schon am Tor gesehen hatten, und einige andere Männer nickten dem Grafen zu.

»Es ist tatsächlich ein illegales Rennen«, stellte Tina fest.

»Warum heißt die Rennbahn so komisch?«

Tina dachte nach. »Vielleicht, damit es im Internet so scheint, als wäre es eine irische Rennbahn. Da sind Hunderennen leider immer noch erlaubt.«

Inzwischen waren sechs Greyhounds in die Startboxen geführt worden. Sie trugen verschiedenfarbige Decken mit Nummern und hatten Gittermaulkörbe auf den Schnauzen. Als der künstliche Hase in Sicht kam, gingen die Klappen der Startboxen hoch, und die Windhunde schossen in einer Wolke aus bunten Decken und braunen, schwarzen und beigen Fellfarben heraus. Die Hunde stürmten mit bestimmt sechzig Stundenkilometern über die Bahn.

»Es sieht schon toll aus. Sie sind wirklich irre schnell«, sagte Sanne.

In dem Moment geschah es: Der schwarze Greyhound mit der Nummer Vier, der von Anfang an die Führung übernommen hatte, stolperte, fiel hin und überschlug sich mehrfach. Das restliche Feld lief weiter, während der Hund zuckend auf der Bahn liegen blieb. Das Publikum schrie auf, und auch Tina hatte unwillkürlich geschrien. Es hielt sie nur mit Mühe auf ihrem Platz, während sie beobachtete, dass der Hund vergeblich versuchte, auf die Pfoten zu kommen.

Endlich rannte Alixa zu dem verletzten Tier. Sie untersuchte ihn kurz und schüttelte den Kopf. Dann holte sie ihr Handy aus ihrer Kitteltasche und wählte. Fast im selben Moment klingelte es auf der Tribüne. Tina und Sanne sahen, wie der Graf sein Smartphone aus der Tasche seines schwarzen Smokings fischte.

Tina spitzte die Ohren, konnte aber trotzdem nicht alles verstehen, was der Graf sagte.

»Dr. Müller, wie ... aus? Verstehe ... Ja, schläfern ... ein.« Der Graf steckte sein Handy weg und wandte sich an einen grauhaarigen Mann in einem weißen Smoking mit rotfarbenem Kummerbund. »Linkes Vorderbein ... gebroch..., da ... nichts mehr ...«

Der Mann nickte. Er hatte eine sehr laute, etwas vulgär klingende Stimme, sodass Tina ihn besser verstehen konnte als den Grafen. »Er war sowieso schon fast vier. Er hätte nur noch ein, zwei Rennen gehabt, dann wäre Schluss gewesen. Allerdings hat mich der dumme Köter um ein hübsches Sümmchen gebracht. Er hat den Tod verdient, mein Lieber. Glückwunsch übrigens. Ihr

Hund Runnnig Gag war wirklich erstaunlich schnell, zumal für einen Außenseiter.«

»Danke. Er … gut rausgemacht seit … letzten Rennen … Dubai.« Der Graf lächelte ölig. »Kara Ben Nemsi werden … wohl auch ausmustern … Ich … große Hoffnungen …, aber seine Leistung … Abend … äußerst unbefriedigend.«

Tina ballte ihre rechte Hand zur Faust und biss fest hinein. Nur so konnte sie sich davon abhalten, vor Wut und Entsetzen über dieses Gespräch loszuschreien.

In Sannes Augen glitzerten Tränen. Leise sagte sie: »Bloß weg hier, ich halte das nicht länger aus.«

»Lass uns noch das nächste Rennen angucken. Ich will Fotos und ein paar Videos mit dem Handy machen.«

Die nächsten sechs Hunde starteten. Es war auch der weiße Greyhound des Scheichs dabei. Als Tina genügend Aufnahmen gemacht hatte, berührte sie Sanne am Arm und zeigte in Richtung des Autos. Sanne nickte, und still machten sich die beiden Frauen auf den Rückweg, schockiert über das Erlebte.

»Wir müssen den Amtstierarzt anrufen«, sagte Sanne schließlich.

»Das mache ich morgen gleich als Erstes. Leider haben wir keine wirklichen Beweise, dass es ein illegales Hunderennen war.«

»Wir haben es doch gesehen, Tina! Und du hast die Fotos und Videos.«

»Damit können wir nur beweisen, dass ein Rennen stattgefunden hat. Der Graf wird behaupten, dass es ein weiteres Spaßrennen für seine Gäste war.« Tina verstummte und dachte nach. »Das wird es sein! Er benutzt die Spaßrennen und das Dinner als Tarnung! Viele Leute werden bestätigen, dass bei den Rennen nachmittags nicht gewettet werden kann und es nur um eine Medaille geht.«

»Und das Abendessen tarnt, dass die Leute eigentlich für die Rennen kommen.«

Sie kamen bei Tinas Auto an und stiegen ein. Tina legte die Hände auf das Lenkrad, startete den Wagen aber nicht. Sie dachte an den Hund, den Alixa mittlerweile wohl schon eingeschläfert – nein, ermordet – hatte. Ein Beinbruch war bei Hunden schon lange kein Grund mehr, sie einzuschläfern.

»Und dabei hat sie einen vollausgestatteten OP«, sagte sie laut, und ihre Hände umkrallten das Lenkrad so fest, dass sich ihre Fingernägel in den Kunststoff bohrten und kleine, halbmondförmige Abdrücke hinterließen.

»Was?«, fragte Sanne.

»Alixa hätte den Hund operieren können, das ist heutzutage gar kein Problem mehr«, erklärte Tina.

Sie folgte Sannes Blick auf ihre Hände und lockerte den Griff um das Lenkrad ein wenig.

»Warum hat sie es nicht gemacht?«

»Du hast den Kerl doch gehört. Der Hund hat ihn um seinen Einsatz gebracht, also musste er sterben.« Tina schüttelte den Kopf. »Ich kann nicht glauben, dass wir uns in Deutschland befinden. Manchmal frage ich mich, ob das Tierschutzgesetz überhaupt das Papier wert ist, auf dem es gedruckt wird.«

»Wir müssen diesen Typen das Handwerk legen!«, rief Sanne.

»Dafür müssen wir unbedingt noch mehr rausfinden. Und ich wüsste wirklich gern, ob der Trainer wirklich Selbstmord begangen hat oder ob sein Tod etwas mit den illegalen Rennen zu tun hat.«

»Und vergiss Daisy nicht.«

Tina nickte langsam. »Ich verstehe nicht, wie Alixa sich dafür hergeben kann. Am liebsten würde ich sie mir greifen und ihr ordentlich die Meinung geigen!« Sie schlug mit beiden Händen heftig auf das Lenkrad ein.

Sanne sah sie mit einem schrägen Blick an. »Wenn ich dich nicht besser kennen würde, hätte ich jetzt ein bisschen Angst vor dir. Vielleicht solltest du zu Hause einen Yogitee trinken.« Sie klopfte Tina sachte auf den Oberarm und zuckte zusammen, als diese ihre Hand abschüttelte und ein letztes Mal heftig auf das Lenkrad schlug.

»Ich brauche keinen Tee, ich brauche Informationen«, sagte sie und startete den Wagen. »Ich werde später recherchieren, ob man wirklich so viel Geld mit Hundewetten verdienen kann.«

Kapitel 7

Den Sonntagvormittag verbrachte Tina damit, einen Hund aus einem dicken Eichenklotz zu schnitzen. Dabei führte sich die Motorsäge fast von selbst, während Tina über den vergangenen Abend nachdachte. Als sie fast fertig war, fiel ihr auf, dass sie statt eines Schnauzers, wie sie es eigentlich geplant hatte, einen Windhund in vollem Galopp geschnitzt hatte. Sie schob das Visier ihres Schutzhelms hoch und wischte sich den Schweiß, der sich mit Sägespänen gemischt hatte, von der Stirn und aus dem Nacken.

»Was würde Freud dazu sagen?«

»Wozu?«

Tina drehte sich um und sah Mareike vor sich stehen. Sie war mit ihren etwas über eins achtzig deutlich größer als Tina und hatte eine leicht asymmetrische Kurzhaarfrisur. Ihre Größe und die hellblonden Haare hatte sie von ihrer schwedischen Mutter geerbt. Sie trug ein weißes Top zu einem kurzen hellblauen Jeansrock, ihre Füße steckten in dunkelblauen Flip-Flops mit rosafarbenen Blümchen.

»Mareike! Schön, dich zu sehen. Dazu, dass ich keinen Schnauzer, sondern einen Windhund geschnitzt habe.«

Mareike betrachtete den Holzhund voller Bewunderung. »Er sieht toll aus. Aber seit wann stehst du auf Windhunde?«

Während Tina die Säge säuberte, erzählte sie ihrer besten Freundin von Daisy und den Hunderennen auf Finkenstein.

»Ich habe gestern Abend ein bisschen über Hunderennen im Internet recherchiert. Es ist grauenhaft, was da in der Hunderennszene abgeht.« Sie legte die Säge zur Seite und setzte sich auf eine Katzenskulptur.

Mareike nahm auf einem Adler Platz und sah Tina fragend an.

»Die Hunde werden unter schrecklichen Bedingungen gehalten, sie sitzen fast den ganzen Tag in kleinen Käfigen und werden nur zu den Rennen oder zum Training rausgeholt. Es werden auch viel mehr Hunde gezüchtet, als später in den Rennen laufen. Die, die nicht gut genug sind, werden entweder ertränkt oder mit einem Strick an einem Baum aufgehängt, bis sie ersticken. Vorher werden vielen die Ohren abgeschnitten, damit man sie nicht anhand ihrer Tätowiernummer identifizieren kann.« Tina schluckte. »Wenn sie Glück haben, sind sie schon tot. Viele leben dann aber noch.«

Mareike blickte sie ungläubig an. »Das passiert hier in Deutschland? Das kann ich mir gar nicht vorstellen.«

»In Deutschland gibt es zum Glück eigentlich keine professionellen Hunderennen, und man darf nicht auf Hunde wetten, die in Deutschland laufen, aber in England, Irland und Spanien ist es noch weit verbreitet. Außerhalb der EU sowieso. Und die EU finanziert den Greyhoundsport«, Tina malte imaginäre Anführungszeichen in die Luft, »auch noch. In Irland zum Beispiel mit 76 Millionen im Jahr!«

»Wie bitte? Das gibt es doch gar nicht! Warum zeigst du den Grafen nicht an? Das ist doch ein klarer Verstoß gegen das Tierschutzgesetz.«

»Ich brauche Beweise, sonst wird der Graf sich herausreden, dass es nur Spaßrennen waren. Außerdem war ich bei den Zwingern, die sind tipptopp, da wird kein Amtstierarzt was zu meckern haben.«

»Komm, wir gehen rein und machen uns einen Tee«, schlug Mareike vor. »Das beruhigt die Nerven. Und wie ich dich kenne, wirst du nicht lockerlassen, bis du etwas gefunden hast, mit dem du den Grafen festnageln kannst.«

»Worauf du dich verlassen kannst.«

»Apropos Graf, du kennst doch Susi Schmidt.«

»Die, die beim Cateringservice arbeitet? Wie heißt der Laden noch? Irgend so was total Beklopptes …«

»Royal Dîners.«

Tina lachte. »Richtig. Klingt wie eine Hundefuttermarke.« Sie holte eine kleine Rundfeile aus einem Pappkarton und begann die Sägekette zu schärfen. »Und was ist mit Susi?«

»Die war an dem Abend auf dem Gut, als der Trainer gestorben ist.«

Tina legte sich die Säge auf den Schoß und beugte sich vor. »Erzähl!«

»An dem Abend gaben der Graf und die Gräfin eine Soirée …«

»Was auch immer das ist!«

»Tina, lass mich doch mal erzählen! Also, sie gaben diese Soirée. Es waren wohl so an die fünfzig Gäste da, hat Susi erzählt. Nach dem Essen gab es ein Konzert mit Mitgliedern des Elbphilharmonie-Orchesters.«

Tina stieß einen Pfiff aus. »Das muss eine ganz schöne Stange gekostet haben.«

»Bestimmt. Ich wusste gar nicht, dass die private Konzerte geben. Aber anscheinend kennt der Graf den Chefdirigenten, da konnte er was drehen. Das Konzert ging bis eins, hat Susi erzählt, und danach gab es einen besonderen Nachtisch.« Mareike überlegte. »Ach ja, Heukuchen hieß der. Nie von gehört. Und noch andere Torten.«

»Klingt nach kleinen Portionen auf riesigen Tellern«, sagte Tina grinsend.

Mareike lachte. »Es wurde dann sehr hektisch, weil ein Gewitter aufzog und alle Gäste, die Instrumente und das Essen nach drinnen gebracht werden mussten. Susi sagt, alle waren total im Stress. Es ging dann wohl noch bis gegen halb drei weiter, dann hatte sie endlich Feierabend.«

»Caterer möchte ich nicht sein. Blöde Arbeitszeiten, und

wenn du dann noch Kunden wie die Gräfin hast … Die ist bestimmt nicht leicht zufriedenzustellen.«

»Susi sagt, sie haben fast nur Adlige als Kunden. Deshalb heißt der Laden auch Royal Dîners. Gestern Nachmittag ist Susi von der Polizei befragt worden.«

»Was? Geht die Polizei jetzt doch von einem Mord aus?«

»Scheint so.«

»Hammer! Aber wer hätte einen Grund, einen Hundetrainer umzubringen?«

Mareike zuckte mit den Schultern.

»Was weiß ich? Vielleicht war er irgendjemandem im Weg. Oder es war ein Eifersuchtsmord, oder er war ein Spion undercover.«

»James Bond in Plön, was?« Tina lachte. »Wer hat Susi eigentlich befragt? Jan?«

Mareike blickte Tina grinsend an. »Apropos Jan. Ich will alles über ihn wissen! Du glaubst doch wohl nicht, dass ich mich mit einer einzigen schnöden WhatsApp abspeisen lasse. ›Ich hab Jan Voss getroffen.‹ Kürzer geht's ja wohl nicht mehr!«

»Da gibt es nichts zu erzählen«, behauptete Tina und legte die Säge in den Pappkarton. Sie warf ihre Sägehandschuhe und die Feile dazu und schloss die Kiste.

Mareike beobachtete sie mit vielsagendem Gesichtsausdruck.

»Was guckst du mich so an? Wir haben uns nur ganz kurz unterhalten, und da wusste ich noch gar nicht, dass er es war.«

Mareike seufzte theatralisch. »Tina Deerten! Ich kenne dich. Dieser Blick sagt, dass du ihn immer noch heiß findest.«

»Quatsch. Also, hat er Susi befragt?«

»Ich glaube nicht, dass er es war. Ich habe Jan zwar lange nicht mehr gesehen, aber er hat doch keine hellblonden Haare, oder?«

Tina schüttelte den Kopf.

»Susi sagt, es war ein schlanker, durchtrainierter Typ mit kurzen hellblonden Haaren.«

»Dann war er's nicht. Egal. Was wollte er wissen?«

»Was sie an dem Abend genau gemacht hat, ob jemand von den Gästen oder den Gastgebern eine Weile nicht da war und so weiter.«

»Und, war jemand nicht da?«

»Das weiß sie nicht. Außerdem war es, wie gesagt, sehr hektisch, als das Gewitter aufzog.«

Tina zog ihre dicke Schutzhose aus und warf sie auf den Karton. »Ah, das ist besser. In dem Ding kommt man im Sommer fast um vor Hitze. Hast du Lust auf ein Eis vor dem Tee?«

»Aber immer!«

Tina ging vor Mareike her in ihre mit hellen Kiefernschränken möblierte Küche. Die beiden Sprossenfenster standen weit offen und gaben den Blick frei auf die Kuhwiese, auf der die schwarzweißen Kühe im Schatten einiger Erlenbäume lagen und träge wiederkäuten.

Unter dem Kühlschrank brummte der Tiefkühler. Tina holte eine große Packung Tiramisu-Eis heraus, füllte zwei großzügige Portionen in Müslischalen und sprühte mit lockerer Hand einen Turm aus Sahne darauf.

»Mensch, Tina, nicht so viel!«

»Wenn schon, denn schon. Schokostreusel?«

Mareike nickte, und Tina schüttete eine Handvoll Streusel auf die Sahne.

Sie stellte die Schalen auf den Küchentisch aus Kiefernholz, schob eine davon Mareike zu und begann, ihr Eis zu löffeln.

Ihr Blick fiel auf Swatt, der sich mit steil aufgestellten Ohren neben sie gesetzt hatte und sie anstarrte. »Vergiss es, Junge. Kein Eis für Hunde, das solltest du mittlerweile wissen.«

Er ließ die Ohren hängen und legte sich mit einem tiefen Seufzer auf die Fliesen unter dem Tisch.

»Also kann sich theoretisch jeder, der auf der Soirée war, kurz verdrückt haben, um den Trainer umzubringen.«

»Sieht so aus«, erwiderte Mareike und verdrehte genüsslich die Augen, als sie ihren ersten Bissen Eis im Mund zergehen ließ. »Tiramisu. Meine Lieblingssorte! Lecker!«

»Susi weiß wohl nicht, ob Alixa auch da war, oder?«

»Wer ist Alixa?«

»Du erinnerst dich bestimmt an Irene.«

»War das nicht diese Dicke, die keiner mochte und die schon in der fünften Klasse ihr Diplom in Hinterhältigkeit gemacht hat? Hast du nicht mit der zusammen in München studiert?«

»Genau. Im Studium war sie eigentlich ganz okay, bis sie mir ...«

»... das Thema für die Dissertation weggeschnappt hat. Ich erinnere mich.«

Tina nickte und wischte sich etwas Sahne von der Oberlippe.

»Und was hat Irene mit dieser Alixa zu tun? Was für ein affiger Name übrigens, Alixa.« Mareike schnaubte verächtlich.

»Irene ist Alixa. Ich zitiere wörtlich: ›Mein zweiter Vorname passt einfach besser zu meiner jetzigen Situation und der gut bezahlten Stelle hier.‹«

Mareike guckte Tina ungläubig an, dann prustete sie los. Sie lachte, bis ihr die Tränen die Wangen hinunterliefen. Auch Tina grölte vor Lachen und verschluckte sich fast an ihrem Eis. Endlich beruhigten sich die beiden so weit, dass sie wieder sprechen konnten.

»Als ich Daisy nach der OP nach Finkenstein gebracht habe, rate mal, wer da die zuständige Tierärztin war!«

»Ich-nenn-mich-jetzt-Alixa«, antwortete Mareike und musste schon wieder kichern.

»Ganz genau. Sanne und ich haben, als wir auf dem Gut rumgeschnüffelt haben, ein Telefonat von ihr mit ihrem Online-Wettbüro belauscht. Sie hat mal eben so 15.000 Euro auf drei Außenseiter von Finkenstein gesetzt. Und ich weiß, dass mindestens einer davon tatsächlich gewonnen hat. Ich frage mich die ganze

Zeit, woher sie wissen konnte, dass die Hunde gewinnen würden.«

»Du meinst, sie macht irgendeinen Schmu mit den Hunden?« Mareike klopfte sich nachdenklich mit dem Eislöffel gegen die Schneidezähne.

Tina nickte. »Kann doch sein.«

»Aber warum sollte sie den Trainer umgebracht haben?«

»Keine Ahnung. Vielleicht steckte er irgendwie mit drin.«

»Ich weiß, dass Irene eine blöde Kuh ist, aber wie eine Mörderin kommt sie mir nicht vor.«

»Das hört man immer wieder: ›Er war so ein netter Nachbar, ich hätte nie gedacht, dass er seine Frau umgebracht hat.‹ Außerdem hat sie, ohne mit der Wimper zu zucken, den verletzten Hund auf der Rennbahn eingeschläfert.« Tina kratzte die letzten Eisreste aus der Schale. »Man weiß nie, wozu Menschen fähig sind.«

»Weisere Worte wurden selten gesprochen.«

»Meinst du, du könntest Susi mal fragen, ob sie Alixa am Mittwochabend auf dem Gut gesehen hat?«

»Klar. Hast du ein aktuelles Foto von ihr?«

»Ich habe nur Fotos aus der Studienzeit, da sah sie aber noch deutlich anders aus. Ich glaube, sie hat sich die Möpse machen lassen, und das ganze Fett, das sie als Jugendliche hatte, bekommt man auch nur mit dem Sauger weg.«

»Vielleicht hat sie auch eine gute Diät und viel Sport gemacht.«

»Vielleicht wird Kuchenessen auch noch mal olympisch.«

Mareikes Mundwinkel zuckten. »Alixa ist bestimmt auf Facebook. Da hat sie garantiert Fotos von sich gepostet.«

»Da könntest du recht haben.«

Tina stand auf, goss Wasser in den Wasserkocher und holte einen Roiboostee aus dem Küchenschrank. Als sie sich umdrehte, hielt Mareike ihr Handy in der Hand.

»Wir gucken mal, was bei Alixa so alles los ist«, sagte sie und tippte auf dem Display herum. »Da ist sie. Es gibt nur eine Alixa Müller, kein Wunder, bei dem blöden Vornamen.«

»Lass mich mal sehen.« Tina stellte sich neben Mareike und sah – Alixa. »Alixa in L. A., Alixa in New York, Alixa auf irgendeiner Wellnessfarm, Alixa auf der Queen Mary II. Die gute alte Alixa kommt ganz schön in der Weltgeschichte rum. Außerdem haben wir Alixa im Arztkittel, Alixa neben einem etwas abgeranzten Schloss, Alixa vor der Elphie und Alixa in einem BMW-Cabrio.«

Auch Mareike betrachtete die Fotos. Eines zeigte Alixa mit wallender Mähne neben einem schneeweißen Araberhengst an irgendeinem Wüstenstrand. »Ich mache von dem Bild mal einen Screenshot. Den schicke ich Susi und frage sie, ob sie Alixa an dem Abend gesehen hat.« Mareike tippte auf ihrem Handy herum. »Erledigt.«

»Sie wird wahrscheinlich nicht unter den Gästen gewesen sein. Ich kann mir kaum vorstellen, dass die Gräfin ihre angestellte Tierärztin zu einer Soirée einlädt. Aber vielleicht war sie trotzdem auf dem Gut, schließlich arbeitet sie ja dort.«

»Immerhin wissen wir jetzt, dass sie sich teure Reisen leisten kann«, stellte Mareike fest.

Das Teewasser kochte, und Tina wandte sich ab, um es in die Teekanne umzufüllen. Als der Tee gezogen hatte, holte sie das Teesieb aus der Kanne und goss zwei Tassen voll dampfenden Tee.

»Wollen wir uns auf die Terrasse setzen?«, schlug sie vor.

Mareike ging ihr voraus auf die große Holzterrasse, die nur etwa drei Meter vom Ufer des Sees entfernt war, und ließ sich auf die Liege fallen, die mit Blick auf das Plöner Schloss am Rand der Terrasse stand. Sie streckte sich auf der Liege aus und wandte ihr Gesicht mit geschlossenen Augen der Sonne zu. Tina setzte sich auf den Steg und stellte die Tasse neben sich ab. Sie streifte ihre Flip-Flops ab und ließ ihre Füße im Wasser baumeln.

Die Möwen auf der Möweninsel schrien, und Tina blickte zur

Insel hinüber. »Es ist so friedlich hier. Und doch lauert das Böse überall.«

»Du bist heute sehr philosophisch, meine Liebe.« Mareike schlug die Augen auf. »So, und jetzt will ich endlich alles über Jan Voss wissen!«

Tina seufzte. »Du nervst. Da gibt's nicht viel zu erzählen. Er war in Kais Jahrgangsstufe und früher häufig bei uns auf dem Hof zu Besuch. Das musst du doch noch wissen, wir haben ihn öfter mal mit Kai bei uns gesehen.«

»Na klar! Du warst damals doch total verknallt und völlig fertig, als er nicht mehr zu Besuch gekommen ist.«

»So verknallt, wie man mit zehn sein kann. Na ja, wie auch immer, letzte Woche habe ich ihn zufällig auf Finkenstein wiedergetroffen.«

»Wie sieht er denn jetzt aus? Ich habe ihn das letzte Mal auf der berüchtigten Abifete deines Bruders gesehen.«

»Blonde, etwas längere Haare, als ich sie mir bei einem Kommissar vorgestellt hätte, braun gebrannt, toller Körper. Surfertyp.«

»Also genau dein Beuteschema«, sagte Mareike.

»Ich habe ihn nur kurz gesehen. Und er hat mich gar nicht erkannt.«

»Warten wir's ab.«

Kapitel 8

Am nächsten Morgen fuhr Tina mit ihrem dunkelblauen Mountainbike zur Arbeit. Tina hatte es nach Mareikes Besuch gründlich geputzt, sodass die Sonne den Lack aufleuchten ließ.

Swatt lief hechelnd voraus und jagte auf einige Möwen zu, die sich auf den Strandweg gesetzt hatten und an einem weggeworfenen Brötchen pickten. Sie stoben kreischend auf und flogen auf den See hinaus. Swatt schnappte sich das Brötchen und verschlang es mit einem Bissen.

»Swatt! Du sollst keinen Müll fressen!«

Er blickte Tina unbeeindruckt an und wedelte mit dem Schwanz.

»Irgendwas habe ich bei deiner Erziehung falsch gemacht«, sagte sie und lachte, als er sich vor sie stellte und sie anbellte.

Sie schob ihr Rad durch die Bahnunterführung und den kleinen Hang hinauf, der zum Marktplatz führte. Sie war früh dran und überlegte, ob sie noch einen Kaffee in der Stadtbäckerei trinken sollte.

»Tina! Tina Deerten! Ich wusste doch, dass ich dich kenne.«

Tina drehte sich um.

Jan Voss kam lächelnd auf sie zu. Er trug ein schwarzes T-Shirt, das seinen muskulösen Oberkörper perfekt zur Geltung brachte, und eine gut sitzende, ausgewaschene blaue Jeans.

»Ich war mit Kai in einer Klasse und öfter mal bei euch auf dem Hof zu Besuch.«

»Jan! Ich erinnere mich. Ihr habt mich am Marterpfahl vergessen.«

Er grinste. »Das waren noch Zeiten. Und dein Hund hat den falschen Hasen auf der Rennbahn zerlegt, habe ich gehört.«

Tina seufzte. »Schlechte Neuigkeiten reisen schnell.«

Als Swatt auf Jan zukam und an ihm schnüffeln wollte, versteifte der sich und trat einen Schritt zurück.

»Der tut nichts«, sagte Tina.

»Das sagen sie alle, und dann, wenn er dir in die Hand gebissen hat, heißt es: ›Das hat er ja noch nie gemacht.‹«

»Ich weiß noch, du bist gebissen worden. Vom Nachbarshund, glaube ich, oder?«, erwiderte Tina und rief Swatt zurück.

»Ein Schäferhund. Später musste er einen Maulkorb tragen, aber das hat mir auch nichts mehr genützt.« Jan entspannte sich, als Swatt zu Tina trottete. »Hast du Zeit für einen Kaffee?«

»Ich wollte sowieso gerade in die Stadtbäckerei. Die haben da Biokaffee und auch Biobrot.«

Tina stellte ihr Rad in den Fahrradständer neben der Bäckerei und schloss es an.

Sie suchten sich einen Tisch in der Morgensonne und bestellten Kaffee. Tina nahm einen Vollkornbagel mit Hüttenkäse dazu, Jan ein Schokocroissant.

»Wie kommst du mit dem Selbstmord voran?«, fragte Tina und biss in ihren Bagel.

»Es gab schon ein paar interessante Erkenntnisse.«

Tina wartete einen Augenblick, bevor sie sagte: »Die du mir aber nicht mitteilen darfst.«

»Genau. Über laufende Ermittlungen darf ich nicht sprechen.«

Jan beugte sich vor, um nach seiner Tasse zu greifen, und berührte dabei leicht Tinas Hand.

Sie spürte ein Kribbeln, das in ihrem Hals begann und sich in Sekundenschnelle bis zu ihren Zehen fortsetzte. War die Geste Absicht oder Zufall gewesen? Sie musste sich stark konzentrieren, um ihren Blick von Jans kantigen Gesichtszügen loszureißen und zum Thema zurückzukommen.

»Darfst du mir denn wenigstens sagen, ob auf Daisy mit der Waffe geschossen wurde, mit der sich der Trainer umgebracht hat?«

»Du darfst mal eine gekonnte Vermutung abgeben.« Jan grinste, sodass seine Grübchen sichtbar wurden.

»Es war dieselbe Waffe«, vermutete Tina.

»Leider waren die einzig guten Fingerabdrücke auf der Patrone, die du aus dem Hund herausoperiert hast, die von deiner Angestellten. Es war noch ein weiterer Abdruck drauf, aber das war ein verwischter Teilabdruck, der von dem Abdruck deiner Angestellten überlagert war.«

»Oh nein, das tut mir leid«, rief Tina. »Manchmal denkt Sanne erst hinterher nach.«

»Wir hätten den Abdruck wahrscheinlich eh nicht verwenden können.«

»Wenn es dieselbe Waffe war, warum schießt der Trainer auf seinen Lieblingshund?«

»Es war sein Lieblingshund? Woher weißt du das denn?«

»Kevin hat es mir erzählt. Der Arme ist immer noch ziemlich fertig, weil er den Toten gefunden hat.«

»War wirklich kein schöner Anblick.«

»Wusstest du, dass auf Finkenstein illegale Hunderennen stattfinden?«, fragte Tina.

»Dann muss ich dich jetzt festnehmen, weil dein Hund illegal mitgelaufen ist.«

»Im Ernst, die illegalen Rennen fanden erst am Abend statt. Es war eine geschlossene Gesellschaft im übertragenen und im wörtlichen Sinn, weil die Gäste nur mit einer Einladung reinkamen, das Tor geschlossen war und von zwei Sicherheitsleuten bewacht wurde. Sanne und ich waren da und haben gehört, wie der Graf die Gäste begrüßt und ausdrücklich zum Wetten aufgefordert hat.«

»Na und? Dann wetten sie eben. Ich war als Jugendlicher mal

in Hamburg-Horn auf der Galopprennbahn. Ich habe zwanzig Mark in den Sand gesetzt.«

Tina erzählte Jan von ihren Internetrecherchen über die Hunderennen, die Wetten, die auf deutschen Rennbahnen nicht erlaubt waren, und dem Hund mit dem gebrochenen Bein, der sofort eingeschläfert worden war.

»Wieso warst du eigentlich da? Hatte der Graf dich eingeladen?«

»Na ja, nicht direkt«, druckste Tina herum. »Wir waren sozusagen Zaungäste.«

»Zaungäste. Aha.« Jan sah sie fragend an.

Tina beeilte sich, das Thema zu wechseln. »Ich glaube übrigens nicht, dass der Trainer auf Daisy geschossen hat. Wie Kevin es ausdrückte, wäre er eskaliert, wenn er mitbekommen hätte, dass Daisy etwas passiert ist.«

»Welchen Grund könnte man haben, auf einen Hund zu schießen?«

Tina überlegte. »Ich kann mir nur einen einzigen Grund vorstellen, aus dem ich auf einen Hund schießen würde, wenn ich denn eine Waffe hätte: wenn er Tollwut hätte und mich angreifen wollte.«

»Vielleicht wollte er Perry beißen? Dann hätte er doch auf den Hund schießen können.«

Tina nahm einen Schluck aus ihrem Kaffeebecher. »Die meisten Hunde sind keine Beißer, Jan. Besonders Greyhounds haben einen tollen Charakter. Und hast du dir Daisy mal angesehen? Sie hätte Perry bestimmt nicht gebissen. Und wenn, hätte er dann nicht Bisswunden haben müssen?«

»Der Bericht von der Pathologie ist noch nicht gekommen, aber ich habe keine Wunden gesehen. Aber vielleicht hat er geschossen, bevor sie ihn erwischen konnte?«

»Er hat diesen Hund geliebt. Er hätte niemals auf ihn geschossen. Selbst wenn Swatt mich beißen würde …«, Jan sah Tina alarmiert an, und sie beeilte sich fortzufahren, »… was er niemals tun würde, aber selbst wenn, ich könnte ihm niemals wehtun. Und was ich über den Trainer gehört habe, zeigt, dass er zwar mit Menschen nicht so gut klarkam, aber Daisy war wie ein Familienmitglied für ihn.«

Jan rührte einen Löffel Zucker in seinen Kaffee und trank ihn in einem Zug leer. »Was, wenn nicht Perry der Schütze war?«

»Du meinst, er hat sich nicht selbst umgebracht?«

Er zögerte.

»Nun komm, mir kannst du es doch sagen. Ich bin Ärztin.«

Jan grinste und überlegte eine Weile. Tina konnte sehen, wie er mit sich rang.

»Außerdem weiß ich, dass du die Angestellten des Caterers befragt hast.«

»Woher weißt du das denn?«

»Plöner Klatsch und Tratsch.«

Jan schüttelte den Kopf. »Typisch Kleinstadt. Ach, was soll's, es wird sowieso morgen in jeder Zeitung stehen. Tote im Umfeld der High Society ziehen die Presse an wie Blut einen Schwarm Piranhas. Wir werden eine Pressekonferenz geben müssen.« Er seufzte, bevor er fortfuhr. »Der guten alten Zeiten wegen kann ich es dir auch jetzt schon sagen: Es war kein Selbstmord.«

»Voss, wir auf Finkenstein mögen keine negative Publicity«, äffte Tina den Grafen nach.

»Unter uns, der Typ ist ein arrogantes Arschloch.« Jan blickte auf seine Smart Watch. »Falls dir eine Situation einfällt, in der ein anderer als Perry auf Daisy geschossen haben könnte, ruf mich an.« Jan legte seine Visitenkarte auf den Tisch und blickte Tina tief in die Augen. »Ich muss nach Kiel. Wir sehen uns. Und bitte behalte für dich, was ich dir gesagt habe.«

Tina nickte. »Tschüss.«

Sie blickte ihm nach, als er über den Kirchplatz ging und hinter der Sparkasse verschwand. *Wir sehen uns.* Was sollte das denn bedeuten? Sehen wir uns heute Abend, nächste Woche oder in drei Jahren? Hatte nur sie das Kribbeln gespürt? Und hatte Jan ihr tatsächlich gerade gesagt, dass Perry ermordet worden war? Sanne würde sabbern vor Begeisterung. Nachdenklich steckte sie sich das letzte Stück des Bagels in den Mund und zerknüllte die Serviette, auf der er gelegen hatte. Anschließend trank sie ihren Kaffee aus und verstaute die Visitenkarte sorgfältig in ihrem Portemonnaie.

Ihr Handy piepste, und sie sah, dass sie eine WhatsApp von Mareike bekommen hatte. Susi hatte Alixa an dem Abend nicht auf Finkenstein gesehen. Na gut, das schloss aber nicht aus, dass sie nicht trotzdem da gewesen war. Aber warum sollte die Tierärztin den Hundetrainer erschießen?

Nachdenklich holte Tina ihr Fahrrad und fuhr das kurze Stück zur Praxis, wo schon der erste Patient auf sie wartete.

Nach der Sprechstunde, zu der leider nicht mehr als zwei Patienten erschienen waren, war Tina zu einem Entschluss gekommen. Sie würde noch einmal mit Kevin sprechen müssen. Vielleicht hatte er doch irgendetwas beobachtet, was Licht in die Sache mit dem Schuss auf Daisy bringen konnte. Außerdem würde sie Alixa anrufen und sie unauffällig fragen, ob sie am Mordabend auf Finkenstein gewesen war. Sie musste sich nur noch überlegen, wie sie dies anstellen wollte.

Kapitel 9

Tina erzählte Sanne nichts von ihrem Vorhaben, nach Finkenstein zu fahren. Sie würde bestimmt wieder mitfahren wollen, und Tina wollte ihren Jungs die Mutter nicht schon wieder entführen.

Der Anruf beim Amtstierarzt war leider genauso verlaufen, wie Tina befürchtet hatte. Ohne Beweise, dass es sich um ein illegales Hunderennen handele, könne er nicht tätig werden. Es sei bekannt, dass auf Gut Finkenstein regelmäßig Hunderennen stattfänden, aber es hätte noch nie Hinweise darauf gegeben, dass auf die Hunde gewettet werden könne. Außerdem seien bei Routinekontrollen der Greyhounds keinerlei Unregelmäßigkeiten festgestellt worden. Frustriert warf Tina das Telefon auf den Behandlungstisch. Sie würde mehr herausfinden müssen.

Sie schob ihr Mountainbike aus der Praxistür und schlängelte sich durch die Horden von Touristen, die durch die Lange Straße schlenderten, die Backsteinkirche und die alten Häuser fotografierten und den herrlichen Sonnentag genossen. Endlich konnte sie auf den Strandweg abbiegen. Leider war es dort fast genauso voll wie in der Fußgängerzone. Erst, als Tina in die Eutiner Straße abbog, die am Nordufer des Plöner Sees entlangführte, konnte sie in die Pedale treten. Swatt trabte neben ihr her, blieb aber immer wieder stehen, um am Wegesrand zu schnuppern und seine Markierungen anzubringen. Dann fiel er in einen schnellen Galopp, um Tina wieder einzuholen. Sie bog in die Rosenstraße ein, um zu dem Wanderweg zu kommen, der sie direkt am Ufer des Sees zum Flüsschen Schwentine und an die B76 brachte.

Als sie Swatt gerade anleinte, fuhr ein silbergraues BMW-Cabrio an ihr vorbei. Die blonden Haare der Fahrerin wehten im Fahrtwind. Alixa! Wohin war sie wohl unterwegs?

Der Verkehr auf der Bundesstraße war recht dicht, Alixa musste bremsen und kam nur im Schritttempo vorwärts. Tina stieg aufs Fahrrad und fuhr ihr im Abstand von vier Wagenlängen hinterher. Die Ampel, die an der Einmündung der Straße zum Deertenhoff stand, sprang auf Rot, und Alixa musste warten. Tina überlegte. Sollte sie ihr weiter folgen? Es war unwahrscheinlich, dass sie ihr mit dem Fahrrad eine Verfolgungsjagd liefern könnte. Die Ampel wechselte auf Grün, und Alixa gab Gas. Der Stau hatte sich aufgelöst, und sie verschwand schnell um die Kurve am Madebökensee. Es war zwar aussichtslos, aber Tinas Ehrgeiz war geweckt.

»Na los, Swatt! Ein kleines Stück verfolgen wir sie noch!«

Swatt raste los und zog Tina hinter sich her. Sie trat kräftig in die Pedale, um es ihm leichter zu machen.

Als sie auf dem kleinen Hügel neben dem See ankam, sah sie gerade noch, wie das Cabrio links in Richtung Niederkleveez einbog. Bergab ging es schneller, und Tina musste kräftig bremsen, um nicht von Swatt an der Einmündung vorbeigezogen zu werden.

»Langsam, Junge!«

Sie überquerte die Bundesstraße und radelte in Richtung der Supermärkte weiter. Bestimmt wollte Alixa einkaufen. Aber hatte sie nicht gesagt, dass sie alles in Kiel besorgte? Tina fuhr langsam über den vollen Supermarktparkplatz. Einheimische und Touristen hatten alle Parkbuchten belegt, Menschen schoben ihre Einkaufswagen zwischen den Autos hindurch, und Tina musste kräftig abbremsen, als ein weinroter Opel mit Nürnberger Kennzeichen zurücksetzte und sie fast angefahren hätte.

»Pass doch auf, Mann!«, schrie sie und zog Swatt aus der Gefahrenzone. Der Opelfahrer zeigte ihr den Stinkefinger und brauste vom Parkplatz. »Idiot!«

Tina blickte sich um. Es war kein silberfarbenes BMW-Cabrio mit Plöner Kennzeichen zu sehen. »Dann ist sie doch weiter nach Niederkleveez gefahren. Vielleicht will sie nach Malente?«

Swatt blickte zu Tina hoch und wedelte. Seine Zunge hing ihm weit aus dem Maul heraus. Tina schob ihr Rad auf den Grünstreifen am Rand des Parkplatzes und goss etwas Wasser in einen Reisewassernapf, den sie immer in ihrer Satteltasche hatte. Swatt schlabberte geräuschvoll und hatte das Wasser innerhalb von einer Minute ausgetrunken.

Tina sah in Richtung der Seniorenresidenz auf der anderen Straßenseite. Auf dem Parkplatz dort stand Alixas BMW. Tina wusste, dass Alixas Vater schon vor vielen Jahren gestorben war. Hatte sie ihre Mutter hier einquartiert? Die war schon recht alt gewesen, als Alixa geboren wurde, möglich wäre es also. Tina wartete noch einen Moment, doch Alixa kam nicht wieder.

»Na gut, Swatt. Ab nach Hause.«

Tina wendete ihr Rad, da fiel ihr Blick auf die Eingangstür von Aldi. Eine vertraute Gestalt mit Löwenmähne trat aus dem Laden. Sie trug zwei billig aussehende Rosensträuße und war gerade dabei, die Plastikumhüllungen abzuziehen.

»Alixa! Ich bin schockiert! Du hier in Plön bei Aldi!«

Alixa sah auf. »Tina! Ich habe nur schnell ein paar Blumen für meine Mutter gekauft. Sie wohnt jetzt drüben in der Seniorenresidenz. Die Unterbringung kostet mich eine ganz schöne Stange Geld, aber für meine Mutter ist mir nichts zu teuer.«

»Bis auf die Blumen anscheinend.«

»Ach, weißt du, sie kann eh kaum noch etwas sehen. Die Geste zählt, stimmt's?«

»Klar. Vielleicht kannst du nächstes Mal vorher beim Friedhof vorbeifahren. Einige Sträuße da sind bestimmt erst zwei, drei Tage alt. Und wenn sie schon etwas welk sind, kann deine Mutter das ja sowieso nicht sehen, stimmt's?«

Alixa verzog das Gesicht. »Früher warst du nicht so zynisch, meine Liebe. Was ist passiert, Flaute in der Praxis oder Flaute im Bett?« Sie musterte Tina von oben bis unten. »Oder sogar beides?«

»Ich bin froh, dass ich mein eigener Herr bin. Ich könnte jedenfalls nicht für solche Leute wie die Finkensteins arbeiten!« Tina musste sich beherrschen, dass sie nicht mit den illegalen Hunderennen auf dem Gut herausplatzte und so Alixa warnte, dass sie ihr auf der Spur war.

»Nur kein Neid, Tina. Das ist ein Traumjob, und das weißt du auch.«

»Die schnipsen mit den Fingern, und du machst Männchen. Traumhaft.«

Swatt zog plötzlich heftig an der Leine, und Tina musste sich in den Boden stemmen, um nicht hinzufallen.

»Ist ja echt gut erzogen, dein Hund«, sagte Alixa höhnisch.

»Er hat eben Charakter. Was man nicht von jedem behaupten kann.« Tina stieg auf ihr Rad und fuhr los.

Mist, jetzt hatte sie Alixa nicht nach ihrem Alibi gefragt. Aber das Gespräch war mal wieder ein wenig aus dem Ruder gelaufen. Alixa brachte sie immer so schnell auf die Palme. Na gut, dann eben ein anderes Mal.

Tina bog in Richtung Deertenhoff ab und überlegte. Sie wusste von einer Freundin ihrer Mutter, dass die Unterbringung in der Seniorenresidenz nicht billig war. Hatte Paula nicht gesagt, dass es dort pro Monat mindestens 1.700 Euro kosten würde? Alixa müsste regelmäßig wetten und auch gewinnen, damit sie ihrer Mutter ein so teures Altersheim spendieren konnte. Von ihrer Rente als Verkäuferin in einem Blumengeschäft konnte sich ihre Mutter den Platz bestimmt nicht leisten. Was sie wieder zu der Frage zurückbrachte, woher Alixa gewusst hatte, dass die Außenseiter gewinnen würden.

Kapitel 10

In der Vormittagssprechstunde behandelte Tina gerade eine Katze mit Ohrenentzündung, als das Telefon klingelte.

Sanne angelte mit der einen Hand das Telefon aus der Tasche ihres Kittels und verhinderte mit der anderen, dass die Katze vom Tisch sprang. »Tierarztpraxis Deerten, Sie sprechen mit Sanne Finke.« Sie lauschte in den Hörer und grinste Tina vielsagend an. »Tut mir leid, Herr Voss. Sie ist gerade in einer Behandlung. Kann sie Sie später zurückrufen? Die Nummer hat sie? Gut, danke. Schönen Tag noch.«

Tina bemühte sich, Sannes Grinsen zu ignorieren, und gab Ohrentropfen in das entzündete Ohr.

»Bitte geben Sie die Tropfen zwei Mal täglich eine Woche lang in Rockys Ohr. Dann sollte die Entzündung weg sein.«

Nachdem Rockys Frauchen bezahlt hatte und gegangen war, sah Tina Sanne an.

»Grins nicht so fett. Was wollte er?«

»Dich sprechen. Mehr hat er nicht gesagt.«

»Ich rufe ihn nach der Sprechstunde zurück.«

Sanne warf einen Blick ins leere Wartezimmer. »Warum nicht jetzt? Es ist keiner da.«

»Vielleicht hat er was über Daisy rausgefunden.«

Tina ging in ihr Büro und zog die Tür hinter sich zu. Sie suchte Jans Visitenkarte heraus. Eigentlich glaubte sie nicht, dass es Neuigkeiten von Daisy gab. Aber warum sollte er sonst anrufen? Vielleicht wollte er sie zu einem Kaffee einladen? Vielleicht aber auch nicht. Es gab nur einen Weg, das herauszufinden.

Tina tippte auf den grünen Hörer, und die Verbindung wurde aufgebaut.

»Voss, Mordkommission.«

»Moin, Jan, hier ist Tina. Du hattest angerufen?«

»Tina, schön, dass du zurückrufst. Ich wollte dir einen Zwischenstand zu den Ermittlungen wegen des Hundes geben.«

Oh. Was hast du denn erwartet, du dumme Nuss.

»Und, was gibt es Neues?«, fragte Tina.

»Das Neue ist, dass es nichts Neues gibt.«

»Und deshalb rufst du an?«

Stille.

»Jan, bist du noch dran? Ich kann dich nicht mehr hören.«

Ein Räuspern ertönte. »Ich wollte dich gern auf einen … Ich möchte dich gern zum Essen einladen.«

Ja!

»Wann hattest du gedacht?«

Cool bleiben.

»Am Donnerstagabend? Im Mediterran in der Langen Straße?«

»Ich schaue mal in meinen Terminplaner. Bleib kurz dran.«

Tina legte das Handy auf den Schreibtisch und riss den rechten Arm in die Luft. Ja! Sie wusste, dass der Donnerstagabend frei war, aber es machte keinen guten Eindruck, wenn man dies ohne einen Blick auf den Kalender im Kopf hatte. Etwas atemlos nahm sie das Handy wieder in die Hand.

»Donnerstag geht. Um acht?«

»Acht ist gut. Ich freue mich. Bis dann.«

»Tschüss.«

Tina legte ihr Handy auf den Schreibtisch und ging strahlend in den Behandlungsraum zurück.

»Und?« Sanne sah sie vielsagend an.

»Wir gehen Donnerstag zusammen essen.«

Sanne hob ihre Hand zu einem High five. Tina schlug ein, denn sie wusste, dass Sanne sonst keine Ruhe geben würde.

»Was ziehst du an?«

»Das weiß ich doch jetzt noch nicht. Kommt auch aufs Wetter an.«

»Ich komme vorher vorbei und berate dich. Nicht, dass du da in Jeans und T-Shirt aufschlägst.«

Tina sah sich schon in hautengen quietschbunten Klamotten mit hoch toupierten Haaren, wenn Sanne als Beraterin tätig sein würde, und ihr lief ein Schauer über den Rücken.

»Das ist nett, aber ich schaffe das schon alleine.«

Sanne warf ihr einen kritischen Blick zu. »Sicher?«

»Ich ziehe mich selbst an, seit ich drei bin. Es wird schon gehen.«

Sanne zuckte mit den Schultern. »Deine Entscheidung. Aber sag hinterher nicht, dass ich dich nicht beraten wollte!«

Tina schaute auf die Funkuhr auf dem Schreibtisch.

»Es ist zwölf. Wir können in die Pause gehen.«

Sanne verschwand im Aufenthaltsraum, und Tina hörte, wie das Radio anging. Sie kehrte ins Büro zurück, wo ihre Jeansshorts und ein graues Shirt mit dem Aufdruck eines bunten Vogels lagen. Gerade steckte sie mit dem Kopf im Ausschnitt, als Sanne hereinstürmte.

»Es war tatsächlich Mord! Sie haben es eben im Radio gebracht! Hab ich es nicht gesagt?« Ihre Augen leuchteten. »Und weißt du was? Auf Daisy wurde mit derselben Waffe geschossen, mit der dieser Perry umgebracht wurde.«

Tina zog das T-Shirt mit einem kräftigen Ruck über ihren Kopf. »Nein!«

»Wenn ich es dir sage!« Sanne sah sie prüfend an. »Was machen wir jetzt?«

»Was meinst du damit? Dass wir jetzt anfangen, den Mord aufzuklären? Wie Miss Marple?«

»Ich dachte eher an Dr. Brennan aus *Bones*, aber mit weniger alten Knochen!«

Tina schüttelte den Kopf. »Sanne, Jan ermittelt in dem Fall. Er kann das, denn er ist Kommissar bei der Mordkommission.«

Sanne zog einen Flunsch. »Du Spaßbremse! Wir würden bestimmt was rauskriegen. Zum Beispiel, wo diese Alixa wohnt. Die hat bestimmt Dreck am Stecken.«

Tina überlegte. Es wäre sinnvoll, bei Alixa anzufangen. Sie hatte auf die Hunde des Grafen gewettet und steckte mit Sicherheit tief in der Angelegenheit mit drin. Ohne besonderen Grund würde ihr der Graf nicht so ein irre hohes Gehalt zahlen. Da war bestimmt ein Teil Schweigegeld dabei. Wenn es denn stimmte, was Alixa erzählt hatte. Sie hatte immer schon gern übertrieben.

Sanne hatte ihr Zögern bemerkt. »Nun komm schon.«

»Ich will nur rausfinden, was mit Daisy passiert ist, ist das klar?«

Sanne nickte so begeistert, dass ihre großen goldenen Ohrreifen in Wallung gerieten. »Was machen wir zuerst?«

»Wir sollten rausfinden, wo Alixa wohnt und wie viel Geld sie ausgibt.«

»Wir lauern ihr vor dem Gut auf und verfolgen sie nach Hause!«

»Ich dachte eher, dass wir rumfragen, wer was über Alixa weiß. Und vielleicht steht ihre Adresse sogar im Telefonbuch.«

Sanne wischte Tinas Einwand ungeduldig beiseite. »Ja, mag sein. Aber wir müssen sie beschatten, damit wir was rausfinden können.«

»Wahrscheinlich hat Alixa gar nichts mit dem Mord zu tun.«

»Vielleicht aber doch. Und das würdest du ihr gönnen, oder?«

Würde sie das? Tina dachte nach. Das kleine, fiese Teufelchen in ihr fuchtelte mit seinem Dreizack und keifte: »Ja! Das hätte sie verdient, die blöde Kuh! Schnappt sich einfach deine Doktorarbeit und hat noch nicht mal ein schlechtes Gewissen! Mach sie fertig! Stampf sie in den Boden!« Das Engelchen sagte natürlich, dass man Alixa nicht vorverurteilen dürfe und im Zweifel für die Angeklagte sein müsse, blablabla …

»Wenn Alixa etwas mit dem Mord zu tun hat, muss sie geschnappt werden. Und was da mit den Greyhounds abläuft, ist auf jeden Fall nicht koscher.«

»Genau!« Erwartungsvoll blickte Sanne sie an.

Tina rang sich zu einem Entschluss durch. »Heute Abend überwache ich Alixa.«

»Wir, meine Liebe. Heute Abend beschatten wir sie!«

Kapitel 11

Nach der Nachmittagssprechstunde, die etwas besser besucht war als die am Vormittag, zogen sich Tina und Sanne für ihre Beschattung um. Tina schlüpfte in ihre üblichen Klamotten aus Jeansshorts und T-Shirt, während Sanne ein schwarzes hautenges Shirt, Leggins in Tarnfarben und Sneakers anzog.

»Sneakers? Seit wann trägst du Turnschuhe?«

»Falls wir Alixa zu Fuß verfolgen müssen, will ich gerüstet sein. Bist du fertig?«

Tina nickte und schnappte sich die Autoschlüssel. »Ich gehe eine kurze Pinkelrunde mit Swatt, dann kann es losgehen.«

Eine halbe Stunde später kamen Tina und Sanne auf dem Schotterweg vor dem Gutstor an. Tina parkte so hinter einem Weidengebüsch, dass das Auto fast verdeckt war, sie aber das Tor und die hintere Ausfahrt beim Pförtnerhaus noch im Blick hatte.

»Hoffentlich ist sie nicht schon weg«, sagte Sanne. »Es ist schon nach halb sieben.«

»Wenn sie wirklich so viel Geld verdient, würde ich als Graf erwarten, dass sie dafür auch viel arbeitet.« Tina machte es sich im Fahrersitz bequem und legte den Arm auf das heruntergelassene Fenster.

»Im Telefonbuch steht Alixa übrigens nicht. Ich habe nachgeguckt«, sagte sie.

»Hab ich mir fast gedacht.« Sanne blickte sich im Auto um. »Ich habe Hunger. Hast du was zu essen dabei?«

Hundebälle, Hundematten und eine kurze Lederleine lagen im Fußraum hinter dem Fahrersitz, und ein Paar schlammverkrustete Gummistiefel lugten unter einem Hundehandtuch hervor, das dringend einmal hätte gewaschen werden müssen. Ansonsten war das Auto, abgesehen von Millionen schwarzer Hundehaare, leer.

»Hast du keine Kekse oder so was hier?«, maulte Sanne, in deren altem Volvo sich immer ein Notfallvorrat an Butterkeksen befand, falls die Jungs zu quengeln anfingen.

»Es müssten noch ein paar im Handschuhfach sein.«

Sanne riss das Handschuhfach auf und holte eine Packung heraus. »Das sind Hundekekse, du dumme Nuss!«

Swatt richtete sich auf dem Rücksitz auf und fixierte die Packung.

Tina grinste. »In der Not frisst der Teufel Fliegen.«

Sanne schmiss die Packung zurück und knallte die Klappe zu. »So hungrig bin ich auch wieder nicht!«

»Das sind Biokekse mit sehr hohem Fleischanteil. Swatt liebt sie.«

Swatt schob sich zwischen den Sitzen nach vorn, sodass er seinen Kopf auf Sannes Bein legen konnte.

»Swatt, hau ab, du sabberst meine Hose voll!«

»Gib ihm einen Keks, dann hast du deine Ruhe.«

Swatt verschlang seinen Keks in Sekundenschnelle und blickte Sanne erwartungsvoll an.

»Mehr gibt es nicht, du Fresssack.«

»Da kommt ein Auto!«, rief Tina und beobachtete, wie das schwarze Auto zügig durch das Gutstor fuhr und nach links auf die schmale Zufahrtsstraße abbog. »Mist, das ist sie nicht. Das ist dieser arrogante Blödmann.«

»Der Typ sieht aber klasse aus. Und er fährt einen dicken Porsche.« Sanne blickte dem Auto hinterher, das hinter einer Kurve verschwand. »Den Kerl würde ich nicht von der Bettkante stoßen.«

»Er ist ein arroganter Schnösel. Von mir aus kannst du ihn haben.«

Ein weiteres Auto kam in Sicht.
»Das ist Alixa!«, rief Tina.
»Ein BMW Cabrio. Fette Karre, so ein Teil hätte ich auch gern.«
»Vielleicht ist es ein Firmenwagen«, vermutete Tina und startete den Motor.
Als Alixa hinter der Kurve verschwunden war, legte sie den Gang ein und gab Gas.
»Wir dürfen nicht zu nah auffahren. Hier ist so wenig Verkehr, da sieht sie uns sofort.«
Alixa fuhr schnell, fast zu schnell für die schmale Straße. Tina musste sich konzentrieren, um sie nicht aus den Augen zu verlieren. Vor der Einmündung auf die Landstraße bremste Alixa hart ab und bog in Richtung Ascheberg ein. Tina folgte ihr durch den kleinen Ort und weiter in Richtung Plön.
»Sie fährt nach Plön. Hoffentlich fährt sie nach Hause und nicht zu ihrer Mutter ins Altersheim.«
Auf der Bundesstraße war mehr Verkehr, sodass Tina dichter an Alixa dranbleiben konnte. Sie folgte ihr auf die Straße Richtung Lütjenburg, von der Alixa bald in eine kleine Straße abbog.
»Sie will nach Rathjensdorf«, sagte Sanne.
Tina ließ sich zurückfallen und hielt an, als Alixa in die Einfahrt eines modernen Einfamilienhauses abbog, parkte und ausstieg. Sie ging auf die Haustür zu, schloss auf und verschwand im Inneren des doppelstöckigen Hauses.
»Wofür braucht die ein ganzes Haus?«, fragte Sanne. »Da steht doch bestimmt die Hälfte der Zimmer leer.«
»Typisch Alixa. Es muss nach außen hin alles toll und möglichst protzig aussehen, damit alle sagen: Wow, die hat es geschafft.«
»Diese Architektenhäuser sind alle irgendwie hässlich.« Sanne betrachtete die asymmetrischen Dachschrägen, die kleinen Fenster und den Balkon, der aussah, als hätte man ihn nachträglich an die Hauswand geklebt.

»Ich stehe auch mehr auf norddeutsche Backsteinhäuser.«

»Was machen wir jetzt?«, fragte Sanne.

»Lass uns ein bisschen bleiben. Vielleicht hat sie noch was vor«, erwiderte Tina.

Nachdem sie eine Viertelstunde gewartet hatten, rief sie: »Da, sie kommt zurück.«

Alixa hatte sich umgezogen und warf eine Golftasche auf den Rücksitz des BMW.

»Oh, Madam geht golfen.«

»Fahren wir ihr hinterher?«, fragte Sanne.

Tina beobachtete, wie Alixa in den Wagen stieg, rückwärts aus der Auffahrt stieß und in Richtung Plön fuhr. Tina und Sanne rutschten in ihren Sitzen so weit nach unten, dass Alixa sie beim Vorbeifahren nicht sehen konnte.

»Nein, das bringt uns nicht weiter. Sie fährt entweder auf den Golfplatz nach Waldshagen oder nach Wensin, schätze ich. Lass uns mal die Nachbarn nach Alixa fragen.«

Tina stieg aus und reckte sich. Swatt quetschte sich an Sanne vorbei und schnüffelte an einem Grasbüschel. Tina drehte sich um, sodass sie die herrliche Aussicht auf den Kleinen Plöner See, der inmitten von teils abgeernteten, teils noch goldgelben Feldern und kleinen Waldstücken lag, genießen konnte.

»Der Blick ist toll. Aber der See ist zu weit weg.«

»Bist du unter die Immobilienmakler gegangen, oder was? Komm endlich!«

Tina ging die schmale Straße entlang auf ein weißes Reetdachhaus mit dunkelblauen Fensterläden zu. Eine zierliche dunkelhaarige Frau in hellgelbem Tanktop und kurzem Jeansrock trat heraus und ging zu dem Mülleimer, der am Straßenrand stand.

»Das ist ja Anja Schütte! Wir waren im selben Tischtennisverein.« Rasch ging Tina auf die Frau zu. »Hallo Anja! Ich wusste gar nicht, dass du jetzt in Rathjensdorf wohnst.«

»Tina! Lange nicht gesehen! Was machst du denn hier?« Anja umarmte Tina und trat zurück. »Spielst du noch Tischtennis?«

»Schon seit dem Studium nicht mehr. Und du?«

Anja schüttelte den Kopf, sodass ihre zu einem kinnlangen Bob geschnittenen Haare um ihr Gesicht flogen. »Seit der Hochzeit mit Sören – du kennst ihn bestimmt noch, er war in der Herrenmannschaft – nicht mehr. Vielleicht fange ich wieder an, wenn die Kinder größer sind. Und du hast jetzt eine Tierarztpraxis in der Langen Straße.«

Tina meinte, einen leichten Anflug von Neid in Anjas Stimme zu hören.

»Ich wollte eigentlich mal bei dir reinschauen, aber im Moment bin ich nur mit den Kindern und dem Haushalt beschäftigt«, fuhr Anja fort. »Zum Glück schlafen die beiden schon. Und, was machst du in Rathjensdorf?«

»Wir wollten Alixa Müller besuchen, aber sie scheint nicht zu Hause zu sein.«

»Alixa ist selten da. Entweder ist sie bei der Arbeit – sie ist auch Tierärztin, aber das weißt du bestimmt – oder beim Golfen oder auf Reisen.«

»Da muss sie aber eine Menge Kohle verdienen, wenn sie sich das alles leisten kann«, warf Sanne ein.

»Sie kommt sehr gut zurecht, würde ich sagen. Wir könnten jedenfalls keine Karibikkreuzfahrt machen.«

»Hat sie eigentlich einen Freund?«, wollte Tina wissen.

»Immer wechselnd, nichts Festes. In letzter Zeit war öfter mal so ein gut aussehender, chic gekleideter Mann bei ihr. Aber den habe ich auch schon seit …«, Anja überlegte, »… mindestens zwei Wochen nicht mehr gesehen. Aber wieso interessiert euch das?«

»Allgemeine Neugier, würde ich sagen.«

Anja nickte verständnisvoll. Dorfklatsch war die Schmiere für das gesellschaftliche Leben.

»Warum versucht ihr nicht, sie während der Arbeit zu treffen? Sie arbeitet auf Gut Finkenstein als Tierärztin für die Hunde und Pferde.«

»Klingt spannend. Weißt du, was genau sie da macht?«

»Sie ist für alles zuständig, was mit der Gesundheit der Tiere zu tun hat. Mehr weiß ich auch nicht.«

Aus einem offen stehenden Fenster im ersten Stock des Hauses war ein Weinen zu hören, das sich in Sekundenschnelle in ein infernalisches Geschrei steigerte.

Anja verzog das Gesicht. »Levin bekommt Zähne.«

»Wir wollen dich nicht aufhalten«, sagte Tina schnell. »Schön, dass wir uns mal wieder getroffen haben.«

Anja nahm den Mülleimer, um ihn zum Haus zurückzurollen. »Schau gern rein, wenn du in der Nähe bist. Ein Gespräch unter Erwachsenen ist immer eine schöne Abwechslung, wenn man den ganzen Tag mit zwei kleinen Kindern zu Hause ist.«

»Mach ich. Ach, und Anja?«, rief Tina über das Gebrüll hinweg.

»Ja?«

»Ich habe Alixa lange nicht gesehen und möchte sie mit meinem Besuch überraschen.«

Anja grinste. »Schon klar, ich verrate ihr nicht, dass ihr hier wart.«

Tina machte das Daumen-hoch-Zeichen und ging zurück zum Auto.

Sie schloss auf, und Swatt sprang auf den Beifahrersitz.

»Nach hinten, Großer!« Tina zeigte auf den Rücksitz, und Swatt verzog sich unwillig auf den hinteren Sitz. Sie zog die Tür zu, und das Geschrei wurde schlagartig leiser. »Besser!«

»Das war doch noch gar nichts. Wenn einer meiner Jungs brüllt, fällt der andere mit ein, und du hast das Ganze in Stereo«, sagte Sanne und setzte sich auf den Beifahrersitz.

»Ich glaube, ich könnte das nicht.«

»Man gewöhnt sich an alles.« Sanne drehte sich auf dem Sitz, sodass sie Tina anschauen konnte. »Immerhin wissen wir jetzt, dass Alixa einen gut aussehenden Freund hat. Meinst du, es ist der Graf?« Ihre Augen leuchteten vor Begeisterung.

»Es gibt noch mehr gut gekleidete Männer auf der Welt.«

»Aber nehmen wir mal an, er ist's. Perry bekommt raus, dass der Graf mit Alixa ein Verhältnis hat, und erpresst ihn.«

»Und dann bringt der Graf ihn gleich um, oder was?«

»Als Swatt den Hasen zerlegt hat, sah der Graf ganz schön wütend aus. Was meinst du, wie der ist, wenn er in die Enge getrieben wird?«

»Wir reden hier von Mord, Sanne. Wütend über einen kaputten Hasen zu sein und jemanden zu ermorden, sind zwei völlig unterschiedliche Dinge. Und wir wissen ja noch nicht mal, ob der Graf Alixas Lover ist.«

»Wir könnten deiner Freundin ein Bild vom Grafen zeigen. Im Internet ist bestimmt ein Bild von ihm.« Sanne zückte ihr Handy und tippte darauf herum. »Und da haben wir ihn schon. Graf und Gräfin von Finkenstein bei einer Spendenaktion zugunsten krebskranker Kinder.« Sanne drehte ihr Handy so, dass Tina das Foto sehen konnte.

»Prinz Charming und seine Gattin.«

»Los. Geh noch mal zu dieser Anja und frag sie«, sagte Sanne.

Tina seufzte. »Da du keine Ruhe geben wirst, bis ich sie gefragt habe …«

»… kannst du sie auch gleich fragen«, beendete Sanne den Satz und grinste.

Tina stieg aus dem Auto und ging noch mal zu Anjas Haus zurück.

Wenige Minuten später war sie wieder da und schwang sich auf den Fahrersitz.

»Und?«, fragte Sanne.

»Sie ist sich nicht sicher. Sie hat ihn nur ein- oder zweimal von Weitem gesehen.«

»Ich sage dir, es ist der Graf!«, rief Sanne begeistert.

»Vielleicht ist es auch Mark Zuckerberg.«

»Meinst du?« Sanne blickte Tina an. »Ach Mensch, du verarschst mich nur.«

»Immerhin wissen wir, dass Alixa das Geld mit vollen Händen ausgibt. So viel kann sie mit dem Job nicht verdienen. Ich würde sagen, dass sie regelmäßig wettet und auch regelmäßig gewinnt. Ich frage mich, wie sie das macht.«

Tina ließ den Motor an und fuhr los.

»Wenn sie auf die Außenseiter wettet, bekommt sie gute Quoten«, sagte Sanne.

»Aber woher weiß sie, dass die Außenseiter gewinnen werden? Ich verstehe das nicht.«

Sanne zuckte mit den Schultern. »Bestimmt ist da irgendeine Schummelei dabei.«

»Aber wie willst du da schummeln? Die Hunde sind alle gechipt, und der Chip kann nicht manipuliert werden.«

»Fragen über Fragen. Ich frage mich jetzt allerdings, wo wir etwas zu essen herbekommen. Was hältst du von einem Döner bei Ali?«

»Für mich lieber ein Fischbrötchen.«

»Okay, erst zu Ali, dann zu Fischer Wilkens.«

Nachdem Sanne sich einen Döner geholt hatte, gingen die beiden Frauen weiter zum Fischladen am Yachthafen, wo Tina sich ein Roggenbrötchen mit Räucherlachs bestellte und mit Appetit anfing zu essen.

»Alixa muss als Tierärztin in der Sache mit drinstecken. Wenn die Chips manipuliert werden, ist sie diejenige, die es durchführen kann.« Tina wischte sich mit der Papierserviette über den Mund und schluckte den letzten Bissen herunter. »Wir müssen unbedingt mehr über Alixa herausfinden«, sagte sie, zerknüllte die Serviette und warf sie mit Schwung in den Mülleimer.

Kapitel 12

Es war kurz vor halb zehn Uhr morgens, und Tina schob ihr Rad über den kleinen Fußweg, der vom Uferweg zum Marktplatz hinaufführte. Sie wollte nach links in Richtung Praxis weitergehen, doch Swatt rannte nach rechts und in großen Sätzen auf eine etwas pummelige Frau mit einem langen Flechtzopf zu.

»Swatt! Komm her!«

Swatt rannte weiter und bremste erst kurz vor der Frau ab. Er schaffte es gerade noch, sie nicht umzurennen, und sprang aufgeregt wedelnd um die Frau herum.

Diese lachte und streichelte ihm über den Kopf. Dann sah sie sich um und entdeckte Tina, die sich auf ihr Rad geschwungen hatte und rasch zu ihr radelte.

»Ewa! Entschuldige, du kennst ja Swatt.«

»Immer noch derselbe Chaot. Das ist ja schon wieder heiß heute, was?«, fragte die Frau mit leicht russischem Akzent.

»Ich finde das Wetter toll, besser als kalt und Regen. Und wir haben ja den See vor der Haustür, um uns abzukühlen.«

»Mir ist das viel zu warm. In meiner Wohnung unterm Dach sind es mindestens 28 Grad, auch nachts. An Schlaf ist da nicht zu denken.«

Tina betrachtete Ewas Gesicht. Sie hatte dicke Augenringe, die auch das Make-up nicht ganz verbergen konnte, und sah müde aus.

Swatt leckte Ewa die Hand, und sie zog sie lachend weg.

»Swatt, so heiß ist mir auch wieder nicht!«

Sie holte ein Kosmetiktuch aus ihrer überdimensionierten Handtasche und wischte sich ihre Hand damit ab.

»Und, Tina, wie geht es dir?«

»Muss ja.«

»Was ist, bist du krank?«

Tina schüttelte den Kopf. »Nein, aber mich beschäftigt der Mord auf Finkenstein.«

»Schlimme Sache, und die Polizei tappt noch im Dunkeln.«

»Hast du auch davon gehört, dass auf einen der Windhunde des Grafen mit derselben Waffe geschossen wurde, mit der der Trainer umgebracht wurde?«

»Es stand im *Kieler Blatt*.«

»Ich habe den Hund operiert und wüsste zu gern, wer auf ihn und den Trainer geschossen hat.«

»Ich dachte, du bist Tierärztin und nicht bei der Polizei?«

»Ich bin eben neugierig.«

Ewa lachte und blickte zur Kirchturmuhr hoch. »Ich muss zur Arbeit. Wollen wir uns mal wieder auf einen Kaffee treffen?«

»Machen wir. Ganz kurz noch: Alixa Müller ist nicht zufällig Kundin in eurer Sparkasse?«

»Du meinst diese hochnäsige, blondierte Tussi, die alle immer von oben herab behandelt und meint, sie wäre was Besseres?«

Das passte.

Tina nickte. »Sie arbeitet auf Finkenstein.«

Ewa machte große Augen. »Glaubst du, sie hat etwas mit dem Mord zu tun?«

»Ich fische nur ein bisschen. Vielleicht kommt etwas hoch.«

»Sie hat ein Konto bei uns.«

»Sie scheint ja eine Menge Kohle zu haben. Tolles Haus, fettes Auto, viele Reisen.«

»Es kommt gut Geld rein. Aber es geht auch genauso schnell wieder raus. Sparen ist nicht so ihr Ding.« Ewa schlug sich die Hand vor den Mund. »Das hätte ich dir gar nicht sagen dürfen.«

»Kommt denn außer dem Gehalt von Finkenstein noch was rein?«

Ewa schaute unschlüssig. »Tina, das darf ich …«

»Ist schon okay, Ewa. Ich verstehe das«, unterbrach Tina sie. Sie drehte ihr Fahrrad herum und setzte sich auf den Sattel. »Wie wäre es übernächsten Freitag vor der Arbeit beim Stadtbäcker? So um halb neun?«

»Das passt mir gut.« Ewa streichelte Swatt noch einmal über den Kopf und trat dann dicht an Tina heran. »Es kommt immer noch eine Menge Geld aus anderer Quelle. Es ist nicht immer derselbe Betrag, aber meist in fünfstelliger Höhe«, flüsterte sie Tina ins Ohr. »Aber von mir hast du das nicht.« Sie wandte sich rasch ab, winkte noch einmal über die Schulter und betrat die Bank.

Interessant. Das Wetten war offenbar eine regelmäßige Angelegenheit. Und nicht nur das Wetten, sondern – und das war das Entscheidende – auch das Gewinnen. Hm. Während Tina in die Praxis fuhr, überlegte sie angestrengt, wie Alixa dieses Kunststück fertigbrachte, doch sie kam zu keinem Ergebnis.

Gegen Ende der Sprechstunde betrat Anja die Praxis. Ein vielleicht zweijähriger Junge trödelte hinter ihr ins Wartezimmer. Der kleine Junge schob ein Bobby-Car vor sich her und kletterte dann auf den Sitz. Er stieß sich mit den Füßen ab und sauste durch das leere Wartezimmer. Anja winkte Tina zu.

»Anja! Moin!«

»Moin, Tina! Ich hab versucht, dich zu erreichen, habe aber nur deine Praxisnummer gefunden. Da dachte ich, ich schaue mal bei dir vorbei.«

Sanne trat ins Wartezimmer und beobachtete den Jungen auf dem Bobby-Car. »Moin! Und wer ist dieser junge Mann?«

»Das ist Levin«, erwiderte Anja. »Er ist gerade zwei geworden. Mia ist fünf, ich muss sie gleich aus der Kita abholen.«

»Meine beiden Jungs sind jetzt vier«, sagte Sanne und beugte sich zu Levin herunter, um ihm über das weißblonde Haar zu streichen, das sich ihm in wilden Locken um das Gesicht kräuselte.

Anja holte ihr Handy aus der Hosentasche. »Gestern Abend war Alixas Lover wieder da. Und ratet, wer ein Foto von ihm gemacht hat!«

Tina beugte sich aufgeregt vor. »Nein! Du bist die Größte! Zeig mal her!«

Anja reichte Tina das Handy, und Sanne trat schnell neben sie. Die Frauen blickten gespannt auf das Display. Es war ein Mann in gut geschnittenem hellbeigem Anzug zu erkennen, der neben Alixa stand und sie um fast einen Kopf überragte. Er hatte kurz geschnittenes dunkles Haar, das an der Stirn schon bis auf den Oberkopf zurückgewichen war. In seinen rundlichen Gesichtszügen zeigten sich erste Falten. Tina schätzte ihn auf Ende dreißig, Anfang vierzig. Alixa sah ihn mit einem Gesichtsausdruck an, den man nur mit »Anhimmeln« beschreiben konnte.

»Und, kennt ihr den?«, wollte Anja wissen.

»Nee, noch nie gesehen. Er sieht dem Grafen ein wenig ähnlich, aber der Graf ist kleiner«, erwiderte Tina enttäuscht.

»Der Graf hat auch noch deutlich mehr Haare«, sagte Sanne. »Besonders attraktiv ist der Typ nicht.«

»Ich geb dir trotzdem meine Handynummer, dann kannst du mir das Foto schicken. Vielleicht finde ich raus, wer er ist.« Tina gab Anja das Handy zurück und diktierte ihr ihre Nummer.

Gerade, als Anja die letzte Ziffer eingetippt hatte, ertönte ein infernalisches Gebrüll, und Swatt fing im Nebenzimmer an zu bellen. Der kleine Junge auf dem Bobby-Car war mitsamt Gefährt umgefallen und lag halb unter einem der Wartezimmerstühle. Tränen strömten über sein Gesicht. Anja gab Tina schnell die Hand und nickte Sanne zu.

»Er ist ja wieder gut bei Stimme«, sagte Tina.

Anja verzog das Gesicht. »Er hat gerade eine schlechte Phase.« Sie eilte zu ihrem Sohn und nahm ihn auf den Arm. Mit der freien Hand griff sie nach dem Bobby-Car. »Wir sehen uns, Tina! Ich schick dir das Foto, sobald ich den Notfall hier geklärt habe.« Sie öffnete die Eingangstür und trat hindurch.

Das Geschrei wurde leiser, als Anja die Tür geschlossen hatte, aber erst, als sie ein Stück die Straße heruntergegangen war, verklang es ganz. Kinder waren wirklich ganz niedlich, aber wenn sie anfingen zu brüllen, war Tina froh, wenn sie sich nicht um sie kümmern musste. Obwohl – eigentlich hatte sie schon geplant, irgendwann einmal ein oder zwei Kinder zu haben.

Sie bemerkte, dass Sanne sie prüfend anblickte. »Was ist?«

»Das wollte ich dich fragen. Du sahst gerade so aus, als würdest du über den Sinn des Lebens nachdenken.«

»So tiefsinnige Gedanken habe ich nie kurz vor Feierabend.«

Kapitel 13

Am Mittwochnachmittag, an dem die Praxis wie immer geschlossen war, setzte sich Tina in ihren Isuzu und fuhr nach Finkenstein. Es war kurz vor drei, als sie unter einer großen Eiche auf der Hauptzufahrt parkte. Sie hoffte, dass Kevin nicht über Sepel oder den Schotterweg nach Hause fuhr, denn dann würde er nicht an ihr vorbeikommen. Die Sonne brannte von einem knallblauen, wolkenlosen Himmel, und Tina wurde warm. Sie ließ alle Fenster herunter, damit die milde Brise aus Osten durch den Wagen wehen konnte. Ein Auto kam in Sicht. Es war der schwarze Porsche. Tina ließ sich in ihrem Sitz nach unten sinken und bedeutete Swatt, dass er sich hinlegen solle. Der Fahrer des Porsche ließ den Motor aufheulen und brauste an ihr vorbei. Uff, er hatte sie nicht gesehen. Tina setzte sich wieder auf und beobachtete die Straße.

»Ist das langweilig!«, beschwerte sie sich bei Swatt.

Der zuckte nur mit dem linken Ohr und schlief weiter. Als auch Tina kurz vor dem Einschlafen war – sie hatte in der vorigen Nacht schlecht geschlafen, weil ihre Gedanken um die Geschehnisse auf Finkenstein und um Jan gekreist waren –, hörte sie das Knattern eines Motorrads. Schlagartig wurde sie wieder munter.

Ein quietschgrünes Crossmotorrad kam in Sicht. Aufgrund des blau-gelb gestreiften Helms und der schwarzen Motorradjacke, die der Fahrer trug, erkannte Tina erst recht spät, dass es sich um Kevin handelte. Er fuhr aus der Ausfahrt neben dem Pförtnerhaus und gab Gas. Tina sprang auf die Straße und wedelte mit den Armen.

Das Bike raste mit heulendem Motor auf sie zu. Verdammt, war der Kerl blind? Bevor sie einen Schritt zurücktreten konnte, war er schon fast bei ihr angekommen. Im letzten Moment machte Kevin eine Vollbremsung und riss den Lenker herum. Er schaffte es, um Tina herumzuschleudern, doch das Hinterrad scherte aus, traf sie an der Hüfte und riss sie von den Beinen. Sie wurde auf die Rasenkante neben der Straße geschleudert und prallte so heftig auf dem Gras auf, dass ihr die Luft wegblieb. Sie rang nach Luft und musste husten, als sie die Abgase des Bikes einatmete. Sie blieb noch einen Moment liegen, bis sie wieder zu Atem gekommen war, dann setzte sie sich langsam auf. Ihr rechtes Knie schmerzte von dem Aufprall, und an der Hüfte, wo das Motorrad sie getroffen hatte, würde sie einen blauen Fleck bekommen. Kevin hatte es geschafft, das Bike auf den Rädern zu halten, und war in einer großen Staubwolke zum Stehen gekommen.

»Haben Sie sie noch alle?«, brüllte er.

»Tut mir leid«, entgegnete Tina. Ihr Puls raste. Sie hatte sich verschätzt, was die Beschleunigung eines Crossbikes anging. »Ist bei Ihnen alles in Ordnung?«

»Außer, dass ich fast eine Herzattacke bekommen hätte?«

»Tut mir leid«, wiederholte Tina.

»Ich kenn Sie doch.«

»Wir haben uns neulich auf der Rennbahn getroffen.«

Kevin klappte das Visier des Helms hoch.

»Sie sind ja mutig, dass Sie sich noch mal her trauen. Es hat voll lange gedauert, bis der Hase repariert war.« Er lachte. »Das war ein Spaß.«

Tina verzog das Gesicht.

»Kevin, ich frage mich die ganze Zeit, wie es zu Daisys Schussverletzung kommen konnte. Fällt Ihnen irgendetwas ein, was an dem Tag, an dem sie verschwand, ungewöhnlich war?«

Kevin überlegte. »Das hab ich doch schon gesagt. Es war der

Tag, an dem der Graf Bernie einen Einlauf verpasst hat. Mehr weiß ich nicht.«

»Daisy hat sonst immer gewonnen?«

»Logo, Alte! Sie war megaschnell, die anderen hatten null Chance. War's das? Ich muss los.«

»Ja, danke, Kevin.«

Kevin klappte sein Visier herunter und ließ die Kawasaki aufheulen. Dann nahm er das Gas weg und klappte das Visier wieder hoch. »Mir ist noch was eingefallen. Die Müller war auch megasauer auf Bernie. Der hat an dem Tag gleich doppelt auf den Sack gekriegt.«

»Wieso war sie so wütend?«

»Aus demselben Grund wie der Graf.«

»Aber der Hund gehört ihr doch gar nicht.«

Kevin zuckte mit den Schultern. »Die war echt angepisst! Hat voll rumgekeift, hat Peter Kowalski erzählt. Kann ihr eigentlich voll egal sein, welcher Hund gewinnt.«

Tina nickte nachdenklich.

Plötzlich knallte es, und sie riss den Kopf hoch.

»Was war das? Klang wie ein Schuss«, sagte sie und blickte in die Richtung, aus der der Knall gekommen war.

»Das is' bestimmt die Gräfin. Ich hab gehört, wie sie Jaromir gesagt hat, er soll das Tontaubengerät aufbauen.«

Es krachte nochmals und kurz darauf erneut.

»Ist sie gut?«, fragte Tina.

»Nicht so gut wie Iron Jack.«

»Wer?«

»Iron Jack.« Als Tina ihn verständnislos anschaute, fuhr er ungeduldig fort: »Mein Avatar, Alte. Bei *Neverwinter*.«

»Ach, das Computerspiel.«

»Was denn sonst, Oma«, erwiderte Kevin. »Schon mal was von Internet gehört?« Er grinste. »Ich hau ab.« Er gab Gas und schoss in einer Staubwolke davon.

Tina stand auf der Straße, bis das Geknatter der Kawasaki in der Ferne verklungen war.

Oma! Frechheit!

In Gedanken versunken stieg sie ins Auto und sah den mitternachtsblauen Jaguar erst, als er neben ihr anhielt.

Auf dem Fahrersitz saß der Graf. Er ließ die Scheibe heruntersurren.

»Was wollen Sie denn hier? Haben Sie nicht schon genug Schaden angerichtet? Wir mussten alle nachfolgenden Rennen absagen, weil der Hase auf die Schnelle nicht zu reparieren war.«

»Das tut mir leid. Ich komme selbstverständlich für die Kosten auf.«

»Halten Sie sich einfach nur vom Gut fern.«

»Was sagen Sie eigentlich zum Mord an Ihrem Trainer?«

»Lesen Sie es in der *Bild der Frau* nach. Das ist doch die Hauptinformationsquelle für Frauen wie Sie und diese – wie hieß sie noch? – richtig, Sanne«, erwiderte der Graf mit kalter Stimme.

»Frauen aus dem gemeinen Volk, meinen Sie? Tja, Herr von Finkenstein, ich habe Neuigkeiten für Sie: Der Adel ist bereits eine ganze Weile abgeschafft und ›Graf‹ schon lange kein Titel mehr, sondern nur noch Teil des Namens.« Wie gut, dass Tina sich bei ihren Internetrecherchen auch ein wenig über den Adel informiert hatte.

Der Graf schnaubte indigniert, ließ das Fenster wieder hoch und gab Gas.

»Tja, Swatt, mein Junge, da sind wir vom gemeinen Volk wohl in Ungnade gefallen.«

Da sie schon mal auf Finkenstein war, beschloss Tina, mit Swatt einen langen Spaziergang am Plöner See entlang zu machen. Sie warf ihm seinen orange-blauen Lieblingsball ins Wasser, und er stürzte sich begeistert in die Fluten. Es waren kaum andere Menschen unterwegs, und Tina genoss die Ruhe, die nur vom Zwitschern der Vögel, dem Schreien der Möwen über dem

See und dem Geräusch des Windes in den Buchen unterbrochen wurde. Irgendwo weit entfernt in den Wäldern bellte ein Hund, dann noch einer.

Sie dachte über das Gespräch mit Kevin nach. Alixa war ebenfalls sauer gewesen, dass Daisy nicht gewonnen hatte. Dies konnte nur eins bedeuten: Sie hatte auf sie gewettet und verloren, und zwar eine ganze Menge, sonst wäre sie nicht so extrem wütend gewesen.

Als sie schon auf dem Rückweg zum Auto war, hob Swatt witternd die Nase und bog auf einen Waldweg ab.

»Swatt! Komm her!« Tina spähte angestrengt in die Schatten der dicken Buchen, die den Weg begrenzten. Swatt war nicht zu sehen. »Dieser Köter!«

Sie bog ebenfalls in den Waldweg ein und rief weiter nach ihm. Zu dumm, dass sie ihre Hundepfeife zu Hause hatte liegen lassen. Wo war er bloß hingelaufen?

Tina folgte dem Waldweg, der nach etwa hundert Metern von einem Tor versperrt war. Ein zwei Meter hoher Wildzaun verlor sich rechts und links vom Tor im Buchenwald. Ein Schild neben dem Tor wies das Gelände als Rückzugsgebiet für Wildtiere aus, das nicht betreten werden dürfe. Tina blickte sich nach Swatt um und rief ihn erneut. Sie lauschte, doch außer dem entfernten Bellen eines Hundes war nichts zu hören.

»Swatt! Wo bist du denn?«

Sie überlegte kurz, wandte sich dann nach links und ging am Wildzaun entlang. Doch das Gehen war durch das dichte Unterholz und die Brombeerbüsche, die sich unter den Buchen ausgebreitet hatten, beschwerlich. Auf der anderen Seite des Zauns konnte Tina einen Sandweg erkennen, der sich durch die Buchen schlängelte. Sie blieb stehen und wischte sich den Schweiß von der Stirn. Plötzlich knackte es im Unterholz, und Swatt kam hechelnd aus den Büschen gesprungen. Seine Zunge hing weit aus dem Maul heraus, und seine Augen leuchteten.

»Na, hattest du Spaß?«

Er wedelte wild mit dem Schwanz.

»Ich leine dich mal lieber an. Das fehlt noch, dass der Graf oder die Gräfin dich hier beim Stöbern erwischt.«

Auf dem Rückweg zum Auto musste sie wieder am Gutshof vorbei. Das Tor stand offen, und sie blickte den Weg hinunter, der zum Herrenhaus führte.

Ein grauhaariger, hagerer Mann mit einer blau-grünen Schiebermütze kam mit einer mit Pferdemist beladenen Schubkarre von den Ställen rechts des Weges und bog auf den Hauptweg ab.

Als er Tina sah, stutzte er und kam mit einem breiten Lächeln auf sie zu. »Die Doktorsche! Wat mokt Sie denn hier?«

»Moin, Herr Wiegand. Ich wusste gar nicht, dass Sie auf dem Gut arbeiten.«

»Schon seit über dreißig Jahren. Ick hab mich schon für den ollen Grafen um die Pferde gekümmert.«

»Wie geht es Ihrer Katze? Ist die Lahmheit weggegangen?«

»Allens ganz wunderbor. Sie konnte schon am nächsten Tach wedder auftreten.« Der alte Mann lachte, sodass sein Gesicht noch runzliger aussah.

»Sie haben hier gerade eine ganz schöne Aufregung, kann ich mir vorstellen.«

Herr Wiegand nickte. »Dat sach ich Ihnen. Allens voller Polizei, die Pferde sin' schon ganz hektisch.«

»Das glaube ich. Die Hunde sind bestimmt auch nervös.«

»Jo, seit der olle Bernie nich' mehr da is', is' da viel Gekläffe zu hören.«

»Haben Sie vielleicht an dem Tag des Mordes an Bernie etwas gesehen, das Ihnen merkwürdig vorkam?«, erkundigte sich Tina.

»Dat hat mich der Kommissar auch schon fragt hebbt. Der Graf wer mächtig auf Zinne, dat Daisy in Noddinghemm nicht gewonnen hat. Und der Hund wer verschwunden.«

»Sie ist bei mir in der Praxis gelandet, ich habe ihr eine Pistolenkugel aus dem Oberschenkel operiert. Ich wüsste zu gern, wer auf sie geschossen hat.«

Herr Wiegand schob seine Mütze hoch und kratzte sich an der Stirn. »Dat is allens sehr gediegen.«

»Ja, wirklich sehr merkwürdig. Haben Sie mitbekommen, dass sich Dr. Müller mit Bernie gestritten hat?«

»Jo, wo Sie dat sagen, fällt mir dat wedder ein. Die war auch gallig, dat Daisy nur Zweite geworden is'.«

»Warum? Ihr gehört der Hund doch nicht. Sie ist doch nur für die tierärztliche Versorgung der Greyhounds zuständig.«

»Dat is richtig. Aber Bernie hat was Komisches gesagt.« Wiegand überlegte einen Moment. »Er sagte so wat wie ›Eiwiltellem‹.«

Tina runzelte die Stirn. »Eiwiltellem? Was soll das denn bedeuten?«

»Ick weiß dat auch nich'. Aber daraufhin war die Doktorsche erst richtig vergräzt. Sie hat gesagt, dat er sich dat noch mal überlegen soll, aber er hett wieder gesagt ›Eiwiltellem‹. Und denn rannte er los zum Wald. Und hat dabei nach Daisy gerufen.« Der Alte sah Tina erwartungsvoll an. »Wat glauben Sie, wat dat bedeuten soll?«

»Ich habe keine Ahnung«, sagte Tina langsam. »Aber ich werde es herausfinden.«

»Viel Erfolg. Ick muss denn mal wedder an die Arbeit.«

»Danke, Herr Wiegand. Einen schönen Tag noch.«

Tina winkte dem alten Mann zu und ging in Richtung ihres Autos.

Plötzlich fiel ihr noch etwas ein. »Herr Wiegand?«

Er drehte sich um.

»Vielleicht wurde auf dem Gut auf Daisy geschossen. Haben Sie zufällig am Mittwoch einen Schuss gehört?«

»Dat mag möglich sein. Aber dat is' nich' ungewöhnlich, wenn dat hier mal knallen tut. De Gräfin schießt oft auf Tontauben, oder die Herrschaften geh'n im Wald auffe Jagd. Hier gifft dat viele Wildsauen und Damwild, da kummt de öfters mal mit 'nem toten Viech nach Huus.«

Tina nickte. Das ergab Sinn. Auf dem Deertenhoff knallte es auch öfter mal. Sie nahm dann an, dass ihr Bruder oder ihr Vater auf der Jagd waren. Sie nickte Herrn Wiegand zum Abschied zu und ging nachdenklich zu ihrem Wagen zurück.

Eiwiltellem. Was sollte das bedeuten? Und Herr Wiegand hatte bestätigt, dass sich Irene – Entschuldigung, Alixa! – mit Perry heftig in der Wolle gehabt hatte. Aber warum bloß?

Kapitel 14

Am nächsten Morgen berichtete Tina Sanne, was sie herausgefunden hatte.

»›Eiwiltellem‹? Bist du sicher, dass du dich nicht verhört hast?«

»Das hat Herr Wiegand gesagt. Ich habe gestern Abend schon darüber nachgegrübelt. Vielleicht ist es ein Name: Eiwil Tellem.«

Sanne grinste. »Was soll denn das für ein komischer Name sein?«

»Vielleicht ist es ein Hundename. Die heißen doch alle so bekloppt, Running Gag, Bella Italia. Wieso nicht Eiwil Tellem? Ist vielleicht Arabisch.«

»Vielleicht ist das der Mann der Königin von Saba. Frau von Saba und Eiwil Tellem geben sich die Ehre!«

Tina warf einen Tupfer nach Sanne. »Du nimmst das nicht ernst.«

Sanne setzte sich vor den Computer. »Ich google das mal.« Die Tasten klapperten, dann ein energischer Schlag auf die Enter-Taste. »Nichts.«

»Wär auch zu schön gewesen.«

Tina warf einen Blick ins Wartezimmer, es war leer. Sie seufzte. Es dürfte gern etwas mehr los sein. Sie schloss die Tür und setzte sich auf den Bürostuhl.

»Sanne, gib mir mal das Telefon. Da eh noch keiner da ist, rufe ich mal Alixa an, ob sie am Mittwochabend auf Finkenstein war.«

»Meinst du, das sagt sie dir so einfach?«

»Man muss es natürlich geschickt anstellen«, erwiderte Tina. Und sich nicht von Alixa provozieren lassen.

Sie suchte die Nummer vom Gut aus dem Internet heraus und ließ sich zu Alixa durchstellen.

»Tierarztpraxis auf Gut Finkenstein. Sie sprechen mit Frau Mersebusch.«

»Deerten, Moin. Ich hätte gern Frau Müller gesprochen.«

»Um welche Angelegenheit handelt es sich?«

Die Stimme am Telefon klang ein wenig blasiert. Tina stellte sich eine Frau mit Twinset, Perlenkette und kinnlangen Haaren mit Außenwelle vor, obwohl es sich bestimmt um die Tierarzthelferin von Alixa handelte, die einen Kittel trug.

»Ich möchte Frau Müller wegen Daisy's Dawn sprechen. Ich habe sie operiert.«

»Ah, die Tierärztin aus Plön. Einen Moment, bitte.« Es knackte in der Leitung.

»Tina, was kann ich für dich tun?«

»Moin, Alixa. Ich wollte mich nach Daisy erkundigen. Wie geht es ihr?«

»Die Wunde sieht gut aus, aber sie humpelt natürlich noch.«

»War zu erwarten.« Tina fuhr mit ihrem Bürostuhl ein wenig zurück und legte die Beine auf den Schreibtisch. »Sag mal, bei euch ist ja ganz schön was los.«

»Das kann ich dir sagen. Dieser Kommissar ist dauernd hier und schnüffelt herum. Er hat sogar sämtliche Waffen der Finkensteins beschlagnahmt. Die Gräfin war definitiv not amused.«

Aha. Interessant.

»Kann ich mir vorstellen. Warst du eigentlich an dem Abend, als der Trainer ermordet wurde, auf dem Gut?«

»Wieso willst du das wissen?«, fragte Alixa misstrauisch.

»Ich bin nur neugierig. Da fand ja ein großes Fest statt, nach allem, was man so hört.«

Tina biss sich vor Spannung auf die Unterlippe. Würde Alixa auflegen, oder könnte sie der Versuchung nicht widerstehen, mit ihrem Insiderwissen von der Hautevolee anzugeben?

»Das Elbphilharmonie-Orchester war da«, erwiderte Alixa nach einer kurzen Pause. »Der Graf und die Gräfin gaben eine Soirée für vierzig Gäste aus dem In- und Ausland.«

Es klang wie eine Pressemitteilung, und Tina musste sich ein Lachen verkneifen.

»Und da warst du auch eingeladen? Das ist ja der Wahnsinn!«, rief sie übertrieben beeindruckt.

»Ich konnte nicht. Ich hatte eine Verabredung.«

Ja, ja, als wenn du eingeladen gewesen wärst, Irene Müller.

»Man hat immer so viele Termine, ich kenne das.«

»Und dann hat mich meine Verabredung leider versetzt. Ist krank geworden.« Alixa klang ehrlich enttäuscht.

»Ach, dann warst du ganz allein an dem Abend?«

Alixa wirkte etwas irritiert. »Ja, und? Ich war früh im Bett, das konnte ich mal wieder gebrauchen. Jeden Abend unterwegs, da freut man sich, wenn man endlich ein bisschen Zeit für sich hat.«

Tina öffnete den Mund und tat so, als würde sie sich lautlos übergeben.

Sanne grinste.

»Du, ich muss Schluss machen.«

»Wie wär's, wenn wir uns demnächst mal treffen, einen Wein trinken und über alte Zeiten reden?«

»Warum nicht?«, erwiderte Tina unverbindlich. »Tschüss.«

»Und?«, fragte Sanne gespannt, als Tina aufgelegt hatte.

»Sie war allein zu Hause.«

»Schade, dann war sie also nicht auf dem Gut.«

»Sanne, sie *sagt*, dass sie allein zu Hause war. Das bedeutet, dass sie kein Alibi hat. Sie könnte genauso gut auf Finkenstein gewesen sein und den Trainer umgebracht haben.«

»Stimmt! Sie war es, ganz sicher!«

»Fehlen nur das Motiv und der Beweis«, bremste Tina Sannes Begeisterung.

»Das finden wir auch noch, da bin ich mir tausendprozentig sicher.«

Sanne öffnete die Praxissoftware und begann, die neu gekauften Medikamente in das System einzugeben.

»Ist dir auch aufgefallen, dass Alixa dieselbe Software hat wie wir?«

Tina nickte und starrte auf das Plakat mit den Informationen über die Hundeseuche, das gegenüber an der Wand hing, während ihr ein Gedanke durch den Kopf schoss.

»Erde an Tina! Alles klar bei dir?«

Sie schreckte hoch. »Ich hab nur grade überlegt … Nein, das ist zu riskant.« Sie schüttelte den Kopf.

»Was? Was ist zu riskant?«

»Ich dachte nur, wenn wir die Daten von Alixa hätten, könnten wir sie bei uns aufspielen und gucken, ob wir was Verdächtiges finden.«

»Mensch, das ist genial! Warum bin ich da nicht draufgekommen?«

»Es gibt da nur ein klitzekleines Problem«, stellte Tina fest.

»Und zwar?«

»Wir müssten die Daten stehlen.«

Sanne sprang auf, holte ihr Handy und tippte auf dem Display herum. »Sonntagabend ginge bei mir. Da ist meine Mutter da, und ich kann weg.«

»Ich hätte es nicht erwähnen sollen. Vergiss es, es ist zu gefährlich.«

Sanne schaute Tina prüfend an. Diese blickte unschuldig zurück.

»Oh nein, meine Liebe, so nicht! Du willst es ohne mich machen, weil du mich nicht mit reinziehen willst. Aber ich lasse dich nicht alleine zu diesen Gestörten fahren und in die Praxis einbrechen. Keine Chance!«

»Sanne, dafür können wir wirklich in den Knast gehen. Ich

habe keine Kinder, du schon. Da fällt mir ein: Könntest du Swatt nehmen, falls ich verhaftet werde?«

»Wir werden nicht verhaftet. Und ich komme auf alle Fälle mit«, stellte Sanne klar. »Sonntagabend geht es los. Hol mich um neun ab. Bis wir da sind, ist es dunkel, und wir schleichen uns rein.«

»Na gut«, gab Tina nach.

Ihr war etwas wohler, dass sie sich nicht alleine in die Höhle des Löwen wagen musste. Trotzdem fragte sie sich, wie sie sich auf so eine hirnrissige Idee hatte einlassen können, die auch noch von ihr selbst gekommen war. Einbruch auf Gut Finkenstein. Wenn sie erwischt wurden, würde ihre Mutter vermutlich nie wieder ein Wort mit ihr wechseln.

»Was ziehst du denn nun heute Abend an?«, riss Sanne sie aus ihren düsteren Überlegungen.

»Wenn das Wetter sich hält, dachte ich an meine helle Leinenbluse und die schwarzen Shorts.«

Sanne runzelte die Stirn. »Und welche Schuhe? Doch wohl nicht deine ollen Treter, oder?«

An die Schuhe hatte Tina noch keinen Gedanken verschwendet. Sie hatte fast nur bequeme Schuhe, und die zwei, drei Paar, die etwas schicker waren, hatten alle nur einen niedrigen Absatz.

»Vielleicht die Schnürsandalen?«

»Hast du keine High Heels?«

»Nee!« Tina lachte. »In den Dingern würde ich mir schon nach zwei Schritten die Hachsen brechen. Ist mir rätselhaft, wie man auf solchen Schuhen laufen kann.«

»Du bist ein hoffnungsloser Fall, was Mode angeht«, stellte Sanne fest. »Dann zieh die Sandalen an, und lass an der Bluse ein paar Knöpfe mehr offen, dann sollte es gehen.«

»Ich mache so viele Knöpfe auf wie sonst auch. Entweder er mag mich so, wie ich bin, oder er kann sich gleich wieder verpieseln.«

Kapitel 15

Nach der Nachmittagssprechstunde fuhr Tina schnell nach Hause, um zu duschen und sich umzuziehen. Als sie vor ihrem Kleiderschrank stand, überlegte sie, ob Sanne nicht doch recht hatte. Männer mochten es, wenn Frauen sich für sie aufbrezelten. Tina nahm ihren einzigen Rock vom Bügel und hielt ihn vor sich. Der schwarze Rock stand ihr gut und brachte ihre Beine zur Geltung, doch sie fühlte sich im Rock nie richtig wohl, daher hängte sie ihn zurück und griff nach den schwarzen eng anliegenden Shorts. Sie passten wie eine zweite Haut, und Tina stellte fest, dass ihre langen gebräunten Beine auch in den Shorts gut zur Geltung kamen. Sie wühlte sich durch die übersichtliche Anzahl an Blusen und zog die Leinenbluse heraus. Als sie die Knitterfalten sah, seufzte sie. Ein Blick auf die Uhr zeigte, dass sie keine Zeit mehr hätte, zu ihrer Mutter rüberzugehen und sich das Bügeleisen auszuleihen. Auch die anderen Blusen waren nicht knitterfrei. Also doch das rote T-Shirt mit dem V-Ausschnitt. Tina legte die schwere Silberkette um, die sie von ihren Eltern zum achtzehnten Geburtstag bekommen hatte, tupfte sich ein wenig Parfüm hinter die Ohren, kämmte sich die Haare, die sie offen auf ihre Schultern fallen ließ, und war startklar. Zum Glück waren die Sandalen sauber, denn sie hätte keine Zeit mehr gehabt, sie zu putzen.

Sie holte ihr Fahrrad hinter dem Haus hervor und stieg auf. »Komm, Swatt, los geht's!«

Jan saß schon an der Bar des italienischen Restaurants, als sich Tina um kurz nach acht durch die weit geöffnete Tür schob und sich durch die Menschen drängte, die auf einen freien Tisch warteten. Er lächelte breit, als er Tina erkannte, und seine Grübchen sahen absolut unwiderstehlich aus.

Als Tina bei ihm ankam, stand er auf und gab ihr einen leichten Kuss auf die Wange. Sein Dreitagebart kitzelte angenehm auf ihrer Haut. Als sich Swatt an sein Bein drängte, trat er schnell einen Schritt zurück. »Oh, du hast deinen Hund mitgebracht.«

Tina blickte ihn prüfend an. »Swatt und mich gibt es nur im Doppelpack. Und ich spiele mit dem Gedanken, mir einen zweiten Hund anzuschaffen. Ein Kumpel für Swatt wäre schön, dann hätte er immer jemanden zum Spielen. Zwei Hunde sind besser als einer, finde ich zumindest.«

Jan sah ein wenig unglücklich aus, aber er nickte. »Ich habe draußen einen Tisch reserviert. Ich hoffe, das ist okay für dich.«

»Perfekt. Wenn das Wetter mitspielt, esse ich am liebsten an der frischen Luft.«

Tina legte die Decke, die sie für Swatt mitgebracht hatte, neben ihrem Stuhl auf den Boden und setzte sich.

Jan trat vorsichtig um Swatt herum, ließ sich auf seinen Stuhl sinken und betrachtete das Gewimmel in der Fußgängerzone. »Ganz schön viel los.«

»Es ist Hochsaison. Mir ist das zu viel, aber meine Freundin Mareike macht in den Sommermonaten immer einen guten Umsatz mit ihrer Apotheke.«

»Merkst du das auch in der Praxis?«

»Nicht so sehr, wie ich es mir wünschen würde. Der Kollege am Bahnhof macht ziemlich aggressive Werbung. Aber lass uns von etwas anderem reden!«, bat Tina, die keine Lust hatte, sich ihr erstes Date mit Jan von ihren Existenzsorgen überschatten zu lassen. »Wie kommst du mit dem Mordfall voran?«, erkundigte sie sich. »Hast du schon die ersten Verdächtigen?«

»Es ist zäh. Die hohen Herrschaften sind nicht besonders kooperativ.«

»Wollen die gar nicht wissen, wer Perry umgebracht hat? Oder stecken sie selbst mit drin?«

Der Kellner kam und brachte die Karte. »Ciao Tina, come stai?«

»Ciao Gianni! Gut, und selbst?«

»Molto bene! Was wollt ihr trinken?«

Jan bestellte einen offenen Montalbano, dem Tina sich anschloss. Sie brauchte keinen Blick auf die Karte zu werfen, denn sie wusste bereits, was sie essen wollte. Sie bestellte die Spinatlasagne und eine kleine Antipastiplatte. Jan wählte das Ossobuco mit Rosmarinkartoffeln.

»Ich kann den Grafen und die Gräfin schwer einschätzen«, sagte er, als Gianni gegangen war. »Natürlich sind sie erschüttert, aber ich habe das Gefühl, es stört sie mehr, dass der Mord auf Finkenstein passiert ist, als dass ihr Trainer ermordet wurde.«

»Und jetzt ist ihr heiliges Finkenstein auch noch ständig in den Medien«, sagte Tina und nickte Gianni dankend zu, der den Wein brachte und ihr ein Glas eingoss. »Ich kann sie allerdings ein bisschen verstehen. Mir würde es auch nicht gefallen, wenn der Deertenhoff und meine Familie in die Schlagzeilen geraten würden.«

»Wohnst du noch auf dem Hof?«

»Vor ein paar Jahren habe ich den alten Pferdestall in eine Wohnung umgebaut. War eine Heidenarbeit, aber es hat sich gelohnt«, erklärte Tina stolz. »Ich habe einen super Blick auf den See und die Stadt.«

»Ich habe in Kiel einen super Blick auf das gegenüberliegende Hochhaus«, sagte Jan und grinste. »Aber so selten, wie ich zu Hause bin, ist das auch egal.«

»Wohnst du meistens bei deiner Freundin, oder wieso bist du so selten da?« Tina hatte die Frage in leichtem Tonfall gestellt, doch jetzt wartete sie gespannt auf die Antwort.

Jan trank einen Schluck Wein und schüttelte den Kopf. »Ich

habe kaum Zeit für eine Beziehung. Ich bin mit meinem Job verheiratet.«

»Geht mir genauso. Wir haben nun mal keinen Acht-bis-Fünf-Uhr-Job.«

Jan nickte. »Zum Glück wird nicht jeden Tag jemand ermordet. Es gibt auch Phasen, in denen ich nicht so lange im Präsidium bleiben müsste. Aber wenn zu Hause niemand auf einen wartet ...« Jan lächelte ihr zu.

Sie merkte, dass sie drauf und dran war, sich in ihn zu verlieben. Aber sie merkte auch, dass ihr das alles zu schnell ging. Viel zu schnell. Sven und sie hatten auch einen Blitzstart hingelegt, und man sah ja, wo das hingeführt hatte.

Sie senkte den Blick und nahm einen weiteren Schluck Wein. Wenn sie so schnell weitertrank, hätte sie schon vor der Vorspeise einen Schwips und würde beim Hauptgericht einschlafen. Zum Glück kam Gianni mit der Antipastiplatte, und Tina griff zu.

»Wenn du magst, nimm dir«, sagte sie kauend.

»Danke, aber ich will dir nichts wegessen, so hungrig, wie du bist.«

»Fällt auf, dass ich seit heute Morgen nichts mehr gegessen habe, was?«

»Kaum«, sagte Jan lächelnd. »Und, was hast du nach dem Abi so getrieben?«

Tina erzählte von ihrem Studium und von dem Jahr in Kenia und erfuhr von Jan, dass er nach dem Abitur an der Fachhochschule für Verwaltung und Dienstleistung in Kiel studiert und das Studium mit der Ernennung zum Kommissar beendet hatte.

»Wolltest du schon immer zur Polizei gehen?«, fragte Tina.

»Ich wollte schon seit der Grundschule dafür sorgen, dass die bösen Jungs nicht davonkommen. Ich hätte nach dem Abschluss auch noch Jura studieren können, aber das war mir zu trocken. Den ganzen Tag Akten hin und her schieben – nein, danke. Mir reicht es schon, wenn ich Berichte schreiben muss.«

»Das kann ich verstehen. Ich könnte auch keinen Bürojob machen.« Tina nahm sich eine eingelegte Aubergine und wechselte das Thema. »Und, haben die Hochwohlgeborenen denn ein Alibi?«

»Sie waren alle zu Hause. Einige Mitglieder des Elbphilharmonie-Orchesters gaben ein Konzert während einer Soirée für vierzig Gäste.«

»Ich habe gehört, dass es ziemliches Chaos gegeben hat, als das Gewitter aufzog. Da hätte sich der Mörder doch leicht absetzen können, bringt den Trainer um, ist dann schnell wieder da, und keiner hat es gemerkt.«

»Woher weißt du das denn?«

»Kleinstadt-Tratsch. Solltest du doch noch kennen.«

Jans Ossobuco kam gleichzeitig mit Tinas Lasagne. Doch anstatt zu essen, sah er Tina an.

Sie bemerkte es und hörte auf zu kauen. »Was? Hängt mir ein Stück Aubergine am Mund oder so?« Hastig griff sie nach ihrer Serviette.

Jan legte seine Hand auf ihre. »Nein, alles gut. Ich muss mich nur erst wieder an die Kleinstadtluft gewöhnen.«

»Du wirst dich ratzfatz wieder darauf einstellen.«

Tina war mit ihrer Vorspeise fertig und widmete sich der Lasagne, die wie immer köstlich war.

»Habt ihr denn etwas über die Mordwaffe herausgefunden?«

Jan antwortete nicht, und Tina sah zu ihm hinüber. Er schob ein Stück seines Ossobucos auf dem Teller herum und sah aus, als würde er mit sich ringen.

»Wenn du nicht darüber reden darfst, kann ich das verstehen.«

Er blickte sie an und sah erleichtert aus.

»Aber interessieren würde es mich schon«, schob Tina grinsend hinterher. »Immerhin sind wir hier alle neugierig.«

Jan seufzte. »Na gut, weil du es bist und wir uns schon so lange kennen. Was kann ich schon vor der Squaw verheimlichen, die ich früher dauernd an den Marterpfahl gefesselt habe?«

Tina lachte. »Das waren noch Zeiten.«

Jan nahm einen Bissen von dem Fleisch.

»Was ist nun mit der Waffe?«, fragte sie.

Er schluckte und spülte mit Wein nach. »Es ist eine alte Waffe, wie sie von der englischen Armee im Zweiten Weltkrieg benutzt wurde.«

»Eine englische Waffe? Also gehörte sie tatsächlich dem Trainer? Er war doch Engländer, oder? Aber wieso hat er damit auf Daisy geschossen? Das ergibt doch keinen Sinn.«

»Es muss nicht seine Waffe gewesen sein. Wenn doch, hatte er sie nicht registrieren lassen, denn er hatte keinen Waffenschein und keine Waffenbesitzkarte.«

»Wieso bist du eigentlich so sicher, dass es Mord war?«

Jan zögerte. Tina sah ihm an, dass er wieder mit sich rang. Schließlich blickte er ihr in die Augen, und seine eher kantigen Gesichtszüge wurden weich. Tina schluckte. Er sah wirklich gut aus mit seinen blonden Haaren, die ihm ins Gesicht fielen, und mit dem Bartschatten am Kinn und an den Wangen.

Sie beugte sich vor. »Ich sage es auch nicht weiter«, flüsterte sie.

»Darauf muss ich mich verlassen können.«

Sie hob die Hand. »Großes Indianerehrenwort«, sagte sie feierlich.

Jan verzog das Gesicht, und Tina befürchtete, dass sie es übertrieben hatte, doch er fing so ansteckend an zu lachen, dass sie ihren ernsten Gesichtsausdruck nicht beibehalten konnte und in ihr wieherndes Gelächter ausbrach. Jan schaute zunächst irritiert, doch dann lachte er so laut, dass die anderen Gäste zu ihnen herüberblickten.

Tina wischte sich die Lachtränen aus den Augen und trank einen Schluck Wasser. Als Jan sich beruhigt hatte, kam er zum Thema zurück.

»Auf der Kugel, die Perry getötet hat, waren keine Fingerabdrücke. Auf der Waffe und auch auf dem Magazin haben wir seine Fingerabdrücke gefunden, aber nicht auf der Kugel.«

»Kann es sein, dass man sie nicht mehr nachweisen kann? Die Kugel war bestimmt noch stärker verformt als die von Daisy.«

»Ivana hätte sie gefunden. Sie macht bei uns die KTU.«

Tina blickte ihn fragend an.

»Die kriminaltechnische Untersuchung«, erklärte er. »Wenn da Abdrücke gewesen wären, wären sie ihr nicht entgangen.«

»Und weil es unlogisch ist, dass Perry die Patronen mit Handschuhen ins Magazin geschoben hat, glaubst du, dass es Mord war?«

Jan nickte.

»Fragt sich nur, wer der Mörder ist.«

»Sowohl der Graf als auch die Gräfin und ihr Bruder haben einen Waffenschein, und es sind mehrere Waffen auf sie zugelassen, sowohl Jagdwaffen als auch zwei Pistolen und ein Revolver. Aber keine englische Waffe. Das wäre auch zu einfach gewesen.«

»So dumm sind die nicht, dass sie einen so großen Fehler machen würden, wenn sie Perry hätten umbringen wollen. Außerdem haben sie ja ein hieb- und stichfestes Alibi.« Tina kam sich mittlerweile tatsächlich fast vor wie Miss Marple. »Aber wie kommt man denn in Deutschland an eine Pistole aus dem Zweiten Weltkrieg?«

»Du würdest dich wundern, auf wie vielen Dachböden oder in wie vielen Kellern noch alte Waffen rumliegen, die Opa als Mitbringsel aus dem Krieg mitgebracht hat. Dann stirbt der Opa, und die Angehörigen wissen entweder gar nicht, dass die Waffe da ist, oder sie wissen nicht, dass sie sie abgeben müssten. Ich schätze, dass noch eine ganze Menge nicht registrierter Waffen aus dem Krieg in deutschen Kellern vor sich hin modern.«

»Dann ist die Waffe eine Sackgasse, oder?«, fragte Tina.

»Vielleicht finden wir doch noch Hinweise auf den Besitzer.«

»Was ist denn mit DNA-Spuren?« Tina war die Fernsehserie

CSI eingefallen, in der die Mörder oft anhand von DNA überführt wurden.

Jan grinste. »Bist du ein Krimifan?«

»*CSI* fand ich eine Weile mal ganz gut.«

»Die Wahrscheinlichkeit, dass wir DNA finden, ist gering.«

Er schwieg und winkte Gianni, dass er an ihren Tisch kommen sollte. »Möchtest du auch noch einen Nachtisch?«

Tina nickte. »Das Übliche, bitte!«

»Pronto, bella! Und was kann ich Ihnen bringen?«

»Was ist denn das Übliche?«

»Sforzato. Das ist so eine Art Schokomuffin mit flüssigem Schokoladenkern. Mit Vanilleeis. Lecker, sage ich dir!«

»Dann nehme ich das auch.«

»Dann musst du also ›nur‹«, Tina malte mit den Händen imaginäre Anführungszeichen in die Luft, »noch rausfinden, wer es war.«

Jan seufzte. »So ist es. Es könnte jeder gewesen sein. Die Gräfin ist zum Beispiel eine sehr gute Schützin. Ich habe sie beim Tontaubenschießen gesehen. Jeder Schuss ein Treffer. Aber sie hat ein Alibi. Auf dem Land gibt es viele gute Schützen. Viele Bauern sind Jäger und haben Waffen.«

»Mein Vater und mein Bruder haben beide einen Jagdschein, und die Bauern auf den umliegenden Höfen sind auch alle Jäger.«

»In einer Großstadt hat man nicht so viele potenzielle Verdächtige bei einem Mord mit einer Schusswaffe«, sagte Jan.

»Immerhin sind wir nicht in den USA, wo sogar Kinder mit einer Knarre rumlaufen dürfen.«

Jan schob den Teller von sich und lehnte sich entspannt auf seinem Stuhl zurück. »Zum Glück ist es in Deutschland anders. Aber für ein Messer braucht man auch bei uns keinen Waffenschein.«

»Wie ist es denn mit Alixa? Vielleicht fehlt ihr ja Opas Mitbringsel aus dem Zweiten Weltkrieg.«

Jan drehte sein Weinglas in der Hand und blickte Tina an. »Alixa Müller? Wie kommst du darauf, dass sie etwas mit dem Mord zu tun haben könnte?«

Gianni brachte den Schokokuchen, und Tina schob sich einen Bissen in den Mund. Sie kaute langsam, um Zeit zu gewinnen, denn sie wollte Jan nicht erzählen, dass sie auf dem Gut herumgeschnüffelt hatte. Es kam bei Kripobeamten bestimmt nicht gut an, wenn Amateure in ihren Fällen herumstocherten. Sie konnte es auch nicht ausstehen, wenn ein Patientenbesitzer bereits mit der Diagnose und womöglich auch noch dem Therapievorschlag für die Krankheit seines Tieres in ihre Praxis kam.

»Na ja, sie arbeitet auf dem Gut und betreut die Hunde. Wenn der Schuss auf Daisy und der Mord zusammenhängen, müsste sie doch verdächtig sein«, erwiderte sie schließlich etwas lahm.

»Grundsätzlich ist jeder verdächtig, der sich auf dem Gut aufgehalten hat«, sagte Jan. »Allerdings haben wir noch keine Ahnung, was das Motiv angeht.«

»Könnte es nicht jemand aus Perrys Vergangenheit sein? Jemand von der Dubliner Wettmafia, der mit ihm noch eine Rechnung offen hatte?«

»Wettmafia?« Jan lachte. »Wir sind doch nicht auf Sizilien.«

»Hast du dich mal schlau gemacht, was mit Hundewetten umgesetzt wird? Das sind ungefähr 140 Millionen Euro allein in Irland. Pro Jahr!«

Jan blickte Tina prüfend an. »Du hast dich ja ganz schön in den Fall reingehängt. Du weißt, dass da draußen ein Mörder rumläuft, oder? Er hat schon einmal gemordet. Oft sinkt damit die Hemmschwelle, es noch mal zu tun. Halte dich da raus, Tina.«

Sie warf den Löffel auf den Teller, wo er klirrend liegen blieb, und beugte sich zu Jan vor. »Ich habe keine Ambitionen, deine Arbeit zu machen. Alles, was mich interessiert, ist, wer auf Daisy geschossen hat!«

»Das möchte ich auch herausfinden, glaube mir. Aber du musst einsehen, dass der Mord an Perry für mich Priorität hat.«

»Also hast du dich noch gar nicht um Daisy gekümmert?«, fragte Tina mit blitzenden Augen.

»Ich denke …«

»Du hast Daisy vergessen, gib es zu!«, rief Tina wütend.

Swatt sprang auf und fixierte Jan mit starrem Blick. Er zog seine Lefzen hoch und knurrte.

Jan warf einen Blick auf Swatt und rutschte mit seinem Stuhl, so weit es ging, zur Seite. »Ein Hund ist eben nicht so wichtig wie ein Mensch, das ist nun mal so.«

»Für mich schon. Und nur, weil du vor Ewigkeiten mal gebissen wurdest, musst du nicht alle Hunde in Sippenhaft nehmen.«

»Das tue ich doch gar nicht!«

»Ach ja? Und wieso bist du damals nicht mehr zu uns gekommen? Du hast dich so gut mit Lizzy verstanden, und plötzlich war sie ein gefährlicher Beißer?« Tina hatte die Stimme erhoben und ignorierte die irritierten Blicke, die ihr das Paar vom Nebentisch zuwarf.

Du hast mir das Herz gebrochen, als du nicht mehr gekommen bist.

»Tina, ich war dreizehn. Und ich hatte wirklich ein Trauma, nachdem dieser blöde Schäferhund von unseren Nachbarn mich ohne Grund in den Arm gebissen hatte. Und wenn du mich mal ausreden lassen würdest, hätte ich dir sagen können, dass ich glaube, dass der Mord an Perry und der Schuss auf Daisy zusammengehören. Wenn ich also den Mörder finde –«

»Weißt du auch, wer auf Daisy geschossen hat«, beendete Tina den Satz.

Gianni kam zu ihnen an den Tisch. »Ist alles in Ordnung, cara?«, fragte er und sah Jan prüfend an. »Soll ich anrufen die Polizia?«

»Ich bin die Polizei«, stellte Jan klar.

Gianni sah von einem zum anderen. »O mio dio, la polizia! Was hast du angestellt, cara?« Er fuhr sich aufgeregt mit den Händen durch seine schwarzen, nach hinten gegelten Haare.

»Gar nichts, Gianni, alles gut«, sagte Tina beschwichtigend. »Wir sind privat hier!«

»Privat, eh? Na gut, aber wenn es gibt Problemo, ich komme sofort. Claro?« Er schaute Jan fest in die Augen.

»Claro«, bestätigte Jan.

»Können wir noch einen Wein bekommen?«, fragte Tina. »Swatt, du kannst aufhören zu knurren, es ist alles okay.«

Swatt warf Jan noch einen letzten Blick zu und verzog sich wieder auf seine Hundedecke.

»Mit dem möchte ich mich nicht anlegen müssen. Er würde dich bestimmt bis zum letzten Blutstropfen verteidigen, oder?«

Tina nickte. »Er ist eigentlich ein sehr freundlicher Hund. Aber wenn mir jemand etwas tun wollte, würde er mich mit Sicherheit beschützen.«

»Das beruhigt mich ein wenig. Ich mache mir wirklich Sorgen, dass der Mörder dir etwas antun könnte, wenn du auf Finkenstein herumschnüffelst.«

»Ich schnüffle doch gar nicht auf dem Gut herum«, entgegnete Tina, ohne rot zu werden.

Jan sah sie prüfend an. »Versprichst du mir, dass du mich die beiden Fälle aufklären lässt?«

Tina nickte, überkreuzte aber rasch ihre Finger unter dem Tisch.

»Jetzt haben wir aber genug über Verbrechen geredet. Wie geht es Kai eigentlich? Hat er euren Hof übernommen?«, fragte Jan und ließ sich von Gianni Wein nachschenken.

Nachdem er auch Tinas Glas aufgefüllt hatte, verschwand der Kellner wieder.

Tina erzählte von Kais Studium der Agrarwissenschaften in Gießen und dem Schlaganfall ihres Vaters.

»Das tut mir leid. Ich habe deinen Vater immer gern gemocht.«
»Er hilft Kai noch, so gut es geht.«
Tina trank ihren letzten Schluck Wein und sah auf die Uhr. »Schon nach elf! Ich muss langsam mal los.«
Sie winkte Gianni, dass er die Rechnung bringen sollte.
»Soll ich dich nach Hause bringen?«
Tina zögerte kurz. Es wäre verlockend, in zehn Minuten zu Hause zu sein, aber dann hätte sie morgen früh ihr Fahrrad nicht da.
»Danke, ich nehme das Rad.«
»Ich bin früher gern Rennrad gefahren. Wie wäre es, wenn wir mal gemeinsam eine Runde drehen? Sobald ich das Rad von Spinnweben befreit und es mit nach Plön gebracht habe?«
»Sicher, warum nicht.«
Gianni kam und legte die Rechnung auf den Tisch.
»Ich lade dich ein«, sagte Jan und legte ein paar Scheine auf den Beleg.
»Das brauchst du nicht.«
»Ich möchte es aber.« Er sah Tina an, und sie verlor sich in seinen blauen Augen.
Swatt stieß ihr mit der Schnauze gegen das Bein, und sie wandte den Blick ab. »Danke für die Einladung.«
Sie stand auf, zögerte den Abschied aber hinaus und drehte und wendete den Gedanken, der ihr bei der netten Plauderei über alte Zeiten gekommen war. War es zu früh? Andererseits, wer nicht wagt und so weiter ...
»Hast du Lust, Samstagabend zu mir zum Essen zu kommen?«, hörte sie sich sagen.
»Sehr gern«, antwortete Jan schnell.
»So gegen acht? Ich schmeiße den Grill an und mache einen Salat und Pellkartoffeln.«
»Klingt super. Ich bringe das Fleisch mit.«
»Du weißt noch, wie du zum Deertenhoff kommst?«

»Klar, ich war früher ja oft genug da, und seit der legendären Fete bei deinem Bruder weiß es bestimmt noch heute der ganze Abijahrgang.«

Tina musste grinsen, als sie an die Abifete ihres Bruders dachte, die ein wenig aus dem Ruder gelaufen war. Ihre Eltern waren ausgerastet, als sie nachts wiederkamen und das verwüstete Wohnzimmer und die Schnapsleichen in den Hortensien entdeckt hatten. Einer von Kais Freunden hatte sich betrunken im Kuhstall schlafen gelegt und war morgens von Löwenzahn, der preisgekrönten Milchkuh ihres Vaters, geweckt worden, indem sie ihm das Gesicht abschleckte. Auch Jan hatte einen träumerischen Ausdruck im Gesicht. Anscheinend dachte auch er gerade an die Party.

»Das waren noch Zeiten«, sagte er.

»Bis übermorgen.«

»Ich freue mich!« Jan nahm ihren Arm und begleitete Tina in die Fußgängerzone zu ihrem Fahrrad.

Es waren deutlich weniger Menschen unterwegs, und die warme Luft gab Tina fast das Gefühl, irgendwo am Mittelmeer zu sein.

Jan zog leicht an ihrem Arm und drehte sie mit dem Gesicht zu sich herum. Er strich ihr mit einer federleichten Geste über die Haare und gab ihr einen zarten Kuss auf die Wange. »Gute Nacht. Schlaf gut.«

Tina lief ein Schauer über den Rücken. »Du auch« war alles, was sie herausbrachte.

Jan trat zurück und wartete, bis sie ihr Rad aufgeschlossen hatte und losgefahren war. Sie blickte sich um und sah, dass er ihr hinterherblickte. Sie winkte und trat in die Pedale. Erst, als sie beim Strandweg angekommen war, hatte ihre innere Hitze wieder ein wenig nachgelassen. Oha, Mädchen, dich hat es ganz schön erwischt.

Kapitel 16

Nach der Morgensprechstunde am Freitag entschied Tina, sich ein belegtes Brötchen am Fischstand auf dem Wochenmarkt zu holen. Ihr Kühlschrank zu Hause war leer bis auf etwas Aufschnitt, eine halbe Gurke, zwei Gläser Joghurt und eine halbe Flasche Ketchup. Einzukaufen *und* zu kochen schaffte sie in der Pause dann doch nicht.

»Sanne, ich fahre heute Mittag nicht nach Hause, sondern esse einen Happen beim Fischmann auf dem Markt«, rief sie Sanne zu, die sich gerade umzog.

Heute trug sie ein T-Shirt mit Blumenmuster und kurze blaue Jeansshorts mit einer gestickten Rose auf der hinteren linken Tasche.

»Ich komme mit!«, rief Sanne. »Die Jungs werden heute eh von meiner Mutter vom Kindergarten abgeholt, weil sie sie gleich danach zum Kinderturnen bringt. Danach wollen sie noch zur Fegetasche in die Badeanstalt.«

Tina hob den Daumen.

»Wir müssen vorher aber noch mal mit Swatt zum See«, verkündete sie.

»Gut, ich bin bereit«, erwiderte Sanne, die sich ihre Handtasche aus buntem Stoff über die Schulter gehängt hatte.

Tina rief nach Swatt, und sie gingen zum Uferweg. Tina hatte Swatts Lieblingsball dabei und warf ihn weit ins Wasser. Mit einem lauten Platschen sprang er in den See, paddelte in hohem Tempo zum Ball, packte ihn, drehte sich elegant herum und schwamm zurück zum Ufer. Er ließ den Ball vor Tinas Füße fallen, und bevor er sich das Wasser aus dem Fell schütteln konnte, warf sie ihn erneut. Schließlich hatte Tina genug und packte den Ball wieder in ihre kleine Gürteltasche. Swatt schüttelte sich ausgiebig, und die Wassertropfen aus seinem Fell flogen um ihn herum. Es sah aus, als stünde er in einem Springbrunnen. Tina sprang zur Seite, sodass sie nur ein paar Tropfen abbekam, aber Sanne war nicht so schnell und bekam eine volle Dusche ab. Sie kreischte und sprang rückwärts auf den Uferweg.

Ein in Rennradfahrermontur gekleideter, hagerer Mann, unter dessen Fahrradhelm eine weiße Mähne hervorquoll, musste eine Vollbremsung machen und wäre fast über den Lenker seines Rennrades gestürzt. »Passen Sie doch auf! Sind Sie blind, oder was?«, brüllte er.

Sanne drehte sich betont langsam um und betrachtete ihn von oben bis unten. »Das ist ein Fußweg. Wenn Sie hier wie ein Gestörter auf Ihrem Rennrad langheizen, gefährden Sie die Fußgänger. Also halten Sie mal schön die Luft an, Opa, ja?«

Der Radler schnappte nach Luft und wollte zu einer wütenden Antwort ansetzen, doch Sanne ging bereits in Richtung des Marktplatzes.

»Kommst du, Tina?«, rief sie über die Schulter und verschwand in dem kleinen Durchgang unter der Eisenbahntrasse.

Der Mann fing an zu pöbeln, und Tina machte, dass sie hinter Sanne herkam.

»Der Typ hat fast einen Herzinfarkt bekommen, so wie der sich aufgeregt hat«, sagte sie.

»Scheiß Rennradfahrer. Die habe ich sowieso gefressen. Bremsen noch nicht mal ab, wenn kleine Kinder auf dem Weg herumlaufen. Als Finn gerade anderthalb war, ist er ganz stolz auf dem Wanderweg an der Fegetasche herumgelaufen. Dann kam so ein Vollidiot angerast und hätte ihn fast über den Haufen gefahren! Ich werde heute noch wütend, wenn ich daran denke!« Sanne atmete tief durch und blickte auf das bunte

Treiben von Touristen und einigen Einheimischen, die sich auf dem Marktplatz tummelten. »Mann, ist das heute wieder voll.« Plötzlich zeigte sie in Richtung der alten Backsteinkirche, um die herum der Wochenmarkt stattfand. »Guck mal, ist das nicht Alixa?«

Tina blickte zur Kirche und sah Alixa, die mit einem silberfarbenen Diplomatenkoffer in der Hand schnell über den Marktplatz ging und in der Sparkasse verschwand. Tinas Neugier war geweckt, und sie machte eine Kopfbewegung in Richtung Alixa. Tina und Sanne gingen zur Tür der Sparkasse und spähten hinein. Alixa stand an der Kasse und sprach mit einer Kollegin von Ewa. Die Kollegin leitete Alixa in einen Raum im hinteren Teil der Bank, verschwand mit ihr darin und schloss die Tür.

»Was will sie mit dem Koffer?«, fragte Sanne.

»Scheint fast so, als würde sie eine Menge Geld abheben oder einzahlen.«

»Stimmt, in den Filmen, in denen große Mengen Geld transportiert werden, haben die auch immer solche Koffer. Ob sie erpresst wird und jetzt das Geld abholt?« Sanne sah Tina mit großen Augen an. »Das würde doch passen. Jemand hat gesehen, wie sie den Trainer umgebracht hat, und jetzt erpresst er sie.«

»Ich weiß nicht. Wir sind hier in Plön und nicht auf Sizilien.«

»Kann doch trotzdem sein«, beharrte Sanne.

»Na gut, lass uns warten, bis sie wieder rauskommt«, schlug Tina vor, und Sanne nickte begeistert.

Sie gingen auf die andere Seite der Langen Straße zu einem Klamottenladen und schauten die Sonderangebote auf einem Drehständer durch. Dabei behielten sie die Bank im Blick. Zu ihrer Überraschung fand Tina ein T-Shirt mit einem abstrakten Muster, das ihr gefiel. Und fünf Euro waren wirklich günstig. Sie schaute zur Sparkasse hinüber. Alixa war noch nicht zu sehen.

»Ich gehe kurz rein und bezahle das T-Shirt«, sagte sie. »Behalte du die Bank im Auge.«

Schnell trat sie in den Laden und reichte der Verkäuferin einen Fünf-Euro-Schein über den Tresen.

»Tina, sie kommt raus«, rief Sanne in dem Moment.

Tina nahm das Shirt und ging rasch zu Sanne zurück.

Alixa stand vor der Sparkasse und holte gerade eine große Sonnenbrille aus ihrer Handtasche. Sie setzte sie auf und ging mit schnellen Schritten die Lange Straße in Richtung Johanniskirche entlang. Tina und Sanne folgten ihr in einigem Abstand, wobei sie darauf achteten, immer genügend Menschen zwischen sich und Alixa zu lassen. Die Mühe hätten sie sich allerdings sparen können, denn Alixa drehte sich nicht einmal um. Kurz vor Tinas Praxis bog Alixa rechts in den Durchgang zum Parkplatz ein. Sie ging zu ihrem Cabrio, legte den Koffer auf den Beifahrersitz und startete den Motor. Tina überlegte nicht lange. Sie rannte, dicht gefolgt von Sanne, zu ihrem Isuzu, ließ Swatt auf den Rücksitz springen, stieg ein und ließ sich auf den Sitz fallen.

Dieser war in der prallen Sonne brütend heiß geworden, und sie versengte sich fast ihre nackten Beine. »Scheiße, ist das heiß!«

Sanne riss die Beifahrertür auf und sprang in den Wagen. »Fahr los!«

Swatt hechelte bereits, und Tina startete schnell den Motor, ließ alle Scheiben herunter und drehte die Klimaanlage auf volle Kraft.

Alixa war schon zur Ausfahrt des Parkplatzes gefahren und bog nach rechts in Richtung der B76 ab. Tina gab Gas und jagte den Wagen über den Parkplatz. Sie bog ebenfalls rechts ab und scherte kurz vor einem schwarzen Opel Vectra auf die Straße ein. Der Fahrer hupte und zeigte ihr den Vogel. Tina winkte ihm zu und hielt nach Alixa Ausschau. Diese fuhr gerade an der grünen Ampel an und bog nach links auf die Bundesstraße in Richtung Kiel ab. Tina beschleunigte und kam noch bei Gelb über die Kreuzung. Drei Autos waren zwischen Tina und Alixa, und es war einfach, Alixa bis nach Kiel zu folgen. Alixa fuhr durch Kiel hindurch und bog in Richtung Eckernförde ab.

»Wo will die denn hin? Wenn sie wirklich zur Geldübergabe fährt, hätte der Erpresser ruhig einen Ort in der Nähe von Plön aussuchen können«, maulte Sanne.

»Vielleicht wohnt er hier in der Gegend. Obwohl es dumm von ihm wäre, direkt in seinem Hinterhof eine Geldübergabe zu machen.«

»Ich hätte an seiner Stelle einen überfüllten Ort irgendwo in Hamburg ausgesucht. Da kann man schnell untertauchen. Nicht so wie hier, wo wahrscheinlich jeder alle Autos der Nachbarn am Motorengeräusch erkennt.«

»Also genauso wie bei uns zu Hause«, erwiderte Tina grinsend.

Das Ortsschild von Eckernförde kam in Sicht.

Was wollte Alixa bloß hier? Tina dachte an den Ausflug, den sie letztes Jahr mit Mareike nach Eckernförde gemacht hatte. Sie hatten einige Stunden am Strand in der Nähe von Waabs verbracht und waren danach in Eckernförde essen gewesen. Bei dem Gedanken an den leckeren Fisch mit Bratkartoffeln, den sie damals gegessen hatte, fing ihr Magen an zu knurren.

Als hätte Sanne ihre Gedanken gelesen, sagte sie: »Ich hab einen irren Hunger. Das war wohl nichts mit dem Essen beim Fischmann. Wenn ich nur an das Aalbrötchen denke oder an die gebratenen Maränen mit Bratkartoffeln ...«

Tina lief das Wasser im Mund zusammen, und als sie an einer roten Ampel halten musste, kramte sie in ihrem Handschuhfach nach etwas Essbarem.

»Da ist doch eh nichts zu essen drin«, bemerkte Sanne säuerlich. »Oder willst du mir wieder Hundekekse andrehen?«

Tina fand tatsächlich nur Swatts Hundekekse, von denen sie ihm zwei zu fressen gab, und vier leere Müsliriegel-Verpackungen. Sie knallte das Handschuhfach wieder zu und ignorierte Sannes miesepetrigen Gesichtsausdruck.

Sie folgte Alixa weiter, die Eckernförde hinter sich ließ und weiter in Richtung Kappeln fuhr.

»Wo zum Geier willst du hin, Alixa?«, fragte Tina.

»Das möchte ich auch mal wissen. Wenn das so weitergeht, sind wir bald in Dänemark«, sagte Sanne. »Da könnten wir uns einen original dänischen Hotdog besorgen, mit Röstzwiebeln und dieser leckeren dänischen Mayo.«

»Hör auf, sonst verdaue ich mich noch selbst«, erwiderte Tina.

Das Ortsschild von Kappeln kam in Sicht, und sie überquerten die Schlei. Aber auch Kappeln war nicht Alixas Ziel. Tina sah auf die Uhr und bemerkte mit Schrecken, dass es schon Viertel vor zwei war.

»Wenn wir nicht bald mal da sind, müssen wir umkehren. Wir müssen um halb vier wieder in der Praxis sein«, sagte sie.

»Besser etwas eher, damit wir uns noch einen Happen zu essen besorgen können, bevor es losgeht.« Sanne wühlte in ihrer Umhängetasche. »Ich wusste doch, dass ich noch ein paar Kaugummis habe.« Sie wickelte einen Kaugummistreifen aus, schob ihn sich in den Mund und hielt Tina die Packung hin. »Willst du auch eins?«

»Nein, danke.« Tina beobachtete Alixas BMW, der abbremste und rechts abbog. »Sie biegt ab. Die Straße ist noch schmaler als diese hier.«

»Es ist kaum Verkehr, hoffentlich sieht sie uns nicht.«

Tina ließ sich ein Stück zurückfallen und verlor Alixa in der nächsten Kurve aus den Augen. Sie gab Gas, und Alixas BMW war wieder zu sehen.

»So langsam reicht es aber«, stöhnte Tina.

Ein weiteres Dorf kam in Sicht.

»Gelting. Nie gehört«, sagte Sanne.

»Wo ist sie hin?«, fragte Tina.

Die Hauptstraße machte einen Knick, doch der BMW war nirgends zu sehen.

»Da, sie ist rechts abgebogen!«, rief Sanne.

Tina machte eine Vollbremsung, legte den Rückwärtsgang ein und fuhr zurück zu der kleinen Straße. Auf einem Hinweisschild stand »Gut Gelung«.

»Ob sie zu dem Gut will?«, fragte Sanne.

»Finden wir es heraus.« Tina gab Gas und fuhr die kleine Straße entlang. »Wo zum Teufel ist sie abgeblieben?«

Rechts kam das Gut in Sicht, und Tina hielt an der Einfahrt an.

»Sie ist weg«, sagte Sanne.

»Sie ist bestimmt auf dem Gut. Alles andere macht keinen Sinn.«

Tina parkte den Wagen im Schatten einer Allee alter Linden und stieg aus. Swatt sprang aus dem Wagen und hob sein Bein an einem der Bäume.

»Schon wieder ein alter Kasten. Ich kann bald einen Reiseführer über die Güter und Schlösser Schleswig-Holsteins schreiben«, sagte Sanne, die ebenfalls ausgestiegen war und sich umsah.

Tina lachte. »Das wird bestimmt ein Bestseller. ›Und dieser olle Kasten ist Gut Soundso. Wenn Sie immer noch nicht genug alte Steine gesehen haben, sollten Sie es unbedingt besichtigen.‹«

»Sehr witzig«, entgegnete Sanne, konnte sich aber ein Grinsen nicht verkneifen. »Das ist aber ein seltsamer Ort für eine Geldübergabe.«

»Nur, wenn sie den Erpresser nicht kennt.«

»Du meinst, sie weiß, wer sie erpresst?«

»Kann doch sein. Alixa wird sowieso nicht zur Polizei gehen, sonst würde sie gar nicht erst zahlen. Wenn sie überhaupt erpresst wird.«

»Bestimmt. Warum sollte sie sonst einen Koffer voller Geld durch die Gegend karren?«

»Vielleicht ist in dem Koffer auch nur ein Aktenordner, und sie trifft hier ihren Versicherungsmakler.«

Sanne warf Tina einen entrüsteten Blick zu. »Das glaubst du doch wohl selbst nicht.«

Tina ging über die Brücke, die zu einem alten Torhaus aus rotem Backstein führte. In der Mitte des Torhauses erhob sich ein kleiner Turm, der von einem weißen Dach gekrönt wurde. Die Farbe an den Dachbalken war an vielen Stellen abgeblättert, sodass man das rohe, verwitterte Holz sehen konnte. An der linken Seite war ein großes Schild angebracht. »Privatbesitz! Zutritt verboten!«, verkündete es in dicken roten Lettern. Tina trat ein paar Schritte zurück und musterte die efeuüberwucherten Wände des Torhauses genau.

»Was suchst du?«, fragte Sanne und ließ eine Kaugummiblase platzen.

»Ich gucke, ob die hier auch Überwachungskameras haben.«

Sanne legte den Kopf in den Nacken und blickte an der Fassade des Torhauses hoch. »Ich seh keine. Du?«

»So runtergekommen, wie das hier aussieht, glaube ich sowieso nicht, dass die sich Überwachungskameras leisten können.« Tina ging zurück zum Auto und rief nach Swatt. »Los, Junge, du steigst wieder ein. Wir kommen gleich wieder.« Sie ließ alle Fensterscheiben so weit herunter, dass Swatt sich nicht hindurchzwängen konnte, und schloss den Wagen ab. »Na gut, wollen wir uns umsehen?«

»Wir sind doch nicht über eine Stunde gefahren, nur um jetzt das Torhaus zu besichtigen«, rief Sanne und stapfte los.

Tina beeilte sich, hinter ihr herzukommen.

Links hinter dem Torhaus war eine große alte Scheune zu sehen. Das Reetdach hatte etliche Löcher, und die schief in den Angeln hängenden Türen hätten dringend einen neuen Anstrich gebraucht. Auf der gegenüberliegenden Seite stand eine zweite, kleinere Scheune, die ähnlich heruntergekommen war. Tina blickte sich auf der weitläufigen Einfahrt um. Der Weg schlängelte sich leicht nach rechts zu einer Reihe von Bäumen. Dahinter konnte man ein großes weißes Gebäude durch die Blätter schimmern sehen.

Tina zeigte in die Richtung, in die der breiteste Weg führte. »Da lang, würde ich sagen. Wir sollten uns beeilen, hier gibt es nichts, wo wir uns verstecken können, wenn die Scheunen hinter uns liegen.«

Sie rannte los und hörte das Klappern von Sannes hochhackigen Sandalen hinter sich auf dem Kopfsteinpflaster.

An den Bäumen angekommen, drückten sie sich eng gegen den Stamm einer dicken Trauerweide, die sich in der glatten Oberfläche des Schlossgrabens spiegelte. Der Graben schien das gesamte weiße Gebäude mit seinen vielen hohen Sprossenfenstern zu umgeben, nur eine Steinbrücke, die gerade so breit war wie ein Auto, führte auf die imposante Eingangstür aus dunklem Holz zu, von der allerdings ein Großteil der Farbe abgeblättert war. Ein Baugerüst war am rechten Flügel aufgebaut worden, doch es waren keine Arbeiter zu sehen.

»Guck mal, da links ist ein runder Turm«, flüsterte Sanne.

»Ein Wasserschloss«, flüsterte Tina zurück.

Das Schloss war bestimmt mehrere hundert Jahre alt, soweit sie das beurteilen konnte, und die Zeit war nicht gnädig zu ihm gewesen. Farbe und Putz blätterten in großen Placken von den Wänden, und auch die Fenster hätten dringend gestrichen werden müssen.

»Sieht echt toll aus, aber leicht abgewarzt«, sagte Sanne. »Ist lange nicht so gut in Schuss wie Finkenstein.«

»Es scheint aber restauriert zu werden.«

»Zumindest steht das Baugerüst da, aber es wird nicht gearbeitet. Glück für uns.«

Tina blickte sich sorgfältig um. »Da ist Alixas Wagen«, sagte sie und zeigte nach links, wo hinter einigen Büschen ein silbernes Cabrio zu sehen war.

»Aber wo ist Alixa?«

Tina wollte gerade über die Brücke gehen, als sie eine Bewegung links vor dem Schloss sah. Sanne zog sie am T-Shirt zurück hinter den Baumstamm.

»Da ist sie«, zischte sie.

Alixa stand mit dem Rücken zu ihnen. Ein Mann kam in Sicht, trat aus dem Schatten der Büsche auf sie zu und umarmte sie von hinten. Alixa kreischte auf und drehte sich herum. Der Mann neigte den Kopf und küsste Alixa auf den Mund. Der Kuss vertiefte sich, und Alixa ließ den Koffer fallen.

»Oha, da geht es aber zur Sache«, kommentierte Sanne und grinste.

»Sieht nicht so aus, als wäre er derjenige, der Alixa erpresst.«

»Wäre mir auch neu, dass man seinen Erpresser abknutscht. Aber warte mal, wie heißt das noch mal, wenn man sich mit dem Erpresser einlässt? Oslo-Syndrom, oder war es Helsinki?«

»Du meinst das Stockholm-Syndrom«, sagte Tina. »Das ist aber nicht bei einer Erpressung, sondern bei einer Entführung.«

»Schade.«

Sie beobachteten, wie der Mann sich endlich von Alixa löste.

Tina konnte ihn nun besser sehen. Er hatte kurz geschnittene Haare und eine beginnende Stirnglatze. Er trug einen hellen Anzug und eine weinrote Fliege zu einem weißen Hemd.

Sie erkannte ihn sofort. »Das ist doch der Typ …«

»Von dem Foto«, ergänzte Sanne. »Das ist Alixas Lover!«

Der Mann hob den Koffer auf und legte einen Arm um Alixas Taille. Sie gingen die breite Treppe zur doppelflügeligen Eingangstür hoch und verschwanden im Inneren des Schlosses.

»Mist, was nun?«, fragte Sanne.

»Los, hinterher.« Tina huschte über die Brücke und schlich sich hinter einigen Azaleen- und Rhododendronbüschen an den linken Flügel des Schlosses heran.

Der rechte Flügel lag genau gegenüber, sodass sich ein nach vorne offener Hof ergab. Sanne folgte Tina auf dem Fuß, und die beiden Frauen drückten sich mit dem Rücken eng an die Mauer. Tina schob sich zu einem der hohen Sprossenfenster und warf einen schnellen Blick hinein. Die Möbel in dem hohen, mit Stuck verzierten Raum waren alle mit großen weißen Stoffbahnen abgedeckt. Ein Blick in die nächsten drei Fenster offenbarte das gleiche Bild.

»Der Teil wird nicht mehr zum Wohnen genutzt. Versuchen wir es in der Mitte«, schlug sie vor.

Die mannshohen, rund geschnittenen Buchsbaumbüsche vor der Mauer gaben eine gute Deckung ab, und so konnten sie sich ungesehen an den Mittelteil des Schlosses heranpirschen. Tina wagte einen Blick in das erste der sechs Sprossenfenster. In dem Raum standen ein antiker Schreibtisch, auf dem ein riesiger Flachbildschirm thronte, und ein gemütlich aussehender Ledersessel stand neben einem zierlichen Tischchen und einer kleinen Sitzecke.

»Hier ist niemand«, sagte Tina.

Auch ein Blick in die anderen Fenster zeigte nur offenbar wertvolle antike Möbel, aber von Alixa und dem Schlossherrn war nichts zu sehen. Tina deutete mit dem Kopf nach rechts und schlich weiter an der Wand entlang in Richtung des rechten Flügels, der komplett eingerüstet war. Sie bückte sich und schob sich unter dem Gerüst an der Wand weiter. Vorsichtig spähte sie in das erste Fenster hinter der Ecke und fuhr zurück. Alixa stand mit dem Rücken direkt vor dem Fenster. Tina presste sich eng an die Hauswand und bedeutete Sanne, das Gleiche zu tun.

»Immer sagst du, du brauchst noch Zeit«, hörten sie Alixas Stimme durch das offen stehende Fenster. »Wann wirst du deiner Frau endlich sagen, dass es aus ist?«

Die Antwort von Alixas Liebhaber war nicht zu verstehen. Ein Windstoß fuhr an der Hauswand entlang und brachte das Fenster zum Klappern.

»Was war das?«, fragte Alixa.

Tina hielt den Atem an. Eigentlich dürfte Alixa sie nicht sehen können, wenn sie aus dem Fenster schaute, da sie im toten Winkel standen, aber was, wenn sie das Fenster ganz öffnete und sich hinauslehnte? Es klapperte wieder.

»Das ist nur das Fenster«, sagte der Mann.

Tina ließ ihren Atem langsam entweichen.

»Immer sagst du, dass du bald mit ihr sprichst, aber nie passiert was, Hans. Ich habe es satt, dass du mich hinhältst«, fuhr Alixa fort.

»Alixa, meine Frau hat ihr ganzes Geld in das Schloss gesteckt. Ich würde sie lieber heute als morgen loswerden, doch ich muss mir einen Weg ausdenken, dass ich ihr das Geld nicht zurückzahlen muss. Oder, was noch schlimmer wäre, ohne dass ich ihr einen Teil des Schlosses abtreten muss. Das verstehst du doch sicher?«

Die Stimme war lauter geworden, Hans war offenbar zu Alixa gegangen.

Sanne hob eine Augenbraue und blickte Tina bedeutungsvoll an.

»Wie ist es, mein Täubchen, wollen wir nach oben gehen?«

Alixa kicherte mädchenhaft, und Sanne tat so, als müsste sie sich übergeben. Tina musste sich ein Lachen verkneifen.

»Was ist mit dem Koffer?«, hörten sie wieder Alixas Stimme.

»Den nehme ich mit nach oben und schaue rein, was du mir heute Schönes mitgebracht hast, mein Augenstern.«

Die Stimmen wurden leiser, eine Tür klappte, und es war nichts mehr zu hören.

»Na, mein Augenstern, was ist denn nun Schönes in dem Koffer?«, flüsterte Tina Sanne zu.

Sanne entfuhr ein Lacher, und sie biss sich schnell in den Arm. Zum Glück schien niemand sie gehört zu haben.

»Was für ein widerlicher Schleimer«, sagte sie.

»Ich würde zu gern wissen, ob wirklich Geld in dem Koffer ist, und wenn ja, wie viel«, sagte Tina nachdenklich.

Ein Kreischen ertönte, dann ein Lachen. Tina und Sanne blickten nach oben. Sie sahen, wie ein Fenster über ihnen geschlossen wurde, und das Lachen brach ab.

»Los, wir klettern am Gerüst hoch«, sagte Tina und kletterte rasch auf die erste Ebene des Gerüsts.

»Das ist nicht dein Ernst, dass ich mit meinen hohen Absätzen auf einem Baugerüst rumturne, oder?«, fragte Sanne und sah aus zusammengekniffenen Augen zu Tina hoch.

»Du versteckst dich unten und stehst Schmiere. Wenn jemand kommt, maunzt du wie eine Katze.«

Sanne salutierte. »Jawohl, Sir! Miau!«

Tina musste nicht nach unten sehen, um Sannes grinsendes Gesicht vor Augen zu haben. Sie winkte kurz und kletterte auf die nächste Ebene des Baugerüsts. Jetzt war sie auf Höhe der Fenster im ersten Stock. Sie zählte die Fenster ab und fand das Fenster, das eben geschlossen worden war. Vorsichtig warf sie einen Blick hinein. Alixa saß auf dem Bett und hielt den Koffer vor sich. Was sie sagte, konnte Tina nicht verstehen. So ein Mist! Warum hatten sie das Fenster geschlossen? Tina drückte vorsichtig gegen den linken Fensterflügel, doch er bewegte sich nicht. Der andere Flügel öffnete sich mit einem leisen Knarren einen Spalt breit, als sie dagegendrückte, und nun konnte sie verstehen, was gesagt wurde.

»Alixa, mein Kätzchen. 50.000 Euro, das ist gut.«

Alixa lachte erst, dann schnurrte sie wie eine Katze.

»Alles für dich, mein Bärchen.«

Tina musste sich beherrschen, um sich nicht zu schütteln.

»Aber du weißt, dass das bei Weitem nicht reicht. Allein die Restaurierung des rechten Flügels kostet eine Viertelmillion. Und das ist erst der Anfang, der Mittelflügel ist auch in einem sehr kritischen Zustand, von den Scheunen und dem Torhaus ganz zu schweigen. Nur der Turm erstrahlt bereits wieder in altem Glanz.«

»Ich weiß, mein Bärchen.«

»So ungern ich es auch sage, aber wenn du nicht mehr Geld bringen kannst, sehe ich unsere Zukunft eher kritisch.«

Was für ein Arsch! Sollte das tatsächlich heißen, dass er Alixa fallen ließ, wenn ihr Geldstrom versiegte? Wenn die Kuh keine Milch mehr gibt, wird sie geschlachtet! Warum ließ Alixa sich das gefallen? So kannte Tina sie gar nicht. Doch ein Blick auf Alixa, die jetzt wieder den gleichen anhimmelnden Blick hatte wie auf dem Foto, zeigte es Tina ganz klar: Alixa hatte es voll erwischt. Sie war offensichtlich bis über beide Ohren verknallt in diesen Mistkerl. Wer hätte das gedacht?

Alixa lächelte Hans an, holte eine Flasche Champagner aus dem Koffer und reichte sie ihm. »Wenn du so freundlich wärst«, gurrte sie.

»Pommery. Das ist ordentlich. Gibt es etwas zu feiern?«

Alixa lächelte maliziös. »Was wäre, wenn ich auf einen Schlag zwei Millionen Euro auftreiben könnte? Würde dir das ein wenig helfen?«

Wie bitte? Zwei Millionen! Wo wollte Alixa die denn auftreiben? Hatte sie im Lotto gewonnen?

Es knallte, und Tina fuhr hoch. Sie prallte mit dem Kopf gegen die nächste Ebene des Gerüsts, und Tränen schossen ihr in die Augen. Sie musste einen Fluch zurückhalten und rieb sich über den Hinterkopf. Vorsichtig blickte sie wieder ins Zimmer. Hans hatte den Champagner geöffnet und in zwei kristallene Sektkelche gefüllt. Er reichte Alixa ein Glas und stieß mit ihr an.

»Jetzt sag schon, wie willst du das Geld auftreiben? Hast du im Lotto gewonnen?«

»Eine Frau braucht ihre kleinen Geheimnisse, mein Lieber.« Alixa stellte das Champagnerglas ab und fuhr Hans mit ihren langen, rot lackierten Fingernägeln über den Rücken.

Tina sah, wie er sich versteifte und das Glas abstellte. Alixa machte sich an seinem Gürtel zu schaffen und zog ihm die Hose herunter. Tina wartete nicht ab, wie das Liebesspiel sich weiterentwickelte, sondern sah zu, dass sie den Abgang machte.

»Was machen Sie denn hier?«, ertönte plötzlich eine laute Stimme unter ihr.

Tina erstarrte und blickte nach unten. Sie sah eine korpulente Frau mit grauen Haaren, die sie zu einem Dutt auf dem Hinterkopf festgesteckt hatte. Sanne stand mit dem Rücken zu der Frau halb in einem Azaleenbusch und drehte sich hektisch um.

»Ich, äh, ich ...«, stammelte sie.

»Ja?«, fragte die Frau mit schneidender Stimme.

»Ich suche meinen Dackel«, fuhr Sanne dann mit Elan fort. »Den Wastl. Haben Sie ihn gesehen?«

»Was macht Ihr Dackel hier auf dem Schlossgelände? Und haben Sie das Schild nicht gesehen? Betreten verboten.«

»Er hat eine Katze gesehen. Ich bin gerade am Torhaus vorbeigegangen, und er sah die Katze, lief durch das Torhaus und war verschwunden.«

»Wir haben keine Katzen auf Gut Gelung.«

Man konnte der Stimme anhören, dass die Frau Sanne kein Wort glaubte. Tina überlegte fieberhaft, wie sie ungesehen vom Baugerüst herunterkäme, um Sanne zu helfen.

»Da war aber eine. Eine ziemlich große, grau getigerte mit weißen Pfoten. Vielleicht ein Streuner?«

»Das kann ich mir kaum vorstellen. Unser Hund vertreibt alle Katzen.«

Tina lief es kalt den Rücken herunter. Also gab es einen Wachhund.

»Wenn er sie nicht tötet«, fuhr die Frau fort. »Machen Sie, dass Sie vom Gelände kommen. Oder ich lasse Hector los.«

»Bin schon weg«, sagte Sanne mit piepsiger Stimme.

Tina beobachtete, wie Sanne schnell in Richtung Brücke ging.

Bevor sie hinter den Bäumen verschwand, warf sie Tina einen entsetzten Blick zu.

Tina legte sich leise auf die Planke des Gerüsts und hoffte, dass die Frau nicht nach oben schaute. Vorsichtig spähte sie nach unten. Die Frau stand immer noch an derselben Stelle und blickte Sanne hinterher. Endlich setzte sie sich in Bewegung, ging für ihre Körperfülle mit erstaunlich raschen Schritten die Treppe hinauf und verschwand im Herrenhaus. Tina seufzte erleichtert auf. Sie wartete noch ein paar Minuten, doch die Frau tauchte nicht wieder auf, also stand sie auf und kletterte schnell das Gerüst hinunter. Sie ging hinter einem großen Rhododendronbusch in Deckung und beobachtete die Eingangstür. Noch immer war niemand zu sehen, und auch von dem Hund fehlte jede Spur. Tina drückte sich zwischen den Zweigen des Busches hindurch und rannte zur Brücke.

Als sie die Brücke bereits halb überquert hatte, hörte sie die Stimme der Frau hinter sich. »Sie da! Was machen Sie hier? Bleiben Sie sofort stehen!«

Tina drehte sich nicht um, sondern rannte weiter.

Hinter ihr war wieder die Stimme der Frau zu hören. »Hector, fass!«

Im Laufen blickte Tina über ihre Schulter. Die größte Bordeauxdogge, die sie je gesehen hatte, donnerte über die Brücke und kam in Riesensätzen auf Tina zugerannt. Von ihren schwabbelnden Lefzen spritzten Sabbertropfen in alle Richtungen und leuchteten in der Sonne hell auf. Tina unterdrückte ein Wimmern und erhöhte ihr Tempo. Selbst wenn der riesige Hund nicht bissig war, würde es reichen, wenn er sie von hinten ansprang und umwarf. Und auf dem Boden vor einem Wachhund zu liegen, der sein Territorium verteidigte, darauf konnte Tina gut verzichten. Keuchend rannte sie durch das Torhaus und hörte das laute Hecheln des Hundes näher kommen. Sanne stand neben dem Auto und starrte entsetzt auf die hellbraune Dogge, die Tina fast erreicht hatte.

Im Laufen entriegelte Tina den Wagen. »Schnell rein!«, keuchte sie.

Die beiden Frauen sprangen in den Wagen und schlugen die Türen gerade noch rechtzeitig zu. Hector sprang an der Fahrertür hoch und bellte Tina wütend an. Er steckte seine Schnauze durch die noch halb geöffneten Fenster und knurrte. Speichel lief von seinen Lefzen auf die Scheibe und rann zäh sowohl innen als auch außen am Fenster herunter. Die Bordeauxdogge bellte erneut, und Tina bekam einen Speichelbatzen, der von den Lefzen des Hundes durch die offene Hälfte der Scheibe flog, voll ins Gesicht. Sie fuhr zurück, wischte sich übers Gesicht und sah entsetzt, wie Hector an der Tür kratzte und versuchte, in die Scheibe zu beißen.

»Scheiße!«

Sanne blickte Tina angewidert an. »Ihh, ist das eklig! Du hast das Zeug überall im Gesicht, auch in den Haaren.«

Swatt hatte ebenfalls angefangen zu bellen, und Hector ließ sich zurück auf alle viere fallen, lief um den Wagen herum und sprang bellend auf Höhe des Rücksitzes an der Scheibe hoch. Swatt war außer sich und kläffte wie ein Irrer.

Tina schob den Schlüssel ins Zündschloss und drehte ihn. Der Wagen gab ein hustendes Geräusch von sich und ging wieder aus.

»Scheiße! Spring an, los«, rief Tina und drehte den Zündschlüssel erneut.

Diesmal hustete der Wagen ein wenig länger und lauter, dann starb der Motor wieder ab.

»Der Köter beißt in den Türgriff!«, rief Sanne mit weit aufgerissenen Augen.

Tina hörte die Krallen des Hundes auf dem Lack kratzen und machte einen erneuten Startversuch. Der Motor stotterte, und sie gab vorsichtig ein wenig Gas. Endlich lief der Motor rund. Tina rammte den ersten Gang ein und gab Vollgas. Der Isuzu machte einen Satz nach vorn und schleuderte auf die Straße.

»Wo ist der Hund?«, rief sie Sanne zu und schaffte es gerade noch, den Wagen auf der Straße zu halten.

Sanne hatte sich am Türgriff festgekrallt und drehte sich um. »Er rennt hinter uns her! Gib Gas!«

Tina beschleunigte und blickte in den Rückspiegel. »Er bleibt zurück.«

»Gott sei Dank!«, rief Sanne.

Swatt bellte immer noch und sprang hektisch auf dem Rücksitz hin und her.

»Swatt, Schluss jetzt!«, rief Tina.

Swatt bellte noch ein paar Mal, aber nach der nächsten Kurve war die Bordeauxdogge außer Sicht, und er beruhigte sich.

»Scheiße, das war knapp«, stöhnte Sanne.

Sie war weiß im Gesicht, und Tina sah, dass ihre Hände zitterten. Als sie auf ihre eigenen Hände blickte, stellte sie fest, dass sie das Lenkrad so fest umklammerte, dass ihre Fingerknöchel weiß waren. Sie versuchte, sie zu entspannen, doch es ging nicht. Nach einer weiteren Kurve fuhr sie rechts an den Straßenrand und hielt an.

»Was machst du denn?«, fragte Sanne und blickte sich nach hinten um.

»Der Hund ist weg«, beruhigte Tina sie. »Aber ich muss eine kurze Pause machen, um mich abzuregen, sonst schaffe ich die Fahrt zurück nicht. Außerdem tropft der Sabber aus meinen Haaren. Hast du noch eins von den Kaugummis? Hunde entspannt es ja, wenn sie kauen. Vielleicht klappt das auch bei Menschen.«

Mit zitternden Fingern wühlte Sanne in ihrer Tasche nach den Kaugummis, steckte Tina eins in den Mund und wickelte sich selbst eins aus.

Nachdem Tina einen Moment gekaut hatte, entspannte sie sich so weit, dass sie das Lenkrad loslassen konnte.

»Hast du in deiner Riesentasche zufällig ein paar Taschentücher?«

»Ich habe was Besseres!« Sanne wühlte erneut in ihrer Tasche und zog eine Packung mit Feuchttüchern hervor. »Tadaaa!«

Tina brauchte die ganze Packung Tücher, um einigermaßen sauber zu werden.

»In der Praxis muss ich mich dringend umziehen. Schade, dass wir dort keine Dusche haben.«

Inzwischen hatte Tina sich so weit entspannt, dass sie weiterfahren konnte.

Auch Sanne hatte sich beruhigt, lehnte sich in ihrem Sitz zurück und fragte: »Und, was hast du rausbekommen?«

Tina erzählte Sanne von dem Gespräch zwischen Alixa und Hans.

»Wenn sie nicht so eine doofe Kuh wäre, könnte Alixa einem fast leidtun«, schloss sie ihren Bericht. »Sie ist anscheinend total verliebt, und er will nur ihr Geld. Andererseits – wenn er sie doch heiraten würde, wäre sie Gutsherrin. Bei dem Gedanken geht ihr bestimmt einer ab.«

Sanne schob sich einen weiteren Kaugummi in den Mund und grinste. »Gutsherrin Alixa. Hat schon was. Mich interessiert nur, wie sie die viele Kohle herbeischaffen will.«

»Entweder will sie mit den Wetten aufs Ganze gehen, oder sie hat wirklich im Lotto gewonnen.«

»Also, wenn ich wetten müsste, wo wir gerade beim Thema Wetten sind ...«, Sanne grinste über ihr Wortspiel, »... also, ich würde drauf setzen, dass sie aufs Ganze geht und einen großen Coup bei den Hunderennen startet.«

»Dazu würde passen, dass sie gesagt hat, dass sie die zwei Millionen auftreiben *wird*. Wenn sie im Lotto gewonnen hätte, hätte sie sie ja schon.«

»Also habe ich recht.«

»Selbst wenn die Quoten bei den Außenseitern gut sind, muss sie eine ganze Menge Kohle einsetzen, um zwei Millionen zu gewinnen. Nach dem, was Ewa mir erzählt hat, geht eine Menge

Geld auf ihrem Konto ein, ist aber auch genauso schnell wieder weg.«

»Steckt bestimmt alles im Gut von ihrem Lover.«

»Schätze ich auch. Woher also kommt das Geld für den Wetteinsatz?«

Kapitel 17

Sie schafften es gerade noch rechtzeitig nach Plön und bogen um fünf vor halb vier auf den Parkplatz ein.

»Timing ist alles«, bemerkte Tina trocken.

»Wir haben aber immer noch nichts gegessen«, jammerte Sanne.

Tina kramte nach ihrem Portemonnaie, holte zwanzig Euro heraus und drückte sie Sanne in die Hand. »Hol du uns was von Gianni, der Markt ist ja vorbei, ich schließe schon mal die Praxis auf und ziehe mich um.«

Sannes Gesicht hellte sich auf. »Die Idee hätte von mir sein können! Ich brauche jetzt die ganz große Pizza al tonno und zum Nachtisch einen Sfolnato oder wie diese Schokokuchen heißen.«

»Für mich das Gleiche! Ich brauche dringend Schokolade, um diesen Ausflug zu verarbeiten«, rief Tina, leinte Swatt an und ging im Laufschritt zur Praxis, wo sie kurz vor dem ersten Kunden des Nachmittags eintraf.

Nach der Sprechstunde blieb Tina noch einen Moment in der Praxis, um im Internet nach Gut Gelung und dem ominösen Hans zu googeln.

Gut Gelung war anscheinend eine echte Rarität, da es als eines der wenigen Anwesen in Schleswig-Holstein noch die klassische Form eines Gutes aufwies mit Torhaus, Scheunen und dem Herrenhaus am Ende der Auffahrt. Außerdem sollte es einen herrlichen Park haben.

Tina scrollte in der Trefferliste weiter.

»Ah, da ist er ja. Hans von Schlieffen.«

»Was machst du da?«, fragte Sanne, die sich bereits umgezogen hatte.

»Ich habe Alixas Lover gefunden. Hier steht, dass er mit Katharina von Schlieffen, geborene zu Oldenburg, verheiratet ist.«

»*Noch*, wenn man ihm Glauben schenken soll.«

»Ich glaube keine Sekunde, dass er sich scheiden lässt. Er wird Alixa ausnehmen wie eine Weihnachtsgans und sie dann fallen lassen.«

Sanne setzte sich auf die Kante des Schreibtisches und schaute Tina über die Schulter. »Da steht, dass er kurz vor der Pleite stand, aber dass er jetzt umfangreiche Renovierungsarbeiten an seinem Schloss durchführen lässt.«

»Dank Alixa, würde ich mal sagen«, bemerkte Tina. »Vielleicht ist sie ja nicht die Einzige, die er am Haken hat. Ich könnte mir vorstellen, dass er mit zwei Millionen gar nicht auskommt.«

»Das wäre der Hammer. Dann hat er einen Harem mit Frauen, die dafür löhnen, dass sie mit ihm ins Bett dürfen.« Sanne sah Tina an und zog die rechte Augenbraue hoch, sodass ihr Piercing anfing zu hüpfen.

»Ziemlich teurer Callboy. Ich kann mir nicht vorstellen, was der alles können müsste, damit ich 50.000 oder gar zwei Millionen für ihn berappen würde«, entgegnete Tina und grinste.

»Da müsste auf jeden Fall ein Bad in Champagner dabei sein.« Sanne überlegte. »Oder in Eselsmilch wie bei Kleopatra.«

»Die Frage bleibt aber, wieso Alixa den Trainer umgebracht haben könnte.«

Sanne schob die Unterlippe vor, während sie überlegte. »Keine Ahnung. Aber das fällt uns bestimmt noch ein.« Sie stand auf und wandte sich zum Gehen. »Wenn du mich nicht mehr brauchst, mache ich Feierabend.«

»Klar, hau ruhig ab. Ich sollte Jan anrufen und ihm berichten, was wir herausgefunden haben.«

»Ein guter Grund, mit ihm zu telefonieren. Viel Spaß!«

»Ich glaube kaum, dass er begeistert sein wird, dass wir hinter Alixa hergeschnüffelt haben.«

»Das Ergebnis zählt, finde ich.« Sanne winkte und verschwand im Wartezimmer.

Tina hörte die Türglocke, dann fiel die Tür ins Schloss, und es herrschte Stille. Sie saß noch einen Moment am Schreibtisch und trommelte nervös auf der Papierunterlage, die mit allerlei Telefonnummern, Bestellwünschen von Kunden und unleserlichen Krakeln vollgeschmiert war. Schließlich seufzte sie, holte ihr Handy aus der Tasche und wählte Jans Nummer. Es klingelte eine ganze Weile, und sie wollte gerade auflegen, ein wenig erleichtert, dass ihr das Gespräch vorerst erspart blieb, als Jan doch noch abnahm.

»Tina, wie schön, dass du anrufst. Wie geht es dir?«

»Kann nicht besser klagen, und selbst?«

»Viel zu tun. Ich komme mit dem Mordfall nicht so richtig voran. Aber jetzt, da ich deine Stimme höre, geht es mir schon viel besser.«

Jans Stimme klang verführerisch, und Tina wurde warm. Zu blöd, dass sie die angenehme Stimmung zerstören musste.

»Wegen des Mordfalls rufe ich an. Ich habe heute etwas über Alixa herausgefunden.«

»Ich höre.«

Tina erzählte von Alixas Geldübergabe an Hans von Schlieffen. Die Details, wie sie an die Informationen gekommen war, ließ sie vorsichtshalber weg. Jan wäre bestimmt sowieso schon sauer, dass sie sich eingemischt hatte. Und richtig ...

»Tina, bist du wahnsinnig? Du kannst doch nicht eine potenzielle Verdächtige in einem Mordfall verfolgen!«

»Also ist sie verdächtig«, stellte Tina mit Genugtuung fest.

»Alle, die auf dem Gut arbeiten oder wohnen, sind verdächtig. Das heißt nicht, dass die Müller unsere Hauptverdächtige wäre. Außerdem hat sie ein Alibi.«

»Sie war allein zu Hause. Was soll denn das für ein Alibi sein?«

Sie hörte, wie Jan tief Luft holte. »Woher weißt du das nun schon wieder?«

»Ich habe ...«

»Nein, sag es mir nicht! Ich will es gar nicht wissen! Tina, danke für die Info, aber halte dich in Zukunft aus dem Fall raus. Der Mörder läuft immer noch frei rum!«, rief er. »Ich möchte nicht, dass dir etwas passiert«, fügte er mit sanfterer Stimme hinzu. »Lass mich einfach meine Arbeit machen, okay?«

Tina schluckte. »Okay«, erwiderte sie mit leiser Stimme.

»Bleibt es bei unserer Verabredung?«, fragte Jan.

»Von mir aus schon.«

»Ich freue mich. Bis dann.«

»Bis dann.« Sie legte auf und starrte an die gegenüberliegende Wand.

Offenbar lag Jan wirklich etwas an ihr. Aber er hätte sie nicht so anschreien müssen, sie war doch kein kleines Kind! Bevor sie sich in etwas hineinsteigerte, was sie eigentlich gar nicht wollte, stand Tina schnell auf, rief nach Swatt und verließ die Praxis, um in die immer noch heiße Frühabendsonne zu treten und nach Hause zu fahren.

Als sie ihr Rad Richtung Marktplatz schob, wurde sie von hinten angesprochen.

»Moin, Frau Doktor.«

Tina drehte sich um und sah Herrn Sievers, einen Kunden von ihr. An seiner rechten Hand leuchtete ein Verband.

»Moin, Herr Sievers. Was haben Sie denn gemacht?«

Der massige Mann, der Tina nur um die Höhe seines Strohhutes überragte, zupfte an dem Verband. »Das war Tiger. Ich wollte ihm die Wurmkur eingeben, und da hat er mich in den Finger gebissen.«

Tina sog scharf die Luft ein. »Sie sind hoffentlich sofort zum Arzt gegangen, oder? Mit Katzenbissen ist nicht zu spaßen.«

»Ich wollte erst nicht, aber meine Frau hat mich zu Dr. Förster geschleift. Tetanusimpfung, Antibiotika, Ausspülen der Wunde – er hat ein ziemliches Trara veranstaltet.«

»Das war auf jeden Fall das Richtige. Ich hatte Kunden, die nach einem Katzenbiss stationär ins Krankenhaus mussten und nur um Haaresbreite an einer Amputation vorbeigeschrammt sind.«

Herr Sievers wurde blass und blickte entsetzt auf seine Hand. »Meinen Sie, das muss bei mir auch gemacht werden?«

Tina verfluchte sich, dass sie von der Amputation angefangen hatte. »Wenn es nicht sehr wehtut und es keine Anzeichen für eine Blutvergiftung gibt, denke ich nicht, dass Sie sich Sorgen machen müssen, Herr Sievers.«

»Ich glaube, meine Hand fängt an zu pochen.« Er blickte mit geweiteten Augen auf den Verband. »Ich kann meinen Finger nicht mehr spüren!«

»Eben ging es Ihnen doch noch gut. So schnell kann sich der Zustand eigentlich nicht ...«

»Ich glaube, mein Zeigefinger fällt ab!« Herr Sievers fing hektisch an, an dem Verband herumzuzupfen.

»Lassen Sie den Verband dran, und gehen Sie am besten noch einmal zu Dr. Förster!«, sagte Tina ruhig.

»Können Sie nicht mal schauen, Frau Doktor?« Herr Sievers streckte seine Hand ruckartig aus und schlug Tina damit fast ins Gesicht.

Sie wich zurück. »Dr. Förster hat noch Sprechstunde.«

Herr Sievers wandte sich grußlos ab, und Tina beobachtete, wie er, leise vor sich hin murmelnd, schnell in Richtung der Arztpraxis ging. Sie ging ihm langsam hinterher, bis sie hinter der Kirche zum See abbog, auf ihr Rad stieg und zügig nach Hause radelte.

Als sie an ihrem Häuschen ankam, war sie ziemlich durchgeschwitzt, und Swatt hechelte mit weit aus dem Maul heraushängender Zunge, obwohl er unterwegs mehrmals ins Wasser gesprungen war.

Tina sprang zum Abkühlen in den See und nahm anschließend eine Dusche. Sie trocknete sich ab und wickelte sich in ihren türkisfarbenen Kimono mit dem gestickten dunkelblauen Drachen auf dem Rücken.

Mit zwei Käsebroten und einem Eistee ließ sie sich auf ihr schwarzes Ledersofa sinken. Swatt, der auf der anderen Hälfte des Sofas schlief, grunzte wohlig.

»Jetzt noch ein bisschen Musik.« Sie stellte das Radio an.

Es lief ein Song, den sie zwar kannte, aber sie hatte keine Ahnung, wie er hieß und wer ihn sang. Sie aß ihre Brote und trank einen großen Schluck Tee, während sie der Musik lauschte.

»If you want to leave me now, I will tell them, I will tell them all about us.«

Leise sang Tina den Refrain mit. »I will tell them, I will tell them all about us.«

Sie musste wieder an Jan denken. Hoffentlich bekamen sie sich wegen des Mordfalles nicht zu heftig in die Wolle. Anscheinend fand er nicht, dass Alixa besonders verdächtig war. Tina seufzte und schloss die Augen, um wieder dem Song zu lauschen.

»I will tell them all about us.«

Eiwiltellem! Tina setzte sich so ruckartig auf, dass ihr der Tee in den Schoß schwappte. Natürlich! Das war es. Perry hatte bestimmt Englisch gesprochen, als er sich mit Alixa angelegt hatte. *I will tell 'em. I will tell them.* Ich werde es ihnen erzählen! Aber wem wollte er etwas erzählen? Und was? Vielleicht hatte er gesehen, wer auf Daisy geschossen hatte? Auf die Idee war Tina bisher gar nicht gekommen. Vielleicht war er so wütend darüber, dass er es jemandem erzählen wollte. Aber wem? Der Polizei? Oder dem Amtstierarzt?

Eins war klar: Sie hatte gerade ein Motiv gefunden, warum Alixa den Trainer umgebracht haben könnte. Wegen der Hundewetten hatte sie bestimmt Dreck am Stecken und kein Interesse, dass der Amtstierarzt auf dem Gut herumschnüffelte. Und wenn Alixa auf Daisy geschossen hätte? Nein, das glaubte sie nicht. Warum sollte sie das getan haben?

Tina ließ sich wieder zurück in das Sofa sinken und schaute auf die Uhr. Sollte sie Jan anrufen? Nein, erst musste sie noch mehr herausfinden. Er sollte sie nicht für eine hysterische Kuh halten, die grundlose Beschuldigungen herausposaunte. Außerdem hatte er ihr gesagt, dass sie sich aus dem Fall heraushalten solle.

Kapitel 18

Tina hatte, nachdem sie noch eine Weile über den Mord an dem Trainer und eine deutlich längere Weile über Jan nachgedacht hatte, geschlafen wie ein Stein. Sie wurde erst wach, als Swatt ihr über das Gesicht leckte. Sie schob ihn zur Seite und blinzelte in die helle Morgensonne, die durch einen Spalt in den Gardinen direkt auf ihr Gesicht fiel.

»Lass das, Swatt! Wie spät ist es?«

Ein Blick auf den Radiowecker zeigte, dass es schon neun Uhr war. Tina sprang aus dem Bett und machte sich fertig, um mit Swatt seine Morgenrunde zu drehen. Nach einer schweißtreibenden Crossfahrt mit ihrem Mountainbike quer durch den Deertenwald holte sie ihren Badeanzug und sprang vom Steg in den See. Sie tobte mit Swatt in dem angenehm warmen Wasser herum und war bereit fürs Frühstück.

Sie aß gerade das zweite Brötchen mit Rapshonig, als das Telefon klingelte.

»Moin, Tina, hier ist Sanne. Rate mal, was mir meine Mutter erzählt hat!« Sie wartete Tinas Antwort nicht ab und sprudelte hervor: »Eine Bekannte von ihrer Spielerunde hat eine Tochter, und die hat letztes Jahr den Jägerkurs in Preetz gemacht. Und weißt du, wer auch da war? Alixa!«

»Alixa hat einen Jagdschein?«

»Jepp!«

»Das passt zu dem, was ich rausgefunden habe.« Tina erzählte Sanne rasch, was ihre Überlegungen ergeben hatten. »Alixa macht mit den Hundewetten anscheinend einen ziemlichen Reibach. Wenn Perry das alles hätte auffliegen lassen, hätte sie eine Menge Geld verloren.«

»I will tell them. Hab ich doch gesagt, dass wir ein Motiv finden«, sagte Sanne mit zufriedenem Unterton.

»Ich frage mich aber immer noch, wie der Schuss auf Daisy da reinpasst. Wenn sie Daisy, warum auch immer, loswerden wollte, hätte sie sie doch nur einschläfern müssen wie den Hund auf der Rennbahn.«

»Vielleicht war das eine Warnung an Perry. So nach dem Motto: Wenn du redest, passiert dir das Gleiche wie Daisy«, sagte Sanne.

»Das ist nicht schlecht, Sanne, das ist gar nicht schlecht!«, rief Tina. Sie dachte einen Moment darüber nach. »Obwohl: Das sind Mafia-Methoden. Das passt eigentlich nicht zu Alixa.«

»Neulich war im Astra lange Kinonacht. Da lief *Der Pate* eins bis drei. Vielleicht hat sie das ja geguckt?«

Tina lachte und sagte mit blasiertem Unterton: »Wenn ich ins Kino gehe, dann fahre ich nach Hamburg oder mindestens nach Kiel.«

»Vielleicht lief das ja auch in Kiel, weiß man nicht.«

»So tickt Alixa nicht.«

»Ich guck mal im Internet, ob das auch in Kiel gezeigt wurde.«

Tina verdrehte die Augen. Sanne konnte manchmal ziemlich stur sein. Na gut, sollte sie, schaden konnte es nicht.

Sie wechselte das Thema. »Eins verstehe ich aber immer noch nicht: Wieso war sich Alixa so sicher, dass die Außenseiter gewinnen würden? Bei Running Gag und den anderen beiden hat sie ja richtiggelegen.«

»Das kann doch Jan rausfinden. Irgendwas muss der für sein Geld ja auch tun.«

Tina legte auf und dachte nach. Wäre Alixa fähig, einen Mord zu begehen? Die Alixa, die sie aus dem Studium kannte, war fast schon krankhaft ehrgeizig gewesen und wollte später unbedingt so viel Geld verdienen, dass sie sich ein großes Haus und ein teures Auto leisten könnte. Sie hatte große Angst gehabt, dass sie aus den ärmlichen Verhältnissen, aus denen sie stammte, nicht herauskommen würde und so leben müsste wie ihre Mutter – in einer kleinen Sozialwohnung ohne Auto und ohne anderen Luxus. Alixa hatte erzählt, dass sie ihre erste Reise in der neunten Klasse gemacht hatte, und die war in den Harz gegangen. Aber würde sie jemanden umbringen, weil ihr Lebensstandard in Gefahr war? Oder als Warnung auf einen Hund schießen?

Nachdenklich blickte Tina Swatt an, der aufstand und ihr den Kopf auf das Knie legte. Sie kraulte seine seidenweichen Ohren und kam zu dem Schluss, dass Alixa mit allen Mitteln kämpfen würde, um sich ihr Haus, das Auto, die teuren Klamotten und die exklusiven Reisen weiterhin leisten zu können. Mord und Mafiamethoden nicht ausgeschlossen.

»Ich glaube, wir beschatten Alixa heute noch mal, was meinst du dazu, Swatt?«

Er sprang auf und wedelte so enthusiastisch, dass er fast das Honigglas vom Tisch gefegt hätte. Tina lachte.

»Lass mich nur zu Ende frühstücken, dann fahren wir los. Ich muss eh noch Grillkohle für heute Abend besorgen.«

Sie freute sich auf den Abend mit Jan. Sie würde ihm dann auch von Alixas Jagdschein erzählen. Oder vielleicht besser nicht? Es würde bestimmt die Stimmung verderben, wenn sie sich schon wieder in seine Arbeit einmischte. Oder sollte sie ihm doch unauffällig auf die Sprünge helfen?

Tina bog in die Straße nach Rathjensdorf ein und fuhr langsam an Alixas Haus vorbei. Es stand kein Auto in der Auffahrt. Entweder war Alixa nicht zu Hause, oder der Wagen stand in der Doppelgarage. Sie fuhr an Anjas Haus vorbei bis zu einem Weizenfeld, wendete in der Zufahrt zu dem Feld und parkte im Schatten eines Ahorns schräg hinter einem Knick aus Haselnussträuchern und Ebereschen. Tina konnte Alixas Auffahrt gerade noch erkennen, war selbst aber vor den Blicken neugieriger Nachbarn geschützt. Sie ließ alle Fenster herunter und richtete sich auf eine längere Wartezeit ein. Hoffentlich war Alixa nicht zur Arbeit gefahren. Dann könnte Tina hier warten, bis sie schwarz würde. Der Geruch des Getreides zog in das Auto, Bienen summten, und Tina merkte, wie sie in der lauen Luft schläfrig wurde. Als ihr der Kopf auf die Brust sank, schreckte sie hoch. Diesmal war sie besser auf die Observierung vorbereitet und hatte einen Thermobehälter mit Kaffee dabei. Sie trank mehrere Schlucke und wickelte einen Müsliriegel aus der Verpackung. Der Riegel war schnell verspeist, und sie zerknüllte das Papier und warf es ins Handschuhfach. Anschließend nahm sie ihr Fernglas aus dem Rucksack und beobachtete Alixas Haus. Es sah leer aus. Die Straße war kaum befahren, bisher waren nur ein Auto und ein Trecker vorbeigekommen.

»Boah, ist das langweilig.« Tina blickte auf die Uhr am Armaturenbrett. Es war erst eine gute Stunde vergangen.

Sie reckte die Arme und rutschte auf dem Sitz hin und her. Beschatten wurde auch überbewertet.

Plötzlich war das Geräusch eines herannahenden Autos zu hören. Ein silberfarbenes BMW-Cabrio kam in Sicht, bremste scharf ab und bog in die Auffahrt ein. Alixa sprang aus dem Wagen und verschwand im Haus.

Langsam beruhigte sich Tinas Herz, das angefangen hatte zu rasen, wieder.

Nach einer halben Stunde öffnete sich die Haustür, und Alixa erschien mit einer Golftasche. Sie warf die Tasche auf den Rücksitz des BMW, startete den Motor und fuhr los.

Tina wartete, bis Alixa hinter einer Kurve verschwunden war, bevor auch sie losfuhr. Sie musste ordentlich Gas geben, denn Alixa war nicht mehr zu sehen. Erst an der Einmündung zur B430 kam sie wieder in Sicht. Sie bog in Richtung Plön ab. Tina musste warten, bis ein Laster vorbeigefahren war, hinter dem sie sich einordnen konnte.

»Fahr schneller, Mann!«

Der Lkw-Fahrer schien es nicht besonders eilig zu haben, und als Tina ihn endlich auf der kurvigen Straße überholen konnte, war Alixa von der Bildfläche verschwunden. Tina raste am Plöner Ortsschild vorbei und dachte gerade noch daran abzubremsen, sodass sie nicht mit über hundert Sachen durch die Stadt bretterte. Die Ampel an der B76 sprang gerade auf Grün, als Tina ankam, und sie schaffte es als Letzte in der Schlange bei Spätgelb um die Ecke.

»Wir haben sie wieder eingeholt, Swatt. Da vorne ist sie.«

Auf der Bundesstraße war starker Verkehr, sodass sie nur langsam vorwärtskamen. Tina trommelte auf das Lenkrad, als sie an der Einmündung zum Deertenhoff im Stau stand. Alixa fuhr geradeaus weiter und bog schließlich in Richtung Bosau ab.

»Die will bestimmt zum Golfen nach Waldshagen. Das kann dauern«, dachte Tina laut.

Sie folgte Alixa bis zur Einfahrt des Golfplatzes, in die das Cabrio abbog, und fuhr weiter geradeaus bis zur Lindenallee, die zum Gut Waldshagen hinaufführte. Seit dem großen Brand, bei dem ein großes Nebengebäude mit der Schmiede und zwei Wohnungen abgebrannt war, war sie nicht mehr dort gewesen. Sie parkte im Schatten der mächtigen Bäume und ließ Swatt aus dem Wagen springen.

»Komm, wir gehen eine Runde spazieren.«

Tina ging am Vierer See entlang in Richtung Bosau und bog in den Bosauer Wald ab. Dort war es angenehm kühl, und man hatte einen schönen Blick auf den Großen Plöner See. Swatt rannte hechelnd mal vor, mal hinter Tina und hatte einen Heidenspaß. Kurz vor Bosau kamen sie wieder an der Landstraße an und kehrten um. Als sie schon fast wieder am Auto angekommen waren, hob Swatt plötzlich witternd den Kopf. Noch bevor Tina reagieren konnte, rannte er schon mit einem schrillen Bellen über die Wiese auf den alten Bismarckturm zu, der zum Gut gehörte, und verschwand in dem kleinen Wäldchen, das den Turm umgab.

»Schiet! Schiet! Schiet! Swatt, du blöder Hund! Komm sofort wieder her!«

Doch Swatt hatte anscheinend Wild gewittert und reagierte nicht mehr. Einen Moment hörte Tina noch seinen Spurlaut, dann nichts mehr.

»Hoffentlich sieht ihn kein Jäger!«

Besorgt machte sie sich an die Verfolgung ihres Hundes, ging die Auffahrt zum Waldshagener Altenteil hoch und bog rechts in den kleinen Trampelpfad ab, der zum Turm führte. Sie pfiff nach Swatt, doch kein Hund war zu sehen. Der Pfad führte am Turm vorbei, und Tina folgte ihm noch ein Stück, aber als die Häuser des Gutes in Sicht kamen, drehte sie um.

Als sie fast wieder beim Turm angekommen war, sah sie jemanden, der sich an der Tür zu schaffen machte. Die Person öffnete das Schloss und drückte die Tür auf. Bevor sie durch die Tür trat, drehte sie sich kurz um. Es war Alixa! Tina blieb überrascht stehen. Wieso hatte Alixa einen Schlüssel, und was wollte sie in dem baufälligen Turm? Sie überlegte. Sollte sie Alixa hinterhergehen, oder sollte sie zum Auto zurückgehen und hoffen, dass Swatt endlich von seinem Ausflug zurückkam? Tina war hin- und hergerissen. Schließlich traf sie eine Entscheidung.

Kapitel 19

Tina wartete bereits eine Viertelstunde am Auto, doch Swatt war nicht in Sicht. Sie lehnte an der Motorhaube und sah alle paar Minuten auf ihre Uhr. Wo blieb er bloß? Sie musste zusehen, dass sie loskam. Außerdem hatten sich dunkle Wolken am Himmel zusammengeballt, und in der Ferne war Donner zu hören. Die Luft war drückend, und ihr lief der Schweiß über das Gesicht. Die Spatzen, die vorher in den alten Linden gelärmt hatten, waren verstummt. Die Wolken zogen heran, und ein erster Blitz zuckte über den Himmel. Er ließ das Wasser des Vierer Sees aufleuchten wie geschmolzenes Silber.

»Swatt! Komm endlich!« Tina blickte sich um, doch ihr Hund blieb verschwunden. »SWATT!«, rief sie über das Brausen des rasch auffrischenden Windes hinweg.

Der Sturm peitschte die Zweige der Bäume und wirbelte trockene Blätter durch die Luft. So langsam machte sie sich ernsthafte Sorgen um Swatt, doch außer am Auto auf ihn zu warten konnte sie nichts tun.

Es dauerte noch weitere fünf Minuten, dann trabte Swatt die Lindenallee herunter. Die Zunge hing ihm fast bis auf die Pfoten, und er sah glücklich aus. Tina war so froh, dass er endlich heil wieder da war, dass sie nicht mit ihm schimpfen konnte.

»Du Chaot! Du machst mich fertig! Hoffentlich hat dich keiner gesehen.«

Er wedelte mit dem Schwanz, sprang mit einem Satz in den Wagen und ließ sich mit einem wohligen Seufzer auf den Beifahrersitz fallen.

»Du Armer, du hast es wirklich schwer. Na gut, ab nach Hause mit uns.«

Tina stieg ebenfalls ein, und als sie den Motor anließ, fielen die ersten dicken Regentropfen auf die Scheibe.

Auf dem Rückweg kaufte sie noch schnell Grillkohle, Lollo rosso, Tomaten, Rotwein und Kartoffeln ein, wobei sie triefend nass wurde, obwohl sie nur das kurze Stück vom Parkplatz in den Supermarkt gelaufen war, und war gegen vier Uhr wieder zurück in ihrem Häuschen. Nur noch gut vier Stunden, dann würde sie Jan wiedersehen!

Tina blickte auf die Uhr. Schon kurz nach sieben! Und sie musste den Grill noch anheizen und sich umziehen.

Zum Glück hatte sich das Gewitter verzogen, und die Sonne war noch mal herausgekommen. Die Terrasse lag in der prallen Sonne, und es war bestimmt schon wieder fünfundzwanzig Grad warm.

Tina schüttete die Kokosbriketts in den Grill und zündete die Grillanzünder an.

Dann ging sie rasch ins Schlafzimmer und unterzog ihre Garderobe einer kritischen Musterung. Schließlich wählte sie ein dunkelblaues T-Shirt mit dem Spruch »Ohne ein paar Hundehaare ist man nicht richtig angezogen« in knallgelben Buchstaben und eine abgeschnittene blaue Jeans. Auf Socken verzichtete sie und schlüpfte in ihre Flip-Flops. Sie bürstete ihre Haare und band sie mit einem Gummiband zu einem Pferdeschwanz zusammen. »Fertig!«

Als Jan an die offene Eingangstür klopfte, war sie gerade dabei, die Pellkartoffeln auf den Herd zu stellen.

»Moin, Moin!«, rief er und schwenkte eine Tüte vom Schlachter in Plön.

Swatt, der neben der Terrasse unter einem Forsythienstrauch gedöst hatte, sprang auf und kam bellend in die Küche gelaufen.

Jan blieb stocksteif stehen, als Swatt ihn beschnupperte und seine Aufmerksamkeit der Tüte zuwandte.

»Vergiss es, Junge! Das ist für uns«, sagte Tina und nahm Jan die Tüte ab.

»Alles klar bei dir?«, fragte sie und gab ihm einen leichten Kuss auf die stoppelige Wange.

Jan atmete tief durch. »Solange Swatt mir nicht zu nahe kommt, ist es okay.«

»Swatt ist wirklich ein toller Hund«, versicherte Tina. »Er kann sogar ein paar Kunststücke. Pass auf!«

Sie rief Swatt zu sich, formte mit den Fingern eine Pistole und rief: »Peng!« Swatt ließ sich zu Boden fallen und rollte auf die Seite.

Jan lachte. »Wie lange bleibt er so liegen?«, fragte er, als Swatt keine Anstalten machte, wieder aufzustehen.

»So lange, bis ich ihm sage, dass er aufstehen darf.« Tina sah Swatt an. »Hoch!«

Er sprang auf und sah sie auffordernd an.

»Er wartet auf sein Leckerli.« Sie ging zu einer Plätzchendose und holte einen Hundekeks heraus. »Willst du ihm den geben?«

Jan streckte abwehrend die Hände vor. »Nee, lass man.«

Tina warf Swatt den Keks zu. Er fing ihn in der Luft und verschlang ihn mit einem Bissen.

»Er kann auch noch Rolle –«

Swatt ließ sich auf die Seite fallen und drehte sich einmal über den Rücken.

»Gib Pfötchen, und die Tür kann er auch aufmachen. Das mit der Tür hat er sich allerdings selbst beigebracht.«

Jan hatte sich während Swatts Vorführung etwas entspannt, und als Tina ihm erneut vorschlug, Swatt ein Leckerli zu geben, warf er es ihm zu. Nachdem Swatt es vertilgt hatte, blickte er Jan mit schief gelegtem Kopf auffordernd an.

»Schluss, mehr gibt es nicht«, sagte Tina. »Könntest du mal

bitte nach dem Grill gucken? Die Terrasse ist hinter dem Wohnzimmer.«

Sie zeigte in den gemütlich mit Kiefernmöbeln und zwei alten Ledersofas eingerichteten Raum. Vor dem Kaminofen stand ein Lesesessel mit Blick auf den See und auf die Stadt Plön im Hintergrund.

»Schön hast du es hier!«, rief Jan von der Terrasse her. Kurze Zeit später sagte er von draußen: »Der Grill ist so weit.«

Tina legte das Fleisch und die Würstchen auf einen Teller und brachte ihn zu Jan hinaus. »Würdest du den Grillmeister machen, während ich mich um die Beilagen kümmere?«

»Vor dir steht der beste Hobbykoch diesseits der Förde«, sagte Jan und nahm ihr den Teller ab.

»Kein Spruch?«

»Meine Spinatlasagne ist legendär. Beim nächsten Mal lade ich dich zu mir zum Essen ein.« Jan ordnete das Fleisch auf dem Grill an und legte ein paar Würstchen dazu.

»Ich sehe, Sie haben alles im Griff, Herr Mälzer«, sagte Tina und verschwand in der Küche, wo sie sich daranmachte, einen bunten Salat zuzubereiten.

Als sie auf die Terrasse blickte, musste sie grinsen. Swatt hatte sich direkt neben den Grill gelegt und ließ das brutzelnde Fleisch nicht aus den Augen. Jan stand auf der anderen Seite des Grills so weit von Swatt entfernt wie möglich. Aber immerhin rannte er nicht schreiend davon, das war doch schon mal ein Anfang.

»Das Fleisch und die Würstchen sind fertig!«, rief er, als Tina gerade mit dem Salatdressing fertig geworden war.

»Ich komme!«

Sie belud ein Tablett mit Tellern, Besteck, Grillsaucen, einem Kräuterbaguette und den Kartoffeln und stellte alles auf den Terrassentisch. Als Jan das Fleisch verteilt hatte, ließen sie es sich schmecken.

»Und«, fragte Tina zwischen zwei Bissen Nackenkotelett, »gibt es schon was zu berichten?«

Jan schüttelte den Kopf. »Noch kein Durchbruch, leider.«

»Sanne hat mir erzählt, dass Alixa einen Jagdschein hat. Da hat sie bestimmt auch Waffen.«

Jan ließ die Gabel, auf die er ein Stück Fleisch gespießt hatte, auf halbem Weg zum Mund wieder sinken. »Hast du ein Problem mit der Müller? Verschweigst du mir irgendwas?«

Oh nein, jetzt hatte sie doch davon angefangen. Sie zögerte. Sollte sie Jan von Alixas Telefonat mit der Wettagentur berichten? Ja, entschied sie. Das würde Jan bei seinen Ermittlungen vielleicht weiterbringen.

»Ich war neulich –«

Das Klingeln von Jans Handy unterbrach sie.

Er sah aufs Display und runzelte die Stirn. »Alex, was gibt's?« Konzentriert lauschte er in den Hörer. Als er sah, dass Tina ihn beobachtete, stand er auf und ging ein Stück in den Garten hinein. »Waldshagen? Kenn ich, der Turm auf dem Hügel in Richtung Bosau«, konnte sie aber trotzdem noch verstehen. Er beendete das Telefonat und kam zurück. »Tut mir leid, ich muss los«, sagte er und schob sich einen letzten Bissen Kotelett in den Mund. »Ich glaube nicht, dass ich heute noch mal wiederkomme.«

Das Bedauern in seiner Stimme war nicht zu überhören, und auch Tina war enttäuscht, dass der Abend so unvermittelt endete.

»Der Job geht vor«, sagte sie. »Was ist denn passiert?«

»Es ist noch eine Leiche gefunden worden.« Jan beugte sich von hinten über Tinas Stuhl und strich ihr eine Strähne, die sich aus ihrem Pferdeschwanz gelöst hatte, hinter das Ohr. »Aber aufgeschoben ist nicht aufgehoben. Oder wie siehst du das?«, flüsterte er.

Tinas Mund wurde trocken, und sie drehte sich so auf dem Stuhl um, dass sie Jan ins Gesicht sehen konnte. »Genauso«, flüsterte sie zurück.

Jan lächelte und ließ seine Grübchen sehen. Er beugte sich vor und küsste sie zart auf die Lippen. Tina erwiderte den Kuss und öffnete leicht den Mund.

Plötzlich beendete Jan den Kuss und sah ihr tief in die Augen. »Ich komme wieder«, sagte er leise. Nach einem letzten Blick auf Tina drehte er sich um und verschwand hinter der Hausecke.

Tina hörte seinen Wagen starten und lauschte, bis sie das Geräusch nicht mehr hören konnte.

Sie legte den Zeigefinger auf die Lippen und blickte träumerisch auf den funkelnden See hinaus.

Plötzlich fuhr sie zusammen. Wessen Leiche war in Waldshagen gefunden worden? War es Mord? Sie strich sich über die Arme, weil ihr plötzlich kalt geworden war.

Auf einmal war ihr Appetit verschwunden, und sie trug die Reste des Essens in die Küche, brach ein kleines Stück von einer Wurst ab und legte sie Swatt in den Napf. Normalerweise bekam er nichts vom Tisch, doch gelegentlich fiel ein kleiner Happen für ihn ab. Der Metallnapf klirrte auf dem Fliesenboden, als Swatt ihn sehr gründlich ausleckte und ihn dabei über den Boden schob, bis er sich an der Tür verkeilte. Hier hätten auch die Leute von *CSI* keine Wurstspuren mehr entdecken können.

Sie musste mit jemandem über die ganze Sache reden. Rasch griff sie nach ihrem Handy, scrollte durch ihre Kontakte und wählte.

»Hey, Tina! Ist alles in Ordnung? Du solltest doch jetzt gerade am heißen Grill ein heißes Date haben.«

Tina musste trotz ihrer Sorgen lachen. Typisch Sanne.

»Tja, das dachte ich auch. Aber Jan musste weg, weil eine Leiche am Bismarckturm in Waldshagen gefunden wurde.«

Sie ging zurück ins Wohnzimmer, setzte sich in den Sessel und legte die Beine auf den Couchtisch.

»Nein! Und, wer ist es?« Sannes Stimme klang aufgeregt. »Warte, ich gehe mal eben in den Garten, damit ich die Jungs nicht wecke. Ich bin froh, dass sie endlich schlafen. Okay, leg los.«

»Jan war hier, wir hatten noch kaum etwas gegessen, da klingelte sein Handy, und er musste los. Leider hat er nicht gesagt, wer der oder die Tote war.«

»Schade!«

»Es ist irgendwie gruselig. Heute Nachmittag war ich beim Turm in Waldshagen, und nun liegt da eine Leiche!«

»Was? Hast du da jemanden gesehen? Den Mörder vielleicht?« Sanne atmete laut ein.

»Noch ist nicht raus, dass es ein Mord war, Sanne. Aber ich habe Alixa gesehen, wie sie in den Turm gegangen ist.«

»Alixa! Bestimmt hat sie noch jemanden umgebracht!«, rief Sanne. »Aber wie hat sie das gemacht?«

»Vielleicht hat sie jemanden über die Brüstung geschubst. Oder es war ein Unfall, der Turm war schon vor fünfzehn Jahren marode. Ich war damals mal mit Kai und seinem Freund Torsten da oben. Toller Blick, du kannst von dort über den Vierer See bis auf den Plöner See gucken.«

»Und wie seid ihr da reingekommen?«

»Torstens Eltern gehört das Gut Waldshagen. Er hatte einen Schlüssel.«

»Vielleicht kennt Alixa auch jemanden vom Gut, der ihr den Schlüssel gegeben hat.«

»Wer weiß. Damals fand Torsten Alixa aber genauso blöd wie wir alle, das weiß ich noch.«

»Lass dir die Möpse machen und eine Mähne wachsen, und die Männer denken nicht mehr mit dem Kopf.«

»Meinst du wirklich, sie hat sich die Brüste machen lassen?«

»Aber hallo! Solche Hupen hat die Natur nur sehr selten im Angebot.«

»Nehmen wir mal an, Alixa hat wirklich noch jemanden umgebracht. Wer könnte das sein?«, fragte Tina.

»Ihren Lover vielleicht?«

»Aber warum sollte sie das tun, so verliebt, wie sie mit dem rumgeturtelt hat?«

Tina hörte, wie Sanne auf ihrem Kaugummi kaute, während sie nachdachte.

»Wie wär's damit: Alixa hat doch noch gerafft, dass der Typ sie nur ausnehmen will, und hat sich überlegt: Nee, die zwei Millionen kriegt der Kerl nicht, damit mache ich lieber eine coole Weltreise oder so ähnlich?«

»Und warum ermordet sie ihn dann gleich?«

»Ha, jetzt hab ich's!«, rief Sanne nach einer kurzen Pause. »Die beiden treffen sich auf dem Turm und sind ordentlich zugange, und plötzlich bröselt die Mauer, und er … fällt über die Kante, mit wehender Banane in den Tod. Muss für einen Mann doch die beste Todesart überhaupt sein.«

Tina lachte. »Du hast echt eine blühende Fantasie.« Dann fiel ihr etwas ein. »Vielleicht ist sie ja auch das Opfer.«

Es wurde still, als beide Frauen überlegten.

»Glaube ich nicht«, sagte Sanne.

»Aber nehmen wir an, die Tote ist wirklich Alixa, und es war kein Unfall, dann haben wir Alixa zu Unrecht verdächtigt, und unsere schöne Theorie bricht zusammen.«

»Ich glaube eher, dass sie noch jemanden umgebracht hat. Ich finde meine Theorie mit dem Lover immer noch eins a«, erwiderte Sanne.

Ein Knallen kam aus dem Hörer.

»Sanne, ist alles klar bei dir?«

»Ja, wieso?«

»Bei dir hat es gerade geknallt.«

Sanne lachte. »Meinst du das Geräusch hier?«

Es knallte wieder.

»Ja.«

»Ich habe gerade eine Kaugummiblase gemacht.«

Tina stöhnte. »Mensch, Sanne, muss das sein? Ich dachte, bei dir schießt jemand.«

»Bist ein bisschen mit den Nerven runter, was?«

»Immerhin war ich mit Alixa mal recht gut befreundet. Und dass sie jetzt entweder eine Mörderin ist oder das Mordopfer, ist schon ziemlich heftig. Sie ist zwar eine blöde Kuh, aber wenn sie ermordet worden wäre … Das wäre echt furchtbar! Außerdem …« Tina sprang auf. Daran hatte sie noch gar nicht gedacht.

»Außerdem was?«

»Wenn es Mord war und Alixa nicht die Täterin ist, kann es sein, dass der Mörder ganz in der Nähe war, als ich heute Nachmittag am Turm war.«

Hatte Swatt gar kein Reh, sondern einen Menschen gewittert? Nein, das passte nicht. Den Spurlaut gab Swatt nur von sich, wenn er ein Reh oder einen Hasen jagte.

Trotz der Hitze bekam Tina eine Gänsehaut. Sie bekam nicht mit, was Sanne sagte.

»… das wäre doch der Hammer.«

»Entschuldige, was hast du gesagt?«

»Vielleicht hast du den Mörder gesehen. Und, war da jemand?«

»Außer Alixa habe ich niemanden gesehen.«

»Schade. Oh Mist, einer der Jungs ist aufgewacht. Tina, ich muss Schluss machen. Wir schnacken morgen weiter.«

»Alles klar. Schönen Abend noch.« Nachdenklich legte Tina das Telefon auf den Tisch.

Was war bloß am Turm passiert? Ihr kam ein Gedanke: Selbst wenn sie niemanden außer Alixa gesehen hatte, hieß das nicht, dass sie selbst nicht von jemand anderem gesehen worden war, der in den Büschen auf Alixa gelauert hatte. Hatte sie nicht ein Knacken im Gebüsch gehört, kurz bevor Alixa in den Turm gegangen war?

Jetzt werd mal nicht paranoid, du weißt ja noch nicht mal, ob Alixa überhaupt die Tote ist. Und selbst wenn, ist es nicht gesagt, dass es Mord war. Außerdem ist es viel wahrscheinlicher, dass Alixa die Täterin ist. Schließlich ist sie diejenige, die ungewöhnlich viel Geld hat und die anscheinend noch deutlich mehr bekommen wird. Sie ist diejenige, die viel zu verlieren hat, wenn rauskommt, dass sie irgendeinen Schmu gemacht hat.

Später im Bett konnte Tina lange nicht einschlafen. Sie grübelte immer noch darüber nach, was am Turm passiert sein mochte. Außerdem hatte sie das Gefühl, dass sie in den letzten Tagen irgendetwas gesehen hatte, das sie bei der Suche nach demjenigen, der auf Daisy und auf den Trainer geschossen hatte, weiterbringen konnte. Sie kam nur nicht darauf, was das sein könnte. Und je mehr sie versuchte, den Gedanken zu fassen zu bekommen, umso weiter driftete er davon. Sie wälzte sich zum wiederholten Mal von einer Seite auf die andere und warf einen Blick auf den Radiowecker. Es war zwei Uhr, und sie war hellwach.

Nachdem sie sich noch ein paar Mal herumgewälzt hatte, stand sie auf und machte sich einen heißen Kakao. Das war das Einschlafmittel, das ihre Mutter ihr immer gegeben hatte, wenn sie als Kind nicht schlafen konnte. Mit dem heißen Kakao trat Tina auf die Terrasse und ließ sich auf den Liegestuhl fallen. Der Mond stand als schmale Sichel über dem See, und die Sterne blinkten am tiefschwarzen Nachthimmel. Nur über Plön war ein hellerer Schein zu sehen. Tina lehnte sich im Stuhl zurück und suchte nach dem Hundsstern, ihrem Tierkreiszeichen in der keltischen Mythologie. Endlich hatte sie ihn entdeckt, und sein tröstliches Blinken beruhigte sie. Am Ufer quakte eine Ente, ansonsten war alles still. Während sie den Kakao schlürfte, wanderten ihre Gedanken zu Jan. Sie mochte ihn, sehr sogar. Und wenn er den Anruf nicht bekommen hätte, würde sie wahrscheinlich nicht allein auf der Terrasse sitzen und Kakao trinken. Tina fröstelte und wickelte sich in eine Decke. Ihre Lider wurden schwer, und sie schlief endlich ein.

Kapitel 20

Das ohrenbetäubende Gezwitscher der Vögel weckte Tina am nächsten Morgen. Sie war steif und konnte ihre Beine nicht bewegen. Als sie an sich hinunterblickte, sah sie, dass Swatt quer auf ihr lag. Er träumte, und seine Pfoten zuckten. Er atmete schwer und machte fiepende Geräusche. Tina lächelte. Ob er wohl von dem Reh träumte, das er gestern in Waldshagen gejagt hatte?

Waldshagen. Die Erinnerung durchfuhr sie wie ein Blitz, der in eine Eiche einschlägt. Wenn sie doch nur wüsste, was dort passiert war.

Mühsam zog sie ihre Beine unter Swatt hervor und setzte sich auf. Ein Prickeln signalisierte, dass das Blut in ihre Beine zurückfloss.

Als sie wieder Gefühl in den Beinen spürte, stand Tina auf und schlurfte in die Küche, um sich einen starken Kaffee zu kochen. Während sie darauf wartete, dass der Kaffee durch den Filter lief, hörte sie ein Auto vorfahren. Eine Autotür knallte, und Swatt fing an zu bellen.

Als Jan in die Küche trat, lächelte Tina ihn an, aber er erwiderte das Lächeln nicht, sondern sah ernst aus.

»Du bist schon wach, das ist gut«, sagte er.

»Möchtest du einen Kaffee? Er ist gleich fertig.«

»Gern.« Während er auf den Kaffee wartete, blickte Jan Tina prüfend an.

Oh nein! Sie sah bestimmt grauenvoll aus nach der Nacht auf der Liege!

»Bin gleich wieder da!«, stammelte sie und raste ins Badezimmer.

Schlimmer als befürchtet! Augenringe groß wie Wagenräder, Haare völlig zerzaust und der Abdruck der Liegenauflage im Gesicht. Hektisch kämmte sie sich die Haare, spritzte sich kaltes Wasser ins Gesicht und rubbelte vergeblich an dem Muster auf ihrer Wange herum. Was soll's, er hatte sie eh schon so gesehen. Aber umziehen konnte sie sich. Tina ging ins Schlafzimmer und zog sich ein in regenbogenfarben gebatiktes T-Shirt und Jeansshorts über.

Als sie halbwegs restauriert in die Küche zurückkam, stand ein Becher mit dampfendem Kaffee auf dem Küchentisch. Von Jan war nichts zu sehen. War er schon wieder weggefahren? Tina nahm den Becher und trat auf die Terrasse. Jan stand auf dem Steg und blickte in Richtung Plön. Swatt planschte im Wasser herum und zerrte an einem Ast, der sich unter dem Steg verhakt hatte.

»Harte Nacht gehabt?«, fragte Tina und trat neben Jan auf den Steg.

Er drehte sich zu ihr um. »Härter als erwartet.«

Tina wartete, doch es kam nichts. »Willst du darüber sprechen?«

Jan seufzte. »Von wollen kann keine Rede sein.« Er trank einen Schluck Kaffee und zeigte auf die beiden Stühle, die auf der Terrasse standen. »Setzen wir uns.«

Tina hatte das Gefühl, dass etwas Schlimmes bevorstand. Doch was konnte das sein?

»Ist was mit meinen Eltern? Oder mit meinem Bruder?« Entsetzt schaute sie Jan an.

»Nein.«

»Was ist los? Nun sag schon!«

»Alixa Müller ist am Fuß des Bismarckturms gefunden worden. Sie ist von der Brüstung gefallen.«

Tina wurde blass. Es war das eine, Spekulationen über einen Toten anzustellen, aber es war etwas völlig anderes, wenn jemand gestorben war, mit dem man einmal recht gut befreundet gewesen war. Also war Alixa tatsächlich das Opfer und nicht die Täterin.

Jan beobachtete Tina genau, als er fortfuhr. »Es sollte anscheinend wie ein Selbstmord oder wie ein Unfall aussehen, aber wir haben Hinweise auf Fremdverschulden.«

»Mord!« Tina atmete tief ein. »Aber wer hätte ein Motiv, sie umzubringen?«

»Sag du es mir.«

Bei Jans kühlem Tonfall drehte sich Tina fast der Magen um. »Was soll das denn heißen?«

»Hast du mir gar nichts zu sagen?«

»Nein«, sagte Tina mit fester Stimme. »Wieso?«

Jan stellte seinen Kaffeebecher neben sich auf die Terrasse. »Du wurdest gestern gesehen, Tina. Du warst am Nachmittag beim Turm.«

»Ach so, das meinst du«, erwiderte Tina und hätte fast gelacht vor Erleichterung. »Ich war gestern mit Swatt in der Gegend spazieren. Ich hatte an der Allee in Waldshagen geparkt, und auf dem Rückweg hat Swatt ein Reh gewittert und ist abgehauen, zum Turm hoch. Er kam nicht, als ich ihn gerufen habe, und deshalb bin ich hinter ihm hergegangen.«

»Hast du irgendetwas Ungewöhnliches bemerkt?«

Tina zögerte. Sollte sie Jan erzählen, dass sie Alixa gesehen hatte? Lieber nicht, er verhielt sich sowieso schon so komisch. Als würde er sie verdächtigen, etwas mit dem Mord zu tun zu haben.

»Nein. Swatt kam nach gut zwanzig Minuten wieder, und ich bin zu meinem Auto gegangen und nach Hause gefahren. Halt, vorher habe ich noch Grillkohle und andere Sachen besorgt.« In neckischem Tonfall fuhr sie fort: »Ich habe gestern Abend nämlich Besuch erwartet, weißt du.«

Jan ging nicht darauf ein. Anscheinend hatte er ihr kurzes Zögern bemerkt.

»Bist du sicher, dass du nichts gesehen hast?«

Tina schaute ihm in die Augen. »Ja.«

Sie sah den Zweifel in seinen Augen, doch er ließ das Thema fallen.

»Warum hast du mir nicht erzählt, dass du früher mit Alixa gut befreundet warst und dass ihr sogar zusammen studiert habt?«

So langsam wurde Tina sauer. »Weil ich bei den ersten Dates nicht unbedingt über so eine blöde Kuh wie Alixa sprechen wollte vielleicht?«

»Du mochtest sie also nicht«, stellte Jan fest.

»Aber deshalb bringe ich sie doch nicht um!«, rief Tina.

»Was ist passiert? Ihr wart doch Freundinnen.«

»Ist das hier ein Verhör, oder was?«

»Tina, du bist in Schwierigkeiten. Du wurdest gegen drei Uhr gestern Nachmittag in Waldshagen gesehen. Laut Gerichtsmedizin ist Alixa zwischen zwei und vier Uhr vom Turm gestoßen worden.«

»Das ist nicht dein Ernst! Du verdächtigst mich, Alixa ermordet zu haben? Und den Trainer habe ich wahrscheinlich auch umgelegt. Ach ja, und dann habe ich noch auf Daisy geschossen und ihr dann die Kugel wieder rausoperiert!«

Tina hatte ihre Stimme erhoben, sie war aufgesprungen und baute sich vor Jan auf. Swatt, der spürte, dass etwas nicht in Ordnung war, stellte sich neben sie und knurrte leise.

»Tina, nimm bitte den Hund zur Seite. Ich glaube nicht, dass du Perry oder die Müller ermordet hast, aber ich möchte verstehen, was du in Waldshagen gemacht hast. Du hast hier so tolle Möglichkeiten, mit dem Hund spazieren zu gehen. Warum fährst du für einen Spaziergang nach Waldshagen? Außerdem hättest du doch auch über eure Felder am See entlanggehen können, um nach Bosau zu kommen. Was wolltest du da?« Jan sah sie mit seinen blauen Augen eindringlich an, und Tinas Wut verflog.

Aus seiner Sicht musste es schon seltsam wirken. Die Wahrheit war allerdings noch seltsamer. Eine Tierärztin beschattet eine andere Tierärztin. Das konnte sie ihm nicht erzählen.

Jan schwieg und beobachtete sie.

Tina seufzte. »Ich habe Alixa beschattet.«

»Ist nicht dein Ernst, oder? Ich hatte dir doch gesagt, dass du dich raushalten sollst!«

»Ich hatte wirklich das Gefühl, dass sie Dreck am Stecken hat, und wie konnte sie wissen, dass die Außenseiter gewinnen würden?«

Jan guckte ratlos. »Welche Außenseiter?«

»Alixa hat an dem Abend, an dem die illegalen Hunderennen stattfanden – davon habe ich dir erzählt – mit einem Wettbüro telefoniert und drei Wetten zu je 5.000 Euro platziert. Es waren alles Hunde von Finkenstein und, wie sie vorher vom Co-Trainer erfahren hatte, alles Außenseiter. Bei Quoten von 5 bis 6:1 hat sie einen schönen Reibach gemacht.«

»Moment mal. Woher weißt du das denn alles? Das wird sie dir doch wohl kaum erzählt haben, wenn das Wetten illegal ist.«

Jetzt musste sie es Jan wohl oder übel erzählen. Sie holte tief Luft. »Sanne und ich waren an dem Abend auf dem Gut und haben zufällig das Telefonat mitgehört.«

»Moment, Moment!«, unterbrach Jan. Er schloss die Augen und massierte sich die Nasenwurzel. »Ich bekomme Kopfschmerzen. Du warst also auf dem Gut und hast herumgeschnüffelt? Wie bist du denn an den Überwachungskameras vorbeigekommen?«

»Wir sind ...«

»Nein, ich will es gar nicht wissen. Mensch, Tina, das war Hausfriedensbruch! Und wenn ihr euch an den Kameras vorbeigeschlichen habt, ist das noch ernster. Was habt ihr euch bloß dabei gedacht?«

»Wir dachten, dass wir etwas über den Schuss auf Daisy herausfinden«, erwiderte Tina.

»Stelle ich mich vielleicht in deine Praxis und operiere einen Hund?«

»Wohl nicht. Das ginge wahrscheinlich auch nicht so gut aus.«

»Richtig! Weil ich mich damit nämlich nicht auskenne!« Jan wurde laut. »Diese blöden Krimis und Krimiserien! Die bringen die Leute auf die Idee, dass jeder einen Mord aufklären kann. Das fing mit Miss Marple an, die den Inspektor jedes Mal blöd aussehen lässt, und es endet leider noch lange nicht mit Pater Brown und ähnlichen Amateuren!«

»*Pater Brown* gucke ich auch manchmal«, wagte Tina einzuwerfen.

Jan stöhnte. »Ich habe geahnt, dass du die Serie kennst.«

»Und woher kennst du sie?«

»Meine Schwester ist ein echter Fan.«

»Immerhin habe ich das mit den Wetten herausgefunden und dass Alixa ihrem Lover eine Menge Geld zuschiebt!«

Jan guckte gequält. »Meinst du nicht, dass ich das auch noch ermittelt hätte?«

Tina bekam ein schlechtes Gewissen, dass sie es Jan so schwermachte, aber ihre Informationen waren nützlich, und da sie sie entdeckt hatte, hatte sie ihm viel Arbeit erspart.

»Und was passiert jetzt? Verhaftest du mich jetzt?« Tina streckte die Arme in Jans Richtung aus.

»Natürlich nicht. Ich kann mir nicht vorstellen, dass du jemanden umbringst.«

»Da bin ich aber wirklich froh«, sagte sie mit sarkastischem Unterton.

Jan tat so, als hätte er es nicht bemerkt. »Aber du musst mir erzählen, warum du dich mit Alixa verkracht hast.«

Tina erzählte ihm von ihrem Jahr in Kenia und von der Doktorarbeit.

»Das ist alles?«

»Das reicht ja wohl! So was tun Freundinnen nicht! Ich hatte eigentlich vor, meinen Doktor zu machen. Aber als ich wieder zurück und mein Thema weg war, hatte ich keine Lust mehr, mir ein neues zu suchen. Ich wollte endlich Tiere behandeln. Das hatte mir in Kenia viel Spaß gemacht, und ich wollte meine eigene Praxis eröffnen.«

»Kann ich verstehen.« Jan klopfte neben sich auf den Stuhl, und Tina setzte sich. »Hör zu, du musst ins Präsidium kommen, damit ich deine Aussage offiziell aufnehmen kann. Geht das morgen?«

»Morgen muss ich arbeiten. Ich glaube nicht, dass ich es in der Mittagspause schaffe, nach Kiel zu fahren.«

Jan überlegte einen Moment. »Dann machen wir es in Plön auf der Wache. Passt es dir zwischen zwölf und eins?«

»Das geht auf alle Fälle. Also bin ich aus dem Schneider, oder?«

»Wenn wir an deinen Schuhen keinen Sand finden, dann sieht es gut aus.«

Tina blickte Jan ratlos an. »Wie, Sand an meinen Schuhen?« Sie zeigte auf den kleinen Sandstrand vor ihnen. »Ich habe bestimmt Sand an den Schuhen. Entweder hier vom Strand oder von den Sandwegen oben im Wald.«

»Ich werde vom Strand und von den Wegen Vergleichsproben nehmen. Außerdem brauche ich alle deine Schuhe.«

Tina starrte Jan an. »Soll ich jetzt barfuß gehen, oder was? Was soll das mit dem Sand denn überhaupt bedeuten?«

Er sah sie an und überlegte einen Moment.

»Du darfst es mir wieder nicht verraten, was? Aber ich habe ja wohl ein Recht darauf zu erfahren, wieso ich jetzt barfuß durch die Gegend laufen soll.«

»Ein Recht darauf hast du eigentlich nicht, aber ich verrate es dir trotzdem.«

»Wie überaus großzügig von dir.«

Jan seufzte. »Ich verstehe, dass du sauer bist, aber ich muss auch meine Arbeit machen. Und dazu gehört es, mögliche Beweise zu sichern. Wir haben oben auf der Plattform des Turmes Sand gefunden, der dort nicht hingehört. Er war nicht an Alixas Schuhen ...«

»Also glaubt ihr, dass der Mörder den Sand an den Schuhen hatte«, fiel Tina Jan ins Wort. »Clever.«

»Danke«, antwortete er trocken. Er überlegte. »Welches sind deine Lieblingsschuhe?«

»Meine alten Sneakers.«

»Gut, ich werde bei den Schuhen die Sohlen gründlich abbürsten, dann kannst du sie hierbehalten.«

»Ich hole sie«, rief Tina und sprang auf.

Sie kehrte mit den Schuhen zurück, und Jan bürstete beide Sohlen sorgfältig über einem weißen Blatt Papier ab und füllte Sand und Erde in ein durchsichtiges Beweismitteltütchen um, das er beschriftete und einsteckte. Anschließend füllte er ein weiteres Tütchen mit Sand vom Strand und beschriftete auch dieses.

»Gut, dann habe ich alles bis auf deine Schuhe.«

Tina ging vor Jan ins Haus und zeigte auf die Schuhe, die in einem im Windfang eingebauten Schrank standen. »Bedien dich.«

Jan schaute die Schuhe an. Trekkingschuhe, Gummistiefel, Winterstiefel, ein Paar Wandersandalen, ein Paar dunkelblaue Slipper mit flachen Absätzen, ein Paar Stoffschuhe mit Blumenmuster und die Schnürsandalen.

»Keine High Heels? Ich bin enttäuscht«, sagte er und lächelte.

»In solchen Teilen würde ich mir sowieso nur die Hachsen brechen«, gab Tina zurück. »Kennst du den Film *Miss Undercover*, wo Sandra Bullock lernen muss, in High Heels zu gehen?«

Er nickte.

»Genauso würde es bei mir aussehen.«

Jan lachte laut und zeigte seine Grübchen. Er sah zum Anbeißen aus. Tina musste sich in Erinnerung rufen, dass er hier war, weil sie unter Verdacht stand, Alixa umgebracht zu haben, sonst hätte sie ihn jetzt geküsst.

»Wenn ich keinen verdächtigen Sand an den Schuhen habe, bin ich aus dem Schneider?«, fragte sie.

»Was mich angeht, schon. Ich hoffe, dass mein Chef und die Staatsanwältin das auch so sehen.«

Tina schluckte. »Aber wieso? Wenn ich keinen Sand an den Schuhen habe ...«

»Du könntest die Schuhe mit dem Sand auch weggeworfen haben.«

»Na toll. Wenn ihr keinen Sand findet, bin ich trotzdem verdächtig, und wenn ihr Sand findet, war ich es auf jeden Fall?«

»Ganz so auch wieder nicht, du hast kein starkes Motiv, Alixa umzubringen, und Perry und Daisy passen nicht dazu. Ich bin sicher, dass beide Morde zusammenhängen. Aber andere Leute könnten das anders sehen und die Fälle unabhängig voneinander betrachten.«

Tina ließ sich auf einen kleinen Tritt sinken, der im Windfang stand. »Na toll. Ich bin also auf jeden Fall am Arsch.«

»Es wäre zumindest eine gute Idee, im Moment nicht zu verreisen.«

Tina verzog das Gesicht.

Plötzlich fiel ihr etwas ein. »Was ist denn eigentlich mit diesem Pferdepfleger? Wie hieß der noch ...«

»Meinst du Franz Kränkel?«

»Genau den. Hat der ein Alibi für Samstagnachmittag?«

»Warum sollte er Alixa ermordet haben?«

»Alixa hatte, glaube ich, Angst vor ihm. Er hat fast gesabbert, als er sie angeguckt hat.«

»Warum hast du mir das nicht eher erzählt?«

»Ist mir gerade erst wieder eingefallen«, entgegnete Tina. »Ein abgewiesener Mann, eine schöne Frau ...«, sie erstickte fast daran, Alixa als schön zu bezeichnen, aber gut, sooo schlecht hatte sie nun auch wieder nicht ausgesehen, »… das ist doch ein starkes Motiv, findest du nicht?«

»Ich werde ihn auf alle Fälle überprüfen lassen.« Jan blickte Tina forschend an. »Und du hältst dich bitte ab jetzt wirklich raus, klar? Du kommst in Teufels Küche, wenn du als Verdächtige in dem Fall herumstocherst.«

Tina hob abwehrend die Hände. »Mach ich nicht.«

»Versprich es.«

»Das ist doch albern.«

»Versprich es mir, Tina. Bitte.«

»Na gut, ich versprech es dir.«

Ihre hinter dem Rücken gekreuzten Finger konnte Jan ja nicht sehen.

Als Jan sich verabschiedet hatte, um ein paar Stunden Schlaf nachzuholen, ließ Tina das Gespräch Revue passieren. Es war ja wohl ein Witz, dass sie verdächtigt wurde, während der wahre Mörder frei herumlief. Wenn Jan seinen Chef und die Staatsanwältin nicht von ihrer Unschuld überzeugen könnte, hätte sie mehr als nur ein kleines Problem. Und was wäre, wenn er wegen Befangenheit von dem Fall abgezogen würde? Es gab nur eine Lösung: Tina musste den Mörder finden, und sie musste ihn schnell finden.

Alixa hatte den Trainer wahrscheinlich nicht umgebracht. Jan war überzeugt, dass die beiden Morde zusammenhingen und dass sie nach nur einem Mörder suchten. Tina sah das genauso. Alixa hatte zwar ein Motiv gehabt, Perry zu töten. Er wollte irgendwem – vielleicht der Polizei – erzählen, dass die Rennen manipuliert waren, sie hatte kein Alibi und hatte die Möglichkeit gehabt, ihm die Waffe in den Mund zu schieben. Außerdem kannte sie sich als Jägerin mit Waffen aus. Es hatte alles so gut gepasst, doch jetzt war sie tot, und Tina stand wieder ganz am Anfang.

Dieses Mal würde sie ihre Erkenntnisse aber erst dann mit Jan teilen, wenn sie den Mörder gefunden hatte. Mal sehen, was die Daten von Alixas PC ergaben. Sie dachte an Jan. Der würde ausrasten, wenn er wüsste, dass sie sich heute Abend schon wieder auf das Gut schleichen wollte. Hoffentlich ging alles gut!

Kapitel 21

Am Abend zog Tina wieder ihre Schnüffelklamotten an, wie sie sie getauft hatte, und ergänzte sie um einen dunkelgrauen Hoodie. Kurz überlegte sie, ob sie sich die Wangen mit etwas Asche aus dem Kamin schwärzen sollte.

»Nein, jetzt spinn nicht rum«, sagte sie laut.

Swatt war beim Klang ihrer Stimme vom Sofa gesprungen.

»Du bleibst hier. Da kannst du eh nicht mit rein.«

Swatt rannte schwanzwedelnd zur Eingangstür und sprang an der Klinke hoch. Die Tür öffnete sich, und er rannte zum Auto. Vor der Beifahrertür setzte er sich hin und blickte Tina erwartungsvoll an.

»Na gut, du kannst mit. Aber du bleibst im Auto, klar?«

Er bellte und legte den Kopf schief.

Tina musste lachen. »Alter Komiker.«

Sie holte Sanne ab, die sich wieder in ihre Tiger-Leoparden-Klamotten geworfen hatte, erzählte ihr, dass Alixa ermordet worden war und dass sie unter Verdacht stand.

Sanne starrte Tina mit weit aufgerissenen Augen an. »Das ist jetzt nicht wahr, oder? Ich glaub, mein Schwein jodelt! Der Typ hat sie doch wohl nicht alle! Der soll mal lieber sehen, dass er den wahren Mörder findet! So was Beknacktes habe ich ja noch nie gehört!«

»Jan glaubt nicht, dass ich es war. Behauptet er zumindest. Aber sein Chef und die Staatsanwältin sind wohl anderer Meinung.«

Sanne regte sich über Jan auf, der unfähig sei, einen Mörder zu finden, selbst wenn er ihm mit nacktem Hintern ins Gesicht sprang, über seinen dämlichen Chef und die total verblödete Staatsanwältin, bis sie wieder an dem kleinen Schotterweg angekommen waren.

Tina wendete den Wagen und parkte hinter einem Busch. Sie ließ die Fenster bis weit über die Hälfte herunter, damit es im Auto nicht zu heiß wurde. »Swatt, du bleibst hier.«

»Wenn du was hörst, bellst du, okay?«, sagte Sanne.

»Du hast auch zu viel *Kommissar Rex* geguckt, oder? Also los. Bringen wir es hinter uns.« Tina fühlte in ihrer Jeanstasche nach dem USB-Stick, auf dem sie die Daten sichern wollte, und holte ihre große Stabtaschenlampe unter dem Beifahrersitz hervor.

Als sie ausstiegen, war die Dämmerung schon in die Nacht übergegangen. Fledermäuse schossen über ihre Köpfe hinweg, und aus einer Fichte links von ihnen hörten sie die Rufe eines Käuzchens.

Tina stellten sich die Härchen auf den Unterarmen auf. Sie strich mit der Hand darüber. »Unheimlich.«

»Das ist nur eine Eule«, erwiderte Sanne.

In den Büschen knackte es, und sie erstarrte.

»Das ist nur eine Rotte Wildschweine«, sagte Tina grinsend.

»Blöde Kuh.«

Sie gingen parallel zur Straße durch das Unterholz, sodass die Kameras am Vorderzaun des Gutes sie nicht aufnehmen konnten.

»Hoffentlich ist die Tür nicht abgeschlossen«, flüsterte sie Sanne zu, als sie sich wieder einmal zwischen den Brombeerbüschen am Seeufer hindurchquetschten.

Schnell ließen sie die Reetdachhäuser hinter sich und bogen auf den Weg zu Alixas Praxis ab. Die Lichter des Herrenhauses waren hinter den Büschen kaum zu sehen, und bis auf das Sirren der Mücken war es still. Totenstill. Tina blickte sich aufmerksam um, während sie langsam weiterging, doch in der Dunkelheit konnte sie außer den tiefen Schatten der Bäume und der Gebäude nichts erkennen. Plötzlich hörte sie links von sich ein lautes Schnauben. Sie blieb ruckartig stehen. Sanne, die hinter ihr gegangen war, konnte nicht so schnell reagieren und prallte auf Tina, sodass die strauchelte.

»Vorsicht«, zischte Tina.

»Was war das?«, flüsterte Sanne. Sie sah sich hektisch um. »Ist da jemand?«

»Sei mal leise«, flüsterte Tina.

Sie lauschte angestrengt. Ihr Herz raste, und das Blut rauschte in ihren Ohren. Ansonsten war nichts zu hören. Da! Da war es wieder. Tina hätte fast laut aufgelacht, als ihr aufging, um was es sich handelte. Es war eins der Pferde der Gräfin, das geschnaubt hatte.

Sie setzte sich wieder in Bewegung und konnte die Schritte von Sannes Sportschuhen hinter sich auf dem Kies knirschen hören. Da vorn war das Gebäude mit der Praxis. Als sie noch etwa zehn Meter von der Eingangstür entfernt waren, ging ein gleißendes Licht an.

Tina kniff die Augen zusammen und sprang zurück in den Schatten. »Schiet! Bewegungsmelder.«

»Was machen wir jetzt?«, flüsterte Sanne.

Tina überlegte.

Das Licht ging nach etwa einer Minute automatisch wieder aus.

»Die Lichter des Herrenhauses kann man von hier aus nicht sehen. Die hohen Büsche schirmen das Licht ab, sodass man es umgekehrt vom Gutshaus auch nicht sehen können sollte, wenn es hier hell wird. Ich denke, wir können es riskieren, einfach zur Tür zu gehen.«

»Dein Wort in Gottes Ohr. Hoffentlich kommt heute Abend keiner mehr her.«

»Es steht kein Auto vor der Praxis. Hoffen wir mal, dass die Tiere auf Finkenstein heute alle gesund und munter sind.«

Tina trat aus dem Schatten. Diesmal war sie auf das grelle Licht vorbereitet. Ohne sich umzusehen, ging sie zügig zur Praxistür und drückte die Klinke herunter. Die Tür öffnete sich, und sie und Sanne schlüpften hinein. Tina spürte, wie ihr ein Schweißtropfen von der Schläfe herunterlief und im Ausschnitt ihres T-Shirts versickerte. Bloß nicht darüber nachdenken, dass sie gerade einen Einbruch beging, sonst würde sie als zitterndes Bündel hier stehen bleiben und sich nicht mehr rühren können. Die Befreiungsaktionen der Nerze, bei denen sie in ihrer Sturm- und-Drang-Phase mitgemacht hatte, waren zwar auch riskant gewesen, aber damals war sie nicht als Verdächtige in einem Mordfall in die Praxis des Mordopfers eingebrochen.

»Tina, los, komm«, flüsterte Sanne, die schon in den Behandlungsraum gegangen war.

Tina ließ ihre Taschenlampe kurz aufblitzen, bis sie den Schreibtisch sah, auf dem ein funkelnagelneuer Computer stand.

Sanne drückte den Powerknopf, und der PC erwachte leise surrend zum Leben. *Bitte geben Sie Ihr Passwort ein.*

»Scheiße!«

»Und jetzt?«, fragte Sanne. »Hast du eine Ahnung, wie das Passwort lauten könnte?«

»Nö, woher denn?«, erwiderte Tina und fuhr sich durch die Haare. »Doch, warte mal. Im Studium habe ich oft mit Irene – Alixa – für die Prüfungen gelernt. Damals wusste ich ihr Passwort, weil wir meistens ihren PC für Recherchen und Ähnliches benutzt haben.«

»Und?« Sanne sah Tina erwartungsvoll an.

»Damals war es der Name ihres ersten Pferdes, das sie in der Reitschule geritten hat. Probier mal Donald.«

Sanne tippte den Namen ein. »Falsch.«

»Wie ist es mit Goofy? Ich weiß noch, dass es irgendein Name aus den Micky-Maus-Heften war.«

»Auch nicht.«

»Hunter, Dagobert, Tick, Trick, Track, Klaas Klever, Ede?«
Die Tastatur klackerte, als Sanne die verschiedenen Namen nacheinander in den Computer eingab.
»Stimmt alles nicht. Ich weiß nicht, wie oft wir noch ein falsches Passwort eingeben können, bevor das System dichtmacht.«
Tina überlegte angestrengt. Es war ein längerer Name gewesen.
»Phantomias! Das ist er. So hieß das Pferd, da bin ich sicher!«
Tinas Blick klebte am Bildschirm, als Sanne das Passwort eintippte. Sie wagte kaum zu atmen, als Sanne die Enter-Taste betätigte.
»Wir sind drin!« Sanne gab Tina ein High five. »Wie einfallslos, seit Jahren dasselbe Passwort zu benutzen. Und wie gut, dass es nach ihrem Tod noch nicht geändert wurde.«
»Ein Glück für uns!«
Sanne öffnete die Praxissoftware, steckte Tinas USB-Stick in die Buchse und startete das Back-up.
»Das dauert jetzt einen Moment. Ich schau mich noch mal ein bisschen um«, sagte Tina.
Sie nutzte das Licht des Bildschirms, um in die Schreibtischschubladen zu schauen. Druckerpatronen, Kugelschreiber, Anforderungsbögen für spezielle Laboruntersuchungen – erstaunlicherweise nur für Pferde, nicht für Hunde –, Impfpässe für Hunde und Pferde, Ausfuhranträge – nichts, was man nicht erwartet hätte.
Plötzlich hörte Tina eine Tür knallen. Ein klackendes Geräusch kam zielstrebig durch den Flur auf das Behandlungszimmer zu. Sie sah noch Sannes panischen Blick, als die Tür zum Behandlungszimmer auch schon aufgeschoben wurde. Sanne kauerte sich hinter den Schreibtisch, während Tina eben noch hinter die aufgehende Tür springen konnte. Ein schwarzer Schatten schob sich durch den Türspalt. Tina brach der kalte Schweiß aus, und sie konnte gerade noch ein Wimmern unterdrücken, das

ihr in der Kehle hochstieg. Der Schatten trat ins Zimmer, blieb kurz stehen, rannte dann auf Tina zu und sprang an ihr hoch.

»Swatt! Mensch, mir ist fast das Herz stehen geblieben. Was machst du denn hier? Du solltest doch im Auto warten!«

Swatt rannte um Tina herum und wedelte heftig mit dem Schwanz.

»Er muss es tatsächlich geschafft haben, sich durch das Fenster zu quetschen.«

»Vielleicht solltest du ihn in Houdini umtaufen.«

Tina lachte, ging zur Tür und schloss sie wieder.

Sanne hatte sich wieder auf den Schreibtischstuhl gesetzt und beobachtete den Fortschritt der Datensicherung.

»Ich habe ihm doch gesagt, er soll uns Bescheid sagen, wenn jemand kommt. Meinst du, da ist jemand?«

»Quatsch. Er ist zwar ein sehr schlauer Hund, aber dass er verstanden haben soll, dass er uns warnen muss, kann ich mir kaum vorstellen.« Tina beobachtete Swatt, wie er fröhlich in der Praxis herumschnupperte. »Er sieht jedenfalls nicht besorgt aus.«

Schwanzwedelnd kam Swatt auf Tina zu.

»Was hast du denn da hängen?« Sie klaubte einen briefmarkengroßen Schnipsel aus Swatts schwarzem Bart und hielt ihn ins Licht des Bildschirms. »Sieht aus wie ein Zeitungsschnipsel.« Achtlos warf sie das Stück Papier auf den Boden, wo es in eine Ecke trudelte und liegen blieb.

Draußen knallte eine Autotür.

Tina fühlte mehr, als dass sie es sah, dass Swatt anfangen wollte zu bellen. »Aus. Sei leise«, zischte sie.

Es erstaunte sie, dass Swatt tatsächlich ruhig blieb.

»Die Sicherung ist fertig«, sagte Sanne. Sie war bleich, was wohl nicht nur am hellen Licht des Bildschirms lag. »Dann los!«

»Ich fahre den PC noch runter.«

Tina riss den USB-Stick heraus. »Keine Zeit, machen wir, dass wir wegkommen.«

In dem Moment hörte sie die Eingangstür klappen. Das Licht im Flur ging an.

»In den OP, schnell.«

Tina schob Sanne in den OP. Sie wurde von Swatt überholt und zog die Tür in dem Moment ins Schloss, als die Tür zum Behandlungszimmer aufgeschoben wurde.

»Was ist denn hier los?«, hörten sie eine Stimme. »Wer hat den PC angelassen?«

»Klingt wie der Graf«, flüsterte Sanne.

Tina nickte.

Im OP war es so dunkel wie im Pansen einer Kuh.

»Alixa hat uns doch erzählt, dass es hinten zum Behandlungsraum für die Pferde geht. Da ist bestimmt ein Ausgang«, flüsterte Sanne.

Tina wagte es, kurz die Taschenlampe anzumachen.

»Da ist eine Tür.« Sanne zeigte auf eine breite Schiebetür, die in der rechten hinteren Ecke zu sehen war.

Tina knipste die Taschenlampe wieder aus, und sie schlichen langsam Richtung Tür. Es knallte, als Sanne gegen den OP-Tisch stieß. Die beiden Frauen wagten nicht, sich zu bewegen. Hatte der Graf das Geräusch gehört? Eine Minute verging.

»Weiter«, flüsterte Tina dicht an Sannes Ohr.

Vorsichtig tasteten sie sich am OP-Tisch vorbei bis zur Tür und schoben sie zur Seite. Swatt und Sanne drängten an Tina vorbei.

Plötzlich fiel ein Lichtstrahl auf ihren Rücken.

»Stehen bleiben!«

Tina rannte los und schaltete im Rennen die Taschenlampe an. Sanne und Swatt waren schon durch die gepolsterte Box gelaufen, in der die Pferde in Narkose gelegt wurden, und sprinteten durch das Behandlungszimmer. An der rechten Wand standen weiße Schränke mit Medikamenten und Instrumenten zur Untersuchung und Behandlung von Pferden. Im Vorbeilaufen erkannte Tina Stethoskope, Hufmesser, Hufabdruckzangen, einen Infusionsständer und Nasenbremsen. Als sie fast an der Doppeltür in der Mitte der rückwärtigen Wand angekommen waren, ging das Licht an. Sanne riss die Tür auf und rannte mit Swatt dicht auf den Fersen hindurch. Als Tina an der Tür ankam, hörte sie hinter sich das Gebrüll des Grafen.

»Bleiben Sie sofort stehen!«

Tina stürmte aus der Tür und sah sich nach Sanne um. Die stand im grellen Schein des Bewegungsmelders rechts von ihr und wedelte mit den Armen.

»Hierher, Tina!«

Sie sprinteten um das Gebäude herum. Als Tina sich kurz vor der Ecke noch einmal umblickte, sah sie den Grafen draußen vor der Eingangstür stehen. Er hatte sein Handy am Ohr und sprach hinein. Scheiße! Er rief bestimmt die Polizei an.

Tina und Sanne rannten zum Gutstor und tauchten zwischen den Planken hindurch.

Tina stieß sich den Kopf an der oberen Querstrebe und musste kurz stehen bleiben, weil der Schmerz ihr die Tränen in die Augen trieb. »Au, Shit, tut das weh.«

»Tina, komm weiter. Heulen kannst du später!«

»Danke für dein Mitgefühl.« Sie setzte sich wieder in Trab und holte im Laufen den Autoschlüssel aus ihrer Jeanstasche. Sie drückte den Entriegelungsknopf, riss die Tür auf und sprang auf den Fahrersitz.

Swatt war bereits durch das Beifahrerfenster gesprungen. Sanne zog die Tür auf.

»Swatt, nach hinten!«

Er blickte sie schwanzwedelnd an und legte sich hin.

»Sturer Köter!« Sanne stieß die Tür wieder zu und stieg hinten ein.

Sie hatte die Tür noch nicht ganz geschlossen, da gab Tina schon Gas. Kies spritzte, und der Wagen setzte sich schlingernd in Bewegung. Tina kurbelte am Lenkrad, um das Auto wieder unter Kontrolle zu bekommen. Sie schossen durch die große Pfütze auf dem Weg, und Dreckwasser spritzte durch das immer noch geöffnete Beifahrerfenster herein. Tina schaltete das Fernlicht ein und bremste ab, um in einer scharfen Kurve in der Spur zu bleiben. Sanne knallte von hinten gegen den Beifahrersitz.

»Mensch, schnall dich an!«, rief Tina und gab wieder Gas.

Zweige klatschten gegen die Seitentüren, als sie zu nah an ein Weidengebüsch heranfuhr.

»Hinter uns kommt ein Auto!«, rief Sanne.

Kapitel 22

Tina blickte in den Rückspiegel. Das Licht eines Autos war kurz zu sehen, dann wurde es von den Büschen neben dem Schotterweg verschluckt.

Sanne wimmerte, als das Licht wieder in Sicht kam. »Fahr schneller.«

»Dann fliegen wir aus der Kurve!« Der Wagen krachte in ein großes Schlagloch, und Tina knallte mit dem Kopf gegen die Decke. »Scheiße!«

Die Scheinwerfer beleuchteten einen ziemlich geraden Teil des Weges, und sie brachte den Pick-up auf fast achtzig Sachen. Eine Weggabelung kam in Sicht. Sie bremste hart ab, und der Wagen schleuderte rechts um die Kurve. Swatt flog in den Fußraum und jaulte auf. Tina krallte sich ans Lenkrad und schaffte es gerade noch, um eine dicke Buche herumzulenken.

»Wir werden sterben. Ich werde meine armen, kleinen, unschuldigen Kinder nie wiedersehen.«

»Guck lieber, ob du das andere Auto siehst, Sanne!«

»Ich seh nichts. Nein, es ist nicht zu sehen. Wir haben sie abgehängt!«

Tina war sich da nicht so sicher, doch sie fuhr etwas langsamer. Eine Minute verging, dann noch eine.

»Sie sind weg. Vielleicht sind sie gegen einen Baum gefahren.« Tinas Hände schmerzten, und sie lockerte den festen Griff um das Lenkrad ein wenig. »An der nächsten Gabelung müssen wir noch mal nach rechts, und dann sind wir schon fast auf der Straße.« Tina nahm die Kurve in der Gabelung zügig und sicher.

Plötzlich wurde das Innere des Autos von den Suchscheinwerfern eines Jeeps erhellt, der aus dem anderen Weg geschossen kam und den Isuzu fast gerammt hätte.

Sanne kreischte, und bei einem kurzen Blick in den Rückspiegel sah Tina ihr aschfahles Gesicht, aus dem ihre weit geöffneten Augen fast hervorquollen. Sie musste Sanne heil hier rausbringen!

Tina schaltete einen Gang herunter und drückte das Gaspedal bis zum Anschlag durch. Mit einem Satz schoss der Wagen vorwärts, und der Jeep, der ihnen an der Stoßstange geklebt hatte, blieb etwas zurück. Tina wagte nicht, in den Rückspiegel zu schauen, da sie sich voll auf den Weg konzentrieren musste. Plötzlich krachte es.

»Die Schweine haben uns gerammt!«, schrie Sanne mit sich überschlagender Stimme.

Es krachte nochmals, und Tina verlor fast die Kontrolle über den Wagen. Da vorn war die Einmündung in die Straße nach Dersau! Kurz davor bremste Tina hart ab und riss das Steuer herum. Es krachte erneut, als der Jeep die rechte hintere Ecke des Isuzu rammte. Der Pick-up geriet ins Schleudern, drehte sich einmal um sich selbst und blieb in Gegenrichtung direkt neben einem Gartenzaun stehen. Der Fahrer des Jeeps hatte durch den Aufprall auf den Isuzu offenbar die Kontrolle über sein Fahrzeug verloren. Der Jeep krachte durch einen Stacheldrahtzaun und pflügte sich durch die dahinterliegende Wiese. Der Mond kam in dem Moment hinter einer Wolke hervor, als das Auto in einer Gischtwolke in den Stocksee eintauchte und mit nach oben gerichtetem Heck stehen blieb.

Sanne und Tina hatten das Schauspiel mit offenem Mund beobachtet.

»Hammer«, sagte Sanne ehrfürchtig. »Also, wenn das die Bullen waren, fress ich einen Schrubber.«

»Besen«, sagte Tina abwesend und beobachtete den Jeep, dessen Heck langsam absackte.

»Was?«

»Es heißt Besen, nicht Schrubber.«

»Du weißt, was ich meine.«

Sie sahen, wie die Insassen sich durch die Seitenfenster zwängten. Einer der beiden blickte in ihre Richtung und fuchtelte mit dem Arm.

Tina erkannte den Bodybuilderkörper wieder. »Das sind die Typen von der Security!«

»Lass uns bloß abhauen, bevor die sich aus dem Auto rausgearbeitet haben und auf uns schießen!«

Tina wendete vorsichtig und hatte dabei Mühe, ihre zitternden Hände unter Kontrolle zu bringen. Swatt kroch zurück auf den Beifahrersitz und warf ihr einen vorwurfsvollen Blick zu.

»Sorry, Großer. Alles klar?«

Swatt grunzte, legte sich wieder hin und ließ den Kopf auf die Pfoten sinken.

Sie legten einige Kilometer schweigend zurück.

Erst in Dersau hatte sich Tina ein wenig beruhigt. »Eins steht fest: Der Graf hat die Polizei nicht angerufen.« Sie überlegte eine Weile. »Ich weiß nicht, ob das eine gute oder eine schlechte Nachricht ist.«

»Vielleicht ruft er sie später an.«

»Glaube ich irgendwie nicht. Die Frage ist, ob er uns erkannt hat.«

Sanne schaute Tina mit geweiteten Augen an. »Das hat er doch wohl nicht, oder?«

»Er hat uns zwar nur von hinten gesehen, aber ein großer schwarzer Hund könnte ihm einen gewissen Hinweis gegeben haben.«

»Vielleicht hat er Swatt gar nicht gesehen«, sagte Sanne hoffnungsvoll.

»Wenn wir Glück hatten, nicht.«

Tina wollte Sanne nicht noch weiter beunruhigen, aber selbst wenn der Graf Swatt nicht gesehen hatte, hatten ihre Verfolger doch ihr Auto gesehen. Die Männer hatten sich bestimmt ihr Kennzeichen gemerkt. Außerdem hatten die Überwachungskameras sie aufgenommen, als sie durch das Gutstor geklettert waren.

»Wenn du mich fragst, steckt der Graf tief mit drin. Der wusste hundertpro von den Wettmanipulationen«, sagte Tina.

»Glaubst du, er hat Perry und Alixa umgebracht?«

»Vielleicht. Dass er den Trainer umgebracht hat, kann ich mir noch vorstellen. Wenn Perry etwas verraten wollte, hat er es entweder dem Grafen gegenüber auch erwähnt ...«

»Bei dem Streit mit dem Grafen!«

»Genau. Oder Alixa hat ihm davon erzählt. Aber warum bringt er Alixa um?«

»Vielleicht hatten sie doch ein Verhältnis, und er wollte es beenden, aber sie nicht«, sagte Sanne und fuhr aufgeregt fort: »Genau, das ist es! Ein klassisches Mordmotiv. Sie droht, seiner Frau alles zu erzählen, und er schubst sie vom Turm.«

»Aber Alixa ist doch mit diesem Hans von Schlieffen liiert«, gab Tina zu bedenken.

Sanne überlegte kurz. »Vielleicht hatte sie mit beiden was am Laufen.«

»So verliebt, wie sie in diesen Hans war, glaube ich das nicht.«

Sanne ließ sich nicht beirren. »Könnte doch sein. Oder sie hat mit ihm wegen diesem Hans Schluss gemacht, und er war sauer, dass sie ihn abserviert hat.«

»Und dann schubst er sie vom Turm? Das kann ich mir kaum vorstellen. Und selbst wenn der Graf die beiden umgebracht hat, haben wir keinen Beweis.«

Sanne schob die Unterlippe vor, während sie nachdachte. »Kannst du nicht diesem Blödmann sagen, dass der Graf verdächtig ist? Dann muss *er* die Beweise finden.«

Tina grinste. »Meinst du etwa Oberkommissar Jan Voss?« Sie

wurde schnell wieder ernst und schüttelte den Kopf. »Nein, erstens hat er den Grafen sowieso auf der Verdächtigenliste, und zweitens werde ich mich erst wieder bei ihm melden, wenn ich sicher weiß, wer der Mörder ist. ›Halt dich da raus, Tina‹ kann ich nämlich nicht mehr hören.«

»Wenn er seinen Job besser machen würde, könnten wir uns raushalten. Aber du als Verdächtige, das ist doch lachhaft.«

Tina nickte, in Gedanken versunken. Irgendetwas nagte an ihr. Was war es bloß, was ihr partout nicht einfallen wollte? Hatte es irgendwas mit ihrem Job zu tun?

Schweigend fuhren sie zurück nach Plön. Tina parkte hinter der Praxis und stieg aus. Swatt drängte sich an ihr vorbei und schüttelte sich.

Sie begutachtete den Schaden an ihrem Auto. Die hintere Stoßstange und der rechte hintere Kotflügel waren eingedellt, und Bremslicht und Rücklicht bestanden nur noch aus zersplittertem Plastik und den Resten der Glühbirnen. Außerdem zogen sich an der Fahrertür und an der hinteren Beifahrertür lange Kratzer von den Krallen der Bordeauxdogge herunter, und der Griff der hinteren Tür wies Bissspuren auf.

»Das wird ein teurer Spaß«, bemerkte Sanne.

Tina zuckte mit den Schultern. »Hauptsache, uns ist nichts passiert. Los, komm! Sehen wir uns an, was wir erbeutet haben.«

In der Praxis fuhr sie den Rechner hoch und steckte den USB-Stick in den Tower. Sie warteten gespannt, bis die Daten eingespielt waren, dann öffnete sie die Kartei und klickte den ersten Hund auf der Liste an. Amazing Grace war offensichtlich sehr gesund gewesen, und außer einer gelegentlichen Wurmkur und den regelmäßigen Impfungen war nichts eingetragen. Tina klickte sich durch die Karteikarten. Fast alle gaben kaum mehr her als die von Amazing Grace.

»Hier ist Daisy. Bis zu der Schussverletzung war bei ihr auch nicht viel los. Danach sind bis Samstag die Fortschritte bei der

Heilung eingetragen. Alixa war allerdings nicht gerade eine ausführliche Karteikartenschreiberin.«

Sanne beugte sich über Tinas Schulter und las vor. »21.08. Verbandswechsel. 22.08. VW. 2 ml Dupha injiziert. Bis zum 25.08. hat sie den Verband nicht mehr gewechselt.«

»Immerhin hat sie ihr noch mal ein Antibiotikum gespritzt. Ich dachte, die Gräfin stellt sich so an, wenn es um die Hunde geht. Und Daisy soll doch angeblich 75.000 Euro wert sein. Das hier ist Minimalversorgung. Ich frage mich, wer sich jetzt um die Gesundheit der Hunde kümmert.«

Donna's Delight erwies sich als Zuchthündin.

»Sie hat in drei Jahren sechs Würfe gehabt! Die Arme, sie ist nur eine Gebärmaschine.« Tina merkte, wie sie wütend wurde. »Und Daisy wird genauso enden!«

»Wir müssen sie retten, Tina!«

»Ich werde die Daten dem Amtstierarzt geben.«

»Und wie willst du dem erklären, woher du sie hast? Nein, wir schleichen uns noch mal hin und befreien Daisy!« Sanne sprang auf und rannte vor dem Schreibtisch auf und ab.

»Und was ist mit den anderen Hunden? Nein, wir müssen alle retten.«

»Wie viele sind es überhaupt?«

Tina scrollte in der Liste nach unten und stutzte. »Hier unten sind die toten Tiere verzeichnet. Mann, sind das viele.« Sie öffnete wahllos eine Karteikarte. »Bis zum 31.03.17 keine besonderen Vorkommnisse, und plötzlich ist er tot. Mit vier Jahren!«

Auch die weiteren Hunde, deren Karteikarten sie anschauten, waren nicht viel älter als vier Jahre geworden.

»Die waren bestimmt nicht mehr gut genug und wurden entsorgt. Das habe ich im Internet gelesen. Ein, zwei Rennen verloren und …«, Tina zog ihre Handkante über den Hals, »… Exitus!«

Sanne nahm ihr die Maus aus der Hand und klickte weiter.

»Hier, dieser ist als Welpe gestorben. Der war keine fünf Monate alt.«

Sie fanden noch über hundert Welpen, die das erste halbe Lebensjahr nicht überlebt hatten, außerdem fast zweihundert Hunde, die in den letzten Jahren im Alter zwischen drei und vier gestorben waren.

»Wo lassen die denn die ganzen Leichen? Die können sie wohl kaum im Kamin verfeuern«, überlegte Sanne laut.

»Vielleicht verscharren sie sie irgendwo im Wald. Platz genug haben sie ja.«

Tina stand auf und reckte sich. »Oh Mann, mir tun alle Knochen weh, und mein Kopf platzt gleich. Lass uns für heute Schluss machen. Am Montag schicke ich die Daten anonym an den Amtstierarzt.« Sie zog den USB-Stick aus dem Tower. »Wir müssen unsere Daten wieder einspielen, sonst können wir morgen nicht arbeiten. Den Stick nehme ich mit nach Hause und spiele ihn auf meinen Laptop auf. Vielleicht fällt mir noch was auf. Denn wir wissen ja immer noch nicht, warum Perry umgebracht wurde und von wem. Und bei Alixa habe ich gar keine Idee.«

»Und warum auf Daisy geschossen wurde, ist auch noch unklar.«

Swatt kam zu Tina und legte seinen Kopf auf ihr Bein. Tina kraulte ihn gedankenverloren hinter den Ohren. Plötzlich fiel ihr etwas Helles in seinem schwarzen Bart auf. Sie nestelte es aus Swatts borstigen Barthaaren. »Noch so ein Schnipsel wie in Alixas Praxis«, sagte sie und schaute sich das Stück Zeitungspapier genauer an. »Sieht so aus, als hätte es jemand ausgeschnitten.«

»Zeig mal.« Sanne nahm ihr den Schnipsel aus der Hand. »Hier steht: ›auerf‹, und darunter ...« Sanne kniff die Augen zusammen. »Das kann ich nicht lesen, das ist mitten in der Zeile abgeschnitten worden.«

»Gib es mir noch mal.« Tina legte den Schnipsel auf den Schreibtisch und richtete das Licht der Schreibtischlampe direkt darauf. »Du hast recht, mehr kann man nicht erkennen. ›auerf‹ – was das wohl heißen soll?« Tina drehte den Schnipsel um. »Auf der Rückseite steht: ›WE‹. Sieht so aus, als wäre es ein Stück aus einer Überschrift, so groß und fett, wie die Schrift ist.« Nachdenklich trommelte sie mit den Fingern auf die Tischplatte. An irgendetwas erinnerte sie der Schnipsel. Was war es nur? Plötzlich fiel ihr der Thriller ein, den sie letzten Monat gesehen hatte. Darin ging es um eine Entführung. Die Entführer hatten Buchstaben aus einer Zeitung ausgeschnitten und sie zu einer Lösegeldforderung zusammengeklebt. »Das wird es sein!«, rief sie.

»Was?«

»Wie wäre es«, sagte Tina langsam, »wenn Alixa jemandem einen Erpresserbrief geschickt hat?«

»Das ist es! Mensch, Tina, du bist genial!«

»Ja, manchmal überrasche ich mich selbst«, erwiderte Tina grinsend.

»Und der, den sie erpresst hat, wollte nicht zahlen und hat sie deshalb vom Turm geschubst.«

Tina richtete ihren Zeigefinger auf Sanne. »Genau! Und wir wissen auch schon, wie viel Geld sie haben wollte.«

Sanne sah Tina verwirrt an.

»Wie viel Geld hat Alixa ihrem Lover versprochen?«

»Zwei Millionen! Das ist ja ein Ding! Fragt sich nur, wen sie erpresst hat.«

Tina überlegte nicht lange. »Den Mörder von Perry, würde ich sagen.«

Sannes Augen weiteten sich. »Hammer!« Sie gab Tina ein High five. »Jetzt müssen wir nur rausfinden, wen Alixa erpresst hat, und wir haben den Mörder!«

»Ich würde mein Geld auf den Grafen setzen.«

»Aber er war doch auf diesem Essen mit dem Orchester.«

»Susi von dieser Catering-Firma sagte doch, dass es ein ziemliches Chaos gab, als das Gewitter aufzog. Er könnte sich unbemerkt weggeschlichen haben«, überlegte Tina laut.

»Mareike muss sie nach dem Grafen fragen.«

»Ich werde ihr nachher eine WhatsApp schicken. Jetzt sollten wir aber sehen, dass wir nach Hause kommen.«

Kapitel 23

Tina stieg aus dem Bett und reckte sich. Heute wollte sie sehr früh in der Praxis sein, um endlich die Unterlagen für den Steuerberater zusammenzustellen. Er hatte ihr am Freitag schon wieder eine E-Mail geschrieben, dass sie dringend die Buchhaltungsunterlagen abgeben müsse. Sie stellte sich unter die Dusche und drehte das heiße Wasser auf. Dabei musste sie schon wieder gähnen. Sie müsste unbedingt einmal wieder besser schlafen, sonst würde sie noch während der Arbeit einpennen. Als sie sich eingeseift und sich die Haare gewaschen hatte, stellte sie die Dusche auf kalt. Als das eisige Wasser ihre Haut traf, schrie sie auf, hielt es aber trotzdem eine halbe Minute aus. Dann stellte sie das Wasser aus und rubbelte sich trocken. Immerhin war sie jetzt einigermaßen wach. Da sie kaum noch Essen im Haus hatte, beschloss sie, beim Stadtbäcker zu frühstücken. Sie rief nach Swatt und stieg auf ihr Fahrrad.

Es versprach wieder ein schöner, heißer Tag zu werden, doch jetzt um kurz nach sechs war es noch angenehm kühl. In der Fußgängerzone war um diese Zeit kaum jemand unterwegs, doch zum Glück hatte der Bäcker bereits geöffnet. Der heiße Kaffee belebte sie vollends, und als sie ihren Vollkornbagel verzehrt hatte, war Tina bereit. Der Tag konnte beginnen.

Sie schob ihr Rad die paar Meter bis zur Praxis und holte den Schlüssel aus der Tasche. Als sie ihn ins Schloss stecken wollte, schwang die Tür nach innen auf. Tina stockte der Atem. Hatte sie gestern Abend vergessen, die Tür abzuschließen? Das war ihr noch nie passiert, allerdings war es spät gewesen, als sie die Praxis verlassen hatte, und sie hatte noch ein wenig unter dem Schock der Verfolgungsjagd gestanden. Tina schüttelte den Kopf über ihre Unachtsamkeit und stieß die Tür ganz auf.

Swatt stürmte an ihr vorbei und blieb plötzlich mit steil aufgerichteter Rute mitten im Wartezimmer stehen. Er starrte in das Behandlungszimmer. Seine Nase zuckte, als er geräuschvoll schnüffelte und mit steifem Gang ein paar Schritte nach vorn machte. Sein Nackenfell stellte sich auf, und er begann zu knurren. Das Geräusch begann tief unten in seinem Brustkorb und ging in ein dumpfes Bellen über.

»Was ist los, Junge?« Tina trat neben ihn und blickte ins Behandlungszimmer. »Oh nein!«

Der Schrank mit den Medikamenten war leer, auf dem Boden türmten sich in einem chaotischen Haufen Arzneimittelpackungen und Injektionsflaschen, die teilweise zersplittert waren. Ein Haufen beige-braunes Granulat lag rechts neben dem Schreibtisch auf den Fliesen. Als Tina näher trat, erkannte sie, dass sämtliche Dosen mit einem Ergänzungsfuttermittel gegen Arthrose auf den Boden gekippt worden waren. Der Inhalt des Kühlschranks lag in einer Wasserlache auf dem Fußboden.

»Scheiße! Die Impfstoffe!«

Tina wollte zum Kühlschrank laufen, hielt aber inne. Woher wollte sie wissen, dass der Einbrecher nicht noch da war? Swatt bellte immer noch und starrte nun in den OP. Sie musste die Polizei verständigen! Hektisch wühlte sie in der Tasche ihrer Jeansjacke. Wo war das blöde Handy? Endlich fand sie es in der anderen Tasche und zog es heraus. In diesem Moment sprang Swatt vorwärts und preschte bellend in den OP.

»Swatt! Bleib hier!«

Ein Knall war zu hören, dann ein Jaulen.

»SWATT!«

Tina rannte zur Tür des OPs. Sie sah einen hochgewachsenen Mann in schwarzen Jeans und in einem eng anliegenden dunklen T-Shirt, der eine schwarze Skimaske trug. Er versuchte, Swatt abzuschütteln, der den Mann angesprungen und sich in seinem Oberarm verbissen hatte. Dem Mann fiel die Pistole aus der Hand, sie schlitterte über den Boden und blieb in den Scherben des Brutschrankes liegen, der neben dem Mikroskop auf den Fliesen lag. Ehe Tina reagieren konnte, umfasste der Mann Swatts Kehle mit der freien Hand. Tina sah, wie sich seine dicken Armmuskeln anspannten, als er versuchte, Swatt die Luft abzudrücken. Swatt ließ den Arm des Eindringlings los und schnappte nach dessen Gesicht. Der Mann wich zurück und lockerte den Griff um Swatts Hals so weit, dass Swatt sich in seiner Schulter festbeißen konnte. Der Mann brüllte auf.

Ohne nachzudenken, rannte Tina zur Waffe, hob sie auf und richtete sie auf den Einbrecher. »Swatt, aus!«

Swatt linste zu Tina, doch er ließ nicht los.

»SWATT! AUS!«

Endlich ließ Swatt den Mann los. Er stellte sich vor ihn und ließ ihn nicht aus den Augen.

»Sie bleiben da stehen und rühren sich keinen Millimeter von der Stelle«, befahl Tina. Ihre Stimme klang wie die von Minnie Maus auf Helium, und sie räusperte sich, während sie versuchte, das Zittern ihrer Hände unter Kontrolle zu bekommen.

»Sonst was?«, fragte der Einbrecher. Seine dunklen Augen sahen sie spöttisch an. »Knallst du mich dann ab?«

»Wollen Sie es darauf ankommen lassen? Und mein Hund ist ganz heiß drauf, Sie zur Strecke zu bringen.«

Wie zum Beweis knurrte Swatt erneut. Plötzlich drehte er sich um und bellte.

Bevor Tina sich ebenfalls umdrehen konnte, traf etwas sie hart am Kopf. Sie schlug heftig auf dem Boden auf, die Waffe glitt ihr aus den Händen, und es wurde schwarz um sie.

Tina wachte auf, weil ihr Gesicht nass wurde. Mühsam öffnete sie die Augen und konnte verschwommen Swatt erkennen, der ihr über die Nase und die Wangen leckte. Ihre Augenlider fielen wieder zu, und als sie das nächste Mal wach wurde, hörte sie Sannes panische Stimme: »Tina, wach auf! Tina, bitte wach auf!« Tina zwang sich, die Augen zu öffnen. Sannes Gesicht schwamm in ihr Blickfeld. Sie konzentrierte sich, und das Gesicht wurde schärfer.

»Sanne. Was ist passiert?«, fragte sie mit schwacher Stimme.

»Du bist wach! Gott sei Dank!«

»Swatt. Wie geht es ihm?«

»Ganz gut, aber er scheint Schmerzen am Kopf zu haben.«

Auch Tinas Kopf dröhnte, als säße sie mitten in einem Steelbandkonzert, nein, als wäre sie die Trommel, auf die von einem außer Rand und Band geratenen Rastafari eingedroschen wurde. Sie versuchte sich aufzusetzen, doch ihr wurde schlecht, und sie ließ sich wieder auf die Fliesen sinken.

»Was ist denn bloß passiert?«, flüsterte sie.

»Das frage ich dich!«, rief Sanne aufgeregt. »Soll ich einen Krankenwagen rufen? Du bist total blass und blutest am Kopf. Und hier in der Praxis sieht es aus …«

Tina fasste sich an den Kopf und zuckte vor Schmerz zusammen. Als sie die Hand wieder wegnahm, war sie voller Blut. Tina starrte es an und versuchte, sich einen Reim darauf zu machen. Das Denken fiel ihr schwer, und sie merkte, dass sie wieder wegdriftete.

Mühsam riss sie die Augen auf und blickte Sanne an. »Einbrecher. Er hat auf Swatt geschossen. Und dann …«

Müde, sie war so müde.

»Tina, hörst du mich?« Sannes Stimme war kurz vorm Überkippen.

»Wo ist die Waffe?«, fragte Tina mit schwacher Stimme.

Sanne blickte sich um. »Hier ist keine Waffe. Hat er auf dich geschossen?«

»Auf Swatt, aber vorbei. Mehr weiß nicht …«, brachte Tina mühsam heraus. »Wasser.«

Sie schloss die Augen und ließ sich treiben. Erinnerungsfetzen wirbelten um sie herum.

»Tina, hier ist Wasser.«

Sanne hockte mit einem Glas Wasser neben ihr auf dem Boden. Langsam und mit Sannes Hilfe setzte Tina sich auf, und es gelang ihr, gegen den Schrank gelehnt sitzen zu bleiben. In ihrem Kopf tobte ein Hurrikan, und ihr war übel. Nach einer Weile wurde es besser, und sie trank das Glas in kleinen Schlucken leer.

Als sie sich in ihrer verwüsteten Praxis umblickte, kamen die Erinnerungen schlagartig wieder. »Swatt hat ihn angesprungen, und der Einbrecher hat seine Waffe fallen lassen. Ich hab sie genommen, und dann …«, erzählte sie mit kräftiger werdender Stimme.

»Ja?«

»Er muss einen Komplizen gehabt haben. Swatt hat ihn bemerkt, aber bevor ich reagieren konnte, hat der Kerl mir etwas über den Kopf gezogen.«

Tina blickte zu Swatt, der neben ihr auf dem Boden lag und wedelte, als er ihren Blick bemerkte. Sie streckte die Hand aus und streichelte ihn. »Zum Glück haben sie dich nicht erschossen, mein Junge.«

Plötzlich schossen ihr die Tränen in die Augen, und sie versuchte, sie wegzublinzeln.

»Ich rufe jetzt die Polizei an«, sagte Sanne und legte ihr eine Hand auf den Arm. »Und einen Krankenwagen.«

»Ich brauche keinen Krankenwagen. Mir geht es gut«, log Tina.

»Dir geht es gar nicht gut! Dein Kopf muss untersucht werden«, widersprach Sanne.

»Geh zu Mareike, und besorg mir Paracetamol. Nee, besser Ibuprofen.«

»Aber …«, begann Sanne.

»Bitte!«

»Na gut.« Sanne stand auf und zog im Gehen ihr Handy aus der Tasche. »Hallo? Mein Name ist Sanne Finke. Ich möchte einen Überfall melden«, hörte Tina noch, bevor die Eingangstür hinter ihr zufiel.

Sie schloss die Augen und dämmerte vor sich hin, bis sie Mareikes Stimme hörte.

»Tina! Kannst du mich hören?«

Tina öffnete die Augen und lächelte schwach. »Kein Grund zu schreien. Hast du das Ibu dabei?«

»Du gehörst ins Krankenhaus! Du musst geröntgt werden.«

»Vielleicht später. Ich muss erst mal auf die Polizei warten.«

Tina streckte die Hand aus, und Mareike gab ihr die Packung mit dem Schmerzmittel.

»Warte, ich hol dir ein Glas Wasser.«

Tina nahm zwei Tabletten und sah sich im OP um. Auch der bot ein chaotisches Bild. Das OP-Besteck war auf dem Fußboden verstreut, alle Schubladen waren herausgerissen und sämtliche Türen des Schrankes geöffnet und der Inhalt auf den Boden geworfen worden. OP-Tücher, Nahtmaterial und Tupfer lagen zwischen Labormaterialien und Zahnbesteck. Tina schluckte, als sie ihre schöne Praxis, auf die sie so stolz war, in Trümmern liegen sah.

»Was ist passiert?«, fragte Mareike, und Tina wiederholte die Geschichte für sie.

Als sie über Swatt sprach, fiel ihr ein, dass sie ihn noch gar nicht untersucht hatte.

Mühsam zog sie sich am Schrank hoch und blieb einen Moment stehen, bis sie glaubte, dass ihr Mageninhalt da blieb, wo er hingehörte.

»Was genau hast du eigentlich vor?«, fragte Mareike und stützte sie, als sie anfing zu schwanken.

»Swatt. Ich muss mir seinen Kopf ansehen.«

Mareike hielt sie am Arm fest, als Tina ins Behandlungszimmer gehen wollte.

»Du spinnst doch! Swatt geht es gut. Du musst erst mal deinen Kopf untersuchen lassen«, sagte sie bestimmt.

»Haha, sehr witzig«, maulte Tina.

»Ich meine es ernst. Deine ganze linke Seite ist blutverkrustet, und von dem blauen Fleck wirst du eine ganze Weile was haben.«

Tina schlurfte zum Spiegel und blickte hinein. Bei ihrem Anblick taumelte sie zurück. Geronnenes Blut verklebte ihre Haare auf der linken Kopfseite, und frisches Blut lief am Ohr entlang und tropfte auf ihre Schulter. Sie hatte tiefe Augenringe, und ein Bluterguss zog sich von der Stelle links vom Scheitel, an der sie getroffen worden war, zu ihrem linken Ohr.

»Ach du Sch…«, brachte sie heraus, und bevor sie erneut umfallen konnte, schob Mareike ihr den OP-Hocker unter den Hintern. Tina atmete mehrmals tief durch und sah durch die Tür in das durchwühlte Behandlungszimmer. »Sanne, wie schlimm ist es?«

»Ich habe noch nicht alles kontrolliert, aber der PC ist weg!«

Bitte, nicht das auch noch. Allein das Mikroskop und der PC kosteten schon weit über zweitausend Euro. Es war unwahrscheinlich, dass die empfindliche Optik des Mikroskops den Sturz auf die Fliesen überlebt hatte. Zum Glück hatte Tina einen zweiten Arbeitsplatz auf ihrem Laptop eingerichtet und erst am Freitag das Back-up der Praxisdaten aufgespielt, denn ohne Kartei und Praxissoftware wäre kein vernünftiges Arbeiten möglich. Den PC konnte man ersetzen, aber die Daten nicht.

Sie blickte auf den Kühlschrank. Die Impfstoffe! Sie ging ins Behandlungszimmer und nahm einen Karton mit Impfstoffflächchen in die Hand. Er fühlte sich kühl an. »Sanne! Wisch den Kühlschrank trocken, und stell den Impfstoff wieder rein.

Er ist noch einigermaßen kühl, also können wir ihn noch benutzen!«

Erst letzten Monat hatte Tina Impfstoff für fast sechshundert Euro bestellt. Wenn er warm geworden wäre, hätte sie alles wegwerfen müssen.

Während Sanne sich am Kühlschrank zu schaffen machte, ging Tina zurück in den OP.

Von draußen hörte sie die Stimme einer Frau. »Polizei! Alle, die hier nichts zu suchen haben, gehen bitte.«

Tina hockte sich hin und streckte die Hand nach dem Zeiss-Mikroskop aus.

»Halt! Nichts anfassen!«

Sie zuckte zusammen und sah eine blonde Polizistin von vielleicht dreißig Jahren auf sich zukommen. Sie streckte Tina die Hand entgegen.

»Ahsbach, Polizei Plön«, stellte die Frau sich vor. »Bevor die Spurensicherung da war, dürfen Sie nichts anfassen.« Die Polizistin blickte Tina genauer an. »Sie müssen ins Krankenhaus. Haben Sie schon einen Rettungswagen gerufen?«

»Nein. Den brauche ich nicht«, sagte Tina wieder.

»Sind Sie sicher?«

Tina nickte und verzog das Gesicht vor Schmerzen.

Die Polizistin zog ihr Handy aus der Tasche. »Ich rufe jetzt einen Krankenwagen.«

»Ich muss nicht ins Krankenhaus!«

Frau Ahsbach sah zweifelnd auf Tinas Platzwunde.

»Wirklich. Ich gehe später zum Arzt«, versicherte Tina.

»Na gut, auf Ihre Verantwortung.« Die Polizeibeamtin blickte sich in dem Chaos um. »Wissen Sie schon, was fehlt?«

»Ich hatte noch keine Zeit, mich gründlich umzusehen. Aber meine Angestellte sagt, dass der PC weg ist. Ob etwas von den Medikamenten fehlt, kann ich erst sagen, wenn ich in mein Back-up der Praxissoftware auf meinem Laptop geschaut habe.

Da kann ich den Bestand kontrollieren. Aber der Laptop liegt zu Hause.«

»Haben Sie Betäubungsmittel vorrätig?«

»Ich schaue nach, ob sie noch da sind.« Tina zog ihr Schlüsselbund aus der Tasche und ging zu dem Schrank, in dem die Narkosemittel und die Medikamente zum Einschläfern aufbewahrt wurden.

Das Schloss war aufgebrochen.

»Es scheint nichts zu fehlen«, stellte Tina nach einem Blick in den Giftschrank erleichtert fest.

»Es waren also keine Junkies. Was ist mit Bargeld?«, fragte die Polizistin.

»Nachts ist kaum Geld in der Kasse. Ich zahle es normalerweise abends auf mein Konto ein.« Tina ging zum Schreibtisch und öffnete die oberste Schublade. »Die Kasse ist weg.« Tina blickte auf den Schreibtisch. »Die Trinkgeldkasse auch.«

»Normalerweise machen sich Einbrecher nicht die Mühe, alles so gründlich zu durchwühlen«, sagte die Polizistin. »Es sieht fast so aus, als ob sie etwas Bestimmtes gesucht hätten. Können Sie sich vorstellen, was das sein könnte?«

Den USB-Stick mit Alixas Daten!

»Nein, keine Ahnung.«

Die Polizistin warf Tina einen langen Blick zu, bevor sie zurück in das Behandlungszimmer ging.

»Was machen Sie denn da?«, fuhr sie Sanne an, die auf dem Boden hockte und damit begonnen hatte, die Impfstoffe in die Fächer einzusortieren.

»Das sieht man doch.« Sanne legte eine Schachtel mit Tollwutimpfstoff in den Kühlschrank und griff nach der nächsten.

»Es darf nichts angerührt werden, bevor die Spurensicherung da war!«

»Ich habe ihr gesagt, sie soll den Impfstoff einräumen«, sagte Tina. »Noch ist er kühl und kann verwendet werden. Eine halbe

Stunde später, und ich kann sechshundert Euro in den Schornstein schreiben.«

»Das ist bedauerlich, aber Sie müssen sofort aufhören, an meinem Tatort herumzufummeln!«

Sanne blickte Tina hilflos an. Über die Hälfte der Impfstofffläschchen lag noch auf dem Fußboden.

Tina seufzte. »Lass den Rest liegen.«

Die Liste mit den zu erwartenden Verlusten wurde immer länger. Hoffentlich deckte die Versicherung den Schaden.

»Nein!« Sanne räumte weitere Fläschchen in den Kühlschrank.

»Hören Sie sofort damit auf, sonst lasse ich Sie wegen Behinderung von Polizeiarbeit festnehmen.«

Sanne sprang auf und funkelte die Polizistin wütend an. »Ihnen kann es ja egal sein, es ist nicht Ihr Geld, was sich hier in Müll verwandelt!«

»Was ist denn hier los?«

Tina drehte sich um und sah Jan auf sich zukommen.

»Tina! Was ist denn mit dir passiert?«, rief er und starrte entsetzt auf ihre Kopfwunde.

»Nicht so schlimm, geht schon wieder«, versicherte sie.

»Und wer sind Sie, dass Sie sich hier einmischen?«, fragte Frau Ahsbach in genervtem Tonfall.

Gelassen zog Jan seinen Ausweis aus seiner Jeanstasche und hielt ihn ihr vor die Nase. »Jan Voss, Kripo Kiel. Sie müssen die neue Kollegin sein.«

»Frederieke Ahsbachs.« Sie streckte die Hand aus, und Jan schüttelte sie. »Herr Kollege, sagen Sie doch bitte Frau …« Die Polizistin sah Sanne an.

»Finke«, sagte Sanne.

»Frau Finke, dass sie hier nicht aufräumen darf, bevor die Spusi da war.«

»Das Problem ist«, schaltete Tina sich ein, »dass der Impfstoff im Moment noch einigermaßen kühl ist. In einer halben

Stunde wahrscheinlich nicht mehr, und dann kann ich alles wegwerfen.«

»Sechshundert Euro futsch«, warf Sanne ein.

Jan überlegte und wandte sich an seine Kollegin. »Sie haben doch bestimmt einen Fotoapparat im Wagen. Holen Sie den, und machen Sie Fotos vom Kühlschrank. Dann kann Frau Finke alles einräumen.«

»Aber wenn auf den Fläschchen Fingerabdrücke sind?«

»Frau Finke kann sich Handschuhe anziehen. Allerdings glaube ich nicht, dass wir Fingerabdrücke auf dem Impfstoff finden werden. So dumm werden die Einbrecher nicht gewesen sein, dass sie ohne Handschuhe gearbeitet haben. Und wenn doch, wird es in der ganzen Praxis von ihren Abdrücken nur so wimmeln.«

»Auf Ihre Verantwortung, Herr Voss. Ich wasche meine Hände in Unschuld«, sagte Frau Ahsbach mit kühler Stimme und verließ den Raum, um die Kamera zu holen.

Jan trat zu Tina und legte den Arm um sie. »Alles okay bei dir?«

Tina wich zurück. »Bis auf dass mir der Kopf platzt, mein Hund verletzt ist, ich unter Mordverdacht stehe, meine Praxis in Trümmern liegt und ich nur hoffen kann, dass die Versicherung zahlt, geht es mir blendend. Was machst du eigentlich hier?«

»Ich habe von dem Einbruch gehört und wollte sehen, wie es dir geht.«

»Sehr rücksichtsvoll«, ätzte Sanne. »Ich kann nicht glauben, dass Tina unter Verdacht steht. Mein Vertrauen in die Polizei ist auf null gesunken. Nein, sogar noch darunter.« Sie wandte sich ab, wühlte im Stapel von Medikamentenpackungen, Maulkörben und Futtermittelproben, der vor dem Schrank im Behandlungszimmer lag, und zog eine Packung mit Einmalhandschuhen hervor. Sie zog ein Paar an und widmete sich wieder dem Impfstoff.

»Die bösen Bullen mal wieder«, sagte Jan. »Kann ich dich kurz unter vier Augen sprechen?«

Tina nickte und ging ihm voraus ins Büro. Auch im Büro war alles durchwühlt worden. Ihr Sofa, auf dem sie manchmal ein kurzes Nickerchen machte, war der Länge nach aufgeschlitzt worden, und die Polsterung quoll aus dem Schnitt.

Jan schloss die Tür und trat auf Tina zu, die die Arme abwehrend vor der Brust verschränkte.

»Nun sei nicht so«, bat Jan.

»Von jemandem, den man wirklich gern mag, des Mordes beschuldigt zu werden, kann einen schon ziemlich treffen«, sagte Tina.

Jan sah verletzt aus, doch das war ihr egal. Da konnte er noch so sehr gucken wie ein Lemurenbaby, das seine Mutter verloren hatte. Jan schwieg, und auch Tina machte keine Anstalten, das Schweigen zu brechen.

»Na gut, dann gehen wir zum offiziellen Teil über. Was ist passiert?«, fragte Jan schließlich.

Tina berichtete, wie sie in die Praxis gekommen war und wie der Einbrecher auf Swatt geschossen hatte.

»Moment mal! Der hatte eine Waffe dabei?«, fragte Jan.

»Er hat sie fallen lassen, als Swatt ihn angesprungen hat. Und wenn der zweite Typ nicht gekommen wäre und mir eins über den Schädel gezogen hätte, hätte ich alles im Griff gehabt.«

»Das waren keine normalen Einbrecher«, sagte Jan. »Und so wie es aussieht, ist die ganze Praxis systematisch durchwühlt worden. Was haben die gesucht?«

»Keine Ahnung«, log Tina wieder.

Jan sah so ernst aus wie gestern Morgen. »Tina, wenn du in Schwierigkeiten bist, sag es mir bitte! Ich mache mir Sorgen um dich.«

»Ich weiß nicht, was die wollten. Vielleicht nur Geld, die Kasse ist weg.«

Jan ließ sich auf den Schreibtischstuhl fallen. »Ich weiß nicht, wie ich es dir begreiflich machen kann, aber das hier ist kein Spiel. Wir haben in einer von Alixas Schubladen die Hülse einer Patrone gefunden. Sie passt zur Mordwaffe. Wir glauben, dass Alixa den Mörder erpresst haben könnte.«

Tina nickte nur, als sich ihr Verdacht bestätigte. »Und wen hat sie erpresst? Den Grafen?«

»Er ist ein Verdächtiger, ja.«

»Und warum hat er den Trainer umgebracht?«

»Er hatte Streit mit Perry, so viel ist sicher.«

»Und was sagt der Graf dazu?«

»Er behauptet, sie hätten sich über die Trainingsmethode gestritten. Perry wäre immer schnell laut geworden, das wäre nichts Besonderes gewesen.«

Draußen waren die Stimmen der Polizistin und die eines Mannes zu hören.

»Scheint so, als wäre die Spusi gekommen.« Jan stand auf und öffnete die Bürotür.

Ein stämmiger Mann mit Vollbart und Glatze nickte ihm zu.

»Jan. Hier ist ja ein ganz schönes Chaos.«

»Moin, Kalle. Ich glaube, die Täter haben etwas gesucht«, sagte Jan mit einem Seitenblick auf Tina, die den Blick unbeeindruckt erwiderte.

»Ich leg mal los, vielleicht finde ich was.«

Jan drehte sich zu Tina um. »Kannst du heute Nachmittag schon sagen, was alles fehlt?«

»Ich versuche es.«

»Ich muss los, bis später. Und geh zum Arzt!«

»Ja, aber erst muss ich Swatt versorgen.«

»Immer die Tiere! Denk doch einmal zuerst an dich!«

Tina warf ihm einen wütenden Blick zu, bevor sie sich zu Swatt herunterbeugte. Ihr wurde wieder übel, aber da sie Jans Blick auf sich spürte, zwang sie den aufsteigenden Mageninhalt zurück und ignorierte das Hämmern in ihrem Schädel.

»Komm bitte heute im Laufe des Tages auf die Wache, damit wir ein Protokoll machen können. Ich bin noch bis heute Nachmittag hier in Plön«, sagte Jan. »Vielleicht fällt dir bis dahin ein, was die Einbrecher gesucht haben könnten.«

Tina nickte vorsichtig und begann, Swatt zu untersuchen. Er hatte eine Wunde am Kopf und war nicht ganz so munter wie sonst. Sie nahm an, dass auch er durch einen Schlag auf den Schädel ausgeschaltet worden war. Sie spritzte ihm ein Schmerzmittel, desinfizierte die Wunde und sah sich danach nach Jan um. Zum Glück war er bereits gegangen.

Sie überließ Sanne die Praxis und machte sich auf den Weg zu Dr. Förster, der seine Praxis gegenüber vom Bahnhof hatte.

Der Arzt klammerte Tinas Platzwunde und klebte ein Pflaster darauf. Er riet ihr dringend zu einer Röntgenaufnahme des Schädels, Tina kehrte jedoch in die Praxis zurück, wo die Spurensicherung gerade fertig geworden war.

Den restlichen Vormittag verbrachten Tina und Sanne mit Aufräumen und mit einer Bestandsaufnahme der Schäden. Sanne war zwischenzeitlich zum Deertenhoff gefahren, um Tinas Laptop zu holen. Bis auf die Kassen und den PC war nichts gestohlen worden. Beim Mikroskop hatte nur das 10er-Objektiv den Aufprall auf die Fliesen überstanden. Immerhin konnte sie weiterhin damit arbeiten, bis die Versicherung zahlte und sie sich neue Objektive kaufen konnte. Der Brutschrank allerdings war hin.

Während Tina das Mikroskop aufbaute und ausprobierte, ob es wirklich noch funktionierte, überlegte sie, ob es in den Daten von Alixa noch etwas gab, was sie übersehen hatte. Gut, die vielen toten Hunde waren schwer zu erklären, aber ein Teil, vor allem die Welpen und Junghunde, konnten vielleicht an einer ansteckenden Krankheit gestorben sein. Was also war es, weswegen der Graf – denn wer sonst hätte ein Interesse, den Stick zurückzubekommen? – einen Einbruch in ihre Praxis riskierte? Wobei er sich natürlich nicht höchstpersönlich die Finger schmutzig gemacht hatte. Er hatte seine Arnold-Schwarzenegger-Verschnitte geschickt.

Oder hatte es gar nichts mit dem Stick zu tun, und es war doch ein ganz normaler Einbruch gewesen?

Kapitel 24

Am frühen Abend sah die Praxis endlich wieder einigermaßen aufgeräumt aus, und Tina schickte Sanne in den wohlverdienten Feierabend. Erschöpft setzte sie sich auf ihr Mountainbike und fuhr langsam nach Hause.

Das Gespräch mit Jan auf dem Polizeirevier hatte nichts Neues ergeben, und sie war froh, dass sie es hinter sich gebracht hatte.

Zu Hause duschte sie und wusch sich die Reste des geronnenen Blutes aus den Haaren. Sie wickelte sich in ihren Kimono und machte sich ein schnelles Abendbrot aus Butterbroten und zwei weiteren Schmerztabletten. Sie aß, während sie sich erneut Alixas Daten auf ihrem Laptop ansah.

Was übersah sie bloß? Tina scrollte wieder durch die Kartei, doch es war nichts Auffälliges zu entdecken. Erschöpft schob sie den Laptop weg und sah über den See.

Die Sonne war untergegangen, und der rosa-hellblau leuchtende Himmel spiegelte sich in der Wasseroberfläche. Während sie einen Schwarm Graugänse beobachtete, der laut schnatternd auf den See hinausflog und vor der Möweninsel auf dem Wasser niederging, ließ Tina ihre Gedanken treiben.

Plötzlich fiel ihr etwas ein. Sie zog den Laptop wieder zu sich heran und zählte die Hunde, die laut Kartei am Leben waren. Es waren fast hundert Tiere! Auf dem Gut hatte Tina aber nur etwa zwanzig Hunde gesehen. Wo waren die anderen?

Um kurz vor zehn Uhr klopfte es an der Terrassentür. An Swatts Bellen, dessen Klang sich von »Ich passe hier auf, und du hast hier nichts zu suchen« zu »Hallo, schön, dass du da bist, hast du ein Leckerli?« verwandelt hatte, erkannte Tina, dass ein Mitglied ihrer Familie oder ein Freund gekommen sein musste.

»Komm rein, ich bin in der Küche!«, rief sie.

Swatt und eine dunkelbraun-weiß melierte Deutsch-Drahthaarhündin liefen in die Küche.

»Jule, komm her, mein Mädchen.« Sie beugte sich vor und streichelte der Hündin über den Kopf.

Ihr Bruder Kai betrat die Küche und fuhr zurück. »Wie siehst du denn aus? Bist du unter einen Bus gekommen?« Besorgt kam er auf Tina zu und betrachtete das Pflaster auf ihrer Kopfwunde und den großen blauen Fleck in ihrem Gesicht.

»Ich bin in der Praxis überfallen worden.«

»Was?«

»Aber erzähl bloß den Eltern nichts davon. Ich will nicht, dass sie sich Sorgen machen.«

»Aber wie willst du deine Wunde erklären?«

»Gegen eine Tür gelaufen?«, sagte Tina und lächelte schief.

Kai nahm sie in seine starken Arme. Er roch nach Sonne, Heu und Eau de Kuh. Tina schmiegte sich an seine breite Brust. Plötzlich brachen die Erlebnisse des Tages mit Macht über sie herein, und sie merkte, wie ihr die Tränen über das Gesicht liefen. Sie schniefte, und Kai strich ihr sanft über die Haare. Unterbrochen von Schluchzern erzählte Tina ihm von dem Überfall.

Als sie geendet hatte, schob er sie ein Stück von sich weg, hielt sie aber immer noch fest. Er machte ein ernstes Gesicht. »Jetzt gefällt mir noch weniger, was heute passiert ist.«

»Was? Was meinst du?« Tina lief es kalt den Rücken herunter. Noch mehr schlechte Nachrichten würde sie kaum verkraften.

»Heute Mittag bin ich zum Kuhstall gegangen, als Jule plötzlich bellend zu deinem Haus gelaufen ist. Sie hat gekläfft wie irre, deshalb wollte ich nachschauen, was los ist. Kurz bevor ich ankam, ist ein Mann über den Zaun gesprungen und über die Kuhweide davongerannt.«

Tina merkte, wie ihr die Knie weich wurden, und setzte sich auf einen Küchenstuhl. Jetzt waren sie auch schon bei ihr zu Hause gewesen!

»Weißt du, wer das gewesen sein könnte?«

»Nein, keine Ahnung«, antwortete Tina.

»Glaubst du, das hängt mit dem Einbruch in die Praxis zusammen?«, fragte Kai.

»Vielleicht.«

Bestimmt.

»Aber was wollen die von dir, Tina?« Er hockte sich vor sie und blickte sie besorgt an.

»Kai, ich muss ins Bett. Ich bin völlig fertig. Wir reden morgen weiter, ja?«

»Na gut.« Er umarmte sie noch einmal und stand auf. »Wenn was ist, ruf mich an. Ich bin in zwei Minuten da, okay?«

Tina nickte dankbar. »Mach ich.«

»Oder soll ich hier schlafen?«

»Nein, nicht nötig. Ich habe doch Swatt, der passt auf mich auf.«

»Na gut. Ich schaue morgen früh noch mal rein.«

Als Kai gegangen war, schloss Tina ganz gegen ihre Gewohnheit die Haustür ab und kontrollierte zweimal, ob auch die Terrassentür verriegelt war. Schließlich ging sie ins Schlafzimmer und ließ sich vorsichtig in die Kissen sinken.

Ihre Gedanken kreisten um das, was Kai ihr erzählt hatte. Wenn sich jemand bei ihrem Haus herumgetrieben hatte, hatte dies mit Sicherheit mit dem Einbruch in die Praxis zu tun. Womit klar wäre, dass es sich tatsächlich nicht um einen normalen Einbruch gehandelt hatte, sondern dass die Täter nach dem Stick gesucht hatten und offensichtlich auch ihr Haus durchwühlen wollten. Sie musste sich die Daten unbedingt noch einmal ansehen.

Tina setzte sich im Bett auf, um aufzustehen. Schlagartig wurde ihr übel, während es in ihrem Kopf hämmerte. Sie ließ sich vorsichtig zurück auf das Bett sinken. Morgen ist auch noch ein Tag, konnte sie gerade noch denken, als ihr auch schon die Augen zufielen und sie in einen unruhigen Schlaf sank.

Kapitel 25

Tinas Wecker klingelte am nächsten Morgen um halb sieben. Die Sonne schien auf ihr Kopfkissen, da sie am Abend vorher vergessen hatte, die Gardinen zuzuziehen. Sie setzte sich auf und bewegte vorsichtig den Kopf. Es war noch ein leichtes Dröhnen zu merken, aber es war deutlich besser als gestern. Sie stand auf, duschte und machte sich ein Frühstück aus Rührei und dem schon etwas harten Rest des Dinkelbrotes, den sie noch im Kühlschrank gefunden hatte. Heute würde sie wirklich einkaufen müssen.

Das Telefon klingelte. Tina sah aufs Display und seufzte.

»Moin, Mudder.«

»Tina, wie geht es dir?«, ertönte die aufgeregte Stimme ihrer Mutter. »Du bist überfallen worden? Und warum erfahre ich das nicht von dir, sondern von Doris?«

Tina seufzte erneut.

War ja klar, dass der Kleinstadt-Tratsch nach dem Überfall brodelte. Wäre sie gestern nicht noch so benommen gewesen, hätte sie sich schon denken können, dass sie den Vorfall nicht vor ihren Eltern würde geheim halten können. Es war sowieso erstaunlich, dass ihre Mutter nicht schon gestern angerufen hatte.

»Es geht mir gut, macht euch keine Sorgen.«

»Du hast einen Schlag auf den Kopf gekriegt! Damit ist nicht zu spaßen! Warst du im Krankenhaus?«

»Dr. Förster hat die Wunde geklammert. Es geht schon wieder besser.«

Tina hörte, wie ihre Mutter nach Luft schnappte. »Wunde? Geklammert? Tina, ich komme sofort rüber!«

»Das ist lieb von dir, aber ich muss gleich los zur Arbeit. Es geht mir gut. Ich schaue später bei euch vorbei.«

»Ich komm schnell noch mal! So viel Zeit muss sein.«

Ihre Mutter würde keine Ruhe geben, bis sie gesehen hätte, dass es Tina gut ging.

»Pass auf, ich gucke gleich kurz bei euch rein. Ich frühstücke nur noch schnell zu Ende.«

Auf diese Weise konnte sie bestimmen, wann sie gehen wollte, und musste nicht warten, bis sie ihre Mutter zum Gehen überredet hätte.

Tina brauchte noch ein paar Minuten, bis sie ihre Mutter so weit beruhigt hatte, dass diese sich nicht sofort auf den Weg zu ihr machte.

Sie legte auf, zog den Laptop zu sich heran und startete die Praxissoftware. Bevor sie ihre Daten wieder einspielte, wollte sie sich noch einmal die Daten von Alixa ansehen. Ihr war eine Idee gekommen, und sie öffnete die Karteien der Hunde, auf die Alixa gewettet hatte. Bei Running Gag, Casanova und Bella Italia waren, wie bei den anderen Hunden auch, nur Entwurmungen und Impfungen eingetragen. Über das Training war in Alixas Daten nichts zu finden. Logischerweise, denn dies war Perrys Aufgabenfeld gewesen. Wieso bloß hatte Kowalski gewusst, dass die Außenseiter gewinnen würden? Es wollte ihr nicht in den Kopf. Tina überlegte, während sie das letzte Rührei mit ihrem Brot aufstippte. Wenn nun ein Hund, der sehr schnell war, als Außenseiter startete? Aber das würde nur ein- oder zweimal funktionieren, dann wäre er kein Außenseiter mehr. Irgendetwas übersah sie, aber was? Tina lehnte sich auf dem Küchenstuhl zurück und trank einen Schluck Kaffee. Was wäre, wenn die Chips doch manipuliert waren? Die Hunde sahen sich alle sehr ähnlich, da könnte doch ein Favorit unter der Chipnummer des Außenseiters starten? Tina war wie elektrisiert und zog den Laptop wieder auf ihren Schoß. Sie öffnete die Kartei von Daisy und notierte sich die Chipnummer. Dann spielte sie die Daten ihrer eigenen Kartei auf und verglich die Nummer, die sie für Daisy notiert hatte, mit der aus Alixas Daten. Bingo! Es waren zwei unterschiedliche Nummern!

Tinas Blick fiel auf die alte Küchenuhr mit dem Blumenmuster, die sie von ihrer Großmutter geerbt hatte. Schon kurz vor neun! Sie musste dringend los. Doch vorher musste sie den USB-Stick mit Alixas Daten gut verstecken. Sie schob ihn in eine Plastiktüte und nahm ihn mit.

Bevor sie losfuhr, hob Tina ihr Fahrrad auf die Ladefläche des Pick-ups. Sie hatte schon vor drei Wochen einen Termin im Fahrradladen in Plön gemacht, weil sie sich Spezialreifen aufziehen lassen wollte, mit denen man nicht so leicht einen Platten bekam.

Auf dem Weg zum Tor hielt sie am großen offenen Kuhstall und schlüpfte hinein. Durch das Grasdach und die leichte Brise, die vom See aus in den Stall zog, war es angenehm kühl. Sie zwängte sich zwischen die Kühe, die sie laut muhend begrüßten und sich um sie drängten. Eine fast komplett schwarze Kuh mit einem weißen Stirnfleck in Form eines Blitzes, der ihr den Namen Potter eingebracht hatte, schnupperte an Tinas Jeanstasche und stupste sie mit dem Kopf an.

»Heute nicht, Potter, ich habe kein Leckerli dabei.«

Potter muhte und sah empört aus.

Tina lachte und schob sich an der Kuh vorbei. Sie sah sich suchend um, bis sie einen Spalt hinter einem Balken entdeckte, in den sie den Stick steckte. Als sie wieder aus der Stalltür trat, sah sie Kai, der mit fragendem Gesichtsausdruck auf sie zukam.

»Moin, Tina! Geht es dir besser?«

Tina strich sich über das Pflaster. »Es zieht noch ein bisschen, aber es ist kein Vergleich zu gestern.« Bevor er neugierige Fragen stellen konnte, was sie im Stall gemacht hatte, stieg sie schnell ins Auto. »Ich bin spät dran. Ich muss auch noch kurz bei Mudder vorbei. Sie gibt sonst keine Ruhe. Wir sehen uns!« Sie hob grüßend die Hand, und Swatt, der mit Jule getobt hatte, rannte bellend zu Tina und sprang um den Pick-up herum. »Lass das, du Clown. Wir müssen uns beeilen!«, rief Tina grinsend und hielt Swatt die Tür auf.

Er sprang ins Auto, und sie gab Gas und fuhr die wenigen Meter zur Auffahrt ihrer Eltern. Sie stieg aus und ging, dicht gefolgt von Swatt, zu dem verwinkelten Gebäude aus weißem Klinker. Genau wie ihr Häuschen hatte es ein Reetdach mit einem First aus Heidekraut. Tina stieß die dunkelgrüne Tür mit den weiß abgesetzten Sprossenfenstern auf und trat in die große Landhausküche ihrer Eltern.

Ihre Mutter Christa hatte die langen dunkelblonden Haare, in denen seit einigen Monaten weiße Strähnen zu sehen waren, zu einem lockeren Dutt am Hinterkopf zusammengedreht. Sie trug eine kurzärmlige Bluse zu knielangen dunkelgrünen Shorts. Wie fast immer an warmen Tagen war sie barfuß und hatte ihre Zehennägel blassrosa lackiert. Seit Tina denken konnte, hatte sich ihre Mutter immer nur die Zehennägel bemalt. »Es lohnt sich nicht, sich die Fingernägel zu lackieren«, hatte sie erzählt, als Tina sie als Kind einmal danach gefragt hatte. »Durch die ganze Arbeit im Haus und auf dem Hof blättert der Lack schneller ab, als ich ihn auftragen kann. Aber zum Glück habe ich ja auch noch Füße«, hatte sie lachend hinzugefügt und anschließend Tinas Fingernägel in einem knalligen Rot lackiert und auf jeden Nagel einen silbernen Stern geklebt.

Als sie Tina sah, stieß sie einen erschrockenen Schrei aus. »Tina! Du siehst ja schlimm aus!«

»Es sieht schlimmer aus, als es ist«, versuchte Tina ihre Mutter zu beruhigen.

»Willst du nicht doch noch ins Krankenhaus fahren?«

»Nein, das ist nicht …«

»Das hättest du gestern schon machen sollen. Das ist unverantwortlich, meine Liebe. Was, wenn du eine Gehirnerschütterung hast?«

Sie hatte mit Sicherheit eine Gehirnerschütterung; für die Diagnose brauchte sie keinen Krankenhausarzt.

»Es ist alles gut, wirklich.«

Ihre Mutter warf Tina einen zweifelnden Blick zu. »Setz dich. Willst du einen Kaffee?«

Tina blickte auf ihre Armbanduhr. »Nur einen kleinen, ich muss gleich los in die Praxis.«

Ihre Mutter ging zur Kaffeemaschine, nahm einen Becher aus einem Bord und goss ihn halb voll. Sie gab großzügig Milch dazu und schob ihn Tina über den Tisch zu. »Und jetzt erzähl mal, was genau passiert ist.«

Bevor Tina mit ihrem Bericht anfangen konnte, polterte es in der Diele, und kurze Zeit später betrat ein knapp einen Meter neunzig großer Mann in jagdgrüner, etwas verwaschener Jeans und dunkelblauem T-Shirt die Küche. Ihr Vater Tjark. Seine grau melierten dunklen Haare waren immer noch voll, und er trug sie raspelkurz geschnitten. Aufgrund des heißen Wetters hatte er seine geliebten grünen Gummistiefel gegen leichte Trekkingschuhe eingetauscht, die von Staub bedeckt waren. Er stützte sich auf einen aus gedrehtem, auf Hochglanz poliertem Holz hergestellten Wanderstock, dessen Griff aus Hirschgeweih mit einem Wildschweinkopf, einem Eisvogel – seinem Lieblingsvogel – und einem Fuchs verziert war. Seit seinem Schlaganfall vor gut einem Jahr humpelte er je nach Tagesform mal mehr, mal weniger und sprach noch immer etwas schleppend. Außerdem hatte er Probleme mit dem Kurzzeitgedächtnis.

»Moin, mien Deern«, grüßte er und warf Tina einen kurzen Blick zu. Dann stutzte er und trat näher. »Wat is' denn mit dir passiert? Hat dich einer verprügelt?«

»Sie ist in der Praxis überfallen worden.«

»Wieso erfahre ich das erst jetzt?«, fragte ihr Vater und sah seine Frau wütend an.

»Ich habe es dir vorhin erzählt. Aber jetzt beruhige dich, Tina wollte gerade erzählen, was passiert ist.«

Tina nahm einen Schluck Kaffee und erzählte in groben Zügen von dem Überfall, wobei sie ihre Verletzungen bewusst kleinredete. Sie wurde immer wieder von entsetzten Zwischenrufen ihrer Eltern unterbrochen, sodass es schon fast Viertel vor zehn war, als sie endlich fertig war. Tina blickte auf die Uhr, sprang auf und verzog vor Schmerzen das Gesicht.

»Alles in Ordnung mit dir?«, fragte ihre Mutter besorgt. »Willst du nicht lieber heute zu Hause bleiben und dich ausruhen? Ich kann dir später etwas Hackbraten mit Kartoffelbrei und frischen grünen Bohnen vorbeibringen.«

»Lieb von dir, aber ich muss los. Ich habe die Kunden gestern schon nach Hause schicken müssen, einen zweiten Tag kann ich mir nicht leisten.« Tina umarmte ihre Mutter und gab ihrem Vater einen Kuss auf die stoppelige Wange. »Macht euch keine Sorgen, mir geht es schon wieder gut.«

Sie ging schnell zu ihrem Auto, ließ Swatt auf den Beifahrersitz springen, stieg ein und gab Gas.

Während der Fahrt dachte Tina darüber nach, wie die Mikrochips manipuliert worden sein konnten. Laut Herstellerangaben sollte dies eigentlich unmöglich sein. Sie würde Sanne bitten, beim Hersteller nachzufragen, ob es doch eine Möglichkeit gab.

Die Sprechstunde war recht gut besucht. Viele Kunden hatten schon von dem Überfall gehört, und Tina musste immer wieder darüber berichten.

»Vielleicht sollte ich eine Presseerklärung rausgeben«, sagte sie zu Sanne, als sie zum gefühlt hundertsten Mal von dem Vorfall erzählt hatte.

»Wir hier in der Deertenpraxis mögen keine Publicity«, näselte Sanne und kicherte los.

Auch Tina musste lachen und vergaß einen Moment lang, in welch unangenehmer Lage sie sich befand.

Der Anruf beim Hersteller der Mikrochips ergab genau das, was Tina schon gewusst hatte. Es sei völlig unmöglich, die Chips zu manipulieren. Die 15-stellige Nummer könne nicht verändert werden.

»Dann müssen sie die Chips austauschen«, vermutete Tina nach dem Gespräch.

»Wie soll das denn gehen? Schneiden die vor jedem Rennen den alten Chip raus und setzen einen neuen daneben? Das kann doch nicht funktionieren!«

»Sie müssen es irgendwie anders machen.«

Aber wie?

Tina überlegte. »Man müsste irgendetwas haben, in das man die Chips leicht rein- und rausschieben könnte.«

Sie sah Sanne an.

»Die Hülsen!«, riefen beide gleichzeitig.

»Die implantieren die sterilen Plastikhülsen. Dann machen sie nur ein kleines Loch in die Haut, holen den alten Chip raus und schieben den neuen rein. Das geht ratzfatz, und es ist nur eine kleine Kruste zu sehen.«

»Klingt gut, aber meinst du, das funktioniert wirklich?«

»Bestimmt! Daisy hatte auch so eine kleine Kruste am Hals. Swatt hat daran geschnuppert. Ich dachte, das käme von ihrer Flucht durch den Wald!«

So musste es vonstattengehen. Es passte alles zusammen!

»Los, hol mal einen Chip und die Hülse. Ich will probieren, ob das Lesegerät die Nummer durch das Plastik auslesen kann.«

Sanne brachte einen Chip, das Lesegerät und ihre Handtasche. Sie wühlte darin herum.

Tina beobachtete sie ungeduldig. »Was ist nun, hast du sie?«

»Moment, ich habe sie in das große Fach geschmissen.« Sanne wühlte weiter und begann schließlich, die Handtasche auszupacken. Butterkekse, eine überdimensionale Sonnenbrille mit Strasssteinen, ein Portemonnaie, ein Handy und eine Packung Taschentücher kamen zum Vorschein.

Tina war kurz davor, ihr die Tasche aus der Hand zu reißen, als Sanne die kleine Hülse schließlich zutage förderte.

»Da ist sie ja. Ich wusste doch, dass ich sie da reingeworfen hatte.«

Tina nahm ihr die Hülse aus der Hand und drückte den Mikrochip in die Hülse. Der Chip passte perfekt! Sanne hatte das Lesegerät eingeschaltet und hielt es über den Chip. Mit einem leisen Piepen verkündete das Gerät, dass es eine Nummer gefunden hatte.

Tina blickte auf das Display und grinste. »Es funktioniert! So haben sie es gemacht! Sie pflanzen den Chip des Außenseiters beim Favoriten ein und umgekehrt. Der vermeintliche Außenseiter ist also ein sehr schneller Hund und gewinnt das Rennen, während der angebliche Favorit am Ende des Feldes ins Ziel einläuft.«

»Echt raffiniert, das muss man ihnen lassen.«

»Die Quoten sind beim Außenseiter natürlich viel besser als beim Favoriten. Und da die Hunde sich alle sehr ähnlich sehen, fällt es niemandem auf.«

»Meinst du, dass Alixa das alleine durchgezogen hat?«, fragte Sanne.

»Gute Frage. Zuzutrauen wäre es ihr, aber da Kowalski davon wusste und Perry sicherlich auch, schätze ich, dass der Graf die Sache organisiert hat. Übers Internet kannst du wunderbar wetten, und keiner weiß, dass du auf deine eigenen Hunde gesetzt hast. Und wenn du eine große Summe einsetzt, bekommst du richtig viel Geld raus.«

»Abgefahren«, sagte Sanne. »Und, rufst du jetzt Jan an?«

»Später«, sagte Tina ausweichend.

Sie wollte erst noch weitere Beweise sammeln. Aber eins war klar: Der Graf war gerade auf Platz eins der Verdächtigenliste gerückt. Wenn der Trainer dem Amtstierarzt oder der Internationalen Hunderennorganisation von den Wettmanipulationen erzählt hätte, wäre der Graf in große Schwierigkeiten geraten. Er hätte seine lukrative Einnahmequelle verloren und wäre vielleicht sogar ins Gefängnis gewandert. Wenn das kein Mordmotiv war!

»Aber ich frage mich immer noch, wieso der Mörder auf Daisy geschossen hat«, sagte Sanne.

Tina beobachtete sie dabei, wie sie das Verbandsmaterial, mit dem Tina einer Bulldogge einen Pfotenverband gemacht hatte, wieder in den Schrank räumte. Bei dieser Bemerkung hatte Tina wieder das Gefühl, dass letzte Woche irgendetwas Wichtiges passiert war. Sie klopfte sich mit dem Ende eines Kugelschreibers gegen die Unterlippe. Verband. Irgendetwas mit einem Verband? Aber was?

Plötzlich fiel es ihr ein. »Herr Sievers und der Verband!«, rief sie.

Sanne klappte die Schranktür zu und schaute Tina fragend an.

»Herr Sievers hatte einen Verband an der Hand, weil Tiger ihn gebissen hatte«, erklärte Tina.

»Pech für Herrn Sievers, aber was hat das mit dem Fall zu tun?«

»Der Graf hatte auch einen Verband an der Hand, als wir Daisy zurückgebracht haben, weißt du noch?«

»Ja, und?«

»Ich glaube, dass Daisy bei dem Streit des Grafen mit dem Trainer versucht hat, ihr Herrchen zu verteidigen«, erklärte Tina. »Sie ist auf den Grafen losgegangen und hat ihn in die Hand gebissen.«

Sannes Mund verzog sich zu einem breiten Grinsen. »Und dann hat der Graf auf Daisy geschossen, woraufhin der Trainer völlig ausgerastet ist und den Grafen bedroht hat, dass er alles auffliegen lässt.«

Tina lächelte zufrieden. »Genau so. Der Graf ist der Mörder!«

»Aber was ist mit dem Alibi? Er war doch auf dem Fest.«

Sannes Worte wirkten wie eine kalte Dusche.

»Hat diese Susi sich schon bei Mareike gemeldet?«

»Ich habe noch nichts gehört.« Tina zog ihr Handy aus der Tasche. »Ich schreibe ihr noch mal, dass sie sie unbedingt fragen muss.«

Während sich die Sprechstunde dem Ende näherte, fasste Tina einen Entschluss. Es widerstrebte ihr zwar, aber es nützte nichts: Sie musste – hoffentlich zum letzten Mal – nach Finkenstein fahren. Die fast vier Stunden ihrer Mittagspause sollten dafür ausreichen. Sie wollte die anderen Hunde finden und versuchen, noch weitere Chipnummern auszulesen, um sie mit Alixas Daten zu vergleichen.

Kapitel 26

Tina steckte das Chiplesegerät in ihren Rucksack, in dem schon das Fernglas lag.

Bevor sie sich auf den Weg machte, rief sie Google Maps auf und besah sich das Gut und die umliegenden Wälder von oben. Wo konnten die anderen Hunde sein? Sie hielt es für unwahrscheinlich, dass sie auf dem Gutshof selbst untergebracht waren. Bei ihren letzten Besuchen hatte sie keinen Hinweis auf eine größere Anzahl weiterer Hunde gesehen. Allerdings konnten sie auch in einem Haus sein. Tina studierte die verschiedenen Gebäude. Es gab größere Ställe, doch darin waren wahrscheinlich die Pferde der Gräfin untergebracht. Sie erkannte die Stelle wieder, an der sie bei ihrem letzten Besuch das Pferd hatte schnauben hören. In den umliegenden Wäldern konnte man von oben nicht viel erkennen, da die Bäume alles verdeckten. Doch da, was war das? Tina zoomte näher heran. Eine kleine Ecke von irgendetwas war zu sehen, bei dem es sich um das Dach eines Hauses handeln könnte. Sie wechselte von der Satelliten- zur Kartenansicht. Ein Weg war eingezeichnet, der genau zu dem Haus führte.

Sie druckte sich die Karte aus und steckte sie in ihren Rucksack. Dann rief sie nach Swatt und ging zu ihrem Auto.

Als sie einsteigen wollte, fiel ihr noch etwas ein. Sie ging in die Praxis zurück, schrieb eine kurze Nachricht, wohin sie wollte, und legte sie in ihr Büro. Falls ihr etwas zustoßen sollte, wüsste Sanne wenigstens, wo sie hingefahren war. Kurz hatte sie überlegt, Sanne einfach eine WhatsApp zu schicken, aber dann würde sie bestimmt mitkommen wollen, was Tina unbedingt vermeiden wollte.

Bevor sie zum Gut fuhr, brachte sie ihr Rad beim Fahrradladen vorbei. Der Inhaber Herr Özdemir versicherte ihr, dass er die Reifen bis zum nächsten Tag gewechselt haben würde.

Danach fuhr sie wieder zu dem Platz in der Nähe des Gutstores und stellte das Auto versteckt hinter einigen Holunderbüschen ab. Noch im Wagen studierte sie den Kartenausdruck. Der Weg zweigte nordöstlich des Gutes von einem breiten Weg ab.

Tina stieg aus, ließ Swatt herausspringen und schaute sich um. Es war niemand zu sehen, nur eine Amsel saß in einem der Holunderbüsche. Sie unterbrach ihren Gesang und beobachtete Swatt mit schief gelegtem Kopf aus ihren kleinen schwarzen Knopfaugen. Als sie losging, hörte Tina, wie die Amsel wieder anfing zu singen. Sonst war alles ruhig. Tina erreichte den Sandweg, und ihr fiel auf, dass sie vor Kurzem schon einmal hier gewesen war: als Swatt ihr abgehauen war und sie das eingezäunte Gelände entdeckt hatte. Sie ging weiter und erreichte den Zaun. Ein Tor, das mit einem schweren Vorhängeschloss verschlossen war, versperrte den Weg. Mit etwa zwei Metern war es genauso hoch wie der Zaun, und es bestand aus massiven rohen Holzplanken. Tina blickte sich um. Zum Glück konnte sie keine Überwachungskameras entdecken. Doch wie sollte sie auf das Gelände kommen? Sie hätte eine Drahtschere mitnehmen sollen. Sie rüttelte am Tor, doch natürlich blieb es verschlossen.

»Na gut, Swatt, versuchen wir unser Glück am Zaun. Vielleicht ist ja ein Loch im Draht.«

Tina wandte sich nach links und kämpfte sich durch die Büsche, die dicht am Zaun wuchsen. Swatt hatte seinen Spaß und rannte, die Nase dicht am Boden, durch das Gestrüpp.

»Swatt, lauf nicht so weit vor!«

Sie blieb stehen und zog an einem Erlenzweig, der sich in ihrem Shirt verfangen hatte. Plötzlich hörte sie ein Geräusch. Es klang wie ein Motor, und es kam näher.

»Swatt, komm her!«

Swatt tobte auf Tina zu und kam hechelnd neben ihr zum Stehen.

»Sitz.«

Gehorsam ließ er sich auf sein Hinterteil sinken und sah sie erwartungsvoll an. Sie klopfte an ihr rechtes Hosenbein und ging mit ihm an der Seite langsam zurück in Richtung des Tores.

Das Geräusch klang jetzt anders, so, als wäre der Motor in den Leerlauf geschaltet worden. Zwischen den Zweigen einer Fichte hindurch warf Tina einen Blick auf das Tor. Davor stand ein Rasenmähtrecker mit Anhänger, auf dem Kowalski saß. Kevin stand am Tor und machte sich an dem Vorhängeschloss zu schaffen. Es sprang auf, Kevin öffnete das Tor, und Kowalski fuhr hindurch. Kevin schloss das Tor wieder, hängte das Vorhängeschloss lose an den Zaun, rannte hinter dem Rasenmähtrecker her und verschwand zwischen den Buchen. Tina wartete einige Minuten, doch die beiden kamen nicht zurück.

»Das ist unsere Chance, Junge.«

Gefolgt von Swatt eilte sie zum Tor, schob sich hindurch und verließ den Weg schnell wieder. Im Unterholz arbeitete sie sich parallel zum Weg vor. Der endete nach etwa zweihundert Metern an einer großen, mit dunkelgrünem Aluminium verkleideten Halle. Sie war bestimmt zweimal so groß wie der Kuhstall auf dem Deertenhoff, der immerhin ausreichend Platz für vierzig Kühe bot. Der Trecker stand vor dem geöffneten, zweiflügeligen Tor, doch die beiden Männer waren nirgends zu sehen.

Swatt stellte die Ohren auf und lauschte. Da hörte Tina es auch. Aus der Halle klang gedämpftes Gebell!

»Die Halle muss gut gedämmt sein, sonst müsste man das Bellen lauter hören«, sagte Tina zu Swatt.

Der wedelte und öffnete das Maul, als wollte er bellen.

»Swatt, leise«, zischte sie.

Fragend schaute er sie an, doch zum Glück blieb er still.

»Ruhe, ihr blöden Köter, sonst setzt es was!«, erklang Kevins Stimme gedämpft aus der Halle.

Das Bellen verstummte abrupt, nur ein Jaulen war noch zu hören. Tina ballte die Hände zu Fäusten und konnte sich nur mühsam beherrschen, nicht in die Halle zu stürmen und Kevin die Meinung zu sagen.

Vorsichtig ging sie um das Gebäude herum. Es hatte mehrere kleine, völlig verdreckte Fenster. Auf der linken Seite, außer Sichtweite des Eingangs, wagte Tina es, einen Blick hineinzuwerfen. Was sie sah, ließ ihr den Atem stocken. Die Halle war in kleine Zwinger unterteilt, und in jedem befand sich ein Hund. Der Boden bestand aus Beton, aber es waren keine Decken oder andere Unterlagen zu erkennen. Die Greyhounds hatten kaum genug Platz, sich umzudrehen. Nur links vom Eingangstor konnte Tina mehrere größere Zwinger erkennen. Sie wühlte nach ihrem Fernglas und stellte es auf den Bereich scharf. In den Zwingern war jeweils ein Muttertier mit seinen Welpen untergebracht. Die Hündinnen waren alle völlig ausgemergelt mit riesigen, herunterhängenden Gesäugen. Eine der Hündinnen blickte genau in Tinas Richtung. Der zutiefst hoffnungslose Blick aus den braunen Hundeaugen traf Tina bis ins Mark. Sie musste die aufsteigenden Tränen wegblinzeln, um sich weiter umsehen zu können.

Als sie den Blick nach rechts schweifen ließ, entdeckte sie Kevin und Kowalski. Der rückte seine dunkelblaue Kappe auf dem Kopf zurecht und sagte irgendetwas zu Kevin, der anfing zu lachen. Schön, dass ihr in dem Elend so viel Spaß habt, dachte Tina wütend. Kowalski zog ein Schlüsselbund aus der Tasche und schloss einen kleinen Oberschrank auf, der neben der Tür an der Wand hing. In dem Schrank standen viele Glasfläschchen mit schwarzem Etikett. Der Anblick kam Tina bekannt vor. War das etwa ...? Sie drehte an der Feineinstellung des Fernglases. Tatsächlich, das waren mindestens zehn Flaschen mit T 61.

»Er will einen Hund einschläfern«, flüsterte sie entsetzt.

Kowalski nahm eine Spritze und eine Kanüle aus einer Schublade und zog das T 61 in die Spritze auf. Er setzte die Kanüle auf und steckte die Flasche in die Tasche seiner Anglerweste. Tina beobachtete, wie er und Kevin zu dem einzigen größeren Zwinger im hinteren Bereich der Halle gingen, in dem dichtgedrängt etwa zehn Greyhounds standen.

Wollte er die etwa alle einschläfern? Tinas Gedanken rasten. Es blieb keine Zeit mehr, Hilfe zu holen. Bis die Polizei oder ein Amtstierarzt hier wäre, wären die Hunde schon tot.

Sie rannte um die Halle herum zum Eingangstor und stürmte hindurch. Swatt überholte sie im selben Moment. Der Gestank in der Halle nach Exkrementen, Blut und Verzweiflung war so durchdringend, dass Tina unwillkürlich die Luft anhielt. Am gespenstischsten fand sie das merkwürdige Geräusch, das zu hören war. Sie brauchte einen Moment, bis sie erkannte, dass es sich dabei um das Hecheln der fast hundert Hunde handelte. Kein Wunder: In der Halle war es heiß. Die Luft stand, und Tina merkte, wie ihr der Schweiß ins T-Shirt lief. Keiner der ausgemergelten braun gestromten Greyhounds bellte. Und jeder der Hunde schaute mit dem gleichen, verzweifelt-apathischen Blick aus seinem Zwinger. Die Zwinger starrten vor Kot, Urin und Dreck, in vielen war weder ein Futter- noch ein Wassernapf zu sehen.

Tina blickte sich schnell um und sah, dass die beiden Männer bereits einen der Greyhounds aus dem Zwinger geholt hatten. Kevin hielt das Tier fest, und Kowalski hatte sich hinuntergebeugt, um ihm die Kanüle ins Herz zu stoßen. Durch die Atem- und Kreislauflähmung würde der Hund binnen weniger Minuten sterben.

»Hören Sie sofort auf!«, brüllte sie, während sie auf die Männer zulief.

Aufgeschreckt von Tinas Geschrei, ließ Kevin den Hund los, der sich rückwärts mit eingezogenem Schwanz von außen gegen den Zwinger drückte.

Swatt erreichte die beiden Männer vor Tina und baute sich mit gesträubtem Rückenfell knurrend vor ihnen auf.

Kevin wich ein paar Schritte zurück, während Kowalski mit wütendem Blick auf Tina zutrat.

»Was wollen Sie hier?«, schrie er, und über seiner Schläfe begann eine Ader zu pochen.

Swatt knurrte lauter und duckte sich, bereit, den Co-Trainer anzuspringen.

»Sie wollen die Hunde umbringen, Sie Schwein!«, rief Tina und kam schwer atmend vor den beiden Männern zum Stehen.

»Was geht Sie das an?«, fragte Kowalski und blickte sie aus seinen kleinen Schweinsäuglein lauernd an. »Außerdem bekommen die nur eine Impfung.«

»Wollen Sie mich verarschen?«, fuhr Tina ihn an. »Ich bin Tierärztin, also erzählen Sie mir keine Märchen!«

»Und was haben Sie jetzt vor, kleines Frauchen?«, fragte Kowalski und warf einen schnellen Seitenblick zu Kevin.

Tina hatte es bemerkt und sah Kevin an. »Rühr dich nicht von der Stelle, klar?«

Sie griff in ihre Jeanstasche und fühlte das eckige Gehäuse ihres Handys. »Ich werde jetzt die Polizei und den Amtstierarzt anrufen.«

Kowalski verzog seine fleischigen Lippen zu einem schmierigen Grinsen. »Viel Erfolg damit.«

Tina warf einen Blick auf ihr Handy. Es hatte keinen Empfang.

Plötzlich wurde sie von der Seite gerammt. Ihr Handy flog durch die Luft, und Tina prallte gegen den Zwinger. Sie stöhnte, als ihr die Luft aus den Lungen gedrückt wurde. Während sie noch versuchte, wieder zu Atem zu kommen, packte Kowalski sie von hinten an den Armen und zog sie zur Zwingertür.

»Kevin, mach die Tür ...«

Weiter kam er nicht. Swatt sprang ihm laut knurrend gegen die Seite und biss in seinen Oberarm. Kowalski schrie auf und ließ Tina los. Er versuchte, Swatt abzuschütteln, doch der hatte sich an seinem Arm festgebissen und tänzelte auf den Hinterbeinen um ihn herum.

»Scheiße, nimm den verdammten Köter weg! Kevin, nun hilf mir endlich!«

Swatt riss heftig an Kowalskis Arm. Dieser stolperte und fiel in dem Moment zu Boden, als Kevin mit seinen schweren stahlkappenbesetzten Arbeitsschuhen nach Swatt trat. Swatt jaulte auf und ließ Kowalskis Arm los.

»Swatt«, schrie Tina.

Er fuhr herum und schnappte nach Kevins Gesicht. Der wich hektisch ein paar Schritte zurück und wäre fast gestürzt. Kowalski hatte sich bereits wieder halb aufgerichtet, als Swatt ihm mit einem Satz gegen die Brust sprang und ihn erneut umriss.

»Du verdammter Mistköter!« Der Co-Trainer trat mit den Füßen um sich, traf Swatt aber nicht. Seine Oberarme spannten sich an, als er Swatt am Hals packte und zudrückte. Swatt knurrte und schüttelte Kowalskis Hände mit einer schnellen Seitwärtsbewegung seines Kopfes ab. Dann stellte er sich mit gebleckten Zähnen über den Trainer und packte ihn am Hals. Kowalski wurde blass, und seine weit aufgerissenen Augen starrten Tina an. »Nimm ... Köt... weg«, gurgelte er.

Das Ganze war so schnell gegangen und hatte Tina so überrascht, dass sie immer noch neben dem Zwinger stand. Sie warf einen Blick auf Kevin, der Swatt entsetzt ansah. Kevin ging einen Schritt auf den Trainer zu, und Swatt packte Kowalski fester an der Kehle.

»Bleib stehen, Kevin. Oder ich kann für nichts garantieren.«

Kevin erstarrte und sah zu Kowalski, dem der Schweiß von der Stirn und der Nase tropfte und in seinem Schnauzbart versickerte.

»Du holst jetzt die Hunde aus dem Zwinger«, sagte Tina.

Nach einem Blick auf Kowalski öffnete Kevin die Tür.

»Was ist mit Peter? Ihr Hund bringt ihn ja um!«

Tina blickte auf Kowalski, dem ein wenig Blut am Hals herunterlief.

»Dann solltest du dich besser beeilen.«

Kevin drängte sich in den Zwinger und wollte nach den Hunden treten, um sie hinauszutreiben.

»Das Leben deines Kollegen scheint dir ja nicht viel wert zu sein. Mein Hund kann es gar nicht ab, wenn Tiere gequält werden. Da schnappt er schon mal reflexartig zu«, warnte Tina ihn.

Kowalski wimmerte, und Kevin schob die Greyhounds vorsichtig zur Zwingertür.

Der erste Hund schlich tief geduckt und mit eingezogenem Schwanz hinaus. Als Kevin eine Bewegung machte, erstarrte er und drückte sich auf den schmutzigen Betonboden.

»Du armer Hund«, sagte Tina mit sanfter Stimme. »Du brauchst keine Angst mehr zu haben.«

Der nächste Greyhound kroch an Kevin vorbei, und schon bald waren alle Hunde in der Halle unterwegs.

»Los, Kevin, und jetzt rein in den Zwinger«, sagte Tina und wandte sich dann an ihren Hund. »Swatt, zurück.«.

Swatt schielte kurz in ihre Richtung, hielt den Trainer aber weiterhin am Hals gepackt.

»Swatt, aus.«

Er gab den Trainer frei und trat langsam einen Schritt zurück, wobei er ihn nicht aus den Augen ließ.

Kowalski setzte sich langsam auf und wischte sich Blut und Hundesabber vom Hals. »Na warte, das wird ein Nachspiel haben«, knurrte er. Er stand langsam auf, verzog das Gesicht und griff sich an den Arm. »Dein blöder Köter hat mir den Arm zerfetzt.«

»In den Zwinger«, befahl Tina.

Der Trainer trat langsam zu Kevin in den Zwinger, und Tina schob den Riegel vor.

»Swatt, pass auf, dass sie keinen Quatsch machen.«

Schnell ging sie zum Eingangstor und holte das Vorhängeschloss.

»Wir wollen doch nicht, dass ihr euer gemütliches Zuhause zu früh verlasst«, konnte sie sich nicht verkneifen zu sagen und ließ das Schloss einrasten.

»Freu dich nicht zu früh. Wir kriegen dich noch«, knurrte Kowalski.

Tina beachtete ihn nicht, sondern ging zu ihrem Handy und hob es auf. Dann blickte sie sich in der Halle um. Die freigelassenen Greyhounds hatten sich fast alle zwischen einem Zwinger und der hinteren Wand versteckt, einer jedoch stand neben einem Wasserschlauch und leckte gierig den feuchten Hallenboden ab, wo ein wenig Wasser aus dem Schlauch getropft war. Tina nahm einen verbeulten Blechnapf aus einem Zwinger, füllte ihn und stellte ihn dem Hund hin, der bei ihren Bewegungen zurückgewichen war. Sie trat ein paar Schritte zurück und beobachtete, wie der Hund geduckt zum Napf schlich und ihn in kürzester Zeit leer trank. Als er fertig war, füllte Tina den Napf erneut und stellte ihn in den Zwinger, aus dem sie ihn geholt hatte.

Ein Klappern ließ Tina aufblicken. Kevin rüttelte am Gitter des Zwingers.

Der Greyhound zuckte zusammen und rannte in die hinterste Ecke der Halle, wo er mit eingezogenem Schwanz geduckt stehen blieb.

»Lassen Sie uns raus! Das ist Entführung!«, schrie Kevin. Er rüttelte so heftig an dem Gitter, dass er sich die Hand aufriss. »Scheiße! Ich verblute! Ich zeige Sie an!«

Tina ging zum Zwinger und blieb einen Meter davor stehen. »So schnell verblutet man nicht, das ist nur ein Kratzer.«

»Ein Kratzer? Mein halber Finger ist ab, Mann!«

»Kevin, halt endlich die Klappe«, sagte Kowalski, und Kevin verstummte. Kowalski starrte Tina gehässig an, und ihr lief ein Schauer über den Rücken. »Das wird dir noch leidtun, du Schlampe! Und deinem Köter auch!«

»Wenn der Amtstierarzt erst einmal hier war, sind Sie und Ihre Arbeitgeber die Einzigen, denen etwas leidtun wird.« Tina wandte sich ab und ging zurück zum Wasserschlauch.

Es dauerte fast eine halbe Stunde, bis Tina alle Hunde mit Wasser versorgt hatte. Da es nicht genügend Näpfe gab, musste sie warten, bis die ersten ausgetrunken hatten, um die Näpfe ein weiteres Mal zu füllen und sie den restlichen Hunden hinzustellen. Die Greyhounds stürzten sich auf das Wasser, als hätten sie den ganzen Tag noch nichts getrunken. Was sogar stimmen konnte, dachte Tina, und die Wut kochte wieder in ihr hoch.

Bevor sie ging, machte sie mit ihrer Handykamera eine Reihe von Fotos, steckte ihr Handy wieder in die Tasche und ging zum Eingangstor.

»He! Sie können uns doch nicht hier drin lassen!«, rief Kevin und rüttelte wieder am Gitter. »Es ist viel zu heiß. Wir verdursten!«

»Die Hunde sind doch auch hier drin«, erwiderte Tina.

»Halt endlich die Klappe, Kevin. Wir kriegen die Schlampe schon noch. Und dann wird sie es bereuen, sich mit uns angelegt zu haben.«

Tina trat durch das Tor und zog es von außen zu. Dann überlegte sie es sich anders, öffnete das Tor wieder weit und sicherte die Tür mit einem dicken Feldstein. So würde wenigstens etwas frische Luft in die Halle ziehen.

Swatt schnupperte im Gras und riss plötzlich den Kopf hoch. Er lauschte angestrengt.

»Was ist denn, Großer?«

Da hörte Tina es auch. Motorengeräusch, das lauter wurde. Mist, da kam jemand!

Kapitel 27

Hektisch blickte Tina sich um und rannte dann in ein Gebüsch aus Haselsträuchern links von der Halle. Nach etwa zwanzig Metern blieb sie stehen und bedeutete Swatt, Sitz zu machen.

Ein dunkelgrüner Jeep rumpelte auf die Halle zu und blieb in einer Staubwolke hinter dem Trecker stehen. Die Türen öffneten sich, und der Graf und einer der Securityleute sprangen heraus.

Der Graf blickte genau in ihre Richtung, verbeugte sich übertrieben tief und applaudierte langsam. »Meinen Respekt, Frau Deerten. Sie sind die Erste seit fast zehn Jahren, die unsere Hunde hier entdeckt hat.«

Tina stockte der Atem. Woher wusste er, dass sie hier war? Natürlich! Wahrscheinlich waren in und vielleicht auch vor der Halle Kameras angebracht. Darauf hatte sie bei ihrer Rettungsaktion nicht geachtet. Sie sah sich um und entdeckte eine der kleinen Kameras über dem Eingang zur Halle.

»Und wie überaus fürsorglich, dass Sie die Tiere mit Wasser versorgt haben. Hätten Sie dies nicht getan, hätten wir gar nicht gemerkt, dass Sie hier sind, denn die Kameras werden nur dreimal täglich kontrolliert. Um neun, um vierzehn und um neunzehn Uhr.«

Tina musste nicht auf die Uhr schauen, um zu wissen, dass es kurz nach zwei Uhr sein musste.

»Und raten Sie mal, wen Bogan hier entdeckt hat?«

Tina lief ein Schauer über den Rücken, als sie der einschmeichelnden Stimme des Grafen zuhörte.

»Ich gehe nicht davon aus, dass Sie Ihre Entdeckung schon jemandem mitteilen konnten«, fuhr der Graf fort und ging ein paar Schritte in ihre Richtung.

Tina zügelte ihren Drang, zurückzuweichen und dabei vielleicht ein Geräusch zu machen. Er kann dich hier nicht sehen, beruhigte sie sich, betrachtete die Bäume und Büsche in der Nähe aber doch argwöhnisch. Es war keine Kamera zu entdecken.

»Erstaunlich, dass ein Funkloch auch etwas Gutes haben kann.«

Wo war der Securitymann? Tina konnte ihn nicht mehr sehen. War er in die Halle gegangen, oder schlich er sich gerade von hinten an sie heran? Tina sah auf Swatt. Der saß zwar sehr angespannt neben ihr, aber es schien nicht so, als würde er jemanden hören, der auf sie zukam.

Ihr lief der Schweiß über das Gesicht, und sie blies von unten gegen ihren Pony, der ihr wie ein nasser Biber ins Gesicht hing. Sie musste sehen, dass sie hier wegkam, bevor der Graf weitere Männer zur Verstärkung holte oder bevor Kevin und Kowalski aus dem Zwinger befreit waren. Tina tastete nach dem Schlüssel in ihrer Tasche. Zumindest würde es einen Moment dauern, die beiden aus dem Zwinger zu holen.

»Wie ich das sehe, gibt es für Sie jetzt zwei Möglichkeiten«, fuhr der Graf mit lauter, harter Stimme fort. »Sie können zur Polizei gehen und alles melden. Was wohl Ihr Vater dazu sagen würde, der sich doch gerade auf dem Weg der Besserung befindet nach seinem Schlaganfall?«

Ein Schauder überlief Tina. Der Graf hatte sich über ihre Familie informiert!

»Es wäre doch zu schade, wenn Ihr Vater einen tödlichen Rückfall bekäme, nicht wahr? Oder wenn Ihre Mutter einen Autounfall hätte? Jedes Jahr sterben so viele Menschen im Straßenverkehr. Wäre doch ein Jammer, oder?«

Tina keuchte. Dieses Schwein!

»Es gibt aber eine weitere Möglichkeit«, sagte der Graf, und seine Stimme hatte wieder den einschmeichelnden Tonfall angenommen, der Tina mittlerweile durch Mark und Bein ging. »Sie vergessen, was Sie hier gesehen haben, geben uns die Daten zurück, und Ihre Eltern sterben irgendwann friedlich an Altersschwäche. Es liegt an Ihnen, verehrte Frau Deerten.« Der Graf verbeugte sich erneut spöttisch in Tinas Richtung und verschwand in der Halle.

Tina stand stocksteif in den Büschen und versuchte, ihre Übelkeit zu unterdrücken. Ihr Kopf pochte wieder, und ihr war ein wenig schwindelig. Sie fasste sich mit den Händen an die Schläfen und atmete tief durch.

Plötzlich sprang Swatt auf und starrte in Richtung Halle. Kam jemand? Angestrengt blickte Tina in dieselbe Richtung. Nach kurzer Zeit wandte Swatt den Blick ab und schnupperte in einem Laubhaufen. Uff, Entwarnung.

Tina schob sich zwischen den Zweigen eines Holunderbusches hindurch und arbeitete sich so leise wie möglich Richtung Eingangstor vor. Als sie gute hundert Meter von der Halle entfernt war, wagte sie es zu laufen. Doch als sie über einen dicken Ast stolperte und fast hingefallen wäre, fiel sie zurück in einen schnellen Schritt. Endlich kam das Tor in Sicht, und Tina blieb stehen. Es stand einen Spalt offen, und sie seufzte erleichtert. Sie hatte es fast geschafft. Tina blickte sich um, es war niemand zu sehen.

Sie machte einen Schritt auf das Tor zu, doch plötzlich knurrte Swatt leise. Er stand mit hocherhobenem Schwanz vor ihr auf dem Weg und schaute auf ein Holundergebüsch.

»Was ist denn?«, flüsterte Tina.

Er wedelte kurz und starrte wieder auf den Busch. Er war so angespannt, dass seine aufgerichteten Ohren leicht vibrierten. Tina klopfte an ihr rechtes Bein, und Swatt trabte zögernd an ihre Seite. Leise zogen sie sich hinter einen Haselstrauch zurück. Tina bog ein paar Zweige zur Seite und beobachtete die Umgebung des Tores. Immer noch war niemand zu sehen.

Als sie sich gerade entspannen wollte, sah sie eine Bewegung hinter dem Holunderstrauch. Einer der Wachleute kam hinter dem Busch hervor und zog den Reißverschluss seiner tarnfarbenen Hose hoch. Sein enges, ebenfalls tarnfarbenes T-Shirt sah aus, als wäre es auf seinen muskulösen Oberkörper aufgemalt worden.

Sein Walkie-Talkie erwachte zum Leben, und der Mann spähte den Weg hinunter, während er hineinsprach. »Ich seh sie nicht.« Er lauschte dem Quäken aus dem Funkgerät und grinste. »Die kommt hier garantiert nicht mehr raus. Over.« Er hakte das Funkgerät an seinen Gürtel, zog das Tor zu, legte die Kette mit dem Schloss um und ließ es einrasten. Anschließend wandte er sich ab.

Tina konnte sehen, dass er eine Waffe trug. Sie schluckte. Der Graf hatte nie vorgehabt, sie einfach gehen zu lassen. Ihr blieb nur eine Chance, hier lebend rauszukommen: Sie musste den Zaun nach einem Loch absuchen.

Vorsichtig schlich sie vom Tor weg und wandte sich nach Süden. Nach wenigen Minuten erreichte sie den hohen Wildzaun. Vielleicht würde sie es schaffen, darüberzuklettern, doch sie konnte Swatt nicht zurücklassen. Sie bückte sich, zerrte am unteren Ende und versuchte, den Draht ein wenig nach oben zu biegen. Der Draht war allerdings so stramm gespannt, dass sie keine Chance hatte, einen Durchschlupf für Swatt zu schaffen. Tina richtete sich wieder auf und ging hastig am Zaun entlang. Dabei suchte sie ihn nach einem Loch ab, das so groß war, dass sich wenigstens Swatt hindurchzwängen könnte, doch der Zaun war in beklagenswert gutem Zustand.

Plötzlich blieb Swatt stehen und knurrte leise. Er blickte in die Richtung, in die sie unterwegs waren. Tina klopfte leise an ihr rechtes Bein, und Swatt kam an ihre Seite. Wahrscheinlich gingen die Männer den Zaun ab, um sie abzufangen.

Tina bog in die Büsche ab und lief so weit vom Zaun weg, bis ihr ein dichtes Brombeerdickicht den Weg versperrte. Hektisch sah sie sich um und entdeckte eine Trauerweide, die am Rand der Brombeerhecke stand. Die Zweige hingen bis zum Boden und boten ein perfektes Versteck. Tina schlüpfte zwischen die Zweige und bedeutete Swatt, ihr zu folgen. Mit pochendem Herzen stand sie unter dem Baum und beobachtete die Büsche vor ihr.

Am Rande ihres Gesichtsfelds nahm sie eine Bewegung wahr. Auch Swatt hatte es bemerkt und fixierte die Gestalt, die sich hinter den Büschen am Zaun entlangbewegte. Es war Kowalski! Mist, wie hatten sie es geschafft, ihn so schnell aus dem Zwinger zu befreien? Tina hielt vor Anspannung die Luft an und atmete erst wieder aus, als Kowalski verschwunden war. Sie wartete noch einige Minuten, doch der Co-Trainer tauchte nicht wieder auf.

»Vorwärts, Swatt«, flüsterte Tina und bog die Zweige zur Seite, sodass erst Swatt und dann sie selbst hindurchschlüpfen konnte.

Swatt schüttelte sich und trabte vor ihr her in Richtung des Gatters.

Während sie am Zaun entlangging, blickte sie sich regelmäßig um. Ihre Arme waren durch die Büsche schon völlig zerkratzt, und sie schlug immer wieder nach den Mücken, die sie wie eine Eskorte begleiteten. Nach etwa zehn Minuten kam sie an einen Neunzig-Grad-Knick, und der Zaun verlief in Richtung Osten weiter. Sie folgte ihm, und als sie sich nach einer Weile umsah, konnte sie das Grün der Halle durch die Büsche schimmern sehen. Sie war zwar noch ein ganzes Stück entfernt, doch Tina bekam ein mulmiges Gefühl. Bloß nicht so nah herangehen. Tina schob sich weiter durch die Zweige, da hörte sie schräg vor sich ein lautes Knacken, gefolgt von einem unterdrückten Fluch in einer osteuropäischen Sprache, vielleicht Serbisch. Tina wich in den Schatten einer Buche zurück, drückte sich mit dem Rücken gegen den Stamm und beobachtete den Wald. Es war niemand zu sehen. Swatt starrte mit erhobener Vorderpfote in den Wald und schnupperte. Die Mücken sirrten um sie herum, doch Tina wagte es nicht, nach ihnen zu schlagen, und schüttelte nur den Kopf, wenn sie sich auf ihr schweißnasses Gesicht setzen wollten. Die Minuten verstrichen quälend langsam, doch es war kein weiteres Geräusch zu hören. Offensichtlich war der Mann in derselben Richtung unterwegs wie sie, sonst hätte er mittlerweile an ihr vorbeikommen müssen. Tina atmete tief durch und ging vorsichtig zurück zum Zaun. Dort blieb sie stehen und lauschte. Der Mann war verschwunden. Sie kam zu einer weiteren Ecke im Zaun. Jetzt war sie schon fast die Hälfte der Strecke abgegangen und hatte noch keine Möglichkeit gefunden, wie sie Swatt und sich hier herausbringen könnte. Wieder kam sie an ein Brombeerdickicht, das mehrere Meter vor dem Zaun begann und sich auch hinter dem Zaun fortsetzte. Tina machte sich daran, um das dornige Gesträuch herumzugehen, als Swatt plötzlich mit der Nase am Boden zwischen den Brombeerranken verschwand.

»Swatt, komm zurück«, rief Tina leise, doch er kam nicht. »Swatt, los, komm endlich!«

Hektisch blickte Tina an den Brombeeren entlang. Nichts. Panik kroch in ihr hoch. Einer der Männer konnte sie jeden Moment entdecken. Wo war Swatt? Sie lauschte, doch nur das Geräusch des Windes in den Blättern war zu hören. Sie wollte gerade wieder nach ihm rufen, da sah sie ihn. Er stand schwanzwedelnd auf der anderen Seite des Zaunes! Zwischen den Brombeeren musste ein Loch im Zaun sein. Tina ließ sich auf alle viere nieder und spähte in das dornige Dickicht. Doch sie sah nur undurchdringliche Brombeerranken. Sie richtete sich wieder auf und ging in die Richtung, in der sie Swatt vor seinem Verschwinden das letzte Mal gesehen hatte.

Plötzlich hörte sie Swatt leise bellen. Sie blieb stehen und suchte hektisch die Umgebung ab. Von hinten kam jemand! Tina ließ sich fallen und fasste mit den Händen genau in eine dicke Brombeerranke. Sie biss sich auf die Lippen, um nicht aufzuschreien, als sich die Dornen in ihre Finger bohrten. Jetzt hörte sie das Rascheln von Blättern, als der Mann sich auf sie zu bewegte. Wo war der Durchschlupf? Tina kroch über den Boden und achtete nicht mehr auf die schmerzenden Dornen an ihren Händen und Knien. Das Rascheln kam näher und hörte dann unvermittelt auf. Was machte er? Tina traute sich nicht, sich aufzurichten und nachzusehen. Mit klopfendem Herzen blieb sie hocken. Der Rauch einer Zigarette zog heran. Er hat sich nur eine Zigarette angesteckt, dachte Tina erleichtert.

Sie konzentrierte sich wieder auf die Brombeeren, und da sah sie ihn: einen Tunnel in den Beeren, der in Richtung des Zaunes führte. Der Boden war aufgewühlt, und Tina konnte die Abdrücke von Wildschweinklauen erkennen. Schnell nahm sie den Rucksack ab und kroch in den Tunnel, wobei sie den Rucksack hinter sich herzog. Die Brombeerranken verfingen sich in ihrem Shirt und in ihren Haaren, und Tina hatte Mühe vorwärtszukommen. Nach einer gefühlten Ewigkeit erreichte sie den Zaun. Das untere Ende war dort, wo sich die Wildschweine hindurchgeschoben hatten, hochgebogen. Auf der anderen Seite des Zaunes kam Swatt ihr entgegengelaufen. Er schob sich durch das Loch und leckte ihr übers Gesicht. Leise lachend wehrte sie ihn ab.

»Schluss jetzt«, flüsterte sie. »Wir müssen weiter.«

Er drehte sich um und zwängte sich wieder unter dem Zaun hindurch.

Tina blickte auf das Loch. Hoffentlich war es groß genug für sie. »Das muss gehen, wenn da sogar eine Wildsau durchpasst«, murmelte sie und legte sich vor dem Loch auf den Bauch. Sie wand sich unter dem Zaun hindurch und folgte Swatt.

Endlich quetschte sie sich durch die letzten Ranken und war im Freien. Keuchend ließ sie sich auf den Waldboden fallen und drehte sich auf den Rücken. Die Sonne fiel durch die dichten Kronen der alten Buchen und malte helle Muster auf den Boden und auf Tinas Kleidung. Sie blieb einen Moment liegen und versuchte, wieder zu Atem zu kommen. Dann rappelte sie sich auf und blickte sich um. In welcher Richtung stand ihr Auto? Nachdem sie sich orientiert hatte, hängte sie sich den Rucksack wieder um und ging los.

»Stehen bleiben!«, brüllte da eine Stimme hinter ihr.

Tina blickte sich nicht um, sondern rannte los. Ein Schuss fiel und peitschte neben ihr in die Blätter einer Rotbuche. Sie ließ sich fallen und robbte hinter einem umgestürzten Ahorn in Deckung.

»Swatt, komm her!«

Er kam angelaufen, und Tina zog ihn hinter den Baumstamm. Ein weiterer Schuss knallte, und ein Stück Holz splitterte ab. Tina zuckte zusammen und duckte sich tiefer hinter den Stamm.

Als kein weiterer Schuss fiel, setzte sie sich langsam auf, zog ihr Fernglas aus dem Rucksack und suchte den Bereich hinter dem Zaun ab. Sie konnte niemanden entdecken. Erneut scannte Tina den Bereich, als sie ein Blinken sah. Es war nur eine halbe Sekunde zu sehen gewesen, doch sie wusste, was es bedeutete: Die Sonne hatte sich auf dem Zielfernrohr einer Waffe gespiegelt. Das Blinken war rechts von ihr zu sehen gewesen. Tina schaute sich in der entgegengesetzten Richtung um. Wenn sie die Stämme der Buchen als Deckung benutzte und kroch, statt zu laufen, konnte sie entkommen. Ihr Vorteil war, dass der Mann sich hinter dem Zaun befand. So konnte er sie wenigstens nicht verfolgen.

Sie steckte das Fernglas wieder in ihren Rucksack und sah Swatt an. »Bereit zu robben, mein Junge?«

Swatt wedelte begeistert. Tina hatte ihm das Kommando für kriechen zwar nicht beigebracht, aber er kannte den Befehl »Unter durch«, was auf das Gleiche hinauslief.

»Swatt, unter durch«, flüsterte Tina und begann nach einem letzten Blick hinter den Zaun auf den ersten Baum zuzurobben.

Swatt kroch hinter ihr her, und beide verschwanden hinter dem dicken Baumstamm.

»Weiter.«

Sie arbeiteten sich von Baum zu Baum vor, bis der Zaun außer

Sicht war. Dann sprang Tina auf und rannte los. Swatt fegte an ihr vorbei und schien das alles für einen riesigen Spaß zu halten.

Als sie auf einen Sandweg gelangten, zog Tina den Kartenausdruck aus dem Rucksack und stellte fest, dass sie schon fast beim Auto waren. Schnell huschte sie über den Weg und schlug sich wieder in die Büsche. Nach fünf Minuten sah sie das Dach ihres Pick-ups durch die Blätter scheinen. Bevor sie sich dem Wagen näherte, beobachtete sie die Umgebung sorgfältig mit ihrem Fernglas. Niemand schien in der Nähe zu sein. Rasch öffnete Tina die Tür, ließ Swatt hineinspringen und stieg ein.

Hoffentlich sprang der Wagen an! Der Motor ließ sich ohne Probleme starten, und Tina seufzte erleichtert. Sie fuhr los, rumpelte auf die Straße und blickte sich um. Immer noch war niemand zu sehen.

Sie gab Gas und fuhr zügig zurück nach Plön. Ein Blick auf die Uhr verriet ihr, dass sie noch zwanzig Minuten Zeit hatte, bis die Sprechstunde anfing.

»Gutes Timing ist alles«, erklärte sie Swatt und merkte, dass ihre Stimme zitterte.

Sie atmete ein paar Mal tief durch und verzog das Gesicht, als ihr Blick auf ihren rechten Arm fiel. Er war über und über mit blutigen Striemen bedeckt, und Blut war daran heruntergelaufen, das teilweise bereits getrocknet war. Der linke Arm sah nicht besser aus, und ein Blick in den Spiegel zeigte, dass auch ihr Gesicht einiges an Kratzern abbekommen hatte. Mit dem Abflauen des Adrenalins merkte sie, dass die Kratzer schmerzten, und auch ihre Kopfwunde brachte sich pochend wieder in Erinnerung.

In Plön angekommen, parkte Tina auf ihrem Stammparkplatz und verschwand schnell in der Praxis, bevor jemand sie in diesem Zustand sehen konnte.

Sanne kam kurz nach ihr und musterte sie mit entsetztem Blick. »Was ist denn mit dir passiert?«

»Ich habe die anderen Hunde gefunden.«

Tina ging zum Waschbecken, um die Wunden auszuspülen. Danach sah sie zwar etwas besser aus, aber es wirkte immer noch so, als hätte eine Katze auf ihr einen Tobsuchtsanfall bekommen. Das Pflaster am Kopf hatte einiges an Dreck abbekommen, und Tina zog es vorsichtig ab. Sie verzog das Gesicht vor Schmerz, verkniff sich aber ein Wimmern, um Sanne nicht aufzuregen.

»Und? Wo sind die Hunde?«, fragte Sanne.

Tina ärgerte sich über ihre unbedachte Äußerung. Sie musste Sanne aus der Sache heraushalten. »Hör zu, Sanne, die ganze Angelegenheit läuft aus dem Ruder. Der Graf hat meine Eltern bedroht, wenn ich irgendetwas verrate.«

»Also ist er tatsächlich der Mörder? Wir hatten also recht?«

»Mittlerweile bin ich mir sicher, aber ich habe immer noch keinen Beweis. Ich kann nur hoffen, dass Jan bald etwas findet, mit dem er ihn festnageln kann.«

»Und die Hunde? Was ist mit denen?«

»Ich werde mir etwas ausdenken, um sie zu retten. Du kannst dir nicht vorstellen, unter welchen Bedingungen sie gehalten werden.«

»Du musst den Amtstierarzt anrufen!«, rief Sanne.

»Aber der Graf weiß dann sofort, dass ich es war. Und dann bringt er meine Eltern um.« Tina sah Sanne eindringlich ins Gesicht. »Das kann ich nicht riskieren. Er wusste, dass mein Vater einen Schlaganfall hatte. Er hat über mich und meine Familie Informationen eingeholt. Ich kann nicht zulassen, dass ihnen etwas zustößt.«

»Dieses gemeine Schwein!«, rief Sanne. »Können wir denn gar nichts tun? Die Hunde befreien oder so was?«

»Ich denke, dass wir nur weiterkommen, wenn wir dem Grafen die Morde nachweisen können.«

»Aber wie wollen wir das anstellen?«

Tina ließ sich langsam auf den Schreibtischstuhl sinken und

dachte nach, während sie Sanne dabei beobachtete, wie diese den Boden fegte.

»Der Sand!«, rief sie plötzlich.

Sanne blickte auf. »Welcher Sand?«

»Der Sand, der auf dem Turm war. Wenn ihn der Mörder unter den Schuhsohlen hatte, müsste man ihn bei einem Vergleichstest mit den Schuhsohlen des Grafen nachweisen können.«

»Super Idee! Und was machen wir jetzt?«

Gute Frage. Sie müsste nur ins Herrrenhaus einbrechen, den Schuhschrank finden und von allen Schuhsohlen Proben nehmen. Kein Problem, oder?

Kapitel 28

»Sieht nicht jeder Sand gleich aus?«, fragte Sanne gegen Ende der Sprechstunde. »Sand ist doch wohl Sand, und den gibt es wie Sand am Meer. Wie kann man sicher sein, dass es sich um denselben Sand handelt?«

Tina verzog das Gesicht bei Sannes Wortspiel.

»Er muss ganz spezielle Eigenschaften haben, sonst würde Jan nicht so sicher sein, dass er damit den Mörder überführen kann.«

»Aber welche denn?«

Tina zuckte mit den Schultern. »Keine Ahnung. Ist noch jemand im Wartezimmer?«

»Nur noch Frau Schultz mit Kenny.«

»Bei dem müssen bestimmt bloß die Krallen geschnitten werden. Ich kürze die schnell, und dann google ich das mit dem Sand.«

Fünf Minuten später saß Tina vor dem PC und scrollte durch die Trefferliste. Sie klickte einen Link an und las.

»Und, schon was rausgefunden?«, fragte Sanne.

»Anscheinend ist Meeressand einfach zu erkennen, weil immer Teilchen von Krebsen, Schnecken und so weiter mit dabei sind.« Sie klickte einen anderen Link an. »Du meine Güte, das ist ja eine echte Wissenschaft. Sand heißt es nur, wenn die Körnergröße zwischen 0,063 und 2 Millimetern liegt. Zwischen 2 und 6,3 Millimetern ist es Kies. Und unter 0,063 Millimetern ist es dann Schluff.«

Sanne kicherte. »Ein schönes Wort. Das muss ich Finn erzählen, der sammelt gerade lustige Wörter.«

Tina las weiter. »Dann gibt es noch unregelmäßige Körner, das ist am besten für Bausand, und gleichmäßig runde, die eignen sich nicht zum Bauen.« Sie blickte Sanne an und überlegte. »Ich glaube, darüber habe ich mal was gelesen. Der Wüstensand eignet sich nicht zum Häuserbauen, deshalb müssen die Saudis und andere Wüstenstaaten Sand importieren.«

»Das ist ja völlig bekloppt. Aber irgendwie bringt uns das alles nicht so richtig weiter, oder?«

»Solange wir nicht wissen, was das Besondere an dem Sand vom Turm ist, nicht.«

»Kannst du nicht mal deinen Surfer fragen?«

»Er ist nicht mein Surfer.« Und er wird es auch nicht werden, so wie es aussieht. Er behauptet zwar, dass er nicht glaubt, dass ich Alixa umgebracht habe, aber ... sagen wir so: Sie haben mich nicht überzeugt, Herr Kommissar. Tina riss ihre Gedanken mühsam von Jan los. »Er will bestimmt wissen, warum mich das interessiert. Und ich kann ja wohl kaum sagen, dass ich den Sand von den Schuhen des Grafen mit dem Sand vom Turm vergleichen will.«

»Wie willst du eigentlich an die Schuhe des Hochwohlgeborenen kommen?«

Tina schloss den Internetbrowser und rollte mit dem Schreibtischstuhl so weit zurück, dass sie ihre Füße auf den Tisch legen konnte.

»Darüber denke ich erst nach, wenn ich weiß, wonach genau ich gucken muss. Ich frage mich allerdings ...«

»Ja?«

»Vielleicht hat Onkel Lorenz eine Ahnung, worum es bei dem Sand geht.«

»Ich dachte, dein Onkel ist Pathologe?«

»Ja, sicher, aber oft bekommt er bestimmte Hinweise, wonach er gucken soll und so. Vielleicht wurde ihm was über den Sand gesagt.«

»Du kannst ihn ja mal anrufen.« Sanne blickte auf die Funkuhr auf dem Schreibtisch. »Noch zehn Minuten, dann ist Feierabend.«

»Weißt du was? Ich fahre gleich zu ihm. Das will ich ungern am Telefon besprechen.«

»Hat dein Onkel denn nicht schon Feierabend?«

»Er arbeitet oft bis in den späten Abend. Dafür kommt er morgens später, er ist ein ziemlicher Morgenmuffel.«

Tina setzte ihre Sonnenbrille auf, damit man den blauen Fleck nicht sofort sah. Obwohl es schon nach sechs Uhr abends war, war es heiß, und die Sonne glitzerte auf dem Kleinen Plöner See. Tina konnte sich nicht erinnern, wann es das letzte Mal einen so heißen, trockenen Sommer gegeben hatte.

Trotz der Baustelle auf der B76 kam sie gut durch den Verkehr und fand eine Querstraße von der Gerichtsmedizin entfernt einen Parkplatz im Schatten einer großen Kastanie. Sie ließ alle Fenster halb herunter, versprach Swatt, gleich wiederzukommen, und ging zum Eingang der Pathologie.

Der Pförtner erkannte sie und winkte sie direkt durch. »Ihr Onkel ist in seinem Büro.«

»Danke!« Tina winkte dem Mann zu und stieg die Treppe in den ersten Stock hinauf.

An der zweiten Tür rechts klopfte sie und trat ein.

Ihr Onkel saß in einem mittelblauen Hawaiihemd mit aufgedruckten weißen Gin-Gläsern hinter seinem großen Schreibtisch aus Chrom und Glas. Auf dem Schreibtisch standen nur ein Flachbildschirm mit zugehöriger Tastatur und ein Kaffeebecher. Den Becher hatte Tina ihrem Onkel vor einigen Jahren zum Geburtstag geschenkt. Darauf war ein Skelett abgebildet, das sich gerade ein Glas Whisky zu Gemüte führte. Das Getränk spritzte durch die Rippen in alle Richtungen heraus. Tinas Mutter fand den Becher geschmacklos, aber ihr Onkel hatte sich vor Lachen fast nicht mehr eingekriegt. Neben dem Schreibtisch stand das lebensgroße Modell eines menschlichen Skeletts, das ihr Onkel nach der extrem dürren Hauptfigur der Serie *Sex and the City* auf den Name Carrie getauft hatte. Der rechte Arm des Skeletts war am Ellenbogen abgewinkelt, und ihr Onkel hatte ein silbernes Tablett an der Hand befestigt. Auf dem Tablett lagen ein Schlüsselbund und ein etwas ramponiert aussehendes Handy. Über dem Unterarm hing ein gefalteter, blütenweißer, frisch gestärkter Kittel, sodass das Skelett aussah wie ein Kellner.

Als Tina eintrat, blickte ihr Onkel auf und sah sie über seine Lesebrille hinweg an. Die Sonne schien ins Zimmer und ließ seinen silbernen Haarkranz aufleuchten.

Als er sie erkannte, lächelte er erst, doch als Tina näher an den Schreibtisch herantrat, wich sein Lächeln einem besorgten Gesichtsausdruck. »Tina, wie siehst du denn aus? Was ist passiert?« Er stand auf und kam um den Schreibtisch herum, sodass Tina den herben Duft seines Aftershaves riechen konnte. Er warf einen Blick auf ihren Kopf und setzte ihr vorsichtig die Sonnenbrille ab. »Stumpfes Trauma, angewendet auf dem linken Os frontale am Übergang zum Os sphenoidale vor etwa achtundzwanzig bis sechsunddreißig Stunden, würde ich sagen.« Er sah sich die Kopfwunde genauer an und runzelte die Stirn. »Wenn ich nicht denken würde, dass es unmöglich ist, würde ich sagen, mit dem Griff einer Kurzwaffe ausgeführt.«

Tina hob den Daumen. »Herr Pathologe, ich bin beeindruckt.«

»Soll das heißen, dass du tatsächlich mit einer Pistole k. o. geschlagen wurdest? Und was sind das für Kratzer?«

Bevor ihr Onkel sich die Kratzer genauer ansehen konnte und vielleicht bemerkte, dass sie von Dornen verursacht worden waren, antwortete Tina schnell: »Auf mir ist eine Katze explodiert.«

Ihr Onkel lachte, wurde aber schnell wieder ernst. »So, wie die Wunde aussieht, warst du mit Sicherheit eine Weile ohnmächtig. Was ist denn bloß passiert?«

»Ich bin in der Praxis überfallen worden.«

»Was?!«

Tina erzählte ihrem Onkel von dem Überfall, ließ aber aus, wonach die Einbrecher gesucht hatten.

»Aber das Härteste habe ich dir noch gar nicht erzählt«, sagte sie. »Kommissar Voss glaubt, dass ich Alixa umgebracht haben könnte!«

Er schaute sie mit fragend hochgezogenen Brauen an. »Wen?«

»Alixa Müller. Die Tote vom Bismarckturm.«

Ihr Onkel ließ sich auf das alte rote Sofa fallen, das die ganze rechte Wand seines Büros einnahm und auf dem er gern einmal ein Nachmittagsschläfchen hielt. Er klopfte auf die Sitzfläche neben sich, und Tina ließ sich vorsichtig darauf nieder. Zu heftige Bewegungen brachten ihren Kopf immer noch fast zum Explodieren, und durch den Nachmittag auf Finkenstein hatte sich dieser Zustand eher verschlechtert.

»Ich kenne Jan Voss als einen guten und effizienten Beamten. Wie kommt er darauf, dass du etwas mit dem Tod von der Müller zu tun haben könntest?«

»Ich kenne sie, wir haben zusammen studiert, und sie war diejenige, die mir mein Thema der Doktorarbeit geklaut hat.«

Er nickte. »Ich erinnere mich. Aber das ist doch kein Grund, sie zu ermorden.«

Tina rutschte auf dem breiten Sofa ganz nach hinten und streckte die Beine aus. »Ich war an dem Nachmittag am Turm.«

Ihr Onkel runzelte die Stirn. »Und was hast du dort gemacht?«

»Ich habe Alixa beschattet.« Tina sah, dass ihr Onkel sie überrascht ansah, und beeilte sich fortzufahren: »Sie ist auf den Golfplatz gefahren, und ich bin bis zu der Allee, die zum Gut raufführt, weitergefahren, habe dort geparkt und bin mit Swatt spazieren gegangen.«

»Also warst du gar nicht oben am Turm.«

Tina wand sich. »Doch, Swatt hatte ein Reh gewittert und ist mir auf dem Rückweg zum Auto in Richtung Turm abgehauen. Er kam nicht zurück, also habe ich geguckt, wo er bleibt.«

»Verstehe. Hast du irgendetwas Ungewöhnliches bemerkt?«

Tina nestelte an den Klammern ihrer Wunde herum. »Nein. Aber ich habe Alixa gesehen, als sie in den Turm gegangen ist.«

»Wann genau war das?«

»Ich habe nicht auf die Uhr gesehen, aber es muss so gegen Viertel nach drei gewesen sein.«

»Das ist gut! Da kann ich die Todeszeit auf etwa eine Viertelstunde eingrenzen.«

»Wie ist sie denn eigentlich gestorben?«

Ihr Onkel hob bedauernd die Hände. »Das darf ich dir nicht sagen, zumal, wenn du die Tatverdächtige bist.«

»Onkel Lorenz! Du glaubst doch nicht etwa auch, dass ich Alixa ermordet habe!« Tina sprang auf und sah ihren Onkel mit blitzenden Augen an.

Der hob beschwichtigend die Hände. »Eher heiratet der Papst seinen Sekretär, als dass ich das glauben würde.«

Tina lachte und ließ sich wieder aufs Sofa sinken. »Wenn ich keinen merkwürdigen Sand unter den Schuhen habe, bin ich einigermaßen aus dem Schneider. Jan ist sich sicher, dass die Morde an Perry und Alixa zusammengehören, und das glaube ich auch, und ich habe absolut kein Motiv, den Hundetrainer umzubringen.«

»Aber bei der Müller hättest du ein Motiv. Ein schwaches zwar, aber immerhin. Es sind schon Menschen für weniger gestorben.«

»Onkel Lorenz! Du hast doch gerade gesagt, du glaubst nicht, dass ich Alixa umgebracht habe!«

Er legte Tina die Hand auf den Arm. »Natürlich nicht. Aber die Staatsanwältin kennt dich nicht so gut wie ich und kann die Morde auch unabhängig voneinander betrachten. Wie ich gehört habe, steht sie ein wenig unter Druck, endlich einen Verdächtigen zu präsentieren. Und nach dem, was du mir gerade erzählt hast, stehst du bei ihr bestimmt auf Platz eins ihrer Liste, so leid es mir auch tut.«

Tina ließ sich gegen die breite Schulter ihres Onkels sinken, und er legte den Arm um sie.

»Wenn Mudder davon erfährt, kann sie vor Sorgen weder essen noch schlafen. Und Vadder ... da möchte ich gar nicht drüber nachdenken.«

»Voss wird die Wahrheit schon ans Licht bringen.«

»Aber wann! Ich glaube nicht, dass sich die Staatsanwältin ewig vertrösten lässt, wenn es eine Tatverdächtige gibt. Ich will nicht in den Knast!«

Ihr Onkel nickte langsam. »Vielleicht sollten wir selbst ein paar Nachforschungen anstellen.«

Tina rückte von ihm ab und starrte ihn an. »Ist das dein Ernst?«

»Besondere Situationen erfordern besondere Maßnahmen.«

Sie schlang die Arme um ihn und achtete nicht auf den stechenden Kopfschmerz. »Du bist der Beste! Aber ich möchte nicht, dass du meinetwegen Ärger bekommst.«

»Ich wollte immer schon bei der Ermittlung eines Verdächtigen tätig werden, unabhängig von der gerichtsmedizinischen Seite. Wir dürfen uns eben nicht erwischen lassen.« Er grinste und sah dadurch zehn Jahre jünger aus. »Übrigens, kennst du den? Treffen sich ein Pathologe, ein ...«

»Kenn ich schon«, sagte Tina schnell.

»Aber ich habe doch noch gar nicht angefangen! Egal, hast du schon eine Idee, wie wir vorgehen wollen?«

Tina beugte sich vor. »Es wäre gut, wenn ich mir den Obduktionsbericht ansehen könnte.«

Er nickte und bedeutete ihr fortzufahren.

»Dann wäre es wirklich wichtig zu wissen, was es mit diesem Sand auf sich hat.«

»Du redest immer von Sand. Was ist damit?«

»Die Spusi hat Sand auf dem Turm gefunden, der dort nicht hingehört. Unter Alixas Schuhen war er nicht, also glaubt Jan, dass der Mörder ihn unter den Schuhen hatte.«

»Verstehe. Also müssen wir als Erstes herausfinden, was das Besondere an dem Sand ist.« Ihr Onkel trommelte mit den Fingern auf seinem Bein herum, während er nachdachte. »Die Frage ist nur, wie.«

»Kannst du die Akte zu dem Fall anfordern?«

»Es würde merkwürdig aussehen, denn normalerweise ist meine Arbeit mit dem Obduktionsbericht und der Gutachtertätigkeit vor Gericht getan. Aber vielleicht kann ich einen Gefallen bei der KTU einfordern. Ivana schuldet mir noch was.«

»Das wäre super. Außerdem muss ich irgendwie an die Schuhe des Grafen herankommen.«

»Graf von Finkenstein? Aber der hat ein Alibi, soweit ich gehört habe.«

»Er und seine Frau haben diese Soirée gegeben, ja, aber als ein Gewitter aufzog, herrschte ziemliches Chaos. Er hätte sich davonstehlen können, den Trainer umbringen und wieder zurück sein können, ohne dass es jemandem aufgefallen wäre.« Tina dachte daran, dass sie noch immer nichts von Susi gehört hatte. Sie musste unbedingt bei Mareike nachfragen. »Außerdem glaube ich, dass er auf den Hund geschossen hat«, fuhr sie fort.

»Warum hätte er das tun sollen?«

»Ich glaube, dass Daisy – so heißt der Hund – den Trainer bei dem Streit mit dem Grafen verteidigen wollte. Sie ist auf den Grafen losgegangen, hat ihn in die Hand gebissen, und er hat auf sie geschossen.«

»Hätte er dann nicht Bisswunden haben müssen?«

»Er hatte einen dicken Verband an der linken Hand, als ich ihn am nächsten Tag getroffen habe, um den Hund abzuliefern.« Tina sah ihren Onkel triumphierend an. »Du siehst, es passt alles.«

»Und was ist mit der Müller?«

»Sie wollte ihn erpressen. Jan hat in ihrer Schublade eine Patronenhülse gefunden, die zu der Waffe passt, mit der Perry umgebracht wurde. Und Swatt hat in ihrer Praxis zwei Schnipsel gefunden, die aus einer Zeitung ausgeschnitten wurden.«

Ihr Onkel nickte nachdenklich. »Aber warum bringt er seinen Trainer um?«

»Weil der irgendjemandem von den illegalen Wetten und von den Hunden in der Halle erzählen wollte. Da sind Millionen Euro im Spiel, ein sehr gutes Motiv, würde ich sagen.«

Ihr Onkel hatte die Stirn gefurcht und sah ein wenig verwirrt aus, daher erzählte Tina ihm von den illegalen Hunderennen, von den Hunden in der Halle im Wald und von den getürkten Hundewetten.

Als sie geendet hatte, sah ihr Onkel sie bewundernd an. »Also werden sehr viele Hunde gezüchtet, und wenn sie alt genug sind, wird geschaut, wie gut sie sich auf der Rennbahn machen, richtig?«

»Genau. Die Vielversprechenden werden am Leben gelassen, die anderen getötet. Aber auch die Überlebenden bleiben in den engen Zwingern und werden nur zum Training oder für die Rennen herausgeholt, das haben meine Recherchen im Internet ergeben. Die paar Hunde auf dem Gutshof in den noblen Zwingern dienen anscheinend nur der Fassade.«

»Respekt, Tina, Respekt. Du solltest Voss davon erzählen, damit er in die richtige Richtung weiterermitteln kann.«

»Ich habe ihm schon von den Wetten und den Rennen erzählt. Er sagt, ihm fehlen die Beweise. Und seiner Meinung nach hat der Graf ein Alibi.«

Ihr Onkel hob die Hand. »Mir fällt gerade etwas ein.«

»Ja?«

»Wenn der Graf der Mörder war, würde das erklären, warum bei Perry ein teurer Whisky gefunden wurde.«

Tina dachte an das Gespräch ihres Onkels mit Jan, das sie am

Telefon belauscht hatte. »Stimmt, der Whisky passt auch in meine Theorie!«

»Der Graf hat sicherlich nur teuren Whisky in seinem Schrank stehen. Um den Trainer betrunken zu machen, hatte er nur den Teeling-Whisky.« Er unterbrach sich und dachte kurz nach. »Wahrscheinlich war das sogar noch der billigste, den er hatte. Er greift sich also die günstigste Flasche – und wir reden hier immer noch von bummelig 350 Euro pro Flasche – und nimmt sie mit.«

»Und da der Trainer normalerweise nur billigen Fusel getrunken hat, hat er von dem teuren Zeug ordentlich gebechert.«

»Für mich klingt das plausibel.«

»Wir haben den Fall gelöst!«, rief Tina.

»Fehlen nur die Beweise. Mir ist noch nicht klar, wie du an die Schuhe des Grafen kommen willst. Außerdem könnte er die betreffenden Schuhe längst weggeworfen haben.«

»Das habe ich auch schon überlegt.« Sie seufzte. »Kann ich den Obduktionsbericht jetzt sehen? Nur, wenn du wirklich keinen Ärger bekommst.«

Er winkte ab. »Wir sind das B-Team, klar?«

Tina blickte ihren Onkel fragend an. Manchmal war es schwierig, seinen Gedankengängen zu folgen.

»Das A-Team ist Voss mit seinen Leuten. Also sind wir das B-Team. Logisch?«

»Logisch.«

Er ging zu seinem Schreibtisch und klickte mit der Maus herum. »Ich glaube, ich muss mal für kleine Pathologen. Könnte ein wenig länger dauern«, sagte er und wies mit dem Kopf auf den Computer.

Tina hatte verstanden, und sobald er aus der Tür war, stand sie vom Sofa auf, ging rasch zum Computer und setzte sich in den Drehstuhl.

Sie scrollte schnell durch die seitenlangen Beschreibungen von Alixas Leiche, bis sie zur Diagnose kam. Der Tod war durch ein stumpfes Trauma auf den Hinterkopf eingetreten, wodurch die Schädeldecke tief ins Gehirn gepresst worden war. Die Wucht, mit der der Schädel eingedrückt worden war, ließ sich nur mit einem Sturz aus großer Höhe erklären. Unter den Fingernägeln der Toten hatte Onkel Lorenz Mörtelspuren von der Brüstung gefunden. Alixa hatte also anscheinend versucht, sich an der Brüstung festzukrallen. Die arme Alixa! Das musste schrecklich gewesen sein! Tina fröstelte, und sie rieb sich über die Arme, bevor sie weiterlas. Es war sowohl ein Tod durch Unfall als auch durch Stoßen über die Brüstung möglich. Auch ein Selbstmord wäre nicht ausgeschlossen, aber nur, wenn Alixa es sich während des Fallens über die Brüstung anders überlegt und versucht hätte, sich noch festzuhalten. Das klang eher unwahrscheinlich.

Tina drehte sich mit dem Stuhl herum und schaute aus dem Fenster, das auf eine rote Backsteinmauer hinausging.

Ohne die Sandspuren wäre der Tod mit Sicherheit als Unfall zu den Akten gelegt worden.

Während sie überlegte, inwieweit der Obduktionsbericht sie weiterbrachte, hörte sie vor der geschlossenen Bürotür die Stimme ihres Onkels.

»Voss, Moin, Moin, was kann ich zu dieser späten Stunde für Sie tun?«

Scheiße! Jan war da, und sie wollte ihm auf keinen Fall begegnen. Selbst wenn sie erklärte, dass sie nur ihren Onkel besuchte, würde Jan vielleicht – zugegebenermaßen zu Recht – glauben, dass sie sich schon wieder in seine Ermittlungen einmischte. Tina sah sich hektisch im Büro um. Es gab einfach keine Möglichkeit, sich zu verstecken. Ihr Blick fiel auf das Fenster.

Kapitel 29

»Kommen Sie herein, Voss«, sagte ihr Onkel. »Und das hier ist meine ... Ach, sie ist ja gar nicht mehr ... Äh, hier ist mein Büro.« Er lachte nervös. »Aber das wissen Sie ja bereits.«

Tina konnte sich Jans fragenden Gesichtsausdruck nur vorstellen, denn sehen konnte sie ihn von ihrem Platz unter dem Sofa nicht. Sie hatte es gerade noch geschafft, sich in den schmalen Spalt unter dem breiten Sitzmöbel zu quetschen, bevor Jan hereinkam. Ein Blick aus dem Fenster hatte ihr gezeigt, dass eine Flucht dort hinaus auf das schmale Sims der pure Selbstmord gewesen wäre. Die Federn des antiken Sofas drückten ihr schmerzhaft in den Rücken, und ihre Kopfschmerzen waren mit Wucht zurückgekehrt, doch sie zwang sich, still zu liegen.

»Was kann ich für Sie tun?«

Es quietschte, als sich jemand auf das Sofa fallen ließ, und Tina unterdrückte ein Stöhnen, als sich die Federn tiefer in ihren Rücken bohrten. Sie erkannte Jans schwarz-weiße Sneakers dicht vor ihrer Nase.

»Ich habe noch eine Frage zu den Kleidern der Leiche«, sagte Jan. »Haben Sie an ihnen Reste von Sand gefunden?«

»Sand? Nein. Es war nur Mörtelstaub an den Kleidern. Meinen Sie, dass die Tote am Strand war, bevor sie über die Balustrade fiel?«

»Der Sand, den wir auf dem Turm gefunden haben, stammt nicht von einem Strand. Ivana meint, dass er zum Beispiel in Sandkisten vorkommt.«

»Aber die Müller hatte keine Kinder, das kann ich auf jeden Fall sagen. Warum sollte sie sich in Sandkisten herumtreiben?«

Jans rechter Fuß verschwand, anscheinend hatte er die Beine übereinandergeschlagen.

»Das frage ich mich auch. Aber wenn Sie keinen Sand an den Kleidern oder an ihren Schuhen gefunden haben, stammt der Sand, den wir oben auf dem Turm gefunden haben, ganz sicher nicht vom Opfer.«

Einen Augenblick lang herrschte Stille, dann hörte Tina wieder die Stimme ihres Onkels. »Also hat der Täter Kinder im Sandkistenalter?«

Jan seufzte. »Irgendwie ergibt das alles keinen Sinn. Erst dachte ich, der Sand würde uns weiterbringen, aber bisher hat er nur Verwirrung gestiftet.«

»Immerhin wissen Sie jetzt, dass es Mord war und kein Unfall.«

»Das stimmt. Es wäre gut, wenn Sie die Kleider so schnell wie möglich an die KTU schicken würden. Vielleicht findet Ivana doch noch etwas.« Jan schlug sich auf die Schenkel und stand auf. »Ich muss dann wieder. Schönen Abend noch.«

»Gleichfalls.«

Tina wartete noch einen Moment, nachdem die Tür hinter Jan ins Schloss gefallen war, und schob sich dann mühsam unter dem Sofa hervor.

»Ach, da bist du«, rief ihr Onkel, der sich aus dem Fenster gelehnt hatte. »Ich hatte schon befürchtet, dass du aus dem Fenster geklettert bist und jetzt auf dem Sims balancierst.«

»Ich hatte es überlegt, aber das war mir zu riskant. Wusstest du, dass die Federn unten aus deinem Sofa herauskommen?«

»Ach, deshalb sitzt man in letzter Zeit so weich.« Ihr Onkel beugte sich vor und zog Tina, die noch auf dem Boden saß, hoch. »Das ist ja gerade noch mal gut gegangen. Hat dich der Obduktionsbericht weitergebracht?«

Tina schüttelte den Kopf. »Wann, meinst du, hörst du was von der KTU?«

»Ich rufe Ivana morgen früh an. Heute Abend können wir nichts mehr tun.«

Sie sah auf die Uhr. »Ich muss los. Danke für alles!« Sie umarmte ihren Onkel und ging zur Tür.

»Ich melde mich, sobald ich etwas gehört habe.«

Tina winkte und öffnete die Tür.

»Und, Tina?« Sie drehte sich um. »Sei vorsichtig!«

Es war immer noch sehr warm, und als Tina zu Hause ankam, nahm sie ein langes Bad im See und setzte sich dann mit einem Glas Eistee auf die Terrasse.

Der Blick auf den See und Plön brachte sie wie immer von dem am Tag angesammelten Stress herunter. Die Möwen auf der Möweninsel flogen kreischend auf, als ein Paddler zu nah an die Insel heranfuhr. Die Insel gehörte ebenfalls zum Deertenhoff. Tina erinnerte sich, dass, als sie noch ein Kind gewesen war, dort Möweneier für verschiedene Feinkostgeschäfte in Hamburg gesammelt worden waren. Mittlerweile waren die Eier aber zu stark mit Schadstoffen belastet, sodass sie nicht mehr verkauft werden durften.

Nach einem letzten Blick auf die Möwen zog sie ihren Laptop zu sich heran und öffnete die Suchmaschine. Eine Suchanfrage nach Gut Finkenstein ergab über hundert Treffer. Tina klickte wahllos einige an, doch die Geschichte des Gutes mochte zwar recht interessant sein, brachte sie aber nicht weiter. Sie wollte auch kein Haus in der Gegend von Finkenstein kaufen, und auf der Seite der Greyhoundzucht war nur das übliche Züchtergelaber zu finden. Wie toll die Hunde seien, wie spitzenmäßig die Zucht und wie sensationell die Erfolge der Hunde auf Ausstellungen und bei Rennen. Tina klickte sich durch die Fotos der Zuchthündinnen. Sie waren tatsächlich alle ohne Ausnahme braun gestromt. Ein Artikel befasste sich mit dem Ballsaal des Gutes, der wertvolle Gemälde enthielt. Am Ende der Suchliste fand sich ein Artikel aus den *Kieler Nachrichten* von vor über fünf Jahren. Tina las mit wachsender Spannung.

»Das ist ja interessant. Swatt, jetzt brauchen wir die Fachfrau!« Sie brachte ihren Laptop ins Haus und ging zum Haus ihrer Eltern. Kurz klopfte sie am Hintereingang und öffnete die Tür. »Mudder! Ich bin's!«

Tina betrat die gemütliche Küche, in der ihre Mutter mit dem Rücken zu ihr am Herd stand und in einem Topf rührte. Es roch nach gebratenem Fleisch, Wacholderbeeren und Lorbeerblättern. Tina atmete tief ein, und das Wasser lief ihr im Mund zusammen.

»Willst du zum Essen bleiben? Es gibt Rehragout mit Pfifferlingen.«

»Aber immer.« Dem Rehragout ihrer Mutter hatte Tina noch nie widerstehen können.

Ihre Mutter drehte sich um und ließ fast den Kochlöffel in den Topf fallen. »Tina! Was ist denn mit dir passiert?«

»Auf mir ist eine Katze explodiert«, erwiderte Tina mit einem schiefen Grinsen.

Ihre Mutter trat an sie heran und begutachtete ihr Gesicht. »Du siehst ja noch schlimmer aus als gestern!« Ihr Blick fiel auf Tinas Arme. »Und guck dir deine Arme an! Hast du die Kratzer schon desinfiziert?«

»Natürlich, Mudder. Es ist alles in Ordnung.«

Tina setzte sich an den runden Küchentisch, an dem bis auf die Feiertage alle Mahlzeiten eingenommen wurden. Swatt setzte sich neben den Herd und schaute ihre Mutter mit flehendem Blick an.

»Swatt, lass das. Leg dich hin!«

Er kam zu Tina und legte sich mit einem tiefen Seufzer unter den Küchentisch.

»Du musst den armen Hund auch ab und zu mal füttern«, sagte ihre Mutter lachend.

»Der bekommt genug, das kannst du mir glauben.«

»Was gibt es Neues bei dir? Hat die Polizei schon herausgefunden, wer dich überfallen hat?«

»Sie arbeiten daran.«

»Hm.« Ihre Mutter sah nicht überzeugt aus.

»Sag mal, vor ein paar Jahren hatte Wilhelm, der ältere Bruder der Gräfin von Finkenstein, einen Autounfall. Kannst du dich daran erinnern?«

»War das nicht vor vier oder fünf Jahren?«

Tina nickte.

»Ich weiß, dass er bei einem Autounfall tödlich verunglückt ist. Er hatte das Gut erst drei Jahre vorher geerbt, als sein Vater gestorben war. Herzinfarkt, glaube ich.«

Ihre Mutter kostete das Ragout und hielt Tina den Löffel vors Gesicht. »Ist genug Salz dran?«

Tina probierte und leckte sich die Lippen. »Perfekt, wie immer.«

»Ich habe gehört, dass die Gräfin völlig entsetzt war, dass ihr älterer Bruder und nicht sie das Gut geerbt hatte. Sie hatte dem alten Grafen schon seit Jahren bei der Führung des Gutes geholfen, hatte sogar extra irgendein Wirtschaftsstudium an einer teuren Uni in der Schweiz gemacht, und dann hat es ihr Bruder geerbt, der bis dahin fast nie zu Hause gewesen war. Lebte in Berlin, glaube ich. Sie musste sich mit dem Pflichtteil zufriedengeben.«

»Und wer hat das Gut nach dem Tod von Wilhelm geerbt?«

»Wieder ist die Gräfin leer ausgegangen. Da er nicht verheiratet war, hat er das Gut seinem jüngeren Bruder vererbt, Ferdinand heißt der.«

»Da war die Gräfin bestimmt sauer, oder?«

»Keine Ahnung. Aber ich kann mir nicht vorstellen, dass sie begeistert war.«

Ihre Mutter goss die Kartoffeln ab und schüttete sie in eine Schüssel.

»Kannst du mal gucken, wo Vadder bleibt?«, bat sie.

Gerade als Tina aufstehen wollte, bellte Swatt, und ihr Vater betrat die Küche.

Als er Tina sah, lächelte er breit und umarmte sie fest. Tina presste ihr Gesicht an sein Hemd aus derbem Jeansstoff, schloss die Augen und atmete seinen typischen Geruch nach Cool Water, Waschmittel, Kuhstall und Heu ein. Auf einmal war sie wieder fünf Jahre alt und fühlte sich so behütet wie zuletzt als Kind.

»Tina, mien Deern, schön, dass du mal wieder reinschaust.«

»Ich war doch erst gestern hier, Vadder.«

»Weiß ich doch. Na, wie läuft die Praxis?«

»Alles im grünen Bereich«, log Tina.

Er ließ sie los und bemerkte erst jetzt die Kratzer in ihrem Gesicht.

Als er etwas sagen wollte, kam Tina ihm jedoch zuvor. »Eine wütende Katze. Ist nicht so schlimm.«

»Das musst du gut desinfizieren, mit Katzenkratzern ist nicht zu spaßen.«

»Ich weiß, Vadder. Hab ich schon gemacht.«

»Alle setzen. Es gibt Essen!« Ihre Mutter stellte den großen Topf Ragout auf den Tisch, goss die Bohnen ab und füllte jedem eine große Portion auf. »Denn haut man ordentlich rein.«

Das ließ sich Tina nicht zweimal sagen, und sie kostete ein Stück von dem zarten Fleisch. »Hmm, lecker!«

»Tina hat sich nach Ferdinand von Finkenstein erkundigt.«

»Warum dat denn?«, wollte ihr Vater wissen.

»Ich war in letzter Zeit ein paar Mal auf dem Gut, weil ich den angeschossenen Hund operiert habe.«

»Da weiß ich nichts von.«

»Das habe ich euch letzte Woche erzählt, Vadder.«

Er schaute sie mit großen Augen an. »Was interessiert dich dieser Ferdinand? Du bist doch nicht mit ihm zusammen, oder?«

»Und wenn es so wäre?«

Es war schon immer schwierig für Tinas jeweils aktuellen Freund gewesen, vor ihrem alten Herrn Gnade zu finden. Ihre Mutter blickte Tina vorwurfsvoll an und schüttelte leicht den Kopf. Keine Diskussionen jetzt, besagte ihr Blick.

»Gib dich bloß nicht mit diesen arroganten Leuten ab. Für die bist du doch bloß eine schnelle Nummer zwischendurch. Die denken immer noch, nur weil sie adlig sind, können sie sich alles erlauben.« Er hatte die Stimme gehoben und fuchtelte mit seinem Messer vor Tinas Gesicht herum.

Sie zuckte zurück.

Ihre Mutter drückte die Hand mit dem Messer sanft nach unten.

»Ich bin nicht mit ihm zusammen, Vadder. Ich steh auch nicht auf die Familie von Wichtig zu Arrogant, das kannst du mir glauben.«

Ein letzter prüfender Blick, dann wandte sich ihr Vater wieder seinem Essen zu.

»Da ist doch dieser Hundetrainer ermordet worden«, sagte er. »Und nun soll auch noch Irene Müller umgebracht worden sein. Ganz Plön redet von nichts anderem mehr. Fahr da nicht mehr hin. Da läuft immer noch ein Mörder frei rum.«

Das stimmte. Und Tina musste ihn finden, bevor sie wegen Mordes verhaftet würde.

Ein angstvoller Blick ihrer Mutter traf sie. »Vadder hat recht, Tina! Fahr da nicht wieder hin!«

»Mach ich nicht, Mudder, bestimmt nicht.«

Tina wischte ihren Teller mit einem Stück selbst gebackenem Brot aus und schob ihn zurück. »Lecker. Äh, was ich euch noch sagen wollte...«

»Ja?« Ihre Mutter sah sie fragend an.

Tina überlegte, wie sie es am besten formulieren sollte, ohne ihren Eltern Angst zu machen, aber es gab keinen schonenden Weg. »Ihr solltet eure Türen nachts jetzt lieber abschließen.«

Ihr Vater schaute alarmiert auf. »Wieso dat denn? Dat haben wir noch nie gemacht!«

Tina spielte mit ihrer Gabel und sah ihren Vater nicht an. »Kai hat gestern jemanden auf dem Hof herumschleichen sehen. Ich möchte nur nicht, dass derjenige wiederkommt und bei euch einbricht.«

»Was! Na warte, der soll mal kommen«, polterte ihr Vater.

Tina warf ihrer Mutter einen Blick zu, den diese besorgt erwiderte.

»Schließ du man auch deine Türen gut ab«, sagte sie.

»Mach ich, Mudder. Ich muss los. Nacht, ihr beiden.«

Tina umarmte ihre Eltern fest und trat in die laue Abendluft.

Ihre Mutter folgte ihr vor die Haustür. »Meinst du wirklich, dass der Kerl bei uns einbrechen will?«

»Ich weiß es nicht, aber Vorsicht ist besser als Nachsicht, wie Oma immer gesagt hat.«

»Ich pass auf.«

Ein wenig beruhigt ging Tina zurück in ihr Häuschen und verschloss die Tür hinter sich. Sie ließ sich auf ihr gemütliches Sofa fallen und dachte über das Gespräch mit ihrer Mutter nach.

Die Gräfin. An die hatte Tina bisher noch gar nicht gedacht, weil sie sie nur mit der Pferdezucht in Verbindung gebracht hatte. Aber wenn sie das Gut gemanagt hatte – und dies vielleicht immer noch tat, wenn ihr Bruder Ferdinand nicht da war –, wüsste sie mit Sicherheit von den Wettmanipulationen und von den Hunden in der Halle. Und wenn sie das Gut wieder nicht geerbt hatte, brauchte sie bestimmt Geld. Geld aus den Wetteinnahmen. Sie war vielleicht nicht die Mörderin, aber sie steckte mit drin, davon war Tina überzeugt.

Kapitel 30

Nach einem schnellen Frühstück, bestehend aus einer Scheibe Toast mit Erdbeermarmelade und zwei Tassen Kaffee, drehte Tina eine Runde mit Swatt und sprang zum Abkühlen in den See. Dann stieg sie in ihren Isuzu, um zur Praxis zu fahren.

In der Einfahrt zum Wanderweg in Richtung Bosau, der außen um den Deertenhoff herumführte, parkte ein dunkelblauer Golf. Der Fahrer trug eine verspiegelte Sonnenbrille und hatte kurze hellblonde, fast weiße Haare. Er blickte zur Seite, als Tina vorbeifuhr. Sie wunderte sich kurz, was er dort wohl machte, aber wahrscheinlich war er im Wald wandern oder joggen gewesen.

Als ihr Handy piepte und eine WhatsApp-Nachricht ankündigte, hielt Tina an und las sie. Sie war von Mareike:

Susi hat sich gemeldet. Der Graf war die ganze Zeit auf dem Fest. Er hat anscheinend das Hereinbringen der Gäste und des Orchesters organisiert und die ganze Zeit mit angepackt. Sorry, aber er scheint den Trainer tatsächlich nicht ermordet zu haben.

»Das gibt es doch gar nicht«, rief Tina so laut, dass Swatt aufsprang und anfing zu bellen.

Das Gebell dröhnte in Tinas Kopf, und sie verzog das Gesicht, als sich die Kopfschmerzen, die über Nacht besser geworden waren, wieder meldeten.

»Swatt, aus. Sei leise, es ist nichts los!«

Er bellte noch ein letztes Mal, dann ließ er sich wieder auf den Sitz fallen und schloss die Augen.

Das konnte doch nicht wahr sein! Tina hieb mit einer Hand auf das Lenkrad. Der Graf musste der Mörder sein, alles passte so gut zusammen.

Sie legte den Gang ein und blickte kurz in den Rückspiegel, ob die Straße frei war. Sie stutzte und schaute noch einmal. In der Kurve hinter sich konnte sie gerade noch einen Teil der Motorhaube eines blauen Golfs erkennen. Tina wartete einen kleinen Moment, doch der Wagen kam nicht in Sicht. Anscheinend hatte der Fahrer ebenfalls angehalten. Folgte er ihr etwa?

Tina schüttelte leicht den Kopf. »Jetzt werde ich schon paranoid.«

Swatt quittierte die Bemerkung mit einem leichten Schwanzwedeln.

Tina fuhr weiter und bog nach links in Richtung Plön ab. Sie blickte noch ein paar Mal in den Rückspiegel, sah den Golf aber nicht mehr. Als die Straße an der Ortsumgehung zweispurig wurde, zog der Laster, der hinter ihr gefahren war, auf die rechte Spur, und Tina sah den blauen Golf zwei Autos hinter sich. Das konnte doch kein Zufall mehr sein! Als sie auf den Parkplatz an der Stadtgrabenstraße abbog und den Wagen auf ihrem Stammplatz abstellte, sah sie, dass der Fahrer des Golfs ebenfalls auf den Parkplatz gefahren war. Er hatte ein Kieler Kennzeichen. Tina beobachtete, wie er weiterfuhr und am Ende des Parkplatzes aus ihrem Blickfeld verschwand. Vielleicht wollte der Typ doch nur zum Einkaufen. Aber was hatte er vor dem Deertenhoff gemacht?

Tina ließ Swatt aus dem Auto springen und ging schnell zur Praxis. Vor der Tür blickte sie sich nach allen Seiten um, aber sie konnte den blonden Mann mit der Sonnenbrille nirgends entdecken. Doch sie hatte das ungute Gefühl, dass er irgendwo in der Menschenmenge steckte und sie beobachtete. Rasch betrat sie die Praxis, hörte Sanne im OP rumoren und ging auf die Geräusche zu.

»Ich werde beschattet«, sagte sie statt einer Begrüßung.

Sanne ließ fast das Tablett mit dem OP-Besteck fallen und schaffte es gerade noch, es auf dem Sterilisator abzustellen, bevor es herunterkrachte. »Wie kommst du denn darauf?«

»Vor dem Deertenhoff stand ein blauer Golf mit einem blonden Typen drin. Der trug so eine peinliche verspiegelte Sonnenbrille. Als ich auf Höhe des Campingplatzes angehalten habe, hat er auch gehalten. Und auf dem Weg zur Praxis habe ich ihn noch einmal ein paar Autos hinter mir gesehen und auf dem Parkplatz noch mal.«

»Vielleicht wollte er zum Einkaufen fahren?«

»Das habe ich auch überlegt, aber was wollte er bei uns zu Hause? Es gibt dort ja keine anderen Häuser.«

Sanne sah Tina ernst an. »Meinst du, der Graf lässt dich beschatten?«

»Das habe ich dir noch gar nicht erzählt. Der Graf ist aus dem Schneider.«

Tina berichtete Sanne von Mareikes WhatsApp.

Sanne schob das OP-Besteck in den Sterilisator, schaltete ihn ein und drehte sich zu Tina herum. »Aber wer war der Typ dann? Der Mörder?«

»Ich habe keine Ahnung«, erwiderte Tina langsam. »Wenn er der Mörder war, kenne ich ihn jedenfalls nicht. Den Kerl habe ich noch nie gesehen.«

»Sah er gut aus? Vielleicht war er noch ein Verflossener von Alixa, der sich an ihr rächen wollte.«

»Aber was ist mit dem Trainer? Hat er den auch umgebracht? Und auf Daisy geschossen?«

Sanne zuckte mit den Schultern. »Was hat der Besuch bei deinem Onkel gebracht?«

Tina brachte sie auf den neuesten Stand.

»Und, hat er sich schon wegen dem Sand gemeldet?«

Tinas Handy piepte, und sie blickte auf das Display. »Wenn man vom Teufel spricht.«

Ihr Onkel hatte ihr ein Foto geschickt, das die Vergrößerung von gleichmäßig runden hellen Sandkörnern zeigte.

So sieht der Sand aus. Ich hoffe, es bringt dich weiter. LG OL

Sanne schaute Tina über die Schulter. »Nee, OL, das bringt uns nicht weiter.«

Tina lachte. »Er unterschreibt immer mit OL, Onkel Lorenz ist ihm wohl zu lang. Aber du hast recht, bis jetzt bringt uns das gar nicht weiter, außer, dass es kein Bausand und kein Strandsand ist. Jan meinte gestern, so ein Sand kommt in Sandkisten vor.«

»So genau habe ich mir den Sand in den Sandkisten noch nicht angeguckt, aber wenn er meint.«

»Wenn der Mörder vor der Tat in einer Sandkiste rumgetobt ist, sind alle Eltern mit kleinen Kindern verdächtig«, sagte Tina, ohne eine Miene zu verziehen.

»Soll das heißen, ich bin verdächtig, weil ich mit Finn und Leon in einer Sandkiste war?«, rief Sanne mit blitzenden Augen.

»Quatsch. Jan hat zugegeben, dass ihn der Sand ermittlungstechnisch überhaupt nicht weiterbringt.«

Sie scrollte durch ihre Kontakte auf dem Handy und wählte die Büronummer ihres Onkels.

»Tina, Moin, Moin! Hast du meine Mail bekommen?«

Sie stellte das Handy auf Lautsprecher und legte es auf den OP-Tisch.

»Hab ich. Hat Ivana noch etwas dazu gesagt?«

»Nichts, außer dem, was wir schon wissen. Dass so ein Sand in Sandkisten vorkommt.«

»Na gut. Ich wollte dich aber noch was anderes fragen. Erinnerst du dich zufällig an den Unfall, bei dem der ältere Bruder der Gräfin ums Leben gekommen ist?«

Es herrschte einen Moment Stille, als er nachdachte. »Ja, ich erinnere mich. Ich habe damals die Obduktion durchgeführt. Er kam auf einer geraden Allee von der Straße ab und prallte gegen einen Baum. Ich glaube, dass es die Allee nach Seedorf war.«

»Ist dir damals irgendetwas Merkwürdiges aufgefallen?«

»Nein, sonst hätte ich das in meinem Bericht geschrieben. Er hatte keinen Alkohol und keine Drogen im Blut, und es gab keinen Hinweis auf irgendwelche bewusstseinsverändernden Medikamente. Man kam damals zu dem Schluss, dass er wohl einem Reh oder einem Wildschwein ausgewichen ist.«

»Aber sicher war man nicht?«

»Es gab keinen Hinweis auf ein Fremdverschulden, also wurde der Fall zu den Akten gelegt.«

»Und was glaubst du, was passiert ist?«

»Dort herrscht ein starker Wildwechsel, also kann ich mir schon vorstellen, dass ihm tatsächlich ein Reh vors Auto gelaufen ist.«

»Die Allee ist recht schmal, es könnte also so gewesen sein«, sagte Tina. »Eine letzte Frage habe ich noch, dann bist du mich los: Könntest du dir vorstellen, wer mich seit heute Morgen beschattet?«

»Dich beschattet? Bist du sicher?«

»Ziemlich. Es ist ein Typ mit ganz hellblonden Haaren und Sonnenbrille in einem dunkelblauen Golf.«

Ein rhythmisches Klopfen drang aus dem Hörer. Tina grinste, als sie sich ihren Onkel vorstellte, wie er mit den Fingern auf den Tisch trommelte.

»Hatte er ein Kieler Kennzeichen?«

»Woher weißt du das?«, fragte Tina überrascht.

»Es könnte sich um den Kollegen von Voss handeln. Alex Frey heißt er. Er hat weißblonde Haare, und ich glaube, sein Dienstfahrzeug ist ein Golf. Ich weiß allerdings nicht, ob er blau ist. Also der Golf, nicht Frey.« Onkel Lorenz lachte meckernd.

Tina und Sanne starrten sich wortlos an.

»Danke dir. Bis bald«, brachte Tina schließlich heraus und beendete das Gespräch.

»Er lässt dich überwachen! Er hat tatsächlich die Nerven, dich beschatten zu lassen«, rief Sanne und stemmte die Arme in die Seiten. »Das ist ja wohl der Gipfel!«

Tina schüttelte nur fassungslos den Kopf. Dann nahm sie ihr Handy vom Tisch, suchte Jans Nummer heraus und wählte.

»Moin, Tina.«

»Du lässt mich beschatten! Das kann doch wohl nicht dein Ernst sein!«, schrie sie in den Hörer.

»Tina, lass mich erklären …«

»Was soll es da schon zu erklären geben? Wenn du mich für die Mörderin hältst, dann buchte mich doch endlich ein! Dann haben wir es hinter uns.«

Sanne gab Tina das Daumen-hoch-Zeichen.

»Tina, das ist nur zu deinem Schutz. Ich möchte nicht, dass dir etwas passiert.«

»Oh.« Tina war ein wenig der Wind aus den Segeln genommen worden, doch schon nahm ihr Schiff wieder Fahrt auf. »Du hättest mich ja mal fragen können, ob ich beschützt werden will! Hältst du mich für so schwach und hilflos, dass ich ohne einen Mann nicht überlebensfähig bin?«

»Ich halte dich für eine starke Frau. Doch auch starke Menschen müssen manchmal Hilfe annehmen. Das gilt sogar für dich, auch wenn du denkst, dass du unverwundbar bist.«

Tina schnaubte vor Wut. Was dachte der eigentlich, mit wem er redete? »Ich kann gut auf mich selbst aufpassen. Setz deine Leute lieber dafür ein, den Mörder zu finden, anstatt unbescholtene Bürgerinnen zu belästigen!« Sie legte auf und warf das Handy mit Wucht zurück auf den OP-Tisch. Nur dank der weichen OP-Unterlage zerbarst es nicht in tausend Stücke. »Er will mich nur beschützen, ha!«

Sanne hatte einen träumerischen Ausdruck im Gesicht. »Ist das nicht romantisch? Er will nicht, dass dir etwas passiert.«

»Was soll denn daran romantisch sein? Er will mich nur beschützen, ja, ja. Und Elefanten können fliegen!«

»Dumbo *kann* fliegen.«

»Sanne! Du weißt genau, was ich meine!«

Die Türglocke kündigte an, dass ein Kunde die Praxis betreten hatte.

Tina atmete ein paar Mal tief durch, um sich zu beruhigen, doch sie war einfach zu wütend. »Von wegen beschützen, Voss. Der Einzige, vor dem ich beschützt werden muss, bist du!«

Als der letzte Kunde gegangen war, machte Tina die Abrechnung und sicherte die Daten. Sanne leerte die Mülleimer und machte sich mit einem Wischmopp daran, die Praxis zu feudeln.

»Ich werde gleich mal auf den Golfplatz fahren«, verkündete Tina. »Vielleicht hat dort irgendwer irgendwas beobachtet, was mir einen Hinweis auf Alixas Mörder gibt.«

»Du hast doch wohl nicht vor, ohne mich dahin zu fahren, oder?«

»Eigentlich …«

»Kommt nicht infrage. Wir ermitteln zusammen. Lass mich nur kurz fertig wischen und mich umziehen.«

Kapitel 31

Tina tauschte ihre Praxisjeans gegen ihre kurze schwarze Hose und wechselte das T-Shirt. »Ich bin so weit!«, rief sie Sanne zu.
»Komme schon!«

Sanne hatte einen froschgrünen Rock angezogen, der ihr bis halb über die Oberschenkel ging, und dazu ein enges quietschgelbes T-Shirt mit dem Spruch »Ich bin Mutter, was dagegen?«. Um von dem Farbschock nicht blind zu werden, setzte Tina schnell ihre Sonnenbrille auf.

Sie rief nach Swatt, und gemeinsam gingen sie zu Tinas Auto.

Als sie die Fahrertür öffnete und einsteigen wollte, prallte sie zurück, als die angestaute heiße Luft ihr ins Gesicht schlug. »Hoffentlich wird bald ein Parkplatz in der Tiefgarage frei. Diese Affenhitze im Auto hält man ja kaum aus.«

»Das ist jetzt schon die fünfte Woche, in der es so abartig heiß ist. Das ist fast heißer als in der Sahara«, sagte Sanne.

Unschlüssig standen die beiden Frauen vor dem Auto, bis Tina schließlich sagte: »Es nützt ja nichts. Wenn wir warten wollen, bis es abkühlt, stehen wir nächste Woche noch hier.« Sie ließ Swatt auf den Rücksitz springen und stieg ein. »Scheiße, ist das Lenkrad heiß!«

Sanne ließ sich auf den Beifahrersitz fallen. »Fahr endlich los, und mach die Primaanlage an.«

Tina warf ihr einen Blick zu, als sie den Motor startete und losfuhr. »Primaanlage?«

Sanne lachte. »Das sagt Leon immer. Mit dem Wort ›Klimaanlage‹ kann er nichts anfangen.«

»Gefällt mir«, sagte Tina.

Während der Fahrt blickte Tina immer wieder in den Rückspiegel, konnte aber keinen blauen Golf entdecken. Als sie zur Einmündung zum Deertenhoff kamen, bog sie in die kleine Straße ein und fuhr in Richtung des Hofes.

»Was machen wir hier? Musst du was von zu Hause holen?«

»Falls wir verfolgt werden, sieht es so aus, als würde ich nach Hause fahren. Wir fahren über die Felder und kommen von der anderen Seite zum Golfplatz.«

Sanne blickte Tina alarmiert an. »Hast du den Typen wieder gesehen?«

»Nein, aber vielleicht ist er jetzt unauffälliger oder wurde abgelöst.«

Tina fuhr auf den Hof, an ihrem Häuschen vorbei und den Feldweg am See entlang. Sie rumpelten über die kleine Brücke über den Durchlauf, einen kleinen Bach, der den Vierer See mit dem Plöner See verband, und weiter zwischen den Wiesen hindurch. Tina musste sehr langsam fahren, da Massen an Fahrradfahrern und einige Wanderer unterwegs waren. Eine Jugendgruppe von etwa zwanzig Teens um die fünfzehn Jahre schlurfte über den Weg. Tina trommelte auf das Lenkrad, bis auch der Letzte der gelangweilt bis genervt blickenden Jugendlichen dem Auto Platz gemacht hatte.

»Denen kannst du beim Gehen die Schuhe besohlen.«

Sanne grinste. »Diese Jugend von heute.«

Auf der anderen Seite des Vierer Sees kam der Bismarckturm in Sicht, dessen Spitze schmutzig grau knapp aus dem Grün der umgebenden Bäume ragte.

»Da ist der Turm. Hoffentlich finden wir was raus«, sagte Sanne.

»Wir müssen einfach.«

Sie zogen eine dicke Staubwolke hinter sich her, als sie endlich auf Bosauer Gebiet ankamen und in Richtung Waldshagen weiterrumpelten.

»Eins ist klar: Uns ist niemand gefolgt«, stellte Tina zufrieden fest, als sie auf die Zufahrt zum Golfplatz einbog.

Sie fuhr die kurze Allee zum Parkplatz entlang, parkte unter einer Eberesche und stieg aus. Swatt sprang aus dem Auto und begoss ein paar trocken wirkende Begonien in einem Beet neben dem Parkplatz.

Das Clubgebäude war ein eingeschossiges rotes Backsteingebäude mit bodentiefen Fenstern und einem Grasdach. Darin befanden sich die Rezeption, der Golfshop und ein Restaurant.

Tina blickte sich um. Auf dem Parkplatz standen etwa zwanzig Autos, doch auf dem Green war kaum jemand zu sehen.

»Wenn so ein Golfplatz ökologisch betrachtet nicht genauso tot wäre wie eine Betonfläche, wäre es ein recht netter Anblick«, bemerkte sie.

Sanne seufzte. »Kannst du nicht einfach den Anblick eines gepflegten Rasens genießen?«

»Lass das hier bloß keinen hören, dass du das Green als Rasen bezeichnest. Das habe ich mal einer Bekannten gegenüber gesagt, die passionierte Golferin ist; die hat mich angeguckt, als hätte ich behauptet, ein Lamborghini wäre ein besserer Bollerwagen.«

»Na gut. Gehen wir rein?«

Sie marschierten zur Eingangstür, öffneten sie und traten in das kühle Gebäude.

»Wie angenehm. Die haben hier eine Klimaanlage«, sagte Sanne.

Auf der linken Seite des mit hellem Marmor ausgelegten Foyers war ein breiter Tresen aus poliertem Kirschholz zu sehen, hinter dem eine Frau in weißem Poloshirt mit dem Aufdruck »Golfclub Gut Waldshagen« stand und sie freundlich lächelnd ansah.

»Einen schönen guten Abend. Was kann ich für Sie tun?«

Tina und Sanne gingen auf die Frau zu.

»Marion?«, rief Sanne plötzlich ungläubig. »Was machst du denn hier?«

»Sanne? Seit wann hast du so kurze und ...«, Marion machte eine Pause, in der sie offenbar nach Worten suchte, »... bunte Haare?«

»Die Haare habe ich mir während der Ausbildung abschneiden lassen, nachdem sie mir ein paar Mal in Blut und Eiter hingen.«

Marion machte ein angewidertes Gesicht, und Tina musste sich ein Grinsen verkneifen. Sanne liebte es, Nicht-Mediziner mit den ekligeren Aspekten des Jobs zu schocken.

Sanne wedelte kurz in ihre Richtung. »Das ist übrigens Tina, meine Chefin.«

Tina nickte Marion zu, und diese hob kurz grüßend die Hand.

»Ich war mit Marion auf der Realschule«, erklärte Sanne. »Wir waren echt dick befreundet.«

»Wir waren die Chaos-Queens. Die Lehrer haben uns gehasst«, sagte Marion und kicherte.

»Und dann ist Marion nach Göttingen gezogen, und wir haben uns aus den Augen verloren.« Sanne sah Marion an. »Aber jetzt bist du wieder da. Seit wann arbeitest du denn hier auf dem Golfplatz?«

»Seit vier Monaten. Nach der Schule habe ich in einem Hotel in Stuttgart gelernt, und jetzt bin ich hier.«

»Krass. Bei euch hier war ja in letzter Zeit einiges los, was?«

Marion blickte betroffen. »Die arme Doktor Müller! Und sie war immer so gern da oben. Sie kam bestimmt einmal im Monat, um auf den Turm zu gehen. Sie sagte, bei dem Blick und der Stille dort würde ihr Kopf frei werden.«

Das konnte Tina nachvollziehen. Sie hätte Alixa allerdings nicht so eingeschätzt, dass sie auf einen maroden Turm kletterte, um den Ausblick über die Seen zu genießen.

Sanne offenbar auch nicht. »Ich hätte gedacht, die geht zum Entspannen in ein Spa oder zum Yoga oder so.«

»Das hat sie auch regelmäßig gemacht. Aber oben auf dem

Turm hat es ihr immer noch am besten gefallen.« Marions Unterlippe begann zu zittern. »Hätte ich ihr bloß den Schlüssel nicht gegeben, dann wäre sie noch am Leben!« Tränen strömten über ihr Gesicht und hinterließen eine schwarze Mascaraspur auf ihren Wangen.

Sanne kramte in ihrer Tasche nach einer Packung Taschentücher und reichte sie Marion. Diese schnäuzte sich und wischte über die Tränenspuren.

»Wo wird denn der Schlüssel aufbewahrt? Konnte den jeder nehmen?«, erkundigte sich Tina.

»Nein, natürlich nicht. Der liegt hier bei der Geldkassette in einer abschließbaren Schublade. Hätte ich ihn ihr doch bloß nicht gegeben.«

Marions Unterlippe zitterte schon wieder, sodass Tina schnell das Thema wechselte.

»Weißt du, ob Graf von Finkenstein am letzten Samstagnachmittag hier war?« Sie konnte sich immer noch nicht von ihrer Theorie, dass der Graf der Mörder war, verabschieden.

Marion schniefte noch einmal und schaute Tina dann misstrauisch an. »Warum willst du das denn wissen?«

»Das Problem ist, dass die Polizei die Falsche verdächtigt, und jetzt müssen wir rausfinden, wer der wahre Mörder ist«, erklärte Sanne.

Tina konnte nicht glauben, dass Sanne so freigebig mit ihren Informationen war, und sah sie wütend an. Sanne bemerkte es nicht oder wollte es nicht bemerken.

Marions Augen hatten sich geweitet, sie starrte Sanne an und stammelte: »Sie verdächtigen *dich*? Aber wieso das denn?«

Sanne verzog keine Miene und unternahm nichts, um Marions Irrtum aufzuklären. »Weil die Bullen total inkompetent sind und nicht mal eins und eins zusammenzählen können. Jetzt müssen wir den Mord aufklären. Hilfst du uns?«

Marion überlegte nur kurz, dann hob sie die rechte Faust.

Sanne schlug ihre Faust dagegen, und die beiden machten mehrere kompliziert aussehende Gesten.

»Hahaha, die Chaos-Queens sind wieder da!«

Tina schüttelte grinsend den Kopf. Das sah eher nach den Drama-Queens aus.

Marion beugte sich über den Tresen und spähte in alle Richtungen. »Der Graf war nicht hier«, zischte sie.

Tina wollte schon laut lachen, denn zum einen war niemand im Foyer zu sehen, und zum anderen hatte Marion entschieden zu viele schlechte Fernsehkrimis gesehen. Sanne jedoch ging auf Marion ein, beugte sich ebenfalls vor, sodass ihr Mund dicht an Marions Ohr war, und flüsterte etwas hinein. Tina verdrehte die Augen, doch wenn sie so an Informationen kamen, so what. Sollten die beiden doch Spion spielen.

»Natürlich könnte er hier gewesen sein, ohne dass ich ihn gesehen habe, aber wenn er golfen wollte, müsste er in der Liste stehen«, erklärte Marion jetzt wieder in normaler Lautstärke. »Jeder, der golfen will, muss sich eintragen lassen und unterschreiben, wenn er gespielt hat.«

»Können wir einen Blick in die Liste von letztem Samstag werfen?«, fragte Tina aufgeregt.

Marion schüttelte den Kopf. »Die Polizei hat die Liste mitgenommen.«

Tinas Hoffnungen sanken.

»Allerdings scannen wir die Liste abends immer ein.«

»Kannst du uns einen Ausdruck machen?«, fragte Sanne.

»Das darf ich nicht. Datenschutz und so.«

»Marion, bitte. Es ist für einen guten Zweck. Der wahre Mörder muss gefunden werden.«

»Ich würde dir ja gern helfen, aber wenn das rauskommt, bekomme ich einen Riesenärger.«

»Wo sollen denn meine armen kleinen Jungs bleiben, wenn ich eingebuchtet werde?« Sanne sah Marion flehend an.

»Du hast Kinder?«

Sanne nickte. »Finn und Leon. Sie sind fast vier.«

Marion biss sich auf die Unterlippe, während sie mit sich rang. »Na gut, aber ihr dürft niemandem sagen, dass ihr die Liste von mir habt. Wenn ihr es doch tut, werde ich abstreiten, euch jemals gesehen zu haben.«

»Abgemacht«, rief Sanne.

Marion tippte auf der Tastatur herum, und ein Drucker erwachte zum Leben. Bevor sie Sanne die Liste gab, schaute sie sich noch einmal im Foyer um und schob dann die beiden DIN-A4-Seiten über den Tresen. Sanne schnappte sich die Liste und fing an zu lesen. Tina blickte ihr über die Schulter. Der Graf war tatsächlich nicht eingetragen.

»Guck mal, hier«, rief Tina und zeigte auf einen Eintrag am Anfang der zweiten Seite der Liste. »Gräfin Louise von Finkenstein!«

»Ja, die war über Mittag hier«, bestätigte Marion. »Sie war mit einer kleinen Gruppe unterwegs.«

»Mit einer Gruppe?«

»Ja, sie und zwei andere sind um halb zwölf losgegangen und waren erst um halb vier wieder hier.« Marion zeigte auf die entsprechenden Einträge in der Liste. Sie runzelte die Stirn. »Das ist ungewöhnlich.«

»Was denn?«, fragte Tina.

»Sie war mit zwei anderen, ebenfalls guten Spielerinnen unterwegs. Die haben alle ein Handicap von unter zwanzig.«

»Ja, und?«, drängte Sanne.

»Sie hätten eigentlich eher zurück sein müssen. Spieler mit gutem Handicap brauchen für die achtzehn Löcher nur ungefähr dreieinhalb Stunden. Und am Samstag waren nicht viele Leute auf dem Platz. Es ist zu heiß, wisst ihr?«

»Sie hätte also deutlich eher wieder zurück sein müssen?«, fragte Tina, während ihre Gedanken rasten.

Marion nickte. Tina sah in Sannes Gesicht die gleiche Aufregung, die sie fühlte.

»Was könnte sie denn so lange gemacht haben?«

Marion zuckte mit den Schultern. »Manchmal sucht man länger nach einem verschlagenen Ball. Oder eine der Damen hatte einen schlechten Tag und war deutlich über Par.«

»Hä?«, machte Sanne.

»Es ist auf einem Platz vorgegeben, wie viele Schläge man mindestens braucht, um ein Loch zu spielen. Das nennt sich Par. Wenn man mehr Schläge braucht, ist man einen über Par oder zwei oder ...«

»Verstanden«, fiel Tina ihr ins Wort. »Aber es ist doch bestimmt ungewöhnlich, dass ein guter Golfer deutlich schlechter spielt als normalerweise. So viel schlechter, dass man eine halbe Stunde länger braucht als sonst.«

»Es ist eigenartig, ja«, bestätigte Marion.

»Vielleicht haben sie eine Pause gemacht«, schlug Sanne vor. »An einem schattigen Plätzchen einen kleinen Plausch gehalten?«

»Mit Sicherheit nicht. Die kommen zum Golfen und nicht zum Schnacken her. Und die Gräfin ist sehr ehrgeizig, das hätte sie niemals gemacht. Wenn geplauscht wird, dann hinterher bei einem Sekt oder einer Tasse Kaffee.«

»Wenn wir doch nur rausfinden könnten, was sie so lange gemacht haben«, sagte Tina. »Wer waren denn die anderen in der Gruppe?«

»Gib mir die Liste noch mal.«

Sanne schob die Zettel zu Marion, die mit einem Kugelschreiber an zwei der Namen ein Kreuz machte.

»Hier, Baronin von Warteren und Frau von Almstedt.«

»Geben diese Adligen sich eigentlich nie mit normalen Leuten ab?«, fragte Tina.

»Die bleiben schon möglichst unter sich, glaube ich«, erwiderte Marion.

»Von irgendwoher muss die Inzucht ja kommen.«

»Hast du was gegen Adlige?«

»Eigentlich nicht, ich habe bloß in letzter Zeit zu viele unsympathische getroffen«, erwiderte sie. »Sind die beiden Damen denn zufällig heute hier?«

Marion schüttelte den Kopf. »Ich glaube aber, dass Baronin von Warteren morgen Vormittag eingetragen ist. Moment, ich schau mal nach.« Marion klapperte wieder auf der Tastatur herum. »Ja, sie hat morgen um zehn gebucht.«

»Dann müsste sie so gegen halb zwei fertig sein, oder?«, fragte Tina.

»Richtig.«

Tina sah Sanne an. »Ich schätze, wir müssen morgen noch mal herkommen.«

»Ist gebongt. Wir sehen uns morgen, Marion.«

»Und bitte zu keinem ein Wort«, sagte Tina und beugte sich verschwörerisch über den Tresen. »Wir wollen doch nicht, dass Freifrau zu Schlag-mich-tot vorgewarnt ist und uns irgendwelche Märchen erzählt«, flüsterte sie Marion ins Ohr.

Marion machte große Augen und tat so, als würde sie sich den Mund zuschließen und den Schlüssel wegwerfen.

Tina machte das Daumen-hoch-Zeichen und winkte ihr zu, bevor sie sich zum Gehen wandte und nach Swatt rief, der sich auf den kühlen Fliesen lang ausgestreckt hatte.

»Was haben die bloß so lange gemacht?«, fragte sie, als sie wieder im Auto saßen und über die Felder zum Deertenhoff zurückfuhren.

»Vielleicht ist einer der Damen ein Fingernagel abgebrochen, und es musste Erste Hilfe geleistet werden«, sagte Sanne und kicherte.

Tina lachte, wurde aber schnell wieder ernst. »Hoffentlich sind wir morgen schlauer.«

Kapitel 32

Am nächsten Tag fuhren Tina und Sanne in der Mittagspause zu Tina nach Hause und machten sich ein paar belegte Brote. Tina hatte am Vorabend, nachdem sie Sanne nach Hause gefahren hatte, noch einen Großeinkauf im Bioladen gemacht und konnte deshalb mit Gouda, Salami, Shrimps in Cocktailsauce und verschiedenen Gemüsesorten aufwarten.

»Wie gehen wir die Sache am besten an?«, fragte Sanne und biss krachend in eine Möhre.

»Ich habe mir gestern Abend überlegt, wie wir es machen können«, sagte Tina und weihte Sanne in ihren Plan ein.

»Und du meinst, das kauft sie dir ab?«

»Es ist das Beste, was mir eingefallen ist. Oder hast du eine andere Idee?«

»Nee, leider nicht.«

»Na gut, es ist kurz nach eins. Lass uns los.«

Swatt war aufgesprungen und tanzte aufgeregt um Tina herum.

»Nein, Großer, du bleibst hier. Es ist viel zu heiß da.«

Swatt schaute Tina mit einem Ausdruck abgrundtiefer Trauer und absoluten Unverständnisses an und verzog sich in seinen Korb neben der Terrassentür.

»Wir gehen später noch eine Runde schwimmen«, versprach Tina ihm.

Auf dem Parkplatz des Golfclubs war deutlich weniger los als am Vortag. Tina parkte seitlich vom Clubhaus im Schatten und stieg aus. Als die beiden Frauen die Rezeption betraten, war Marion im Gespräch mit einem älteren Herrn und blickte auf, als Tina und Sanne hereinkamen. Sie winkte ihnen zu und beeilte sich, den Mann loszuwerden. Endlich war er zufriedengestellt, und Marion eilte zu Tina und Sanne.

»Sie ist da«, rief sie schon von Weitem. »Sie ist gerade fertig geworden und will etwas essen, nachdem sie geduscht hat.«

»Prima. Gib uns ein Zeichen, wenn sie kommt«, sagte Tina und ließ sich in einen Ledersessel fallen, der als Teil einer Sitzecke vor einem der großen Fenster stand.

Man hatte einen hervorragenden Blick auf den Golfplatz, konnte aber auch den Tresen im Blick behalten.

Sanne ließ sich in den zweiten Sessel fallen und kramte ein Kaugummi aus der Tasche.

»Wo bleibt die denn bloß?«, fragte sie, nachdem sie eine Zeitschrift übers Golfen durchgeblättert hatte, die sie sich von einem Beistelltisch genommen hatte. »In der Zeit habe ich die Kinder gebadet, selbst geduscht und mich eingecremt, und die Alte ist immer noch nicht fertig.«

»Da kommt jemand«, zischte Tina und sah zu Marion hinüber. Diese nickte fast unmerklich.

Tina stand auf, rückte ihre Sonnenbrille zurecht und schob sich schnell einen Kaugummi in den Mund. »Frau von Warteren?«, rief sie und ging auf die hochgewachsene, schlanke Frau zu.

Vom Gesicht her sah die Baronin aus wie Anfang dreißig, doch die Falten am Hals ließen darauf schließen, dass sie mindestens in den Fünfzigern sein musste. Ihre blond gefärbten Haare fielen in sanften Wellen um ihr Gesicht, ihre Fingernägel waren frisch manikürt, und sie trug ein wehendes Etwas – Tina fiel dazu nur das Wort Gewand ein – aus dünnem, mit einem feinen floralen Motiv bedruckten Stoff.

»Und Sie sind?«, fragte die Baronin und musterte Tina und Sanne abschätzig.

»Ich bin Svenja«, sagte Tina und hielt der Baronin die Hand hin.

Diese blickte mit unbewegter Miene auf die zerkratzte Haut, sah dann wieder Tina an und runzelte leicht die Stirn.

Tina ließ die Hand sinken. »Ich war mit der Stallkatze beim Tierarzt. Sie fand das keine gute Idee und ist ausgerastet. Leider auf mir.«

Die Baronin zog kaum wahrnehmbar die rechte Augenbraue hoch.

»Wie auch immer. Ich bin auf der Suche nach Gräfin von Finkenstein. Ich sollte sie schon am Samstag hier treffen, aber sie war nicht da«, fuhr Tina fort und kaute auffällig auf ihrem Kaugummi.

»Warum sollte die Gräfin sich mit Ihnen treffen wollen?«, fragte die Baronin in einem Tonfall, der ausdrückte, dass sie sich nicht vorstellen konnte, dass sich ihre Freundin mit so einer gewöhnlichen Person wie Tina abgeben würde.

Tina schluckte ihre aufsteigende Wut herunter und antwortete freundlich: »Ich arbeite für einen Pferdezüchter. Die Gräfin will vielleicht ein Pferd bei ihm kaufen. Ich habe ihr angeboten, ihr was über Front Door To Heaven zu erzählen, als ich sie neulich kurz getroffen hab.«

Die Baronin nickte. »Das sieht Louise ähnlich. Mit ihren Pferden stellt sie sich wirklich an.«

Tina verkniff sich ein zufriedenes Grinsen. Die Baronin hatte die Geschichte geschluckt.

»Ich hab am Samstag voll lange hier auf sie gewartet. Aber sie kam nicht.« Tina kaute wieder heftig auf ihrem Kaugummi. »Und dann musste ich zurück nach Eutin. Wir haben da ein Pferd abgeliefert.«

Die Baronin sah Tina ungeduldig an und blickte demonstrativ auf ihre goldene, mit kleinen Brillanten verzierte Rolex.

Tina beeilte sich fortzufahren. »Leider habe ich keine Telefonnummer von ihr. Ich konnte auch nicht eher wiederkommen, sonst hätt ich noch mal versucht, sie hier zu treffen. Ich hab nicht frei bekommen.«

Die Baronin sah so aus, als hielte sie es für überflüssig, dass Angestellte überhaupt freie Tage haben mussten.

»Heute ist sie nicht hier«, sagte sie und wollte sich zum Gehen wenden.

»Wissen Sie zufällig, ob sie mich am Samstag gesucht hat?«, fragte Tina schnell. »Wenn nicht, will sie Heaven vielleicht gar nicht mehr haben.«

Die Baronin sah unschlüssig aus, ob sie die Frage beantworten sollte.

»Aber wenn doch, wäre sie bestimmt sauer, wenn sie die Gelegenheit verpassen würde, etwas über die Krankheit des Pferdes zu erfahren«, warf Sanne ein, und Tina schaute sie anerkennend an.

»Hmm, lassen Sie mich überlegen.«

Tina hielt vor Spannung den Atem an.

»Ich weiß, dass sie am vergangenen Sonnabend wenig Zeit hatte. Sie war gegen Ende des Spiels etwas unkonzentriert und hat öfter auf die Uhr geschaut.« Die Baronin machte eine Pause und überlegte.

»Ja?«

»Es muss an Loch achtzehn gewesen sein. Da hatte sie den Ball in den Bunker gespielt ...« Sie unterbrach sich, als sie Sannes verständnislosen Blick bemerkte. »Für beklagenswert Unwissende: Der Bunker ist eine sandgefüllte Grube und dient als Hindernis. Louise – Gräfin von Finkenstein – schlug den Ball nach einem für ihr Handicap wirklich außerordentlich unglücklichen Schlag aus dem Bunker weit ins Rough hinter einen Hügel. Sie ließ es sich nicht nehmen, alleine nach dem Ball zu suchen, und kam erst nach über einer Viertelstunde wieder. Meine Bekannte und ich hatten schon überlegt, ohne sie weiterzumachen, zumal wir ja fast fertig waren.«

Tina konnte ihre Aufregung kaum verbergen. Die Gräfin war zum Tatzeitpunkt über eine Viertelstunde lang weg gewesen!

»Und hat sie gesagt, wo sie war?«, fragte Tina. »Vielleicht hat sie mich gesucht?«, ergänzte sie, weil sie fast ihre Geschichte vergessen hätte.

»Sie sagte, es hätte so lange gedauert, den Ball zu finden.«

»Schade.« Tina machte ein angemessen geknicktes Gesicht.

»Aber bei Louise kann man nie wissen, woran man ist. Sie lässt sich nicht in die Karten schauen. Ich würde an Ihrer Stelle davon ausgehen, dass sie nach wie vor daran interessiert ist, was Sie über das Pferd zu sagen haben.«

»Vielen Dank«, sagte Tina überschwänglich. »Sie hat mir auch ein bisschen …«, sie drehte ihre rechte Handfläche nach oben und rieb mit dem Daumen über den Zeigefinger, »… versprochen, wenn Sie verstehen, was ich meine.« Sie zwinkerte der Baronin komplizenhaft zu und wurde mit einem angewiderten Gesichtsausdruck belohnt.

Die Baronin wandte sich schnell ab und ging auf das Restaurant zu.

»Wiedersehen!«, rief Tina ihr hinterher.

Die Baronin reagierte nicht und stieß die Tür zum Speisesaal auf.

Tina wartete, bis sie verschwunden war. »Volltreffer! Sie hatte die Gelegenheit und das Motiv!«

»Und das wäre?«

»Das gleiche, das es beim Grafen gewesen wäre. Alixa hat sie erpresst und musste zum Schweigen gebracht werden.«

»Und der Trainer? Hat sie den auch umgebracht?«

»Mit Sicherheit. Er durfte nichts verraten, denn so wie ich sie mittlerweile einschätze, hat sie sich die Sache mit den Wettmanipulationen ausgedacht. Ich schreibe Mareike gleich mal, dass sie unbedingt Susi fragen soll, ob die Gräfin die ganze Zeit auf dem Fest war.«

Sanne überlegte. »Aber wie passt der Sand in unsere schöne Theorie?«

»Die Gräfin hat den Ball aus dem Bunker geschlagen. Und was ist in einem Bunker?«

Sanne grinste. »Sand!«

Sie hob ihre Hand zu einem High five, und Tina schlug klatschend ein.

»Und, habt ihr etwas Interessantes erfahren?«, rief Marion vom Tresen aus.

»Und ob.«

Sanne und Tina gingen zu ihr hinüber.

»Es war sehr informativ«, sagte Tina. »Ich müsste jetzt unbedingt eine Probe aus dem Bunker von Loch achtzehn nehmen. Meinst du, das geht?«

»Wieso das denn? Da ist doch nur Sand drin.«

»Eben.«

Marion wartete, doch da Tina keine Erklärung anbot, wiegte sie nachdenklich den Kopf und musterte die beiden von oben bis unten. »So, wie ihr ausseht, könnt ihr nicht auf den Platz gehen. Da fliegt ihr sofort wieder runter.«

Kapitel 33

»Ich komme mir total dämlich vor«, schimpfte Sanne und zog an der großkarierten Golferhose. »Mann, das Ding ist affenheiß und kratzt wie Sau!«

»Das ist Schurwolle«, antwortete Tina, die sich ebenfalls äußerst unwohl fühlte in ihrer viel zu weiten Golferhose. Wenn sie sie nicht am Bund festgehalten hätte, wäre sie ihr auf die Knöchel gerutscht.

»Tut mir leid, Sommersachen habe ich nicht. Die beiden Hosen hier sind letzten Winter liegen geblieben, und keiner scheint sie zu vermissen.«

»Wenn ich einen Gürtel hätte, ginge es«, sagte Tina.

»Ich schau mal, ob ich irgendwo einen auftreiben kann.«

»Wenigstens passen diese blöden Schuhe«, sagte Sanne, während sie den ersten Schuh eines alten Paares von Marion anzog.

Tina hatte nicht so viel Glück, ihre Schuhe schlappten bei jedem Schritt. Aber für das kurze Stück zu Loch achtzehn, das direkt rechter Hand neben dem Clubhaus lag, sollte es gehen.

Marion kam mit einem Gürtel zurück und zog einen etwas angeschlagen aussehenden Golfkarren hinter sich her. Das Leder war an vielen Stellen rissig, und die Räder eierten. Vier Schläger steckten darin, die ebenfalls ihre besten Tage hinter sich hatten.

»Hier. Wenn man euch nicht zu genau anschaut, sollte es funktionieren.« Tina sah, dass Marion sich ein Grinsen verkneifen musste. »Passt aber bloß auf, dass euch unser Greenkeeper Hermann nicht erwischt. Wir hatten in letzter Zeit ein paar Idioten, die in den Bunkern Chinaböller gezündet haben. Er ist echt angefressen deswegen und ein bisschen cholerisch.«

»Na toll«, bemerkte Sanne.

Nachdem Tina die Hose mit dem Gürtel festgezurrt hatte und ein Poloshirt, das ebenfalls Marion gehörte, über ihr T-Shirt gezogen hatte, griff sie nach dem Golfkarren und ging in Richtung Loch achtzehn. Sie hatte von Marion noch eine kleine Tüte geschnorrt, in die sie die Sandprobe aus dem Bunker einfüllen wollte.

Sanne stapfte vor sich hin murrend hinter ihr her. »Diese Hose bringt mich um. Mann, ist das heiß! Tina, hast du Wasser dabei?«

Tina drehte sich zu ihr um. »Mensch, Sanne, wir sind doch erst zehn Meter gelaufen. So schnell verdurstest du nicht.«

»Boah, ist mir heiß. Mir qualmen schon die Socken.«

Tina schüttelte den Kopf und beschloss, das Gemotze zu ignorieren.

Wenn die Sandproben übereinstimmten, hätte sie den Täter oder, besser gesagt, die Täterin überführt. Hoffentlich schrieb Mareike bald, was Susi über die Gräfin gesagt hatte.

»Ich frage mich nur, wieso die Gräfin auf Daisy geschossen hat«, überlegte sie laut.

»Wieso? Vielleicht ist Daisy auf sie losgegangen und nicht auf den Grafen.«

»Aber soweit wir wissen, hatte die Gräfin keinen Streit mit dem Trainer. Das waren nur Alixa und der Graf. Außerdem hatte der Graf den Verband an der Hand.«

»Keine Ahnung. Mir qualmt so schon der Kopf, auch ohne dass ich mir darüber Gedanken machen muss. Diese Hitze bringt mich um.«

Während sie den Rest der Strecke schweigend zurücklegten, dachte Tina weiter über den Schuss auf Daisy nach, kam aber zu keinem Ergebnis.

Endlich waren sie auf dem Green vor dem Loch angekommen.

Eine weiße Flagge mit der Nummer achtzehn wehte über einer kleineren gelben Fahne in der lauen Brise. Ein Teich blinkte zu ihrer Rechten, an seinem Ufer stand ein kleiner Schwarm Graugänse. Die reckten den Hals und schnatterten aufgeregt, als Tina und Sanne näher kamen.

»Und wo ist jetzt dieser blöde Bunker?«, fragte Sanne und schirmte die Augen mit den Händen ab, um gegen die Sonne sehen zu können. »Ich hätte meine Sonnenbrille mitnehmen sollen.«

Tina schaute sich um. In etwa fünfzig Meter Entfernung war die Mulde eines Bunkers zu erkennen.

Sie zeigte darauf. »Da lang.«

Als sie auf den Bunker zugingen, flogen die Gänse laut schnatternd in Richtung des Vierer Sees auf. Tina sah ihnen nach und folgte dann Sanne, die bereits neben dem Bunker stand.

»Sieht aus wie eine Sandkiste. Wenn der Golfplatz mal nicht mehr läuft, können die die Dinger an Kitas vermieten.«

Vorsichtig stieg Tina in den Bunker hinein und zückte die Plastiktüte. Schnell schaufelte sie eine kleine Handvoll Sand hinein und verknotete die Tüte sorgfältig. Dann arbeitete sie sich mühsam wieder aus der Kuhle heraus, wobei ihr der Sand von oben in die Schuhe rieselte.

»Falls ich die Tüte verliere, können wir immer noch eine Probe aus den Schuhen nehmen«, sagte sie.

Sanne lachte, verstummte dann aber plötzlich. »Da hinten kommt ein Typ auf einem Sitzmäher. Ob das dieser Hermann ist? Wir sollten sehen, dass wir abhauen!«

Tina blickte zu dem grün-gelben Aufsitzmäher, auf dem ein Mann mit gräulichem Vollbart und Schirmmütze saß. Sein dicker Bauch schwabbelte über dem Bund seiner dunkelgrünen Arbeitshose. Er hielt auf der anderen Seite des Bunkers an und gestikulierte wütend zu ihnen herüber.

»He, Sie da! Was machen Sie da?«, rief er.

»Na, wir golfen, was denn sonst?«, schrie Sanne zurück und zog wahllos einen der Schläger aus dem Golfkarren.

»Ich habe Sie beobachtet. Sie haben nicht gegolft! Sie haben Böller in den Bunker getan!«

»Haben wir nicht! Oder haben Sie einen Knall gehört?«

Hermann war logischen Argumenten nicht zugänglich. »Ich rufe die Polizei«, brüllte er, bevor er Gas gab.

Das konnte Tina nun wirklich nicht gebrauchen. Bei ihrem Glück würde Jan davon erfahren, und dann gute Nacht.

»Und Abgang«, rief sie und ging im Laufschritt in Richtung des Clubhauses. Sanne warf den Schläger zurück in den Karren und folgte ihr.

Der Mann auf dem Rasenmäher musste um den Bunker herumkurven, bevor er ihnen folgen konnte.

Sanne blickte über die Schulter zurück. »Er kommt näher!«, schrie sie und überholte Tina.

Auch Tina warf einen Blick zurück. Hermann hatte Vollgas gegeben, und der Motor des Rasentreckers jaulte gequält auf. Entsetzt sah sie, wie der Trecker über das Green jagte. Hermann schrie etwas, doch sie konnte über dem Lärm des Motors nicht hören, was er sagte. Sie ließ den Golfkarren los und rannte, so schnell sie konnte, hinter Sanne her. Der Motorenlärm wurde lauter, als der Rasentrecker näher kam.

Mittlerweile konnte Tina verstehen, was Hermann brüllte. »Euch krieg ich! Ihr habt das letzte Mal auf meinem Golfplatz Böller gezündet! Stehen bleiben!«

Tina versuchte, ihr Tempo noch zu steigern, obwohl ihre Lunge brannte und sie keuchte wie ein Mops nach einer Runde Ballspielen. Plötzlich merkte sie, wie ihr rechter Schuh rutschte. Beim nächsten Schritt hing er nur noch an ihren Zehen, und sie wäre fast hingefallen, als sich der Schuh beim Auftreten verkantete. Sie machte eine kurze Schleuderbewegung nach hinten, und der Schuh flog durch die Luft und traf den Rasentrecker an der Motorhaube.

»Das bedeutet Krieg!«, schrie Hermann, und sein Gesicht nahm eine ungesunde tiefrote Farbe an.

Tina rannte weiter. Sanne war bereits an der Tür des Clubhauses angekommen und blickte sich jetzt nach ihr um.

Das Haus war nur noch etwa fünfzehn Meter entfernt, als Hermann Tina überholte und ihr mit dem Trecker den Weg abschneiden wollte. Er riss das Lenkrad herum, doch da er immer noch mit Höchstgeschwindigkeit fuhr, geriet der Trecker ins Schleudern und prallte gegen einen dunkelblauen Audi. Hermann wurde vom Sitz geschleudert und knallte mit einem dumpfen Geräusch auf den Kies.

Entsetzt schrie Tina auf und rannte zu ihm. »Ist Ihnen was passiert?«, rief sie und beugte sich über Hermann.

Seine Hand schoss vor und umklammerte ihren linken Knöchel. »Hab ich dich endlich«, stieß er keuchend hervor.

Tina versuchte, die Hand abzuschütteln, doch er hielt eisern fest. Sanne rannte zu Tina und blickte entgeistert auf die braun gebrannte, schwielige Hand um Tinas nackten Knöchel.

»Er lässt nicht los!«, rief Tina und schüttelte hektisch ihren Fuß, um sich zu befreien.

Mittlerweile waren einige Leute auf die Szene aufmerksam geworden.

Sanne überlegte nicht lange und trat Hermann mit ihrem Golfschuh direkt in den Schritt. Hermann grunzte, seine Augen wurden glasig, und während seine Pupillen zur Seite rutschten, wurde er schlaff. Tina zog ihren Fuß aus seiner Hand und schaute entsetzt auf den Greenkeeper.

»Oh Gott, Sanne!« Sie beugte sich hinunter und fühlte Hermanns Puls. Der war kräftig und regelmäßig.

»Tina, wir müssen weg!«, drängte Sanne.

Tina warf Hermann noch einen letzten Blick zu und ließ sich dann von Sanne ins Clubhaus ziehen. Im Laufen holte sie ihr Handy aus der Tasche, wählte den Notruf und schilderte den Unfall.

Marion blickte erschrocken von ihrem PC auf, als Tina und Sanne in die Lobby rannten.

»Wir wurden von einem Irren auf einem Rasenmäher verfolgt!«, schrie Sanne. »Und jetzt ist er verunglückt und ohnmächtig geworden.«

Marion überlegte nicht lange. »Hier rein, in mein Büro.«

Die Tür fiel in dem Moment ins Schloss, als die aufgeregte Stimme eines Mannes zu hören war. »Wir brauchen einen Krankenwagen! Hermann ist verletzt! Und mein Auto ist demoliert!«

»Ich rufe gleich die 112 an!«, antwortete Marion.

»Wo sind die beiden Frauen, die Hermann verfolgt hat? Sie sind gerade ins Clubhaus gelaufen.«

»Sie sind hinten raus«, rief Marion.

Sanne sah Tina an. »Meinst du, dieser Hermann erkennt uns wieder?«, flüsterte sie.

»Ohne die Verkleidung bestimmt nicht«, sagte Tina und begann, die Golfklamotten auszuziehen und sie hinter einem Ledersessel zu verstecken.

Auch Sanne zog schnell die Schuhe, die Hose und das Poloshirt aus und stopfte die Sachen ebenfalls hinter den Sessel.

»Wo ist dein zweiter Schuh?«, fragte sie.

Tina erzählte ihr im Flüsterton, was passiert war, und Sanne musste ein Lachen unterdrücken.

Die Bürotür öffnete sich, und Marion steckte den Kopf herein. »Los, ihr müsst abhauen, schnell!« Sie zeigte zu einem Seitenausgang.

»Danke, Marion! Ich schulde dir was!«, rief Sanne.

»Es reicht, wenn du mir bei einem Gläschen Wein erzählst, was passiert ist.«

»Melde dich bitte mal, wie es Hermann geht«, bat Tina.

»Geht klar, haut endlich ab!«

Tina riss die Tür auf und trat auf einen schmalen Kiesweg, der um das gesamte Gebäude herumlief. Vorsichtig gingen die beiden Frauen um die Hausecke zum Auto. Von dem Aufruhr um Hermann war hier nichts zu spüren. Als Tina auf die Zufahrt des Golfplatzes abbog, konnte sie eine Traube von Menschen sehen, die sich um Hermann und den Rasentrecker geschart hatte.

»Hoffentlich hat er sich nicht schlimm verletzt«, sagte sie.

»Wird schon okay sein«, meinte Sanne. »So doll, wie der dich festgehalten hat, kann ihm nichts Dramatisches passiert sein.«

»Bis auf den Tritt in die Eier.«

»Es war die schnellste Möglichkeit, dass er dich loslassen würde. Sonst würdest du da immer noch stehen.«

»Ich bin gespannt, ob uns der Sand weiterbringt«, wechselte Tina das Thema.

»Wehe, wenn nicht! So aufregend, wie es war, ihn zu bekommen, muss er einfach wichtig sein.«

Tina und Sanne hielten nur kurz auf dem Deertenhoff, um Swatt abzuholen, und fuhren dann weiter zur Praxis. Tina wollte sich vor Beginn der Sprechstunde den Sand aus dem Bunker unter dem Mikroskop ansehen. Sie streute ein paar der Körner auf einen Objektträger, spannte diesen in das Mikroskop ein und regulierte die Schärfe. Es waren gleichmäßig runde Körner zu sehen.

»Bingo!«, rief sie.

»Ist es der gleiche Sand?«

»Würde ich sagen.« Tina öffnete das Foto, das ihr Onkel ihr geschickt hatte, und verglich es mit der Probe aus dem Bunker. »Es ist definitiv dieselbe Sorte Sand.«

Sie sahen sich an.

»Die Gräfin ist die Mörderin.«

Sanne ließ sich auf den OP-Hocker fallen. »Hammer! Aber woher wusste sie, wann Alixa auf dem Turm sein würde?«

Tina überlegte. »Gute Frage. Ruf doch mal Marion an, und frag sie, ob Alixa immer samstagnachmittags auf den Turm gegangen ist.«

Die Türglocke klingelte zweimal kurz nacheinander, dann noch mal.

»Aber lass uns erst mal die Patienten versorgen.«

Es dauerte über eine Stunde, bis das Wartezimmer sich wieder geleert hatte.

»Sechs Kunden. Nicht schlecht für einen Freitagnachmittag und für die Hitze«, sagte Tina zufrieden.

»Soll ich jetzt mal Marion anrufen?«

Tina nickte. »Und frag sie nach Hermann!«

Sanne verschwand im Aufenthaltsraum. Nach fünf Minuten kam sie wieder.

»Und?«, fragte Tina erwartungsvoll.

»Also, Hermann geht es ganz gut, keine Brüche, nur ein paar Prellungen, und er hat einen Schock.«

Tina grinste. »Hätte ich auch, wenn mir jemand in die Eier getreten hätte.«

»Männer stellen sich aber auch immer an mit ihren Klöten«, sagte Sanne grinsend.

Tina lachte, wurde aber schnell wieder ernst. »Und was ist mit Alixa?«

»Sie ist immer an unterschiedlichen Tagen auf den Turm gegangen, je nach Lust und Laune, sagt Marion.«

»Hmm.« Tina wickelte ein Stück Schokolade aus und steckte es sich in den Mund. Dann hielt sie Sanne die Packung hin. »Auch eins? Ich brauche Schokolade zum Nachdenken.«

Sanne nahm ein Stück Schokolade und biss genüsslich hinein. »Lecker.«

Tina kaute langsam und nahm sich ein zweites Stück. »Mir fällt nur *eine* Möglichkeit ein, wie es funktioniert haben könnte. Es war Zufall. Sie hat Alixa gesehen, wie die zum Turm ging, hat ihren Ball absichtlich verschlagen und ist ihr nachgegangen.«

»Gelegenheit macht Mörder, oder wie?«

»So ähnlich. Es wäre interessant zu wissen, ob es allgemein bekannt war, dass Alixa gern zum Turm hochging.«

»Sie könnte es der Gräfin irgendwann mal erzählt haben.«

Tina nickte langsam. »Es würde Alixa ähnlich gesehen haben, damit anzugeben, dass sie jederzeit auf den Turm gehen durfte. Etwas, was die Gräfin wahrscheinlich nicht konnte.«

»Dann hätte sie also etwas gehabt, was sie der Gräfin voraushatte.«

»Ganz genau. Obwohl es der Gräfin bestimmt schnuppe ist, ob sie auf den baufälligen Turm steigen darf oder nicht.«

»Ich rufe noch mal Marion an und frag, ob auch die Gräfin den Schlüssel bekommen hat.« Sanne verschwand erneut im Aufenthaltsraum und kam telefonierend wieder zurück. »Danke, Marion.«

Tina blickte Sanne fragend an.

»Nee, die Gräfin hat den Schlüssel nicht bekommen.«

»Also, irgendwann erzählt Alixa, dass sie öfter auf den Turm geht. Dann kommt sie auf die Idee, die Gräfin zu erpressen, weil ihr Lover das Geld für sein marodes Schloss braucht.«

»Die Gräfin ist not amused, dass sie erpresst wird, findet raus, von wem – wie eigentlich?«, unterbrach Sanne sich und schaute Tina ratlos an.

»Weiß ich auf die Schnelle auch nicht, aber irgendwie muss sie es rausgefunden haben. Also, die Gräfin will Alixa loswerden, sieht, wie sie zum Turm geht ...«

»Geht ihr hinterher und schubst sie runter«, beendete Sanne den Satz. »Mensch, wir sind echt genial. Da hätte dein Surfertyp aber auch mal draufkommen können.«

»Er ist nicht mein Surfertyp«, stellte Tina mit einem leichten Stich im Herzen fest.

»Sagst du ihm jetzt, was du rausgefunden hast?«

»Ja, sicher. Das mache ich aber erst zu Hause nach der Sprechstunde. Ohne ein schönes Glas Rotwein und noch viel mehr

Schokolade bin ich dazu nicht in der Lage. Er wird stinksauer sein, dass ich doch weiterermittelt habe.«

»Und dass du auch noch die Mörderin überführt hast. So was mögen Männer gar nicht, das kratzt an ihrem Ego.«

Kapitel 34

Nach der Nachmittagssprechstunde fiel Tina ein, dass sie noch ihr Fahrrad von der Reparatur abholen musste. Als sie an ihr mit Sicherheit wieder affenheißes Auto dachte, beschloss sie, es in Plön stehen zu lassen und mit dem Rad nach Hause zu fahren. Der Großteil der Strecke verlief unter Bäumen, und Swatt könnte zwischendrin zum Abkühlen in den See springen.

Auf dem Weg zum Fahrradladen piepte ihr Handy. Sie zog es aus der Tasche und blickte auf das Display. Eine WhatsApp von Mareike!

Susi sagt, dass die Gräfin eine Zeit lang weg war. Sie hat gehört, wie die Gräfin etwas von einem Telefonat nach Übersee erzählt hat. Ist die Gräfin die Mörderin?
Pass bloß gut auf dich auf! GLG

Tina verzog das Gesicht zu einem grimmigen Lächeln. »Telefonat! Wer's glaubt!«

Ein alter Mann, der hauptsächlich aus Nase und Ohren zu bestehen schien und der sich schwer auf seinen Rollator stützte, schaute sie mit einem merkwürdigen Blick von der Seite an.

»Moin, Herr Ziegler«, grüßte sie und ging schnell in Richtung des Fahrradladens weiter.

Unterwegs blickte sie sich immer wieder unauffällig um. Sie war sich nicht sicher, ob sie noch beschattet wurde.

»Ist gerade fertig geworden«, rief Herr Özdemir, als sie den Laden betrat.

Es roch nach Gummi und Metall, und es herrschten gefühlte hundert Grad.

Er schaute sie mit einem breiten Lächeln an. Seine schwarzen Haare kräuselten sich feucht im Nacken und auf der Stirn, und in seinem Bart glänzten Schweißperlen.

»Jetzt sollten Sie erst mal keinen Platten mehr haben, die neuen Reifen sind zwar nicht total unkaputtbar, aber ein paar Glasscherben sollten sie abkönnen.«

»Dann kann ich jetzt fakirmäßig über ein Nagelbrett fahren.«

Er lachte dröhnend und holte ihr Fahrrad vom Hof hinter der Werkstatt. Tina bezahlte und schwang sich auf ihren Drahtesel.

Es hatte einen weiteren Vorteil, wenn sie das Auto in Plön stehen ließ. »Wenn dieser Kollege von Jan nicht auch ein Rad dabeihat, sollten wir ihn gut abhängen können«, erklärte sie Swatt.

Er wedelte und rannte hektisch um ihr Fahrrad herum.

»Es geht ja los, Junge!«

Schnell radelte sie in Richtung des Sees und bog auf den Strandweg ab. Die Luft war drückend, und in der Ferne waren dunkle Gewitterwolken zu sehen. Es donnerte, und der zunehmende Wind ließ die Fahnen am Anleger der Großen-Plöner-See Rundfahrt knallen.

»Lass uns mal einen Zahn zulegen, Swatt, sonst werden wir nass.«

Tina trat in die Pedale und bog schon nach kurzer Zeit in die Rosenstraße ab. Ein weißer Lieferwagen fuhr an ihr vorbei und parkte am Ende der Straße im Wendehammer. Tina beachtete ihn nicht weiter und fuhr auf dem Wanderweg am Seeufer weiter. Sie beobachtete die Gewitterwolken, die schon ein Stück über den See vorangekommen waren, und war bereits hundert Meter gefahren, als ihr auffiel, dass Swatt nicht um sie herumtobte. Tina blickte sich um, doch auch hinter ihr war er nicht zu sehen. Sie hielt an.

»Swatt! Komm her, Junge!« Kein schwarzer Hund preschte aus den Büschen, und Tina runzelte die Stirn. »Swatt, wo bist du?«

Außer einem Dutzend Radfahrer, die aus Richtung Plön kamen, war nichts zu sehen.

»Haben Sie einen großen schwarzen Hund gesehen?«, fragte Tina den Anführer der Gruppe, einen muskulösen Mann in den Zwanzigern.

Er hielt an, ließ den Blick langsam über ihren Körper wandern und starrte dann unverhohlen auf ihre Brüste. »Ich seh hier nur einen heißen Feger«, erwiderte er und grinste anzüglich.

Seine Kumpel lachten laut.

»Wussten Sie, dass eine Kastration nur ein paar Minuten dauert?«, fragte Tina. »Wenn ich die Narkose weglasse, kann ich es sogar noch schneller erledigen.«

»Ey, wie ist die denn drauf?«

»Blöde Zicke!«

Die Radler stiegen auf, und der Anführer zeigte ihr im Wegfahren den Mittelfinger. Für solche Idioten hatte sie nun wirklich keinen Nerv.

Tina blickte erneut den Weg auf und ab. Mit Wild rechnete sie auf diesem belebten Wander- und Radweg nicht, wo also war Swatt? Sie kramte nach ihrer Hundepfeife und blies kräftig hinein. Der schrille Ton dröhnte in ihren Ohren, doch kein Hund kam. Allmählich wurde sie unruhig. Sie wendete ihr Fahrrad und fuhr den Weg langsam wieder zurück. Dabei rief sie abwechselnd nach Swatt und blies in die Pfeife. Sie befragte jeden, der ihr entgegenkam, doch niemand hatte ihren Hund gesehen. Am Wendehammer in der Rosenstraße hielt sie an. Hier war Swatt auf jeden Fall noch an ihrer Seite gewesen. War er in die Praxis zurückgelaufen? Aber warum hätte er das tun sollen? Sie rief erneut.

»Suchen Sie Ihren Hund?«

Tina drehte sich um. Eine silberhaarige Frau stand gebückt hinter einem Gartenzaun. Sie hielt eine Rosenschere in der einen und einen kleinen Strauß rosafarbene Rosen in der anderen

Hand. Als Tina sie ansah, richtete sie sich mit einem leisen Ächzen mühsam auf.

»Haben Sie Swatt gesehen?«

»Ein schwarzer Hund ist eben in einen Lieferwagen gesprungen.«

»Was?« Tina starrte die alte Dame entgeistert an. »Aber das würde er nie tun!«

Die Frau zuckte mit den Schultern. »Ich weiß nur, dass hier eben ein großer, zottiger Hund in einen weißen Lieferwagen gesprungen ist.«

»Das muss Swatt gewesen sein. Aber wo ist das Auto?«

»Als er drin war, ist der Wagen losgefahren.« Die alte Dame verzog missbilligend das Gesicht. »Ziemlich schnell, dabei ist hier Tempo dreißig.«

Tina war wie vor den Kopf geschlagen.

»Haben Sie das Kennzeichen gesehen?«

»Meine Liebe, ich merke mir doch nicht die Kennzeichen von den Autos, die hier durch unsere Straße fahren«, sagte die Frau und wandte sich ab, um eine weitere Rose abzuschneiden.

Tina spürte, wie ihr die Knie weich wurden, und sie musste sich an ihrem Rad abstützen, sonst wäre sie hingefallen. Swatt war entführt worden! Das war die einzige Erklärung. Und sie hatte auch schon eine Idee, wer dahintersteckte.

»Du blöde Schlampe! Dir werd ich's zeigen«, schrie sie und hieb mit ihrer Faust auf den Sattel ein.

Die alte Dame blickte entsetzt zu ihr herüber.

»Doch nicht Sie«, rief Tina ihr zu.

Die alte Frau schüttelte den Kopf und humpelte, so schnell sie konnte, zu ihrem Haus, wobei sie Tina über die Schulter misstrauische Blicke zuwarf. Als sie im Haus angekommen war, schloss sie schnell die Tür, und Tina hörte, wie das Schloss doppelt abgeschlossen wurde.

»Na warte, Frau von und zu, das lasse ich mir nicht gefallen!«

Tina stieg auf ihr Rad und fuhr zurück. Sie musste nun doch ihr Auto holen. Unterwegs überlegte sie, woher die Gräfin gewusst hatte, dass sie jetzt hier sein würde. Hatte sie den Wagen auf Verdacht in die Rosenstraße geschickt? Aber der Wagen war doch erst an ihr vorbeigefahren, als sie in die Rosenstraße abgebogen war, oder?

Sie erreichte den Strandweg und musste absteigen, als eine Gruppe dänischer Touristen ihr den Weg versperrte. »Aus dem Weg, los, los.«

Als sie gerade wieder aufgestiegen war, klingelte ihr Telefon.

Tina holte es im Fahren aus ihrer Tasche und blickte auf das Display. Unbekannte Nummer. Sie hob ab. »Deerten.«

»Meine liebe Frau Doktor, wie schön, Sie zu sprechen«, ertönte die schleimige Stimme des Grafen.

»Sie Schwein! Sie haben Swatt entführt!«

»Wen?«

»Tun Sie nicht so, als ob Sie nicht wüssten, wen ich meine! Sie und Ihre Frau haben meinen Hund entführt!«

»Wenn Sie mit Swatt diesen zottigen, unerzogenen Hund meinen, dann haben Sie recht.«

»Wie haben Sie es geschafft, dass er in den Wagen gestiegen ist?«

»Eine läufige Hündin hat ihn, sagen wir mal, eingeladen.« Der Graf lachte leise.

Tina umklammerte das Handy so heftig, dass ihre Finger verkrampften. »Wie geht es ihm? Was wollen Sie?«

»Ich dachte, das sollte klar sein. Wir wollen den USB-Stick mit den Daten und alle Kopien, die Sie vielleicht gemacht haben. Sie haben bis neunzehn Uhr Zeit, die Daten hier aufs Gut zu schaffen. Wenn Sie nicht kommen, wird Ihr treuer Freund von uns gehen müssen. Traurig, nicht wahr?«

»Ich werde da sein«, knurrte Tina in den Hörer. »Aber sieben Uhr schaffe ich nicht. Ich muss erst noch mein Auto holen.«

Es blieb einen Moment still, sodass Tina schon fürchtete, der Graf hätte aufgelegt.

»Na schön, sagen wir neunzehn Uhr dreißig. Aber keine Minute später. Und noch etwas, meine Liebe: keine Polizei. Denken Sie an Ihre armen alten Eltern.«

»Woher wussten Sie, wo ich sein würde?«

Der Graf lachte. »Sie sind doch sonst so schlau. Finden Sie es selbst heraus.«

Tina drückte den roten Ausknopf so heftig, dass sie dachte, ihr Finger würde durchbrechen. Sie schob das Telefon zurück in die Tasche und fuhr die letzten zweihundert Meter zu ihrer Praxis in einem halsbrecherischen Tempo. Sie raste über den Kirchplatz und ignorierte die wütenden Schreie einiger Passanten, denen sie fast über die Hacken gefahren wäre.

In der Praxis lehnte sie ihr Rad gegen einen der Wartezimmerstühle und verließ sie im Laufschritt wieder, um zu ihrem Auto zu kommen. Sie musste kurz zu Hause vorbeifahren, um den USB-Stick aus dem Kuhstall zu holen.

Im Rennen schaute Tina auf ihre Uhr. Es war schon Viertel vor sieben!

Tina legte die Fahrt nach Hause in Rekordzeit zurück. Unterwegs überlegte sie hektisch, wie der Graf sie gefunden hatte. GPS! Das musste es sein! Irgendwie musste er es geschafft haben, an ihrem Rad ein GPS-Gerät anzubringen. Vielleicht, als es auf dem Hof beim Fahrradhändler stand? Und wenn er ihr Rad mit einem Sender versehen hatte, war bestimmt auch einer am Auto angebracht! Mit quietschenden Reifen hielt sie vor dem Kuhstall an. Sie ging langsam um den Isuzu herum und begutachtete die Ladefläche. In einer Ecke war ein schwaches grünes Blinken zu sehen. Tina schwang sich auf die Ladefläche und betrachtete die Ecke genauer. Der Sender war mit Klebeband an der Seitenwand befestigt worden, doch an einer Seite hatte sich der Streifen ein wenig gelöst, sodass ein Teil des Senders zu sehen war, in dem in regelmäßigen Abständen eine Lampe blinkte.

»Diese Drecksäcke!« Tina riss das GPS-Gerät mit einer wütenden Bewegung ab, warf es auf den Boden und zerstampfte es mit der Schuhsohle.

Anschließend schlüpfte sie in den Kuhstall. Die Kühe muhten zur Begrüßung und trotteten auf sie zu. Potter stieß sie mit ihrem zottigen Kopf auffordernd in die Seite.

»Heute habe ich nichts für euch, Mädels«, sagte Tina.

Sie rannte zu dem Balken, hinter dem sie den USB-Stick versteckt hatte. Doch wo war er? Hektisch fingerte sie nach der Tüte mit dem Stick. Er war nicht da!

Ruhig, Mädchen, bleib ruhig. Er muss hier sein! Tina schaute sich den Balken genauer an. Es war der falsche. Sie schob die Kühe beiseite, die sich um sie herumdrängten, und ging zum nächsten Balken. Sie fasste hinter das Holz – da war er! Mit einem erleichterten Seufzer zog sie die Tüte mit dem Stick hervor und steckte sie in ihre Tasche. Sie drängte sich durch die Kuhherde und verließ den Stall.

Eigentlich wollte sie sofort wieder in ihr Auto springen und losfahren, doch dann hielt sie inne. Sie brauchte einen Plan, wenn sie Swatt befreien wollte. Wenn sie hysterisch würde und kopflos auf das Gut raste, hätten Swatt und – da machte sie sich nichts vor – auch sie selbst keine Chance, Finkenstein lebend zu verlassen.

Kapitel 35

Tina stand zwischen den Rhododendronbüschen und beobachtete das Herrenhaus durch ihr Fernglas. Sie hatte sich auf dem mittlerweile altbekannten Weg auf das Gut geschlichen und sich an das Haus herangepirscht. Es wurde von der schon recht tief stehenden Sonne angestrahlt und leuchtete in einem dunklen Goldton. Die Luft war drückend, doch die Gewitterwolken waren in Richtung Malente weitergezogen. In der Ferne konnte Tina den Donner grollen hören. Ein Mückenschwarm sirrte um sie herum, doch sie blieb regungslos stehen und betrachtete ein Fenster nach dem anderen. Wo hatte der Graf Swatt hingebracht? In diesem riesigen Kasten gab es einfach viel zu viele Zimmer. Tina senkte das Fernglas und schlich weiter. Ihr Plan sah vor, einmal um das Herrenhaus herumzugehen und zu hoffen, dass sie durch eines der Fenster einen Hinweis darauf entdeckte, wo Swatt festgehalten wurde. Sie trat auf einen abgestorbenen Ast, und das trockene Knacken des brechenden Holzes ließ sie zusammenfahren. Sie wagte kaum zu atmen und blieb stocksteif stehen. Hatte jemand das Geräusch gehört? Sie blickte auf die Uhr. Es war kurz vor halb acht. Sie hatte fast keine Zeit mehr, Swatt zu finden. Nach einem kurzen Rundblick schob sie sich weiter, bog die Rhododendronzweige zur Seite und hob das Fernglas an die Augen. Langsam betrachtete sie ein Fenster nach dem anderen. Nirgends war eine Bewegung zu sehen. Sie ließ das Fernglas wieder sinken und ging weiter, und eine Reihe bodentiefer Fenster kam in Sicht. Da, da war etwas! Tina riss das Fernglas hoch. Eine Gardine bewegte sich in der trägen Abendbrise, und sie sah sich das Fenster genauer an. Es handelte sich um eine Flügeltür, die einen Spalt weit offen stand. Sorgfältig beobachtete Tina die Tür und die Fenster daneben. Es war niemand zu sehen.

Plötzlich wurde die drückende Stille von einem Jaulen unterbrochen, das rasch erstarb. Swatt!

Nach einem letzten Blick nach rechts und links an der Hauswand entlang rannte sie auf die Tür zu. Kies knirschte unter ihren Schuhen, dann war Tina an der Hauswand angekommen und drückte sich links von der Tür an die von der Sonne aufgewärmten Steine. Langsam schob sie sich um die Türzarge herum, den Rücken immer noch an die Wand gepresst. Sie warf einen schnellen Blick in den Raum, konnte aber niemanden entdecken.

Leise trat sie ein und sah sich um. Es war nicht irgendein Raum, es war ein Saal von riesigen Ausmaßen. Das musste der Ballsaal sein, über den sie bei ihrer Recherche über Finkenstein gelesen hatte. Der Raum war so groß, dass Tinas ganzes Häuschen hineingepasst hätte und noch Platz für ein oder zwei Carports geblieben wäre. Der stuckverzierte Saal mit einer Deckenhöhe von mindestens vier Metern war mit Antiquitäten möbliert. Acht lebensgroße, alt und kostbar aussehende Ölgemälde beherrschten den Raum.

Als die Klinke einer fast deckenhohen Tür in der gegenüberliegenden Wand heruntergedrückt wurde, ließ Tina sich hinter ein geblümtes Sofa mit geschwungenen Beinen fallen, kroch an den Rand und nutzte die schmale Armlehne als Deckung, um zu beobachten, wie der Graf den Saal betrat. Er zerrte Swatt an einer Leine hinter sich her. Swatt trug einen Gittermaulkorb und riss an der Leine, doch er wurde unerbittlich in den Ballsaal gezogen. Tinas Herzschlag beschleunigte sich, und das Blut dröhnte ihr in den Ohren. Sie musste sich stark beherrschen, um nicht sofort aufzuspringen und ihrem Hund zu Hilfe zu kommen. Er blieb stehen und schnupperte in ihre Richtung, doch der Graf ruckte heftig an seiner Leine und zog ihn weiter. Sie duckte sich tiefer hinter das Sofa, als sie das klackernde Geräusch von High Heels auf dem Parkettboden hörte.

»Sie kommt nicht. So hervorragend scheint dein Plan wohl doch nicht zu sein, meine Liebe«, sagte der Graf mit seiner öligen Stimme, bei deren Klang sich sämtliche Härchen an Tinas Armen aufstellten.

Das Klackern verklang.

»Vielleicht verspätet sie sich ein wenig. Glaub mir, Leute wie diese Deerten sind unglaublich sentimental. Sie wird kommen.«

Diese Stimme hatte Tina schon einmal gehört. Damals hatte die Dame von ihrem Pferd auf Tina und Swatt herabgeblickt. Die Gräfin!

»Das GPS sendet nicht mehr«, sagte der Graf.

»Wahrscheinlich hat sie es entdeckt. Das ist aber völlig belanglos, denn wir wissen ja, wohin sie unterwegs ist.«

»Was ist mit dem Hund? Soll ich ihm die Spritze schon geben?«

Tina hob den Kopf langsam wieder, sodass sie einen Blick auf den Grafen und Swatt werfen konnte. Doch wo steckte die Gräfin?

»Falk, du verstehst wieder einmal gar nichts. Wenn du den Hund jetzt schon einschläferst, hat sie keinen Grund mehr, uns die Daten zu geben.«

Die Stimme kam von der Mitte des Raumes und näherte sich dem Sofa, hinter dem Tina kauerte.

»Aber sie soll das Gut doch sowieso nicht mehr verlassen, da bekommen wir die Daten doch auf alle Fälle.«

»Ich begreife nicht, wie ich mich auf einen geistig so minderbemittelten Mann einlassen konnte«, erwiderte die Gräfin. Das Sofa wackelte, als sie sich darauffallen ließ, und Tina kroch leise ein kleines Stück nach hinten. »Es ist doch wesentlich eleganter, wenn sie uns den Stick freiwillig gibt. Oder legst du Wert darauf, sie von Kopf bis Fuß zu durchsuchen?«

»Ungern, aber ich würde mich opfern.«

»Das könnte dir so passen, mein Lieber«, erwiderte die Gräfin mit scharfer Stimme.

»Bogan könnte ...«

»Wir halten Bogan und Jaromir da raus, damit das klar ist. Sie wissen nur von den Hunden; von den Umständen von Perrys und Dr. Müllers ...«, die Gräfin zögerte den Bruchteil einer Sekunde, bevor sie fortfuhr, »... Ableben sollen sie nichts wissen.«

»Bisher haben die Kameras die Deerten nicht aufgenommen«, sagte der Graf, und Tina gestattete sich ein kurzes zufriedenes Grinsen. »Dein Bruder ist auch noch nicht angekommen.«

»Ferdinand«, sagte die Gräfin mit einer Stimme, die man als Champagnerkühler hätte benutzen können. »Er trifft sicher gleich ein. Und dann ...«

»... gehört Finkenstein bald uns«, beendete der Graf ihren Satz.

»Mir, mein Lieber. Mir ganz allein. Warum hat Wilhelm ihn bloß als Erben eingesetzt? Keiner hatte nach dem Unfall Verdacht geschöpft, und alles wäre glatt über die Bühne gegangen, und dann hat dieser Trottel Wilhelm alles Ferdinand vermacht. Nur, weil ich eine Frau bin und weil Wilhelm schon immer ein Chauvinist war. Dabei steht das Gut mir zu. Nur mir!«

Tina hörte, wie der Graf vernehmlich seufzte. »Ich weiß, meine Liebe. Du wirst nicht müde, mir immer wieder von dieser Ungerechtigkeit zu erzählen.«

Die Gräfin stand so unvermittelt auf, dass das Sofa ein Stück über das glatte Parkett geschoben wurde und Tina schmerzhaft an den Rippen traf. Sie unterdrückte einen Schrei. Die Stimme der Gräfin entfernte sich wieder. Tina spähte um die Sofaecke und sah, dass die Gräfin auf ihren Mann zuging.

»Du wirst ebenfalls profitieren, wenn das Gut erst mir gehört.

Wir werden die Greyhoundzucht noch weiter ausbauen. Das Geld für die Instandhaltung des Gutes, die Sportwagen, das Haus in Sankt Moritz und für das Apartment in Manhattan kommt nicht von allein.«

Der Graf verzog das Gesicht. Er sah genervt aus. Wahrscheinlich hatte er sich diesen Text heute nicht zum ersten Mal anhören müssen.

»Wo bleibt sie bloß?«, fragte er.

»Wir warten noch fünf Minuten. Dann schläferst du den Hund ein, und ich denke mir einen neuen Plan aus.«

Der Graf und die Gräfin verfielen in ein drückendes Schweigen. Bis auf das Ticken einer antiken Standuhr war es still.

Tina überlegte angestrengt, wie sie Swatt befreien und mit ihm fliehen könnte.

Plötzlich durchbrach das laute Geräusch eines Motors die Stille. Der Wagen röhrte noch einmal, dann war es wieder still.

»Mein verehrter Bruder, der Herr von Gut Finkenstein, ist angekommen«, sagte die Gräfin. »Nun gut, kümmere du dich um den Hund, ich werde Ferdinand empfangen.«

Wieder hörte Tina das Klackern der Schuhe, anschließend klappte eine Tür. Die Gräfin war gegangen.

Tina beobachtete, wie der Graf eine Flasche T 61 aus der Tasche seines Sakkos zog und die klare Flüssigkeit in eine Spritze zog. Dann riss er Swatt an der Leine brutal zu sich heran und quetschte ihn in die Ecke zwischen einem Bücherregal und einer antiken Kommode. Swatt zappelte, doch der Graf hockte sich neben ihn und hielt ihn mit überraschender Kraft fest. Swatt wand sich und schnappte nach dem Grafen, doch wegen des Maulkorbs konnte er nichts ausrichten. Der Graf setzte die Kanüle an Swatts linkem Vorderbein an.

Tina sprang auf.

Swatt erblickte sie sofort und wedelte begeistert mit dem Schwanz.

»Halt still, du Mistvieh!« Der Graf hatte Tina nicht bemerkt, sondern stieß Swatt die Kanüle in die Vene.

Swatt jaulte auf, blickte Tina dabei aber die ganze Zeit ins Gesicht. Tina formte mit den Fingern eine Pistole und richtete sie auf Swatt.

»Peng«, sagte sie lautlos.

Hoffentlich klappte ihr Plan, sonst wäre Swatt in wenigen Minuten tot. Der Graf hatte erst eine winzige Menge des tödlichen Medikaments gespritzt, als Swatt auf die Seite fiel.

»Na, du kannst ja gar nichts ab, was?«, sagte der Graf und zog die Kanüle aus Swatts Bein. Er trat mit dem Fuß gegen Swatts Hinterteil.

Bitte, beweg dich nicht, mein Junge!, flehte Tina im Stillen.

Swatt rührte sich nicht.

Sie ging wieder hinter dem Sofa in Deckung und beobachtete den Grafen, der die T 61-Flasche auf ein Louis-XIV-Tischchen stellte und die Kanüle von der Spritze abzog.

Angstvoll blickte Tina zu ihrem Hund. Er war doch nicht etwa doch tot, oder? Da, der Brustkorb hob und senkte sich. Ein Glück! Jetzt musste sie nur noch warten, bis der Graf den Saal verließ, dann könnte sie mit Swatt über die Terrasse fliehen.

Der Graf räumte die Flasche mit dem tödlichen Medikament in einen antik aussehenden Schrank und schloss die Tür ab. Er blickte auf und sah genau in Tinas Richtung.

Hatte er sie hinter dem Sofa entdeckt? Nein, er blickte auf die Terrassentür.

»Habe ich es doch gewusst, dass Sie kommen würden, verehrte Frau Deerten.«

Tina fuhr herum und sah die Gräfin hinter sich auf der Terrasse stehen, den Porschefahrer neben sich. Tina sprang auf. Ferdinand von Finkenstein sah fragend von einer zur anderen, doch die Gräfin beachtete ihn nicht.

»Leider, leider kommen Sie zu spät. Ihr unnützer Hund ist bereits von uns gegangen. Doch ich bin zuversichtlich, dass Sie uns den Stick mit den Daten auch so aushändigen werden.«

Lächelnd kam der Graf auf sie zu. »Du hattest recht, meine Liebe.«

»Wie immer, wie ich hinzufügen möchte«, erwiderte die Gräfin.

»Was ist denn hier los? Was macht diese Person hier?«, fragte Ferdinand und fuhr sich mit der rechten Hand durch seine offenbar mit viel Aufwand und Haargel verwuschelte Kurzhaarfrisur.

Die Gräfin beachtete ihn immer noch nicht. Sie trat auf Tina zu und streckte auffordernd die Hand aus. »Den Stick, Frau Doktor. Wir wollen doch nicht, dass Ihren Eltern etwas zustößt, oder?« Sie lächelte, und Tina sah den Wahnsinn in ihrem Blick flackern.

»Louise, was ist hier los?«, fragte Ferdinand mit lauter Stimme.

»Du möchtest wirklich wissen, was hier los ist, mein lieber Ferdinand?«, fragte die Gräfin mit leiser Stimme und drehte sich zu ihrem Bruder um. »Nun, ich werde es dir verraten, immerhin bist du mein Bruder.« Sie beobachtete Ferdinand, der mit verwirrtem Gesichtsausdruck neben der geöffneten Terrassentür stand. »Du hast das Gut unrechtmäßig von Wilhelm geerbt.«

»Es gab ein rechtsgültiges Testament!«

»Lass mich ausreden!«, fuhr die Gräfin ihn an. »Das Gut hätte von Anfang an mir zugestanden, nur mir! Leider hat Vater es Wilhelm hinterlassen. Zum Glück ist es mir gelungen, diesen kleinen Fehler zu korrigieren.«

»Was willst du damit sagen?« Erkenntnis huschte über Ferdinands kantiges Gesicht. »Soll das etwa heißen, dass Wilhelms Tod kein Unfall war?«

Die Gräfin lächelte zufrieden. »Niemand hatte je Zweifel daran, dass es ein Autounfall war.«

Ferdinand sah erschüttert aus. »Aber wie?«, brachte er mühsam hervor. »Wie hast du es gemacht?«

»Die Straße ist schmal in der Allee. Da kann man mit ein wenig Hilfe schon von der Fahrbahn abkommen.«

»Du ... du ...«, stammelte Ferdinand.

Da sich die Aufmerksamkeit der Gräfin und des Grafen ganz auf Ferdinand richtete, machte Tina einen kleinen Schritt in Richtung Swatt. Leider standen die drei zu nah an der Terrassentür, doch wenn sie es schaffte, den Raum zu durchqueren, könnten sie und Swatt versuchen, durch die gegenüberliegende Tür zu entkommen.

»Du bist wahnsinnig!«, stieß Ferdinand hervor. »Du bist besessen von dem Gut. Es ist doch nur eine Ansammlung von Steinen und Wald!«

Tina machte einen weiteren Schritt in Swatts Richtung. Doch es lagen noch mindestens fünfzehn Meter zwischen ihr und ihrem Hund.

»Du hast gut reden, dir hat das Gut nie etwas bedeutet! Du wolltest immer nur weg. Aber mir bedeutet es alles!« Die Gräfin trat auf ihren Bruder zu. »Alles, verstehst du, und deshalb werde ich mir heute holen, was mir zusteht.«

Ferdinand trat einen Schritt zurück und lachte seiner Schwester ins Gesicht. »Louise, meinst du wirklich, ich würde dir das Gut überschreiben? Einfach so?«

Ein schneller Blick verriet Tina, dass die Aufmerksamkeit des Grafen und der Gräfin immer noch voll auf Ferdinand gerichtet war. Sie machte einen weiteren Schritt und ließ sich hinter einen wuchtigen Ledersessel fallen, der zu einer Sitzgruppe gehörte. Im Schutz der Möbel kroch sie schnell weiter, bis sie den letzten Sessel erreichte. Sie konnte Swatt jetzt besser erkennen. Sein Brustkorb hob und senkte sich regelmäßig, und er beobachtete sie aus den Augenwinkeln. Er war wach! Tina seufzte erleichtert auf, und Swatt fing im Liegen an zu wedeln und hob den Kopf. Tina schüttelte den Kopf und machte Swatt ein Zeichen, dass er liegen bleiben solle. Zum Glück ließ er den Kopf wieder auf den Perserteppich sinken, und Tina überlegte, wie sie die restlichen Meter unbemerkt zurücklegen konnte.

»Ich hatte schon vermutet, dass du nicht kooperativ sein würdest, lieber Ferdinand«, hörte Tina die Stimme der Gräfin. »Deshalb habe ich vorgesorgt.«

Jemand atmete scharf ein, und Tina blickte zurück. Die Gräfin hatte einen Revolver gezogen und richtete ihn auf Ferdinand.

»Was soll das? Louise, ich bin dein Bruder! Du wirst mich doch nicht erschießen!«

Die Gräfin lachte leise. »Das würde den äußerst wertvollen Perserteppich ruinieren. Nein, ich habe mir etwas viel Besseres ausgedacht.«

Sie blickte sich um und bemerkte, dass Tina nicht mehr da war. »Wo ist die Tierärztin?«

Auch der Graf sah sich nun hektisch um.

»Wo ist sie?«, fuhr die Gräfin ihn an. »Sie darf auf keinen Fall entkommen, sonst ist mein genialer Plan hinfällig. Such sie!«

»Sie muss noch im Saal sein. Durch die Terrassentür kann sie nicht geflohen sein, das hätten wir gesehen. Ich finde sie.« Der Graf ging langsam durch den Raum und blickte suchend hinter die Möbelstücke. Kurz bevor er Tina erreichte, sprang sie auf und rannte in Richtung Tür.

»Da ist sie!«

»Hoch, Swatt!«, rief Tina.

Swatt wollte aufstehen. Aber er sackte wieder zurück und fiel auf die Seite.

»Swatt! Hoch mit dir!«

Swatt versuchte erneut aufzustehen. Diesmal schaffte er es, sich auf den Beinen zu halten. Er hatte allerdings starke Schlagseite und torkelte, doch er konnte laufen.

Tina erreichte die Tür und wollte sie aufreißen.

»Stehen bleiben, oder ich schieße! Und ich schieße hervorragend, wenn ich das hinzufügen darf.«

Tina blieb stehen und drehte sich um. Die Gräfin hatte ihren Revolver auf sie gerichtet, und in ihren eisblauen Augen blitzte Wut auf. Der Graf hatte Tina fast erreicht. Sie schaffte es gerade noch, die Tür einen Spalt zu öffnen und Swatt den Maulkorb abzuziehen.

»Lauf, Swatt!«

Swatt schaute sie an, doch er machte keine Anstalten, durch die Tür zu laufen.

»Los, Junge, lauf!«, rief Tina drängend und wedelte mit der Hand in Richtung des Türspalts.

Mit einem letzten Blick auf sie schlüpfte Swatt schwankend durch die Tür, und Tina hörte das unregelmäßige Klackern seiner Krallen auf dem Marmorboden, das schnell leiser wurde. Hoffentlich fand er einen Weg hinaus.

Der Graf hatte Tina erreicht und riss sie an ihrem Shirt zurück. Er zerrte sie zu der Gräfin, die sie mit einem feinen Lächeln beobachtete. Die Waffe hatte sie wieder auf ihren Bruder gerichtet.

»Nicht übel. Ich hatte Sie unterschätzt. Fast hätten Sie es geschafft. Wenn ich nun um den USB-Stick bitten dürfte?«

»Nein!«

Die Gräfin schwenkte die Waffe und hielt sie Tina direkt unter den Unterkiefer. Das kalte Metall bohrte sich in Tinas Haut, und als die Gräfin fester zudrückte, wurde Tinas Kopf nach hinten geschoben. Ihr Herz hämmerte, und Schweißtropfen liefen ihr übers Gesicht.

»Wollen Sie Ihre Entscheidung vielleicht noch einmal überdenken?«, fragte die Gräfin mit ruhiger Stimme. Sie beobachtete Tina mit erbarmungslosem Blick.

Tina hob die Arme. »Okay, okay, Sie kriegen den Stick.«

»Es wäre auch zu ärgerlich gewesen, wenn der Perserteppich ruiniert worden wäre. Mein Urgroßvater hat ihn damals aus Bagdad mitgebracht, als er während des Ersten Weltkriegs mit den Briten Geschäfte machte«, sagte die Gräfin mit einem schmalen Lächeln und ließ die Waffe sinken.

Tina holte den Stick aus ihrer Jeanstasche und ließ ihn in die ausgestreckte Hand der Gräfin fallen.

Mit verständnislosem Blick sah Ferdinand von einer zur anderen. »Was ist hier eigentlich los?«

»Das braucht dich nicht mehr zu interessieren, mein lieber Bruder.«

Die Gräfin gab ihrem Mann den Stick. »Überprüfe ihn.«

Der Graf nickte und verschwand durch eine Seitentür.

Die Gräfin sah Tina an. »Und jetzt verraten Sie mir, wie Ihr Hund das T 61 überleben konnte.«

»Glauben Sie wirklich, dass Sie damit durchkommen?«, fragte Tina statt einer Antwort.

»Selbstverständlich. Und wenn wir die letzten Probleme beseitigt haben, wird das Gut endlich mir gehören!«

»Was willst du damit sagen?«, fragte Ferdinand.

»Die Hunde haben uns eine Menge Geld gebracht, aber es ist zu riskant geworden. Dieser Kommissar schnüffelt hier herum, und es wäre gelinde gesagt ungünstig, wenn er die Tiere entdecken würde. Frau Doktor hier …«, die Gräfin wedelte mit der Pistole in Tinas Richtung, »… hat sie ja auch gefunden. Heute Abend machen wir Tabula rasa. Und fangen dann in ein oder zwei Jahren, wenn sich die Gemüter beruhigt haben, wieder von vorn an.«

»Es sind unsere Daten.« Der Graf war wieder in den Ballsaal getreten und kam auf die Gräfin zu. »Wunderbar. Und Sie haben auch bestimmt keine Kopie gemacht?«

»Nein.«

Die Gräfin schaute Tina prüfend an. »Wirklich nicht? Denken Sie an Ihre Eltern. Obwohl – vielleicht sollten wir sie doch aus dem Weg räumen. Für alle Fälle, Sie verstehen?«

»Lassen Sie meine Eltern aus dem Spiel! Es gibt keine weiteren Kopien, das schwöre ich!«, sagte Tina und ballte ihre Hände so heftig zu Fäusten, dass sich ihre Fingernägel in die Haut bohrten.

»Was meinst du, Falk? Wollen wir ihr Glauben schenken?«

Der Graf lächelte sein öliges Lächeln, doch Tina konnte sehen, dass er seine Frau angespannt beobachtete. »Noch mehr Tote würden vielleicht doch noch Verdacht erregen.«

Die Gräfin überlegte einen Augenblick. »Wahrscheinlich hast du ausnahmsweise einmal recht.«

Tina entspannte sich ein wenig.

»Wenn ich dann noch um die Handys bitten dürfte?«, sagte die Gräfin.

Tina holte ihr Handy aus der Tasche und gab es zögernd der Gräfin.

»Ich habe meins nicht dabei«, sagte Ferdinand schnell.

Die Gräfin sah ihn mit kühlem Blick an. »Beleidige bitte nicht meine Intelligenz, Ferdinand. Du bist ja nahezu mit dem Gerät verwachsen und trägst es ständig mit dir herum.«

Ferdinand seufzte und kramte das Handy aus der Innentasche seines schwarzen Leinensakkos hervor. »Hier.«

»Danke, mein Lieber«, sagte die Gräfin mit einem strahlenden Lächeln.

Plötzlich sprang Ferdinand vor und versuchte, seiner Schwester die Waffe aus der Hand zu schlagen.

Doch die Gräfin trat schnell einen Schritt zur Seite und richtete die Waffe auf seinen Kopf. »Ach, Ferdinand, Ferdinand. Du konntest mir noch nie das Wasser reichen.«

Die Muskeln an Ferdinands Kiefer zuckten. »Und was hast du jetzt mit uns vor, Louise?«

»Falk, hol den Jeep.«

»Willst du noch einen Autounfall vortäuschen? Das wird mit Sicherheit Verdacht erregen.«

»Du hast ebenso wenig Fantasie wie Falk. Natürlich wird es keinen weiteren Autounfall geben.«

»Was hast du dann vor?«

»Das wirst du schon merken. Und jetzt sei still!«

Tina und Ferdinand wechselten einen unbehaglichen Blick.

Die Gräfin setzte sich in einen Sessel, hielt den Revolver aber weiterhin abwechselnd auf Tina und Ferdinand gerichtet. In der Stille war wieder nur das Ticken der Standuhr zu hören. Als die Uhr zur vollen Stunde schlug, wäre Tina vor Schreck fast aus ihren Schuhen gesprungen.

Endlich betrat Falk den Saal. »Der Wagen steht vor dem Haus.«

Die Gräfin erhob sich und wedelte mit der Waffe in Richtung der Tür. »Es geht los.«

»Louise ...«

»Sei still! Und setz dich in Bewegung. Denkt daran, ich werde hinter euch sein. Also versucht keine Tricks. Los, zum Auto.«

Zögernd ging Ferdinand los, und Tina folgte ihm. Sie durchquerten den Saal und gelangten in einen langen Flur, an dessen Wänden Porträts von ernsten Männern in unbequem aussehenden Anzügen und Frauen in prächtigen Ballkleidern hingen. Wahrscheinlich die Ahnengalerie, dachte Tina. Ferdinand wandte sich nach links.

»Zum Hinterausgang!«, rief der Graf.

Ferdinand drehte sich um, und sie gingen den langen Flur entlang. Sie bogen um mehrere Ecken und gelangten schließlich zu einer weiß lackierten Tür. Während sie Ferdinand folgte, dachte Tina fieberhaft über eine Möglichkeit nach, wie sie fliehen könnten. Doch wie sie die Gräfin einschätzte, würde sie mit Sicherheit schießen, wenn Tina versuchte zu entkommen. Sie traten durch die hohe Tür ins Freie. Ein grüner Jeep stand mit geöffneten Türen auf dem Kies.

»Rein mit euch.«

Kapitel 36

Zögernd kletterte Ferdinand auf den Rücksitz des Jeeps, und Tina setzte sich neben ihn. Sie schaute sich nach Swatt um, konnte ihn aber nirgends entdecken.

Der Graf setzte sich hinter das Steuer, die Gräfin schlüpfte auf den Beifahrersitz, drehte sich halb herum und richtete die Waffe erneut auf Tina. »Wenn du auf den Gedanken kommst zu fliehen, mein lieber Bruder, erschieße ich erst sie und dann dich. Ist das klar?«

Ferdinand sah so elend aus, wie Tina sich fühlte.

»Wohin fahren wir?«

»Wart's ab.«

Der Graf gab Gas und fuhr die Kiesauffahrt entlang, bis sie auf die Straße kamen. Er bog nach rechts ab, fuhr am Forsthaus vorbei und bog schließlich nach links auf einen kleineren Weg ein.

»Was wollen wir denn hier?«, fragte Ferdinand.

Tina hatte den Weg bereits erkannt. Sie fuhren zu der Halle mit den Greyhounds.

Der Graf fuhr durch das offen stehende Tor und bremste wenig später vor dem Eingangstor zur Halle.

»Los, raus!«, befahl die Gräfin und stieg aus. Sie richtete die Waffe auf Ferdinand, der langsam hinter Tina aus dem Auto kletterte und sich umsah.

»Was ist das denn hier? Wo ist das alte Haus geblieben?«

»Es war baufällig geworden, als es nicht mehr bewohnt wurde. Deshalb habe ich es abreißen lassen. Wenn du öfter hier gewesen wärst, hätten wir die Halle sicher nicht bauen können, ohne dass du es bemerkt hättest«, sagte die Gräfin. »Doch zum Glück bist du überall lieber als zu Hause.«

Der Graf öffnete das Vorhängeschloss und stieß das Tor auf. »Immer rein in die gute Stube«, sagte er und machte eine einladende Geste.

Ferdinand betrat die Halle, Tina folgte ihm. Der stickige Gestank nach Kot und Urin schlug ihr entgegen, und das Hecheln der Hunde war zu hören.

»Was ist das hier? Was wollt ihr mit den vielen Hunden?« Er wedelte mit der Hand vor der Nase herum. »Und wie das hier stinkt!«

»Nicht, dass es dich in deiner buchstäblich letzten Stunde noch interessieren müsste, aber auf zwanzig bis dreißig Hunde kommt höchstens ein hervorragender«, erklärte die Gräfin.

»Und was passiert mit den anderen?«

»Die werden umgebracht und entsorgt, wahrscheinlich im Wald verscharrt«, meldete Tina sich zu Wort.

»Sie haben in der Tat viel zu viel herausgefunden«, stellte die Gräfin fest. Sie wedelte mit der Waffe in Richtung eines leeren Zwingers. »Los, da hinein.«

Ferdinand trat in den Zwinger, doch Tina blieb stehen. Wenn sie erst im Zwinger wäre, würde sie nicht mehr entkommen können.

»Ich sagte, da hinein«, zischte die Gräfin.

»Und wenn ich es nicht tue? Wenn ich sowieso sterben muss, können Sie mich auch erschießen. Wie den Trainer.«

»Perry war ein versoffener Idiot. Wenn er nicht gedroht hätte, uns beim Amtstierarzt anzuzeigen, wäre nichts passiert.«

»Und Daisy?«

»Das war ein Fehler meines Gatten, der leider ungeahnte Ausmaße annahm.«

»Du warst genauso sauer wie ich, dass Daisy das Rennen in Nottingham nicht gewonnen hatte«, verteidigte sich der Graf.

»Selbstverständlich war ich wütend. Uns ist eine halbe Million Euro Wettgewinn entgangen! Aber du hast überreagiert, Falk.«

»Du hast gut reden. Du warst nicht dabei, als Perry unangenehm wurde. Das hättest du dir mit Sicherheit auch nicht bieten lassen.«

Die Gräfin sah ihren Mann angewidert an. »Ich hätte aber nicht auf unseren Weltchampion geschossen, nur weil er Perry verteidigen wollte und mich ein wenig in die Hand gekniffen hätte.«

»Ein wenig in die Hand gekniffen?« Der Graf erhob seine Stimme. »Sie hat mich voll erwischt. Wäre es dir lieber gewesen, wenn ich ins Krankenhaus gemusst hätte, weil der Köter mich zerfleischt hätte?«

Die Gräfin sah ihren Mann ungerührt an. »Das wäre auf jeden Fall besser gewesen als das, was jetzt passiert ist. Es war doch abzusehen, dass Perry nach dem Schuss so reagieren würde, und mit Recht, wenn ich das hinzufügen darf. Wenn er zum Amtstierarzt gegangen wäre, wäre alles aus gewesen. Und wer musste es wieder geraderücken?«

»Aber musstest du ihn gleich umbringen? Nur deswegen stecken wir jetzt so tief in der Scheiße. Wir hätten ihm Geld anbieten können, und das Problem wäre gelöst gewesen. Jeder ist käuflich.«

Die Gräfin sah ihren Mann ungläubig an und schnalzte mit der Zunge.

»Deine Wortwahl lässt sehr zu wünschen übrig, mein Lieber. Perry hätte immer mehr Geld verlangt, selbstverständlich musste er beseitigt werden. Und wenn dieser Voss hier nicht so impertinent herumgeschnüffelt hätte, wäre alles gut gegangen. Der Selbstmord war hervorragend inszeniert, ich frage mich, warum er Verdacht geschöpft hat.«

Tina hätte ihr von den fehlenden Fingerabdrücken auf den Patronen erzählen können, doch sie schwieg.

»Und meine Lieblingswaffe, die mein Großvater damals einem toten Tommy abgenommen hatte, habe ich dadurch auch verloren«, jammerte der Graf. »Seit er sie mir vererbt hatte, hatte ich sie immer dabei.«

»Sie Armer«, konnte Tina sich nicht verkneifen zu sagen.

Er sah sie wütend an.

»Genug des Smalltalks. In den Zwinger, Frau Deerten«, befahl die Gräfin.

Tina blieb stehen und sah die Gräfin an. »Warum haben Sie Alixa umgebracht? Weil sie Sie erpresst hat?«

Die Gräfin seufzte theatralisch. »Wenn Sie es vor Ihrem Tod unbedingt noch wissen wollen: Sie wollte zwei Millionen, können Sie sich das vorstellen?« Sie sah Tina empört an. »Sie hat bei uns sehr gut verdient, und ihre Nebeneinnahmen durch die Wetten habe ich ihr nachgesehen, aber das ging zu weit. Da musste ich sie beseitigen, das verstehen Sie doch sicher?« Sie machte eine kleine Pause und schnipste einen imaginären Fussel von ihrer weißen Seidenbluse. Ihre Mundwinkel verzogen sich zu einem maliziösen Lächeln.

Tina lief es eiskalt den Rücken herunter.

»Sie hat uns einen altmodischen Erpresserbrief geschickt. Sie hatte die Buchstaben aus einer Zeitung ausgeschnitten.« Die Gräfin lachte auf. »Und das im Zeitalter des Computers. Aber sie hatte einen Zeitungsschnipsel übersehen, der in der Praxis liegen geblieben war. Mein Gatte hat ihn gefunden und ihn mir gezeigt.«

»Und da haben Sie sie vom Turm gestoßen.«

»Natürlich. Doch genug jetzt – in den Zwinger, Frau Deerten.«

»Nein!« Tina verschränkte die Arme vor der Brust und blickte die Gräfin trotzig an.

»Nun gut. Wie Sie meinen. Dann werde ich meinen Bruder wohl erschießen müssen, wenn Sie ihm keine Gesellschaft leisten wollen. Wollen Sie wirklich für seinen Tod verantwortlich sein?«

Tina zögerte, und die Gräfin richtete den Revolver auf Ferdinand und krümmte den Zeigefinger am Abzug.

»Halt! Ich gehe ja schon!« Tina trat in den Zwinger, der Graf schloss die Tür hinter ihnen und ließ den Riegel mit einem leisen Klicken einrasten.

»Selbstlose Menschen wie Sie sind sehr leicht manipulierbar«, sagte die Gräfin lächelnd. »Und jetzt genießen Sie Ihre letzte Stunde.«

»Aber wie willst du uns töten?«, fragte Ferdinand.

Das hatte Tina sich auch schon gefragt. Sollte Bogan sie beide ermorden, während sie hilflos im Zwinger festsaßen?

Die Gräfin sah Ferdinand mit leuchtenden Augen an. »Der Plan ist einfach genial. Falk und ich werden uns in Kürze auf den Weg zu einem Diner auf Hessenfels machen. Während wir dort sind, wird die Halle aus ungeklärter Ursache in die Luft fliegen. Ärgerlich, aber sie wurde sowieso nur als Hundezwinger genutzt.«

»Meinen Sie wirklich, dass die Spurensicherung nicht herausfinden wird, dass wir in der Halle waren?«

»Falls tatsächlich genügend von Ihnen übrig bleiben sollte, was ich bei der Stärke der Explosion allerdings bezweifle, werde ich der Polizei erzählen, dass mein Bruder ein Verhältnis mit der Tierärztin angefangen hatte. Was ihr beiden in der Halle gemacht habt? Wer weiß, was ihr für abartige Sexualpraktiken betreibt!«

»Du Monster!«, schrie Ferdinand und rüttelte wütend an dem Gitter. »Damit wirst du nicht durchkommen!«

Die Gräfin wandte sich zum Gehen. »Ich werde, mein Lieber. Und nun gehabt euch wohl, wir müssen uns beeilen, um rechtzeitig auf Gut Hessenfels zu sein.«

»Louise! Lass uns raus!«

Die Gräfin trat durch das Tor und wandte sich nicht um.

»Falk! Das ist doch Wahnsinn! Ihr werdet ins Gefängnis wandern!«

»Sayonara, Ferdinand.« Der Graf verließ die Halle und schloss das Tor hinter sich.

Tina und Ferdinand sahen sich an.

Noch einmal hörten sie die Stimme der Gräfin. »Natürlich hängst du das Schloss nicht wieder ein. Wie sollen die beiden denn in eine von außen abgeschlossene Halle gekommen sein? Manchmal verzweifle ich an dir, Falk!«

Wenig später wurde der Motor des Jeeps angelassen. Das Motorengeräusch verklang, und es war wieder nur das Hecheln der Hunde zu hören.

Ferdinand versuchte, durch den Draht zu fassen, um den Riegel zurückzuschieben. »Es klappt nicht, ich komme nicht ran.«

»Lassen Sie mich mal, ich habe schmalere Hände.« Tina versuchte, die Hand durch die Maschen des Gitters zu schieben, doch die Maschen waren zu eng. Sie zerrte am Gitter und versuchte, mit den Fingern an den Riegel zu kommen. Sie konnte den Verschluss zwar berühren, doch sie hatte keine Chance, ihn zurückzuschieben. Als ihre Hände anfingen zu bluten, hörte sie auf und ließ sich gegen die Zwingerwand sinken.

Ferdinand rüttelte noch eine Weile am Gitter, dann gab auch er auf.

Tina ließ den Blick über die anderen Zwinger schweifen. Nicht nur sie beide, auch die Hunde waren dem Tode geweiht. In einem der Zwinger sah sie plötzlich eine Bewegung. Ein Hund humpelte ans Gitter und sah zu ihr herüber. Der ehemals weiße Verband war schmutzig grau geworden.

»Daisy!«

Die Hündin wedelte mit dem Schwanz, als sie ihren Namen hörte.

»Ist das nicht der Hund, mit dem alles angefangen hat?«, fragte Ferdinand.

Tina nickte. »Dabei wollte sie nur ihr Herrchen verteidigen.«

»Ich konnte die Viecher noch nie ausstehen. Wäre Louise doch bei der Pferdezucht geblieben. Pferde sind edle, anmutige Tiere, aber Hunde …« Er sah sich in der Halle um. »Schauen Sie sich doch diese heruntergekommenen Kreaturen an. Grauenvoll.«

Tina starrte ihn an. »Diese armen Hunde sehen so erbarmungswürdig aus, weil sie unter schrecklichen Bedingungen gehalten werden. Ich fasse es nicht, wie in Ihrer Familie über Hunde gedacht wird«, schrie sie.

Ferdinand wich erschrocken zurück. »Es sind doch nur Tiere.«

»Nur Tiere?« Tina spürte, wie sie vor Wut einen roten Kopf bekam. »Dass ich mein Leben ausgerechnet mit so einem Arsch wie Ihnen beschließen muss, ist die Krönung!«

»Entschuldigung, ich habe es nicht so gemeint.«

»Sie haben es ganz genau so gemeint, Sie blöder, arroganter, ignoranter, widerlicher, großkotziger, wichtigtuerischer ...«, Tina musste Luft holen, »... Haufen Affenscheiße!«

»Drücken Sie sich immer so vulgär aus?«

»Nur wenn ich meine letzte Stunde mit so einem widerlichen Typen wie Ihnen verbringen muss.«

Sie sah, wie ein Lächeln um Ferdinands Lippen zuckte.

»Wagen Sie es ja nicht, sich über mich lustig zu machen«, zischte sie. »Ich habe jedes Wort ganz genau so gemeint, wie ich es gesagt habe. Ich habe die Schnauze voll von Ihrer blaublütigen Bande von Gestörten.« Sie krauste die Nase. »Und Ihr Aftershave sollten Sie auch mal wechseln, Sie riechen wie eine Puffmutter.«

»Das ist von Yves Saint Laurent!« Ferdinand schnupperte geräuschvoll. »Riecht doch gut. Und bisher hat sich noch niemand darüber beschwert.«

»Einmal ist immer das erste Mal. Und jetzt lassen Sie mich in Ruhe, ich muss nachdenken.«

Tina wandte sich um und ging den Zwinger ab, wobei sie nach einer Schwachstelle des Gitters Ausschau hielt. Doch der Zwinger war hervorragend in Schuss, und auch das Dach war mit einem Gitter versehen und fest verschraubt.

Frustriert trat sie gegen die Zwingertür, ließ sich auf den verdreckten Boden sinken und legte den Kopf auf die Knie. Das war's. Sie blickte auf die Uhr. Der Graf und die Gräfin waren schon seit über zwanzig Minuten verschwunden. Ihr blieben nur noch vierzig Minuten, um aus der Halle zu entkommen. Tina schloss die Augen. Ihre Gedanken rasten. Es musste eine Möglichkeit geben, aus dem Zwinger zu entkommen. Es musste einfach. Doch ihr waren die Ideen ausgegangen. Da hörte sie ein Scharren am Tor und hob den Kopf.

»Haben Sie das auch gehört?«, fragte sie.

»Was?«

Da war es wieder, länger diesmal.

»Jetzt höre ich es auch.«

Tina sprang auf. »Hilfe! Hier sind wir!«

Das Scharren wurde intensiver, doch das Tor blieb verschlossen.

»Hilfe!«, schrie jetzt auch Ferdinand.

Das Scharren hielt an.

»Sind Sie zu blöd, das Tor aufzumachen?«, rief Ferdinand. »Beeilen Sie sich gefälligst, und holen Sie uns hier raus!«

Das Scharren hörte auf.

»Sehr schlau, unseren Retter zu beleidigen«, zischte Tina. »Hören Sie, er hat es zwar genauso gemeint, wie er es gesagt hat, aber er ist ein arroganter Idiot! Bitte versuchen Sie es noch einmal!«, rief sie in Richtung Tor.

Sie wagte kaum zu atmen, während sie wartete, was passierte.

Da, das Scharren setzte wieder ein!

»Vielen Dank, dass Sie sich die Mühe machen!«

»Aber ein bisschen plötzlich jetzt, wenn ich bitten darf!«, rief Ferdinand.

Tina funkelte ihn wütend an.

»Was? Ich wollte ihn motivieren, sich zu beeilen.«

Ein letztes Scharren und ein Jaulen, dann sprang das Tor auf, und ein schwarzer Schatten sprang herein.

»Swatt! Das ist Swatt! Komm her, mein Junge!«

Swatt kam in halsbrecherischem Tempo auf sie zugerannt und

bremste erst im letzten Moment ab. Tina presste die Hand gegen das Gitter, und Swatt leckte sie, während er so heftig mit dem Schwanz wedelte, dass er einen Luftzug verursachte.

»Swatt, beruhige dich wieder. Du musst uns hier rausholen, hörst du?«

»Sie wissen schon, dass das ein Hund ist, oder? Der kann Sie nicht verstehen. Das sollten Sie als Tierärztin wissen.«

Tina beachtete Ferdinand nicht. Sie blickte Swatt an, der sich vor den Zwinger gesetzt hatte, und zeigte auf die Tür. »Swatt, Tür!«

Swatt sprang auf, stellte sich auf die Hinterbeine und scharrte mit den Vorderpfoten an der Zwingertür. Der Riegel rührte sich nicht, und Swatt ließ sich wieder auf alle viere sinken.

Tina zeigte erneut auf den Riegel. »Tür!«

Swatt sprang wieder gegen die Tür und scharrte mit den Pfoten. Er traf den Riegel, und dieser schob sich ein kleines Stück zur Seite.

»Feiner Hund! Mach weiter, mach die Tür auf!«

Ferdinand trat neben Tina. »Er schafft es tatsächlich.«

Der Riegel bewegte sich ein weiteres Stück und hing nur noch mit der letzten Ecke fest.

Plötzlich jaulte Swatt und setzte sich hin. Er begann an seiner linken Vorderpfote zu lecken.

»Hast du dich verletzt, Junge?«

Swatt blickte zu Tina und hielt die Pfote hoch. Blut tropfte auf den Betonboden.

»Swatt, es tut mir leid, aber du musst weitermachen.«

Swatt wedelte mit dem Schwanz, hielt die Pfote aber weiter in die Luft.

»Swatt, Tür!«

Zögernd stand er auf und kratzte wieder am Riegel. Endlich sprang dieser ganz zurück, und die Tür schwang auf. Swatt sprang an Tina hoch und leckte ihr das Gesicht ab.

»Feiner Junge, ganz fein hast du das gemacht!« Sie kramte in ihrer Hosentasche und förderte einen Hundekeks zutage, den er mit einem Bissen verschlang. Ein kurzer Blick auf seine Pfote zeigte, dass er nur einen kleinen Riss im Ballen hatte.

»So, jetzt aber nichts wie raus und möglichst weit weg«, drängte Ferdinand.

Tina sah ihn ungläubig an. »Wir müssen die Bombe finden, oder sollen die Hunde alle in die Luft fliegen?«

»Lassen wir die Köter. Nichts wie weg hier.«

Tina baute sich vor Ferdinand auf und zeigte auf Swatt. »Dieser Hund hier hat Sie gerettet. Sie werden mir jetzt helfen, den Sprengstoff zu finden. Das sind Sie Swatt und den anderen Hunden schuldig.«

»Warum machen wir die Zwinger nicht einfach auf? Dann können sie alleine rauslaufen und sich in Sicherheit bringen.«

Tina sah die völlig verstörten Hunde an, die hechelnd in ihren Zwingern hockten. »Sie werden nicht rauskommen, wenn die Türen offen sind. Dazu sind sie viel zu verängstigt. Und wir können sie in der kurzen Zeit nicht alle aus den Zwingern und aus der Halle jagen. Nein, wir müssen den Sprengstoff finden.«

»Und was machen wir dann? Sind Sie Sprengstoffexpertin, oder was?«

»Das sehen wir dann schon. Erst mal müssen wir die Bombe finden.«

Ferdinand blickte auf die Uhr. »Wir haben noch eine knappe halbe Stunde. Ich helfe Ihnen genau zwanzig Minuten, dann bin ich weg.«

Damit konnte Tina leben. »Okay. Also los. Sie gehen rechts rum, ich links.«

Sie wandte sich nach links. Wo hatte die Gräfin den Sprengstoff versteckt? Sie schaute in die Zwinger und prüfte die nackten Ziegelwände sorgfältig. Es war nichts Verdächtiges zu entdecken. Tina ging zwischen den Zwingern hindurch und schaute in jeden hinein, doch neben den Hunden war außer Dreck, Kot, Urinpfützen und gelegentlich einem leeren Wassernapf nichts zu sehen, was nach einer Bombe aussah.

Sie traf Ferdinand in der Mitte der Halle. »Ich kenne mich mit Sprengstoff nicht aus. Wie groß muss denn die Menge sein, um eine Halle dieser Größe in die Luft zu sprengen?«

Ferdinand zuckte mit den Schultern. »Seh ich aus wie ein Sprengmeister? Aber die Halle ist recht groß, es müsste schon eine beachtliche Menge sein, würde ich sagen.«

»Lassen Sie uns die Wände von außen anschauen. Vielleicht ist er dort.«

»Wir haben noch fünf Minuten, dann sind die zwanzig Minuten um«, sagte Ferdinand.

»Dann sollten wir uns besser beeilen!« Tina trat aus dem Tor und ging schnell an der Halle entlang.

Eine größere Menge Sprengstoff müsste doch zu sehen sein. Brennnesseln schlugen gegen ihre Beine, und Brombeerranken wanden sich um ihre Knöchel, als sie um die Hausecke herumging. Sie achtete nicht auf den Schmerz und ging an der schmalen Seite des Gebäudes entlang. Auch hier war nichts Ungewöhnliches zu sehen. Ein Windstoß fuhr in die Zweige einer Blutbuche, und Tina blickte auf. Das Gewitter war herangezogen. Der Wind frischte auf, und dicke schwarze Wolken verdunkelten die Sonne. Tina erschauerte und lief schnell um die nächste Hausecke. Und da sah sie ihn.

Verdeckt von einigen Holunderbüschen stand ein großer Gastank direkt neben der Halle. Tina kämpfte sich durch weitere Brombeeren, bis sie den Tank erreicht hatte. Auf der anderen Seite des Gasbehälters waren die Brombeeren heruntergetrampelt, und es sah so aus, als wäre jemand durch das Brombeergestrüpp gegangen. Hier musste die Bombe sein. Vorsichtig ging Tina um den Tank herum. Auf der anderen Seite war ein kleines Päckchen mit Klebeband an das Gehäuse geklebt. Raffiniert, das musste man der Gräfin lassen. So reichte eine kleine Menge Sprengstoff aus, um die ganze Halle in die Luft fliegen zu lassen.

»Ferdinand! Ich habe die Bombe gefunden!«, rief Tina gegen das Heulen des Windes an. Sie betrachtete das Päckchen genauer. Auf einem kleinen Display wurde eine Zeit angezeigt. 00:08:59. Die Sekunden zählten rasend schnell rückwärts. Wo war Ferdinand?

»Ferdinand! Ich bin auf der Rückseite der Halle!«

Tina sah sich um. Vom Grafen war nichts zu sehen. Typisch, er hatte sich bestimmt schon aus dem Staub gemacht. Sie wandte sich wieder der Bombe zu. Wie wurde sie entschärft? Es waren ein blauer und ein roter Draht zu sehen. Man durfte nicht den falschen durchtrennen, so viel war klar.

00:06:36.

Sie hatte sowieso nichts, um den Draht durchzuschneiden. Zögernd griff Tina nach dem Päckchen.

»Was haben Sie denn vor? Sie wollen doch nicht etwa wahllos einen der Drähte durchtrennen?«

Tina blickte Ferdinand an, der hinter ihr aufgetaucht war. »Für wie blöd halten Sie mich?«, fuhr sie ihn an. »Ich will das Paket abmachen und möglichst weit wegbringen, oder haben Sie eine bessere Idee?«

Er antwortete nicht, und Tina fummelte am Klebeband herum.

00:04:57.

Tina zog an einer Ecke des Klebebandes, die ein wenig vorstand. Der Klebestreifen löste sich, und das Päckchen klappte um, sodass es nur noch an dem anderen Streifen hing. Es schwang ein wenig hin und her, und Tina hielt den Atem an. Nichts passierte, und sie ließ die Luft geräuschvoll wieder entweichen.

Ferdinand griff nach dem Paket. »Wissen Sie, ob der Sprengstoff auch dann detoniert, wenn er auf den Boden fällt?«, fragte er, und Tina sah, wie ihm einige Schweißtropfen an den Schläfen herunterliefen und in seinen Koteletten versickerten.

»Keine Ahnung. Am besten, er fällt nicht runter.«

Ferdinand hielt die Hände unter das Päckchen, während Tina mit zitternden Fingern an dem anderen Klebestreifen zog.

00:02:28.

Es donnerte ganz in der Nähe, und Tina zog vor Schreck so heftig an dem Klebeband, dass es abriss und das Paket in Ferdinands Hände rutschte.

00:02:02.

Er blickte auf die Anzeige und wurde blass. »Nur noch zwei Minuten! Ich wollte längst weg sein!« Er holte aus und warf das Paket in Richtung des Waldes.

»NEIN!«

Kapitel 37

Entgeistert beobachtete Tina, wie das Paket auf einen Brombeerstrauch fiel und in Richtung Boden rutschte, bis es sich in einer Ranke verfing und hängen blieb. Es war nur etwa fünfzehn Meter entfernt.

»Sie Idiot!«, schrie sie Ferdinand an.

Die Bombe schaukelte an der Brombeerranke leicht hin und her und glitt langsam zu Boden.

Tina hielt erneut die Luft an, doch die Bombe ging nicht hoch. Sie atmete tief ein und drehte sich zu Ferdinand um.

»Was machen wir jetzt?«

»Wir laufen!«, rief Ferdinand und packte Tina an ihrem Shirt, um sie mit sich zu ziehen.

Swatt, der bisher in den Büschen herumgeschnüffelt hatte, war aufmerksam geworden, als Ferdinand das Päckchen geworfen hatte, und rannte nun dorthin. Er nahm es ins Maul und wollte es zu Tina bringen. Entsetzt sah Tina ihren Hund mit der Bombe im Maul auf sich zurennen.

»Swatt, nein! Aus! Geh zurück!« Sie wedelte hektisch mit den Armen, und Swatt drehte sich um und verschwand mit großen Sprüngen zwischen den Buchen. »SWATT! AUS! MACH AUS!« Tina versuchte, zwischen den Bäumen etwas zu erkennen. »SWATT! AUS!« Sie wollte losrennen, doch Ferdinand hielt sie am Arm zurück.

»Wollen Sie mit in die Luft fliegen?«, brüllte er sie an.

Tina ließ sich von ihm zurückziehen und beobachtete den Wald. Ein ohrenbetäubender Knall ertönte, und ein Feuerblitz war hinter den Bäumen zu sehen. Wie ein Scherenschnitt standen die Bäume vor dem Lichtschein und versanken im Bruchteil einer Sekunde wieder im Schatten. Tina und Ferdinand wurden zu Boden geschleudert, und Tina knallte schmerzhaft mit der Schulter auf dem Boden auf. Sie stöhnte und rappelte sich mühsam wieder hoch. Leicht schwankend blieb sie stehen. Sie sah, dass Ferdinand anscheinend irgendetwas sagte, doch sie hörte nur das Klingeln in ihren Ohren.

»SWATT! SWATT, WO BIST DU?« Tina rannte in Richtung der Explosion, während ihr die Tränen über das Gesicht liefen.

Swatt! Sie musste ihn finden. Sie achtete nicht auf den Weg, ihr Fuß verfing sich in einer Brombeerranke, und sie stürzte der Länge nach auf den Waldboden. Sie prellte sich die Knie und das Handgelenk, doch sie bemerkte es kaum. Als sie sich wieder aufrappeln wollte, griff eine Hand nach ihr und zog sie hoch. Ferdinand. Sein Gesicht war geschwärzt, und seine gepflegte Kurzhaarfrisur sah aus wie etwas, das die Katze ins Haus gebracht hatte, nachdem sie sich schon eine Stunde lang damit vergnügt hatte, es durch den Garten zu schleudern. Seine Lippen bewegten sich, doch Tina konnte kaum etwas hören.

»Lassen Sie mich los!«, rief sie. »Ich muss Swatt finden.«

Ferdinand schüttelte den Kopf und sah sie an. Wieder formten seine Lippen irgendetwas, und diesmal konnte Tina ein paar Worte verstehen. »Hund ... tot ...«

»NEIN!« Sie riss sich los und rannte zwischen den großen Buchen hindurch weiter. Hier war kaum Unterholz, sodass sie gut vorankam. Vor ihr brannte der Wald. Das orangerote Flackern des Feuers stand in starkem Kontrast zu der schwarzen Gewitterfront. Die Hitze der brennenden Bäume brachte ihr Gesicht zum Glühen, und sie musste etwa zwanzig Meter vor dem Bombenkrater stehen bleiben, weil die Hitze zu stark wurde. Ringsum standen die Bäume in hellen Flammen, einige kleinere waren durch die Wucht der Detonation umgeknickt.

Wider besseres Wissen blickte sich Tina nach Swatt um. »SWATT! Komm her, mein Junge!«

Eine Rauchwolke wehte heran und nahm ihr die Luft zum Atmen. Der Rauch brannte in ihren Augen, und sie wischte sich mit den Fäusten über das Gesicht.

»Swatt!« Tina bekam einen Hustenanfall und bemerkte Ferdinand erst, als der ihr vorsichtig auf den Rücken klopfte.

Als der Anfall vorbei war, legte er ihr den Arm um die Schultern. »Er ist tot. Er kann die Explosion nicht überlebt haben«, hörte Tina durch das Klingeln in ihren Ohren hindurch.

Sie ließ sich gegen Ferdinand sinken, während Tränen ihr über das geschwärzte Gesicht liefen und auf Ferdinands Hemd tropften.

»Es war doch nur ein Hund«, sagte er und strich ihr über die Arme.

»Nur ein Hund?« Tina wich zurück. »Er hat zur Familie gehört, doch so etwas können Leute wie Sie nicht verstehen«, presste sie unter Schluchzen hervor.

Als sie kaum noch Luft bekam, suchte sie in ihren Jeanstaschen nach einem Taschentuch. Sie fand keines und zog geräuschvoll die Nase hoch. Ein weißes Stofftaschentuch mit dem Monogramm F.v.F. erschien vor ihrem Gesicht, und Tina nahm es Ferdinand dankbar aus der Hand. Sie schnupfte hinein und warf erneut einen Blick auf den Krater. Sie merkte, dass ihr wieder die Tränen in die Augen schossen, und sie ließ sich auf den Boden sinken.

Blicklos starrte sie auf das Bombenloch und dachte an den Tag, an dem sie Swatt von einer Tierschutzorganisation übernommen hatte. Verängstigt und verdreckt war er aus dem Transporter der Tierschützer gestiegen, und sie hatte Mühe gehabt, ihn in ihr Auto zu bugsieren. Auf ihrem ersten Spaziergang im Deertenwald war er zunächst mit gesenktem Kopf und eingezogener Rute neben ihr hergeschlichen, doch nachdem sie eine Weile gegangen waren, hatte er plötzlich den Kopf gehoben und war ausgelassen um sie herumgesprungen. Ach, Swatt.

Sie war so in Gedanken, dass sie einen kleinen Moment brauchte, bis sie merkte, dass ihr etwas Warmes, Weiches das Gesicht ableckte. Sie hob den Kopf, und durch ihren Tränenschleier erblickte sie Swatt, der wedelnd vor ihr stand. Er sah ein wenig zerzaust aus, und seine Fellspitzen waren angesengt.

»SWATT! Du lebst! Du hast die Bombe noch rechtzeitig fallen lassen!« Tina lachte und weinte zugleich. Sie umarmte Swatt fest und flüsterte immer wieder seinen Namen.

Eine Hand berührte sie an der Schulter. »Wir müssen die Polizei rufen«, sagte Ferdinand. »Lassen Sie uns zurückgehen.«

Tina nickte und stand auf. Sie konnte die Augen nicht von Swatt wenden, der sich erwartungsvoll zu ihr umblickte.

»Dann los, Junge«, sagte sie, und er setzte sich in Bewegung.

Jetzt konnte Tina sehen, dass er mit dem rechten Hinterbein lahmte. Sie würde ihn in der Praxis gründlich untersuchen müssen.

Sie warf einen letzten Blick auf den Krater und bemerkte, dass inzwischen weitere Bäume in Flammen standen. Eine Windbö, die das herannahende Gewitter vor sich hertrieb, ließ das Feuer stärker aufflackern. Während Tina noch entsetzt auf die Flammen blickte, fing das durch die lange Dürre staubtrockene Unterholz Feuer, und die Flammen breiteten sich mit einem fauchenden Geräusch rasend schnell im Wald aus. Zum Glück zogen die Flammen nicht in Richtung der Halle. Ein Blitz erhellte den stahlblauen Himmel, und Tina zählte leise, bis der Donner grollte. Das Gewitter war noch etwa fünf Kilometer entfernt. Hoffentlich fing es bald an zu regnen.

Ferdinand war schon vorausgegangen und hatte anscheinend nichts mitbekommen.

»Ferdinand! Das Feuer! Es breitet sich aus!« Tina rannte zu Ferdinand, der sich umdrehte.

Seine Augen weiteten sich, als er das Flammenmeer sah.

»Wir müssen hier weg!«, schrie er und rannte los.

Tina und Swatt folgten ihm, und Tina spürte die Hitze des Feuers an ihrem Rücken. Funken flogen, setzten sich in ihre Haare und brannten wie Stiche auf ihren nackten Armen. Sie schlugen sich durch das Unterholz, bis sie auf einen Sandweg kamen. Es war der Weg, der zum Tor in der Umzäunung führte. Sie kamen jetzt schneller voran, doch Tina bemerkte, dass der Weg sie wieder in Richtung der Flammen führte. Als sie um eine Kurve bogen, konnten sie das Tor sehen. Die Flammenwand war nur noch etwa zehn Meter vom Tor entfernt. Selbst an ihrem Standort war die ungeheure Hitze des Feuers zu spüren, und Tina lief der Schweiß den Rücken herunter. Ihre Haut begann zu glühen, und ihre Lippen wurden trocken.

»Scheiße!«

Tina und Ferdinand sahen sich an.

»Wie sollen wir jetzt bloß hier herauskommen?«, fragte er.

Auch ihm lief der Schweiß herunter, und sein Gesicht leuchtete im Feuerschein orangerot auf. In seinen geweiteten Pupillen stand die nackte Panik. Hektisch sah er sich nach einem Fluchtweg um.

»Lust, Wildschwein zu spielen?«, fragte Tina.

»Das kann doch nicht Ihr Ernst sein. Da krieche ich nie im Leben durch«, sagte Ferdinand, als Tina auf den Tunnel in den Brombeeren zeigte.

»Gut, dann gehe ich allein und hole Hilfe.« Sie ließ sich auf alle viere nieder und begann, hinter Swatt herzukriechen, der schon fast auf der anderen Seite des Zaunes angekommen war.

»Warten Sie, ich komme mit!«

Tina kroch weiter.

»Gottverdammte Brombeeren, diese beschissenen Dornen! Was für eine Scheiße!«

»Mein lieber Graf, wo ist Ihre gewählte Ausdrucksweise geblieben?«, rief sie über die Schulter.

»Die ist mir zwischen den verfluchten Dornen und der Wildschweinscheiße abhandengekommen.«

Tina musste lachen.

»Sie finden das auch noch komisch, was?« Ferdinand murrte noch einen Moment vor sich hin, verstummte dann aber.

Auf der anderen Seite des Zauns standen sie auf und sahen sich um. Der orangefarbene Schein der Flammen war schräg hinter ihnen zu sehen.

Tinas Blick prüfte, wie der Wind stand. »Verdammt!«

»Was ist los?«

»Das Feuer zieht direkt auf das Gut zu!«

»Was?« Ferdinand schaute in Richtung der Flammen. »Sie haben recht!«, rief er. »Beeilung!«

Es donnerte erneut.

»Das Gewitter wird bald hier sein. Mit etwas Glück löscht der Regen die Flammen«, rief Tina.

»Darauf will ich mich nicht verlassen. Kommen Sie!«

Ferdinand rannte, ohne zu zögern, nach links, und Tina folgte ihm bis durch das Gutstor und zum Herrenhaus.

»Wo ist der Gärtner? Wo sind die Wasserschläuche?«, schrie er, rannte um die Ecke des großen Gebäudes und verschwand zwischen einigen Rhododendronbüschen.

Tina blickte ihm kopfschüttelnd nach. Wollte er den Waldbrand tatsächlich mit einem Gartenschlauch bekämpfen?

Sie ging zu der Tür, durch die sie früher am Abend – war es wirklich erst eine gute Stunde her? – gegangen war, und öffnete sie. Sie orientierte sich kurz und ging in Richtung des Ballsaals. Sie musste unbedingt an ein Telefon kommen. Swatt rannte vor ihr her und bog in den großen Saal ein. Hektisch blickte sie sich um und sah ein Telefon auf dem wuchtigen Couchtisch aus Eichenholz liegen. Sie wählte die Notrufnummer.

»Tina Deerten. Ich möchte eine Explosion und einen Mordversuch auf Gut Finkenstein melden. Außerdem hat es durch die Explosion einen Waldbrand gegeben, und das Feuer breitet sich in Richtung des Gutes aus.« Tina lauschte auf die Antwort. »Ach, es hat bereits jemand die Explosion gemeldet? Ja, ich warte, bis sie eintreffen.«

Sie warf das Telefon wieder auf den Tisch.

Swatt ließ sich vor ihren Füßen auf einen Perserteppich fallen und schloss die Augen. Schon nach wenigen Minuten war er eingeschlafen. Der Glückliche, auch Tina fühlte sich wie erschlagen. Ihr Kopf, ihre Knie und die rechte Schulter schmerzten, und sie war übersät von neuen Kratzern und Abschürfungen.

Sie blickte sich in dem großen Saal um. Auf einem Sekretär aus Kirschholz lagen zwei Handys. Tina ging hinüber, um sie genauer anzusehen. Eins war ihr Handy, das andere musste Ferdinand gehören. Dankbar nahm sie ihr Telefon in die Hand. Sie musste Jan anrufen. Jetzt sollte sie wohl nicht mehr unter Mordverdacht stehen, immerhin hatte sie einen Zeugen des Gesprächs mit der Gräfin und dem Grafen. Außerdem hatte sie den Sand aus dem Bunker als Beweis. Sie scrollte durch ihre Kontakte, bis sie Jans Nummer gefunden hatte.

Sie blickte auf, als Ferdinand den Ballsaal betrat.

»Die Polizei und die Feuerwehr werden gleich hier sein. Es hatte bereits jemand die Explosion gemeldet«, berichtete Tina.

»Das ist gut. Der Gärtner und Kevin wässern die Fassaden und den Rasen vor dem Haus. Würden Sie bitte bleiben und die Polizei zu der Halle führen?«

Tina merkte, dass sie rot wurde. Die Fassade des Hauses und den Boden zu wässern war eine sehr gute Idee, auf die sie nicht gekommen wäre. Und sie hatte gedacht, er wollte sich mit dem Schlauch in der Hand der Feuersbrunst entgegenstellen.

Eine Asiatin in schwarzem, wadenlangem Rock, weißer Bluse und weißer Schürze trat ein und unterbrach ihre Gedanken.

»Herr von Finkenstein! Zum Glück ist Ihnen nichts passiert!«, rief sie. Sie fuhr entsetzt zurück, als sich Ferdinand und Tina zu ihr umdrehten. »Um Himmels willen, wie sehen Sie denn aus? Soll ich den Rettungswagen rufen?«

»Das wird nicht nötig sein, Mie, aber die Feuerwehr und die Polizei sind unterwegs.«

»Was ist denn passiert? Ich habe eine Explosion gehört«, sagte Mie und sah Ferdinand mit geweiteten Augen an.

Er erklärte Mie die Lage mit wenigen Worten.

Sie sah geschockt aus, fasste sich aber schnell wieder. »Hat der Polizist Sie gefunden?«

»Welcher Polizist?«

»Von der Kripo Kiel. Ein Herr Voss.«

»Jan ist hier?«, rief Tina.

Jan war auf dem Gut. Tina war so erleichtert, dass sie am liebsten geschrien hätte.

»Wo ist er?«

»Nach der Explosion ist er hinausgerannt«, antwortete Mie.

»Frau Deerten, Sie suchen den Kommissar«, befahl Ferdinand.

»Und Sie?«

»Ich werde nach Hessenfels fahren. Ich habe eine Rechnung mit meiner Schwester offen.«

»Aber was wollen Sie dort tun? Überlassen Sie das lieber der Polizei.«

»Sie hat meinen Bruder umgebracht und uns beide beinahe auch. Der Name von Finkenstein wird in Zukunft nur noch mit einer geistesgestörten Serienmörderin in Verbindung gebracht werden. Ich muss sie stellen, um unsere Familienehre zu retten.«

»Wir leben doch nicht mehr im Mittelalter! Bei uns gibt es so etwas wie eine funktionierende Polizei, Ferdinand!«

»Wenn ich sie vor den Augen der anwesenden Gäste zur Rede stelle und der Polizei übergebe, wird das in Erinnerung bleiben, und wenigstens mein Name wird reingewaschen.«

Tina schüttelte den Kopf. Diese Adligen waren nicht ganz bei Trost.

»Ah, mein Handy.« Ferdinand griff nach seinem Telefon und steckte es in seine Sakkotasche. »Ich fahre jetzt los.«

Er ging zur Tür, und Tina fluchte lautlos. Dieser Idiot! Er würde den Grafen und die Gräfin aufschrecken. Tina glaubte nicht, dass er es schaffen würde, sie der Polizei zu übergeben. Dazu waren der Graf und besonders die Gräfin zu skrupellos. Sie fasste einen Entschluss. Jan war da und hatte die Lage bestimmt unter Kontrolle. Sie würde gleich versuchen, ihn zu erreichen, doch zunächst einmal müsste sie Ferdinand davon abbringen, etwas Unüberlegtes zu tun.

Kapitel 38

»Swatt, komm!« Tina rannte hinter Ferdinand her und sah, wie er schnell in Richtung der Hintertür ging und hindurchtrat.

Sie rannte den langen Gang entlang und riss die Tür auf. Das Gewitter war herangekommen, und es war so dunkel geworden, dass Tina Mühe hatte, Ferdinand zu entdecken. Da war er, er ging zu seinem Porsche und stieg ein. Die ersten dicken Tropfen fielen, als sie die Beifahrertür aufriss.

»Was wollen Sie denn hier?«

»Ich komme mit.« Tina ließ Swatt auf den Rücksitz springen und stieg selbst ein. Sie schnallte sich an und blickte Ferdinand auffordernd an. »Was ist? Fahren Sie los!«

»Sie werden nicht mitkommen. Und der Kö… der Hund ruiniert mir die Ledersitze.«

»Wir stecken da zusammen drin. Fahren Sie los, bevor Ihre Schwester Lunte riecht.«

Ferdinand seufzte, gab Gas und ließ die Kupplung kommen. Der Wagen röhrte laut auf, machte einen Satz nach vorn und schlingerte über die Kiesauffahrt.

Tina krallte sich an den Türgriff und schüttelte den Kopf. Männer waren doch alle gleich!

Ferdinand bekam den Porsche wieder unter Kontrolle und raste durch das Gutstor.

»Was genau haben Sie eigentlich vor, wenn wir auf Hessenfels angekommen sind?«, fragte Tina.

Der Wagen schleuderte um die Kurve auf die Straße und verfehlte den linken Torpfosten um Haaresbreite.

»Falls wir es lebend bis dahin schaffen«, fügte sie hinzu.

»Ich gehe rein und stelle meine Schwester vor allen Gästen zur Rede.«

»Sie wird es abstreiten und Sie wie einen Idioten dastehen lassen.«

Ferdinand antwortete nicht. Sein Gesicht wurde vom grellen Schein eines Blitzes erhellt, sodass seine Züge härter aussahen. Tina konnte ihm ansehen, dass er nachdachte.

»Vielleicht ist es gut, dass Sie mitgekommen sind. Sie sind meine Zeugin.«

Tina war nicht überzeugt, doch in der Stimmung, in der Ferdinand war, schien es zwecklos, mit ihm zu diskutieren. Sie zog ihr Handy aus der Hosentasche und wollte Jans Nummer wählen.

»Wen rufen Sie an?«

»Jan Voss.«

»Den Kommissar? Kommt nicht infrage. Ich, und nur ich allein, werde meine Schwester und meinen Schwager zur Strecke bringen!«

Oje, der Wahnsinn in der Familie war offenbar erblich.

»Aber Ferdinand, Sie sind kein Polizist. Wie wollen Sie Ihre Schwester überwältigen? Und Ihren Schwager dazu? Auch der ist gefährlich, das habe ich selbst erlebt!«

Ferdinand blickte starr geradeaus. »Mir wird schon etwas einfallen. Im Improvisieren bin ich hervorragend.«

»Ich rufe jetzt Jan an«, stellte Tina klar.

»Das werden Sie nicht tun!«

Der Porsche geriet ins Schlingern, als er ihr das Handy aus der Hand riss und es auf den Rücksitz warf.

»Sagen Sie mal, geht's noch?«, schrie Tina ihn an.

»Es tut mir leid, aber ich kann nicht zulassen, dass Sie Voss anrufen.«

Schiet! Sie saß tatsächlich bei einem Psychopathen im Auto! Tina wollte etwas sagen, doch bei einem Blick auf Ferdinands leicht irren Gesichtsausdruck überlegte sie es sich anders. Sie schaute auf das Navi. Es dauerte noch eine gute halbe Stunde bis Hessenfels. Na toll. Tina schloss die Augen und versuchte zu ignorieren, dass Ferdinand raste wie von bösen Geistern gehetzt. Was wahrscheinlich sogar der Wahrheit entsprach, überlegte sie. Herauszufinden, dass die eigene Schwester einen umbringen wollte und dass sie auch schon den Bruder ermordet hatte, konnte das eigene Seelenheil schon tief erschüttern.

Als Tina das nächste Mal aus dem Fenster blickte, sah sie, wie gerade das Ortsausgangsschild von Schönwalde am Bungsberg am Fenster vorbeiflog. Ferdinand, der in der Ortschaft kaum langsamer gefahren war, jagte den Porsche auf fast 140 Sachen hoch. Vor der nächsten Kurve bremste er hart ab, und Tina wurde nur durch ihren Gurt daran gehindert, auf das Handschuhfach zu knallen.

»Fahren Sie langsamer! Sie bringen uns noch um! Und dann wird Ihre Schwester einen Freudentanz aufführen, dass ihr Plan am Ende doch noch aufgegangen ist!«

Es sah nicht so aus, als hätte Ferdinand sie gehört, doch er nahm den Fuß vom Gas und fuhr nur noch mit gut 110 Stundenkilometern über die Landstraße.

Nach etwa fünf Minuten kamen die Lichter von Gut Hessenfels auf der rechten Straßenseite in Sicht. Ferdinand bremste, bog ab und fuhr auf das Schloss zu. Ein geometrisch angelegter Garten wurde von den Scheinwerfern kurz angeleuchtet und verschwand wieder in der Dunkelheit. Ferdinand bog erneut rechts ab. Die Reifen knirschten auf einer kiesbedeckten Auffahrt, und das von vielen Scheinwerfern angestrahlte, im klassizistischen Stil erbaute kleine Schloss erhob sich in seiner weißen Pracht aus der Dunkelheit. Aus den Sprossenfenstern ergoss sich goldener Lichtschein auf die Auffahrt und auf die umliegenden Rasenflächen. Ferdinand bremste und ließ den Wagen mitten auf dem Weg stehen. Er sprang hinaus und ging schnell an mehreren Autos vorbei, die am Rand der Auffahrt geparkt waren. Auch Tina und Swatt sprangen aus dem Wagen.

Tina war keine Expertin für Automarken, aber einen Jaguar und einen Rolls-Royce erkannte sie durchaus. Und da, war das ein Ferrari? Egal, sie beeilte sich, Ferdinand die Stufen einer ausladenden Steintreppe hinauf zu folgen.

Er stand bereits in der geöffneten schwarz lackierten Eingangstür und diskutierte mit einem distinguiert aussehenden Herrn in schwarzem Frack.

Tina dachte zunächst, dass es sich um den Schlossherrn handele, doch als sie näher kam, konnte sie das Gespräch verstehen.

»Gehen Sie mir aus dem Weg, Johannes. Ich muss zu meiner Schwester.«

»Mit Verlaub, Herr Graf, aber in diesem Aufzug kann ich Sie nicht hereinlassen.«

»Ich bin fast in die Luft gebombt worden. Da sieht man schon mal ein bisschen zerzaust aus«, erwiderte Ferdinand. »Und jetzt geben Sie den Weg frei!«

Der Butler rührte sich nicht. »Ich kann nur wiederholen, dass Sie so hier nicht hineinkommen.«

Ferdinand trat auf den Butler zu und gab ihm einen kräftigen Stoß. Er fiel gegen einen Tisch mit filigranen Beinen, der mitsamt dem Butler zusammenbrach. Es schepperte, als verschiedener Zierrat, der auf dem Tisch gestanden hatte, auf dem hellen Marmorboden zerbarst.

Ferdinand wandte sich nach links. Tina warf einen kurzen Blick auf den Butler, der schon dabei war, sich wieder aufzurappeln.

»Halt! Sie dürfen hier nicht rein! Wer sind Sie überhaupt? Und Hunde sind im Schloss verboten!«

Tina ignorierte ihn und rannte hinter Ferdinand her in Richtung der klassischen Musik, die aus einem Raum am hinteren Ende des Ganges kam. Die hohe Tür mit goldenen Zierleisten stand weit offen und gewährte einen Blick auf rund achtzig elegant gekleidete Menschen. Die Damen in teurer Abendgarderobe, die Tina niemals freiwillig angezogen hätte, weil sie sich darin total verkleidet vorgekommen wäre, die Herren samt und sonders in Smoking oder Frack. Im hinteren Bereich des Ballsaals spielte ein Streichquartett ein Stück, das Tina vage bekannt vorkam. Das Stimmengewirr erstarb, als Ferdinand den Raum betrat und sich suchend umblickte. Auch das Streichquartett hörte auf zu spielen, sodass es in dem großen Saal fast totenstill war.

»Louise! Wo bist du? Zeig dich!«

Jetzt war auch Tina an der Tür angekommen. Sie ging hindurch und blieb mit Swatt schräg hinter einem riesigen Blumenkübel mit einer ausladenden Yuccapalme stehen. Sie blickte an der Pflanze vorbei und sah sich im Saal um. Er war nicht ganz so groß wie der Ballsaal auf Finkenstein, dennoch blieb für die Gäste neben dem üppig ausgestatteten Büfett und der Tanzfläche ausreichend Platz. Eine breite geschwungene Treppe führte auf die Galerie im ersten Stock, auf der sich ebenfalls Gäste versammelt hatten. Alle starrten Ferdinand mit entsetztem Blick an, bis eine Frau, die so mager war, dass ihr das teure schwarze Kleid um den Körper schlackerte, laut lachte.

»Ferdinand, trägt man das jetzt so in Hamburg?«

Der Großteil der Gäste brach ebenfalls in Lachen aus, und ein mittelgroßer Mann mit einer goldfarbenen Markenbrille trat auf Ferdinand zu. Er trug einen hervorragend geschnittenen weißen Smoking mit weinroter Bauchbinde und auf Hochglanz polierte weiße Slipper.

»Ferdinand, wenn ich gewusst hätte, dass Sie in der Gegend sind, hätte ich Sie ebenfalls eingeladen. Ein Gläschen Champagner, um die Nerven zu beruhigen?«

Er winkte einem Kellner, der ein Tablett mit Champagnergläsern trug, nahm eines und hielt es Ferdinand hin. Ferdinand beachtete es nicht.

»Wo ist Louise? Ich muss sie sprechen!«

Tina versuchte, die Gräfin und den Grafen in dem Gedränge zu entdecken. Sie erkannte sie erst, als die Gräfin majestätisch die Treppe herunterschritt. Die anderen Gäste wichen zurück, sodass sich eine Gasse bildete, durch die sie auf Ferdinand zuging und vor ihm stehen blieb. Sie trug ein teuer aussehendes mitternachtsblaues, figurbetontes Kleid und ein dreireihiges Diamantcollier mit passenden Ohrringen.

Die Gräfin verbarg ihre Überraschung, dass Ferdinand noch am Leben war, gut. Doch der Graf, der schräg hinter seiner Frau stand, schaute Ferdinand ungläubig an.

»Ferdinand. Was ist mit dir passiert?«, fragte die Gräfin mit lauter Stimme. »Du wirst sofort wieder gehen«, zischte sie ihm so leise zu, dass Tina es von ihrem Versteck aus fast nicht verstehen konnte.

»Du weißt, was passiert ist! Du wolltest mich und Frau Deerten genauso umbringen wie Wilhelm, Perry und Doktor Müller«, antwortete Ferdinand laut.

Die Gäste schrien ungläubig auf.

»Ferdinand, hast du wieder deine Medikamente nicht genommen?« Sie nahm ihn am Arm und wollte ihn aus dem Zimmer führen.

Doch er riss sich los und wandte sich an die Gäste, die das Schauspiel gebannt verfolgten. »Ich nehme keine Medikamente. Es ist so wahr, wie ich hier stehe. Meine Schwester Louise ist eine geisteskranke Serienmörderin. Und mein Schwager Falk ist ihr Komplize.« Ferdinand zeigte auf den Grafen, der sich aufrichtete und ihn wütend anfunkelte.

»Das sind völlig haltlose Behauptungen.«

»Falk, du weißt doch, wie er ist, wenn er seine Medizin nicht genommen hat. Er hat dann diese Wahnvorstellungen, dass ihn jemand umbringen will.« Die Gräfin wandte sich an die Gäste. »Traurig, und bisher konnten wir es innerhalb der Familie halten, aber leider sind Sie nun alle Zeugen der unheilbaren Krankheit meines Bruders geworden.«

Tina schnaubte leise. Sie konnte sehen, dass die meisten Gäste der Gräfin glaubten oder glauben wollten.

»Ferdinand ist nicht krank!«, rief sie und trat hinter der Palme hervor. »Die Gräfin ist es, die krank ist! Sie konnte es nicht ertragen, dass ihr Bruder Wilhelm das Gut geerbt hatte, deshalb hat sie ihn von der Straße abgedrängt. Als dann Ferdinand das Gut bekam, wollte sie auch ihn umbringen. Und mich dazu, doch wir konnten uns befreien und die Bombe noch rechtzeitig finden.«

Die Gäste fingen an, aufgeregt durcheinanderzureden.

Baron von Hessenfels, der einen schockierten Gesichtsausdruck hatte, nahm Louise und Ferdinand am Arm. »Vielleicht möchtet ihr die Angelegenheit lieber in meinem Arbeitszimmer besprechen?«

Die Gräfin nickte und winkte ihrem Mann, ihr zu folgen, doch Ferdinand blieb stehen.

»Deine Bombe hat den Wald in Brand gesetzt, und wenn es nicht angefangen hätte zu regnen, wäre dein geliebtes Finkenstein – *mein* Gut – auch noch abgebrannt«, rief er.

Zum ersten Mal bemerkte Tina Unsicherheit in den Zügen der Gräfin.

»Das ist völlig unmöglich. Wir hatten die ganze Zeit Ostwind«, erwiderte sie.

»Der Wind hat auf West gedreht, weil ein Gewitter herangezogen ist«, sagte Ferdinand.

»Wenn ich euch bitten dürfte, die Sache in meinem Arbeitszimmer ...«, begann der Baron und zog Ferdinand leicht am Arm.

»Nein, meine Schwester muss ihrer gerechten Strafe zugeführt werden. Ich werde jetzt die Polizei rufen.« Ferdinand zückte sein Handy und tippte darauf herum.

Die Gräfin schüttelte den Arm des Schlossherrn ab und holte eine kleine Pistole mit perlmuttfarbenem Griff aus ihrer perlenbesetzten Handtasche. Sie richtete sie auf Ferdinand. »Leg das Handy weg!«

Die Gäste fingen an zu schreien und wichen hektisch zurück.

Die Gräfin schwenkte die Waffe über die Gäste. »Stehen bleiben, oder ich schieße!«

Ein Teil der Gäste blieb wie angewurzelt stehen, während der andere Teil sich fallen ließ oder hinter den antiken Möbeln Schutz suchte.

Die Gräfin richtete die kleine Pistole wieder auf Ferdinand. »Leg es weg! Sofort!«

Ferdinand hob die rechte Hand, bückte sich und legte das Handy mit der linken auf den Fußboden. Die Gräfin gab dem Telefon einen Fußtritt. Es rutschte über den polierten Holzfußboden, bis es gegen die Wand stieß und an der Fußleiste liegen blieb.

Sie trat dicht an Ferdinand heran und drückte ihm die Pistole an die Schläfe. »Du wirst jetzt ganz langsam vor mir her zum Parkplatz gehen«, zischte sie ihm zu. »Wenn irgendjemand hier auf dumme Gedanken kommt, wie die Polizei anzurufen oder den Helden zu spielen, wird dieser Jemand für den Tod meines Bruders verantwortlich sein«, sagte sie mit lauter, klarer Stimme, die bis in den hintersten Winkel des Ballsaals drang. »Wir werden Ihre geschätzte Gesellschaft leider verlassen müssen.«

»Louise, warte auf mich«, meldete sich der Graf zu Wort, der abwartend neben einer Sitzgruppe von Biedermeiersesseln stehen geblieben war.

Die Gräfin blickte sich nicht um, als sie antwortete. »Ach Falk, du verstehst es schon wieder nicht. Deine Zeit ist vorbei, ich brauche dich nicht mehr. Wenn du nicht auf diesen Hund geschossen hättest, wäre diese penetrante, unsägliche Tierärztin nicht aufgetaucht und hätte das ruiniert, was ich über Jahre aufgebaut habe. Du bist eine einfältige, eitle, nutzlose Person.«

»Louise! Das kannst du nicht machen! Wir hängen da zusammen drin!« Falk trat auf sie zu und wollte sie am Arm fassen, doch sie schwenkte die Pistole in seine Richtung und starrte ihn mit kaltem Blick an. Er zuckte zurück.

»Aber nur ich werde aus diesem Schlamassel auch wieder herauskommen. Geh zurück, Falk. Und du, Ferdinand, setz dich in Bewegung.«

Tina hatte während des Streits der Finkensteins fieberhaft überlegt, was sie tun könnte, um Ferdinand zu retten und die Gräfin an der Flucht zu hindern. Ein Plan hatte Gestalt in ihrem Kopf angenommen. Hoffentlich würde er funktionieren! Wenn er schiefging, wäre Ferdinand mit Sicherheit tot.

Kapitel 39

Tina blickte zu Swatt. Er stand angespannt neben ihr und knurrte leise.

»Swatt, unter durch«, flüsterte Tina und zeigte auf die Biedermeiersessel.

Swatt begann, auf die Sessel zuzukriechen. Auf halbem Weg blickte er sich um und sah Tina an. Sie nickte ihm zu und zeigte auf die Sessel.

»Du wirfst mich tatsächlich den Haien zum Fraß vor?«, fragte der Graf und sah seine Frau ungläubig an.

»Ein Bauernopfer, Falk, zum Wohle der Königin.«

Der Irrsinn brannte in den Augen der Gräfin, als sie ihrem Mann endgültig den Rücken zuwandte. Einige der Gäste hatten zu tuscheln begonnen. Die Gräfin ließ die Pistole wieder über die Menge schweifen.

»Denken Sie daran, hochverehrte Herrschaften: Das Leben meines Bruders hängt von Ihnen ab. Von Ihnen ganz allein.«

Das Tuscheln verstummte abrupt.

Swatt war inzwischen hinter den Sesseln angekommen.

Die Gräfin hatte ihn nicht bemerkt und bohrte ihrem Bruder die Waffe ins Kreuz. »Geh endlich los, Ferdinand.«

Langsam setzte er sich in Bewegung. Sein verzweifelter Blick traf den von Tina. Sie nickte ihm kaum merklich zu und zeigte mit dem Daumen auf Swatt, der jetzt sprungbereit hinter dem vordersten Sessel saß und Tina ansah. Sie hoffte, dass Ferdinand richtig reagierte. Langsam ging er weiter.

»Los, Beeilung, lieber Bruder«, sagte die Gräfin ungeduldig.

Ein Windstoß fuhr in die Terrassentür und ließ die linke Flügeltür mit einem Krachen zuschlagen. Die Gräfin zuckte zusammen. Das war die Chance!

»Swatt, hopp!« Tina zeigte auf die Gräfin.

Swatt sprang auf und rannte mit zwei großen Sätzen zur Gräfin. Bevor die reagieren konnte, sprang er ihr ins Kreuz. Im selben Moment ließ Ferdinand sich zur Seite fallen. Der Schuss aus der Pistole verfehlte ihn und prallte klirrend von einer Ritterrüstung ab. Irgendjemand schrie. Tina fuhr herum und sah, wie Baron von Hessenfels sich an die Brust fasste und zusammenbrach. Tina nahm aus den Augenwinkeln eine Bewegung wahr und erkannte, dass die Gräfin sich aufgerappelt hatte und auf Swatt zielte.

»Swatt, down!«

Swatt ließ sich fallen, und die Kugel verfehlte ihn um Haaresbreite.

Die Gräfin rannte in den Flur und warf die große Flügeltür hinter sich zu. Das Klacken ihrer High Heels auf dem Marmorboden wurde schnell leiser und verklang.

Tina wollte ihr folgen, doch zunächst musste sie sich um den angeschossenen Baron kümmern. »Ist ein Arzt im Raum?«, rief sie.

Niemand meldete sich.

Sie beugte sich zu dem Mann hinunter, der blass und mit schmerzverzerrtem Gesicht auf dem Boden lag. Sein Hemd war blutgetränkt. Tina blickte sich um. Ihr Blick fiel auf die Schürze der Bedienung. »Ziehen Sie Ihre Schürze aus«, befahl sie. »Und irgendjemand muss den Notarzt und die Polizei rufen.«

»Das mache ich«, erwiderte Ferdinand. Er hatte sein Handy aufgehoben und drückte auf dem Display herum. Er war blass und sah so aus, als würde er gleich umkippen.

»Setzen Sie sich hin«, rief Tina ihm zu.

Als er nicht reagierte, rannte sie zu ihm und drückte ihn auf den Parkettboden.

»Mir ist schwindlig«, sagte er mit schwacher Stimme.

Tina nahm ein Glas mit Champagner und drückte es ihm in die Hand. »Trinken Sie das.«

Tina ging zum Baron zurück und hockte sich neben ihn auf den Boden. Sie knöpfte sein Hemd auf und betrachtete die Wunde. Die sah schlimmer aus, als sie war. Die Kugel hatte die Haut und die oberen Muskelschichten gestreift, war aber nicht in die Brusthöhle eingedrungen. Tina nahm die Schürze, wickelte sie stramm um die Wunde und verknotete sie.

»Bis der Rettungswagen da ist, sollte es genügen«, sagte sie. »Holen Sie dem Baron ein Glas Wasser und ein Kissen für seinen Kopf«, wies sie die Kellnerin an. »Sie bleiben so lange liegen und legen die Beine hoch, bis der Notarzt da ist«, wandte sie sich an den Baron.

Er nickte und verzog schmerzverzerrt das Gesicht.

Tina stand auf und sah sich nach Ferdinand um. »Wohin wird Ihre Schwester fahren?«

Er überlegte kurz. »Nach Lübeck zum Flughafen. Sie hat dort gute Kontakte zu einer Charterfirma für Privatjets.« Ferdinands Gesicht hatte wieder Farbe bekommen, und er stand auf.

»Gut. Ich suche mein Handy und rufe Kommissar Voss an«, sagte Tina.

»Nach Travemünde. Sie fährt nach Travemünde, jede Wette!«

Tina sah den Grafen an, dem der Schock über den Verrat seiner Frau noch ins Gesicht geschrieben stand.

»Warum Travemünde?«

»Da liegt unsere Motoryacht. Sie fährt bestimmt dorthin.«

»Aber wenn sie fliegt, ist sie viel schneller im Ausland«, widersprach Ferdinand.

»Sie hat einmal gesagt, dass man mit einem Schiff viel besser untertauchen kann. Es gibt nicht so viele Flughäfen, man muss sich am Tower anmelden, daher ist es schwierig, unerkannt zu bleiben. Aber mit dem Schiff kann man jeden Hafen anlaufen, wer will die alle überwachen? Und der Name des Schiffes ist schnell geändert.«

Tina überlegte. Was Falk sagte, klang plausibel. »Was meinen Sie, Ferdinand?«

»Falk könnte recht haben. Außerdem liebt sie diese Yacht.«

Tina rannte bereits los. »Kommen Sie, Ferdinand!«

»Louise hat einen Ersatzschlüssel in der Lotsenstation hinterlegt«, rief der Graf ihnen hinterher.

Swatt überholte Tina und war als Erster bei der Eingangstür. Tina riss sie auf und rannte zum Porsche. Ferdinand sprang auf den Fahrersitz, und Tina und Swatt waren kaum eingestiegen, als er auch schon losfuhr. Tina drehte sich auf dem Sitz und versuchte, ihr Handy auf dem Rücksitz zu finden.

»Wo ist hier das Licht? Ich finde mein Handy nicht. Weil ein gewisser Jemand es ja unbedingt nach hinten werfen musste.«

»Tut mir leid, das war eine Kurzschlussreaktion. Das Licht geht in der Mitte an.«

Tina fummelte an dem Lichtschalter herum, während der Porsche die Auffahrt hinunterröhrte. Endlich ging das Lämpchen an, und sie entdeckte ihr Handy, das in den Fußraum hinter dem Beifahrersitz gerutscht war. Sie griff danach und wählte Jans Handynummer.

»Tina! Wo … du? Ich habe … gro… …gen gemacht.«

»Jan! Ich bin mit Ferdinand auf dem Weg nach Travemünde. Die Gräfin steckt hinter den Morden und will sich mit ihrem Boot absetzen!«

»Kaum …stehen.« Die Verbindung brach ab.

»Jan? Hallo? Kannst du mich hören? Hallo? Jan?« Tina legte auf und wählte gleich erneut. Die Mailbox sprang an. Mist! »Wir sind auf dem Weg nach Travemünde. Die Gräfin ist die Mörderin. Sie will sich mit ihrem Boot absetzen. Ach ja, und der Graf steckt bis zum Hals mit drin. Er war bis eben auf Hessenfels. Aber ich schätze, dass auch er mittlerweile auf der Flucht ist.« Tina beendete das Telefonat und legte das Handy in ihren Schoß. »Ihr Schwager ist bestimmt schon auf dem Weg nach Timbuktu.«

»Louise hat den Wagen. Er muss erst mal von Hessenfels wegkommen. Und die Polizei müsste gleich dort sein.«

»Hoffentlich erwischen sie ihn«, sagte Tina grimmig. »Er wollte Swatt und mich umbringen, und er hat meine Eltern bedroht. Er ist keinen Deut besser als Ihre Schwester.«

Ferdinand antwortete nicht, während sie über die Landstraße in Richtung der Autobahn rasten. Sein Mund war zu einer schmalen Linie zusammengepresst, und Tina sah, wie sich sein Kiefer bewegte.

»Sie sind nicht verantwortlich für das, was Ihre Schwester und Ihr Schwager getan haben«, begann sie vorsichtig. »Und mit der Aktion auf Hessenfels werden Sie als der Gute in Erinnerung bleiben, so, wie Sie es geplant hatten.«

Ferdinand wandte den Blick von der Straße, um Tina kurz anzusehen. »Das wird nichts daran ändern, dass der Name Finkenstein immer mit den Morden in Verbindung gebracht werden wird.«

Tina schwieg. Ferdinand hatte recht. Den Rest der knapp halbstündigen Fahrt legten sie schweigend zurück.

»Die Yacht heißt ›La Sorella‹, also ›Die Schwester‹«, sagte Ferdinand unvermittelt. »Sie hat das Schiff kurz nach Wilhelms Tod gekauft. Ich frage mich die ganze Zeit, ob sie die Welt damit verhöhnen wollte. Die Schwester, verstehen Sie, Tina? Die Schwester hat den Bruder umgebracht.« Er verstummte.

Tina konnte nichts tun, um sein Leid erträglicher zu machen.

»Ich werde gesellschaftlich geächtet sein. Niemand wird etwas mit dem Bruder einer Serienmörderin zu tun haben wollen«, fuhr er fort.

»Wenn Sie mögen, können Sie gern einmal zu mir zum Grillen kommen. Ich würde mich freuen«, hörte Tina sich sagen.

Nach einem kurzen Moment der Überraschung über sich

selbst stellte sie fest, dass sie es auch so meinte. Das arrogante Arschloch hatte auch seine netten Seiten und war genauso verletzlich wie andere Leute auch. Er überspielte es nur besser.

Ferdinand blickte sie kurz an, und ein leichtes Lächeln umspielte seine schmalen Lippen. »Das wäre schön.«

Kurz vor der Autobahnabfahrt Ratekau klingelte Tinas Handy. »Jan! Wo bist du?«

»Ich bin auf dem Weg nach Travemünde. Ich brauche bestimmt noch eine halbe Stunde.«

»Wir sind gleich da.«

»Wie oft muss ich dir noch sagen, dass du dich nicht einmischen sollst? Ich habe Straßensperren errichten lassen, wir kriegen sie schon!«

Die alte Leier wieder!

Tina sagte rasch: »Ich kann dich kaum verstehen. Ich muss Schluss machen.« Sie schaltete das Handy aus.

Ferdinand warf ihr einen Seitenblick zu. »Kein gutes Gespräch?«

Tina seufzte. »Er hat schon wieder gesagt, dass ich mich nicht einmischen soll. Dabei habe ich die Gräfin, also Ihre Schwester ...« Sie brach ab. Es war vielleicht nicht so nett, damit anzugeben, dass sie Ferdinands Schwester der Morde überführt hatte.

»Ich bin froh, dass sie erwischt wurde«, stellte Ferdinand klar. »Dem Morden musste ein Ende bereitet werden.«

Er bremste und bog auf die Abfahrt Ratekau ab. Am Ende der Abfahrt war eine Straßensperre errichtet worden, und es hatte sich eine kleine Schlange von drei Autos gebildet. Der VW und der Mini vor ihnen wurden nach nur sehr kurzer Überprüfung durchgewinkt. Bei einem schwarzen Audi A8 schauten die Beamten genauer hin.

»Was machen wir jetzt?«, fragte Tina.

»Cool bleiben. Immerhin werden wir nicht gesucht.«

Ferdinand strich sich die immer noch wirr abstehenden Haare

glatt, und Tina entfernte ihr Haargummi, sodass sich ihr Pferdeschwanz auflöste, schüttelte die Haare und machte einen neuen, ordentlicheren Pferdeschwanz. Sie klappte die Sonnenblende herunter und betrachtete sich in dem kleinen Spiegel. Ein schwarzer Fleck zierte ihre linke Wange, und auf der Stirn war ein weiterer, sodass sie aussah wie eine der Kühe ihres Bruders. Sie rubbelte noch an dem Fleck herum, als sie schon von dem Polizisten herangewinkt wurden.

Ferdinand ließ die Fensterscheibe herunter.

»Verkehrskontrolle.« Der Polizist bückte sich und leuchtete mit einer großen Stablampe ins Auto. Dann richtete er sich wieder auf und winkte mit der Taschenlampe, dass sie weiterfahren sollten.

Ferdinand gab Gas und bog in die Straße in Richtung Travemünde ein.

»Meinen Sie, dass sie es schafft, durch die Straßensperren zu kommen?«, fragte Tina.

»Louise ist hochintelligent. Unter Druck arbeitet sie am besten, das war schon immer so. Ich würde mich nicht darauf verlassen, dass sie geschnappt wird. Außerdem ist es fraglich, ob in der kurzen Zeit alle, auch die kleinen Straßen, gesperrt wurden. Wir sind ja noch keine halbe Stunde unterwegs.«

Tina nickte. »Also los. Auf zum Hafen.«

Der alte Hafen von Travemünde, in dem sie bisher noch nie gewesen war, entpuppte sich als eine vielleicht fünfhundert Meter lange Mole, an der Restaurants und Andenkenläden lagen. Jetzt, um kurz nach elf Uhr abends, war er trotz der Hochsaison fast verlassen. Ein paar Lampen, die aussahen wie Vogelnester auf Stangen, erhellten den Pier nur unzureichend. Ferdinand fuhr auf der Promenade in Richtung des breiten Sandstrandes. Der alte Wasserturm stand als schwarzer Schatten auf der linken Seite und verschwand wieder in der Dunkelheit, als Ferdinand weiterfuhr.

»Da ist Louises Wagen! Ich wusste, dass sie es bis hierher schaffen würde.« Er hielt an und zeigte auf einen silberfarbenen Jaguar, der mit offen stehender Fahrertür vor einem Schlagbaum stand.

In etwa fünfzig Metern Entfernung war ein lang gestrecktes, eingeschossiges rot geklinkertes Gebäude zu sehen, an dessen Ende ein Turm mit einer achteckigen Plattform über das Dach ragte. Das Dach war mit allerlei Antennen und einem Radar bestückt: die Lotsenstation.

Tina blickte sich um. Vor der Lotsenstation lagen zwei orangefarbene Lotsenschiffe im Wasser, schräg gegenüber, auf der anderen Seite der Trave, konnte Tina gerade noch die Silhouette des Viermasters »Passat« gegen den dunklen Nachthimmel ausmachen. Im Licht des Yachthafens auf der anderen Seite der Trave waren die Schatten vieler Boote zu erkennen.

Auf diesem Teil der Promenade war kein Mensch unterwegs, und der rissige Asphalt ließ darauf schließen, dass sie sich hier in der eher schäbigen Ecke von Travemünde befanden.

Ferdinand hatte angehalten und schaute sich um. »Wo ist sie?«, fragte er.

In diesem Moment kam eine hochgewachsene Gestalt im Abendkleid aus der Lotsenstation. Sie erblickte den Porsche sofort und rannte los in Richtung einer 20-Meter-Motoryacht, die an einem Steg neben den Lotsenbooten vertäut war. Der weiße, schnittige Rumpf des Schiffes leuchtete im Schein der Lampen, und am Bug stand in goldenen Buchstaben »La Sorella«.

»Da ist die Yacht. Louise hat eine Sondergenehmigung, dass das Schiff hier liegen darf und nicht drüben im Passathafen«, rief Ferdinand, sprang aus dem Auto und rannte los.

Tina riss die Beifahrertür auf und wollte aus dem Auto steigen. Swatt wählte genau diesen Moment, um ebenfalls hinauszuspringen. Er trampelte über Tinas Beine und zerkratzte ihr mit seinen Krallen die Oberschenkel.

»Swatt, du Idiot!«, rief sie.

Als sie sich endlich aus dem Porsche herausgearbeitet hatte, sah sie, dass die Gräfin bereits an Bord des Schiffes war und den Motor gestartet hatte. Das leise Tuckern war in der stillen Nacht gut zu hören. Jetzt machte sich die Gräfin an den Tampen zu schaffen, mit denen die Yacht am Pier vertäut war.

Ferdinand war fast am Boot angekommen, als er über irgendetwas stolperte und der Länge nach auf den Kai fiel. Tina konnte den dumpfen Aufprall bis zu ihrem Standort neben dem Porsche hören.

Sie zuckte kurz zusammen, dann rannte sie los.

Die Gräfin hatte es inzwischen geschafft, zwei der drei Festhaltetampen zu lösen, und machte sich hektisch am letzten zu schaffen.

Tina raste zu Ferdinand, der sich aufgerappelt hatte und sich mit schmerzverzerrtem Gesicht den Knöchel hielt.

»Geht es?«, fragte Tina.

Er nickte und humpelte schnell in Richtung der Yacht weiter.

Tina überholte ihn und sah, wie das Boot langsam vom Kai wegtrieb.

Die Gräfin trat auf das Achterdeck und ergriff das Steuerrad. Das laute Schnarren des Bugstrahlruders ertönte, als sie die Yacht vom Pier weglenkte.

»Sie entkommt!«, rief Ferdinand.

Tina rannte zum Rand des Piers und blieb abrupt stehen. Zwischen dem Boot und dem Pier lagen mittlerweile fast zwei Meter Wasser. So weit würde sie nicht springen können. Die Gräfin betätigte wieder das Bugstrahlruder, und die Yacht drehte sich langsam in Richtung des offenen Wassers.

Swatt war zurückgeblieben, um an einer der Lampen zu schnuppern.

»Swatt! Komm her!«, rief Tina.

Swatt hob den Kopf und raste los. Sein Humpeln war kaum

noch zu sehen. Doch statt bei Tina stehen zu bleiben, legte er noch an Tempo zu und sprang. Er flog über das Wasser und setzte elegant auf dem Boot auf, dessen Heck durch das Wendemanöver der Gräfin wieder etwas näher an den Kai herangekommen war.

»NEIN! SWATT!«

Tina sah entsetzt, wie die Gräfin ihre Pistole aus dem tiefen Dekolleté ihres Kleides zog.

»Swatt! Hopp!«, schrie Tina.

Swatt blickte zu Tina, und sie zeigte auf die Gräfin. Er sprang den Bruchteil einer Sekunde, bevor Tina den Schuss hörte. Jaulend ging er in einem Knäuel mit der Gräfin zu Boden.

Kapitel 40

»SWATT!«

Das führerlose Boot trieb gegen einen Dalben, prallte ab und wurde zurück in Richtung des Kais gedrückt. Als es nur noch einen Meter entfernt war, sprang Tina auf das Boot und rannte zu Swatt und der Gräfin. Ihr Hund stand über der Kehle der Gräfin, die ihn mit weit aufgerissenen Augen ansah und immer wieder »Aus, Aus, Sitz, Platz!« schrie. Trotz ihrer Anspannung musste Tina grinsen.

Als die Gräfin sie erspähte, zogen sich ihre Augen zu schmalen Schlitzen zusammen. »Nehmen Sie diesen Köter von mir runter. Und dann verlassen Sie sofort mein Schiff«, befahl sie mit kühler Stimme.

»Louise, es ist vorbei«, sagte Ferdinand, der es trotz seines verletzten Knöchels geschafft hatte, an Bord zu kommen.

»Sag du mir nicht, dass es vorbei ist. Es ist erst vorbei, wenn ich es sage, du Erbschleicher!«

Tina konnte nur den Kopf schütteln. Die Gräfin war so von sich überzeugt, dass sie es nicht hinnehmen konnte, dass ihr Plan nicht aufging.

Sie sah die kleine Pistole, die der Gräfin aus der Hand gefallen war, dicht neben der Brüstung auf dem Teakholzdeck liegen, nahm sie und richtete sie auf die Gräfin.

»Swatt, aus.«

Er schob sich rückwärts von der Gräfin herunter und machte humpelnd einen Schritt zur Seite.

Jetzt konnte Tina das Blut sehen, das ihm von der rechten Schulter tropfte. »Swatt! Du bist verletzt!«

Er blickte Tina direkt in die Augen, dann fiel er auf die Seite und rührte sich nicht mehr.

»SWATT!« Tina ließ sich neben ihrem Hund auf das Deck fallen und wollte die Wunde untersuchen.

Aus den Augenwinkeln sah sie, wie die Gräfin sich schnell aufrichtete und sich auf ihren Bruder warf. Durch den Schwung und die Wut, mit der sie ihn ansprang, geriet Ferdinand aus dem Gleichgewicht und schwankte. Als er mit seinem verletzten Knöchel auftrat, schrie er vor Schmerzen auf und kippte zur Seite weg. Die Gräfin gab ihm einen Stoß, Ferdinand fiel über Bord und versank im dunklen Wasser.

»Ferdinand!«, schrie Tina entsetzt und blickte über die Reling.

Den Tritt der Gräfin sah sie nicht kommen. Die Pistole flog ihr aus der Hand und rutschte über das Deck. Beide Frauen warfen sich hinterher. Tina sah die Waffe zehn Zentimeter vor ihrer rechten Hand und reckte sich, um sie zu greifen, als ein heftiger Schmerz in ihrem ohnehin noch angeschlagenen Kopf explodierte. Sie konnte gerade noch erkennen, dass sie neben dem Steuerstand lag, an dem sie sich offensichtlich den Kopf angeschlagen hatte, und dass die Gräfin nach der Waffe griff, als ihr schwarz vor Augen wurde.

Als sie die Augen endlich mühsam wieder öffnete, war es taghell. Tina kniff die Augen zusammen und hielt sich die Hand schützend vor das Gesicht.

Eine durch ein Megaphon verstärkte Stimme schrie: »Polizei! Lassen Sie die Waffe fallen!«

»Nie im Leben! Ihr bekommt mich niemals!«

Tina spürte, wie sich etwas Kaltes an ihre Schläfe drückte. Sie wurde in eine sitzende Position gezogen und stöhnte vor Schmerzen. Ihr Blick war unscharf, sie hatte Mühe, sich zu bewegen.

»Wenn ihr näher kommt, erschieße ich sie!« Die Stimme der Gräfin war nach wie vor eiskalt.

Die Frau musste Nerven aus Stahl haben, dachte Tina.

»Ich will kein Boot, keinen Hubschrauber oder irgendetwas anderes in meiner Nähe sehen, ist das klar?«, rief die Gräfin.

»Lassen Sie die Frau frei!«, schallte eine Stimme über das Wasser.

Die Gräfin gab keine Antwort und zerrte Tina in Richtung des Steuerrades, hielt sich aber dabei hinter Tinas Rücken und benutzte sie als Schutzschild.

Tinas Kopf dröhnte von dem Aufprall, und sie hatte Mühe, nicht wegzudämmern. Du darfst nicht einschlafen, du darfst nicht einschlafen!, sagte sie sich immer wieder in Gedanken, aber sie musste doch kurz weggetreten gewesen sein, denn das Schnarren des Bugstrahlruders weckte sie unsanft wieder auf.

»Frau von Finkenstein, geben Sie auf!«, dröhnte es aus dem Megaphon über das Wasser.

»Niemals«, zischte Louise und presste die Waffe stärker an Tinas Schläfe. »Los, hoch mit Ihnen«, sagte sie und zerrte unsanft an Tinas Arm.

Tina rappelte sich vom Deck hoch und stand schwankend auf. Die Gräfin hielt die Pistole weiterhin an Tinas Schläfe, während sie mit der anderen Hand das Bugstrahlruder betätigte, wodurch sich die Yacht langsam vom Kai entfernte und auf das offene Wasser der Ostsee zusteuerte.

Swatt! Wo war er? Tina blickte sich nach ihrem Hund um. Er lag hinter der Gräfin auf der Seite und bewegte sich nicht. Offenbar war er gestorben, verblutet, während diese Wahnsinnige eine Spur aus Blut hinter sich herzog. Tränen traten ihr in die Augen, und sie schluchzte auf. Hoffentlich war wenigstens Ferdinand noch am Leben. Ihre Gedanken rasten. Ihr musste irgendetwas einfallen, wie sie aus dieser Sache lebend herauskam. Denk nach, Mädel, denk nach!

»Sie wissen, dass Sie damit nicht durchkommen werden, oder?«, fragte sie.

»Selbstverständlich werde ich durchkommen.« Die Gräfin korrigierte den Kurs und hielt weiterhin auf die offene See zu.

Hier war der Wind, der am Kai kaum spürbar gewesen war, deutlich stärker, und die Yacht krängte in den Wellen. Tina hatte Mühe, sich auf den Beinen zu halten, doch die Gräfin glich das Schaukeln so natürlich aus wie ein erprobter Seefahrer.

»Aber Ihr geliebtes Gut Finkenstein werden Sie nicht mehr wiedersehen.«

Die Gräfin sog scharf die Luft ein. »Ich werde einen Weg finden.«

Tina lachte ungläubig auf. »Sie sind eine Serienmörderin. Sie glauben doch nicht im Ernst, dass Sie nach Finkenstein zurückkehren können, als hätten Sie nur einen kleinen Segeltörn gemacht.«

Tina behielt die Gräfin scharf im Auge. Unsicherheit flackerte kurz in deren Blick auf, und da war noch etwas anderes. Wut. Gut so. Wer wütend war, machte Fehler.

»Außerdem gehört Finkenstein sowieso nicht Ihnen, sondern Ferdinand. Ich an seiner Stelle würde dafür sorgen, dass Sie nie wieder einen Fuß auf das Gut setzen.«

Die Gräfin umfasste das Steuerrad fester. »Dieser miese Erbschleicher! Das Gut gehört mir, mir ganz allein!«

»Ich frage mich, warum Ihr Vater es nicht Ihnen hinterlassen hat. Vielleicht wusste er, dass Sie zu labil sind, um ein so großes Gut zu führen.«

»Lassen Sie meinen Vater aus dem Spiel!«, schrie die Gräfin, das Gesicht wutverzerrt. »Ich habe in der Schweiz studiert. Agrarwirtschaft und Management, außerdem vier Semester Chemie, das aber nur, weil mich das Fach schon immer fasziniert hat. Ich habe als eine der Besten abgeschlossen, doch hat Vater das honoriert? Nein! Er hat Wilhelm das Gut hinterlassen, diesem verweichlichten Muttersöhnchen.« Geringschätzung troff aus ihrer Stimme, und sie verzog verächtlich die Lippen. »Aber ich werde es Vater zeigen! Finkenstein wird besser dastehen als jemals zuvor, wenn ich es erst besitze! Tja, Vater, du wirst es schon sehen!«

Tina bemerkte, wie der Druck auf ihre Schläfe abnahm. Sie drehte den Kopf und sah, dass die Gräfin die Waffe in die Luft hielt und damit herumfuchtelte.

»Ich werde es dir zeigen, Vater, und dann wirst du anerkennen, dass ich das Beste deiner Kinder bin!«

Jetzt oder nie! Tina riss den Ellenbogen mit Wucht zur Seite und traf die Gräfin am Bauch. Diese schrie auf. Tina knallte ihr den Handballen mit voller Wucht auf die Nase, die sofort anfing zu bluten. Die Pistole fiel der Gräfin aus der Hand und schlitterte an die Kante des Decks. Bei der nächsten Welle fiel sie über Bord. Tina seufzte erleichtert auf. Da war der Selbstverteidigungskurs, den sie vor einer Weile gemacht hatte, doch zu etwas gut gewesen.

Die Gräfin hatte sich vorgebeugt und hielt sich beide Hände vors Gesicht. Zwischen ihren Fingern hindurch tropfte Blut auf das Deck. »Meine Dnase, Sie haben mir meine Dnase gebrochen«, stammelte sie.

»Seien Sie froh, dass es nur die Nase war«, sagte Tina kalt. »Sie gehen jetzt nach unten.«

Die Gräfin richtete sich auf. »Das werde ich dnicht tun.«

Tina atmete tief durch. Sie stieß die Gräfin unsanft den Niedergang hinunter, warf die Tür zu und verriegelte sie von außen.

Dann rannte sie zu Swatt und hockte sich neben ihn. Als sie ihm die Hand auf das Herz legte, spürte sie es schlagen. Schwach zwar, aber er lebte! Er holte mühsam Luft und stöhnte leise.

»Swatt, ich bin bei dir! Du darfst nicht sterben, hörst du?«

Er versuchte zu wedeln, doch nur seine Schwanzspitze hob sich kurz.

Blut quoll aus seiner Wunde und tropfte von seinem Fell auf die Holzplanken des Decks. Tina sah sich um und fand einen dünnen Tampen. Sie zog ihr T-Shirt aus, unter dem sie nur noch ihren Sport-BH anhatte. Mit dem Tampen und dem Shirt machte sie einen provisorischen Druckverband und sah beruhigt, dass die Blutung nachließ. Sie legte Swatt in Brust-Bauch-Lage und wandte sich dem Steuerrad zu. Schade, dass sie nicht in die Kajüte gehen und nach einem Erste-Hilfe-Kasten suchen konnte.

Sie achtete nicht weiter auf das Klirren und Poltern, mit dem die Gräfin anscheinend die Kajüte zerlegte, und zog ihr Handy aus der Hosentasche. Zum Glück war es nicht herausgefallen. Sie wählte.

Nach dem ersten Klingeln nahm Jan ab. »Tina! Alles in Ordnung?«

»Nein, nichts ist in Ordnung. Swatt ist am Verbluten, und ich weiß nicht, wie ich in den Hafen zurückkommen soll.«

Tina drehte am Steuerrad, und das Boot machte langsam eine Drehung in Richtung Ufer, das als leuchtendes Band in der Ferne zu sehen war. Die Frage war nur, welches dieser Lichter zu Travemünde gehörte.

»Bleib, wo du bist! Wir kommen mit dem Rettungskreuzer raus!«

»Gibt es da eine Erste-Hilfe-Station? Ich muss Swatt dringend eine Infusion legen, sonst stirbt er.«

Tina hörte Getuschel, dann wieder Jans Stimme.

»Ja, ist vorhanden. Wo ist die Gräfin?«

»Zerlegt gerade die Kajüte. Es gefällt ihr nicht, dass ich sie da eingesperrt habe.«

Jan lachte.

»Wie geht es Ferdinand? Er lebt doch noch, oder?«, fragte Tina angstvoll.

»Etwas nass, der Knöchel ist verstaucht, aber sonst munt…«

Tina ließ die Luft entweichen, die sie unbewusst angehalten hatte.

Ein lautes Dröhnen erklang aus ihrem Telefon, und sie konnte Jan nicht mehr verstehen.

»Das Boot ist da«, brüllte Jan in den Hörer.

Tina beendete das Gespräch.

Der Albtraum hatte ein Ende – fast. Sie suchte nach dem Zündschlüssel und schaltete den Motor aus. Das Vibrieren des Decks hörte auf, und in der eingetretenen Stille hörte sie nur noch das Randalieren der Gräfin in der Kajüte, Swatts leises Atmen und das Plätschern der Wellen.

Sie strich Swatt über das Fell. Er fühlte sich kühl an. Tina sah sich nach etwas um, womit sie ihn zudecken könnte, und fand in einem Fach unterhalb des Steuers eine Wolldecke, die sie über ihn breitete.

»Bitte, stirb nicht, mein Junge!«, flüsterte sie, während ihr die Tränen über das Gesicht liefen.

Langsam ebbte das Adrenalin ab, und ihr wurde kalt. Ihr Kopf dröhnte, und sie legte sich neben Swatt auf das Deck, um ihn zusätzlich mit ihrem Körper zu wärmen.

Endlich hörte sie den starken Motor eines größeren Schiffes. Tina richtete sich auf und sah einen Seenotrettungskreuzer auf sich zufahren. Das Schiff kam längsseits, und jemand sprang an Bord. Jan!

Er rannte zu ihr und nahm sie in die Arme. »Gott sei Dank ist dir nichts passiert!«, sagte er und küsste sie sanft auf die Stirn.

Tina umarmte ihn kurz.

»Swatt muss sofort behandelt werden.«

Inzwischen waren uniformierte Polizisten an Bord gekommen.

»Sie ist unten«, sagte Tina und zeigte auf die Kajüte.

»Wo ist die Waffe?«, fragte Jan.

»Über Bord gefallen.«

Tina wartete nicht, bis die Polizisten die Gräfin, die wild um sich schlug, gebändigt und in Gewahrsam genommen hatten. Sie organisierte eine Trage und ließ Swatt auf den Rettungskreuzer bringen. Dort legte sie ihm eine Infusion und spritzte ihm Medikamente gegen den Schock.

»Wo ist die nächste Tierarztpraxis?«

»Ich habe das schon gegoogelt«, schaltete Jan sich ein. »In Niendorf ist eine Praxis direkt am Anleger. Können Sie uns sofort dorthin bringen?«, fragte er den Kapitän, der ein wenig so aussah wie der Käpt'n des Traumschiffs, als der noch von Hans-Jürgen Wussow gespielt wurde.

»Geht klar. Ich lasse die Yacht von einem meiner Leute zurück nach Travemünde bringen.«

»Bestens.«

Jan verschwand, um nach der Gräfin zu sehen. »Sie ist an Bord, es kann losgehen.«

Der Kapitän ließ die starken Motoren aufheulen, und das Schiff nahm Kurs auf Niendorf.

»Ich habe die Notrufnummer des Tierarztes gefunden und rufe ihn an, damit er in die Praxis kommt«, sagte Jan, und Tina nickte ihm dankbar zu.

Kapitel 41

Tina öffnete die Tür des OPs und trat hindurch. Die Haare klebten ihr schweißnass am Kopf, und sie zog sich die grüne OP-Haube herunter.

»Und, wie sieht es aus?«, fragte Jan, der auf einem der Stühle im Wartezimmer saß und eine Kaffeetasse in der Hand hielt.

»Er wird durchkommen«, sagte Tina und lächelte. »Er bleibt heute Nacht – oder das, was von der Nacht noch übrig ist – hier. Dann bringe ich ihn nach Hause.« Ihr fiel etwas ein. »Mist, ich habe ja gar kein Auto da!«

»Wir können meinen Wagen nehmen.«

Dankbar sah sie Jan an und ließ sich neben ihn auf einen Stuhl fallen. Sie schaute in seine Tasse. Die war leer.

»Ob ich auch einen Kaffee bekommen könnte?«, fragte sie sehnsüchtig.

Jan grinste und stand auf, um eine Tasse für sie zu holen. Während sie auf Jans Rückkehr wartete, fielen ihr die Augen zu, und sie schlief ein.

Der Duft von frisch gebrühtem Kaffee weckte sie. Sie schlug die Augen auf und sah, dass jemand sie auf vier nebeneinanderstehende Wartezimmerstühle gelegt und eine rote Decke über sie gebreitet hatte. Verschlafen setzte sie sich auf. Ihr Rücken schmerzte vom Liegen auf den harten Stühlen, und sie hatte dröhnende Kopfschmerzen. Sie blickte auf die Uhr. Schon acht! Tina setzte sich langsam auf und stöhnte.

»Ich habe dir einen Kaffee und zwei Paracetamol gebracht. Die kannst du bestimmt gebrauchen«, hörte sie Jans Stimme.

Dankbar nahm Tina die Tasse und die Schmerztabletten und spülte diese mit einem großen Schluck hinunter.

»Swatt! Ich muss zu ihm!«

»Ihrem Hund geht es gut.« Dr. Ahmadi war ins Wartezimmer getreten und legte Tina die Hand auf den Arm. Ein dunkler Vollbart umrahmte seinen breiten Mund, und er lächelte sie beruhigend an. Ein besorgter Blick aus seinen dunkelbraunen Augen traf sie. »Ich mache mir mehr Sorgen um Ihre Gesundheit. Sie sollten Ihren Schädel röntgen lassen.«

»Ist schon okay«, winkte Tina ab.

»Tina! Das ist der zweite heftige Schlag auf deinen Kopf innerhalb einer Woche. Du solltest wirklich ins Krankenhaus fahren«, schaltete Jan sich ein.

Er sah müde aus, seine blonden Haare waren zerzaust.

»Vielleicht später. Jetzt möchte ich zu Swatt.«

Swatt war in einer geräumigen Box untergebracht und versuchte gerade, den Halskragen loszuwerden, als Tina in den Käfigraum trat.

»Swatt, mein Junge!« rief sie, trat an die Box, hockte sich davor und öffnete die Tür.

Er wedelte mit dem Schwanz und wollte Tina über das Gesicht lecken. Allerdings war der Halskragen im Weg, und er schaffte es nur, Tina den Kragen ins Gesicht zu rammen.

»Aua! Vorsichtig, mein Junge!«

Er war nicht so ungestüm wie sonst, schien aber den Blutverlust und die Operation gut überstanden zu haben. Tina umarmte ihn und kraulte ihn unter dem Hals.

Dann stand sie auf und wandte sich an Dr. Ahmadi. »Ich weiß gar nicht, wie ich Ihnen danken soll.«

»Keine Ursache, Frau Kollegin. Ich weiß, dass Sie dasselbe für mich getan hätten.«

Tina umarmte ihn herzlich. »Lassen Sie uns das Finanzielle regeln, dann fahre ich los.«

Nachdem Tina einen lächerlich kleinen Betrag gezahlt (»Wir sind doch unter Kollegen.«) und eine große Summe für die Kaffeekasse gespendet hatte, trat sie mit Jan und Swatt auf die zu der frühen Stunde noch fast menschenleere Promenade hinaus. Nur ein Angler saß auf dem Anleger und schaute auf das leuchtend blaue Wasser der Ostsee hinaus. Ein Fischkutter tuckerte, umkreist von kreischenden Möwen, in Richtung Travemünde.

Tina atmete tief ein und genoss die klare Seeluft. Sie blickte zu Swatt, der stark humpelte und fast umfiel, als er sein Bein an einem Poller hob. Sie stützte ihn und half ihm zu Jans Auto, das dieser sich noch am frühen Morgen aus Travemünde hatte bringen lassen. Vorsichtig hob sie Swatt auf den Rücksitz und stieg auf der Beifahrerseite ein.

»Zum Deertenhoff bitte«, sagte sie.

Jan deutete eine Verbeugung an. »Zu Befehl, gnädige Frau.«

Tina lachte und lehnte sich in dem Ledersitz zurück.

Der Albtraum war zu Ende!

»Habt ihr den Grafen eigentlich auch erwischt?«

»Er war nicht mehr auf Hessenfels, aber er wurde an der dänischen Grenze geschnappt, als er sich absetzen wollte. Er singt wie eine Nachtigall, weil er nicht mit der Gräfin untergehen will.«

»Und sie?«

»Seit ihrem Wutanfall, bei dem sie übrigens fast die ganze Kajüte in ihre Einzelteile zerlegt hat, ist sie stumm. Sie hat nur nach ihrem Anwalt verlangt, danach haben wir kein einziges Wort mehr aus ihr herausbekommen.«

»Sie hat auch ihren älteren Bruder umgebracht«, sagte Tina und schauderte unwillkürlich.

Jan nickte.

»Ferdinand hat es mir erzählt. Der Ärmste ist völlig fertig.«

»Kein Wunder. Zuerst dachte ich, dass er ein richtiges Arschloch wäre, aber eigentlich ist er ganz okay«, erwiderte Tina und dachte an Ferdinand und daran, wie verletzlich er auf der Fahrt nach Travemünde gewirkt hatte. »Ich habe ihn zum Grillen eingeladen«, fuhr sie fort und sah Jan an.

Der zog die Augenbrauen hoch. »Aha?«

»Er sagte, er wäre jetzt gesellschaftlich geächtet.«

»Und da hat er dir leidgetan, und du hast ihn adoptiert?«

»Und wenn?«, fragte Tina. »Was dagegen?«

Ihre Stimme war lauter geworden, und Jan hob abwehrend die rechte Hand. »Reg dich bitte nicht auf, natürlich kannst du zum Grillen einladen, wen du willst.«

»Na, danke!«

»Ich fände es nur schön, wenn er nicht bei unserem nächsten Date dabei wäre.« Er nahm den Blick kurz von der Straße, um zu Tina hinüberzuschauen. »Es gibt doch hoffentlich noch ein nächstes Date, oder?«

Seine Stimme klang unbeschwert, doch Tina spürte die Besorgnis, die sich hinter dem leichten Tonfall verbarg.

Sie zögerte einen Moment mit der Antwort.

»Es ist einiges passiert, was nicht so toll war«, begann sie.

»Ich weiß, aber ...«

»Lass mich bitte ausreden!«

»Okay, okay.«

»Dass ich verdächtig war, kann ich im Nachhinein verstehen, obwohl mich die Anschuldigung von dir ganz schön getroffen hat.«

»Ich musste dem Verdacht nachgehen. Ich wollte auf keinen Fall von der Untersuchung abgezogen werden. Jemand anders hätte dich bestimmt schnell vorverurteilt und sich keine Mühe mehr gegeben, den wahren Mörder zu finden.«

Eine Welle der Erleichterung schlug über Tina zusammen. Sie hatte zwar gehofft, dass Jan ihr glaubte, dass sie unschuldig war, aber ein leiser Restzweifel war geblieben.

»Die Beschattung war allerdings ein echter Hammer«, sagte sie.

So leicht würde sie ihn nicht davonkommen lassen.

»Tina, du musst mir glauben, dass der Hauptgrund dafür war, dass ich dich in Sicherheit wissen wollte.«

»Und der Nebengrund?«

Jan zögerte, während er offenbar nach den richtigen Worten suchte. »Ich musste meinem Chef und der Staatsanwältin einen Brocken hinwerfen, dass ich an dir dran war.« Tina wollte protestieren, doch er fuhr fort: »Jetzt hörst du mir bitte zu. Die beiden waren sich einig, dass du die Täterin warst. Sie hatten sich so darin verrannt, dass ich meine ganze Überredungskunst brauchte, damit ich dich nicht sofort verhaften musste. Es sprach ja auch einiges gegen dich. Ich habe also vorgeschlagen, dich beschatten zu lassen, bis ich den Fall wasserdicht gemacht hätte. In Wirklichkeit habe ich aber mit Hochdruck den wahren Mörder gesucht und bin der Gräfin auf die Spur gekommen.«

Tina merkte, wie sich ein Lächeln auf ihrem Gesicht ausbreitete.

»Das muss wahre Liebe sein«, sagte sie in neckischem Tonfall.

Jan grinste und legte seine große Hand kurz auf ihre, bevor er sich wieder auf den Verkehr konzentrierte.

Epilog

Tina saß auf ihrem Steg, nippte an einem spanischen Merlot und stellte das Glas auf die kleine Holzbank neben sich. Swatt lag neben ihr auf dem Rücken und grunzte im Schlaf.

Zum Glück hatte er sich gut erholt. Vor einer Woche hatte sie die Fäden gezogen, und er war endlich den Halskragen losgeworden, mit dem er dauernd gegen Möbel, Türen oder gegen ihre Beine gestoßen war.

Vor einer Stunde war sie schwimmen gewesen, und ihr Pferdeschwanz hing ihr immer noch feucht auf den Rücken. Sie lehnte sich an die schmale Bank und ließ ihre Füße im Wasser baumeln. Sie bewegte sie in kleinen Kreisen in dem samtig-weichen Wasser. Dann nahm sie einen weiteren Schluck Wein und streichelte Swatts warmen Bauch.

Hier war der schönste Ort auf der Welt, und sie würde nirgendwo anders leben wollen. Tina betrachtete die Sonne, die als roter Feuerball über der Prinzeninsel stand. Das gegenüberliegende Ufer war nur als schwarzer Schatten zu sehen, über dem sich der wolkenlose Himmel wie flüssige Lava ergoss. Der See lag still da und spiegelte das Schauspiel des Himmels wider. Eine leichte Brise strich über Tinas Haut und trug das leise Blöken der Schafe und das Muhen der Kühe heran, die auf der Hauskoppel grasten. In den Büschen hinter ihr am Ufer sang ein Sprosser sein herzzerreißendes Lied, und von der Möweninsel her riefen die Möwen ihr klagendes »Ah, ah, ah, ah« zu ihr herüber. Sie blickte über die flache Insel hinweg auf Plön, das als Schattenriss vor dem flammenden Himmel stand. Nur das Schloss, die Kirche und natürlich der alte Wasserturm mit seiner markanten Form waren eindeutig auszumachen.

Sie dachte an Jan. Seit mehr als drei Wochen hatte sie ihn nicht gesehen. Nach Swatts Operation war sie stundenlang in Kiel auf dem Präsidium gewesen, wo er ihre Aussage aufgenommen hatte. Seitdem hatten sie nur einmal kurz telefoniert und ein paar unverbindliche WhatsApps geschrieben. Es sah doch nicht so aus, als würde aus ihnen beiden etwas werden. Schade. Wirklich schade. Tina seufzte leise. Er hätte so gut zu ihr gepasst. Sie fuhren beide gern Fahrrad und hatten den gleichen, etwas schrägen Sinn für Humor. Er kochte gut, sie aß gern, perfekt, oder? Doch seine Angst vor Hunden im Allgemeinen und vor Swatt im Besonderen stand einer Beziehung mit ihm im Weg. Sie würde sich für keinen Mann der Welt von Swatt trennen. Auch ihr Beruf als Tierärztin wäre wahrscheinlich auf Dauer ein Problem. Sie würde natürlich viel von den Tieren in ihrer Praxis erzählen wollen. Wenn ihr Partner daran gar kein Interesse hätte, gab es keine Basis für eine funktionierende Beziehung. Leider.

Sie seufzte wieder und trank einen großen Schluck Rotwein.

Das Geräusch eines Autos, das auf den Hof gefahren kam, riss sie aus ihren trüben Gedanken. Swatt setzte sich auf und spitzte die Ohren. Gemeinsam lauschten sie, wie der Motor abgestellt wurde. Eine Autotür klappte. Träge überlegte Tina, wer das wohl sein könnte. Sie erwartete keinen Besuch. Wahrscheinlich ein Freund ihres Bruders oder eine der nervigen Freundinnen ihrer Schwägerin.

Sie griff gerade wieder nach ihrem Glas, als Swatt aufsprang und dabei gegen ihren Arm stieß. Der Wein schwappte über und ergoss sich auf ihre beigefarbene Jeansshorts.

»Swatt, du Blödmann!«

Doch Swatt war schon bellend über den Steg gelaufen und

verschwand zwischen den dunklen Weidenbüschen, die ihren Garten begrenzten. Als sein Gebell nicht aufhörte, stand Tina auf, um ihm hinterherzugehen. Dieser Hund war wirklich ein Chaot. Zwischen den Büschen tauchte er mit einem anderen Hund auf. Die beiden sprangen ausgelassen herum und begannen ein Jagdspiel am Strand entlang. Wer war der andere Hund? Er sah aus wie ein Greyhound! Und er war so schnell und wendig, dass Swatt neben ihm fast ein wenig behäbig wirkte.

»Swatt! Komm sofort her! Du darfst noch nicht so doll toben!«

»Moin, Tina!«

Tina war von den Hunden so abgelenkt gewesen, dass sie gar nicht bemerkt hatte, dass jemand an den Strand gekommen war.

Jan trat auf den Steg. Die untergehende Sonne tauchte ihn in ein rotgoldenes Licht. Er trug ein weißes, eng anliegendes T-Shirt, das seinen muskulösen Oberkörper gut zur Geltung brachte. In der schmal geschnittenen, ausgeblichenen Jeans sah auch der Rest seines Körpers sehr knackig aus. Oh Gott, warum musste er nur so gut aussehen? Und diese Grübchen, wenn er lächelte!

Tina bemerkte, dass sie dümmlich grinste, und riss sich zusammen.

»Moin, Jan. Seit wann hast du einen Hund?«

»Ich habe sie nur in Kurzzeitpflege.«

Die beiden Hunde hatten ihre wilde Jagd beendet und kamen hechelnd auf den Steg gerannt.

Jan versteifte sich ein wenig, als Swatt sich an ihm vorbeizwängte. Tina sah, dass er ein paar Mal tief durchatmete und sich wieder entspannte.

»Das ist ja Daisy!«, rief Tina und ging in die Hocke.

Swatt drängte sich an sie und versuchte, ihr über das Gesicht zu lecken.

Tina schob ihn zur Seite und blickte auf die schlanke Hündin. »Du musst dich auch noch schonen.«

Daisy kam langsam näher und wedelte verhalten. Sie beschnupperte Tina kurz mit weit vorgerecktem Hals, wandte sich wieder zu Jan und legte sich neben ihn auf den Steg.

»Man sieht genau, was sie denkt: Ach, das ist diese blöde Tierärztin, die mich gepikt und gequält hat. Mit der will ich nichts zu tun haben.«

»Ich glaube nicht, dass sie lange nachtragend sein wird«, erwiderte Jan grinsend.

Tina blickte auf. »Was meinst du damit?«

»Zwei Hunde sind besser als einer, wurde mir von jemandem gesagt, der es wissen muss.«

»Was! Heißt das ... heißt das, ich kann sie behalten?«

Jan nickte.

Tina sprang auf und fiel ihm um den Hals. »Danke! Das ist irre. Mir war ganz schlecht vor Sorge, was aus ihr werden würde. Mann, ist das toll!« Als sie merkte, dass er keine Luft mehr bekam, weil sie ihn so heftig drückte, ließ sie ihn los und trat einen Schritt zurück. »Aber geht das denn so einfach? Ist sie nicht ein Beweismittel oder so was?«

Jan lächelte. »Natürlich ist sie wichtig für den Fall, aber da sie nicht persönlich vor Gericht aussagen kann, hat der Staatsanwalt angeordnet, dass sie in gute Hände vermittelt werden darf.«

»Und da hast du an mich gedacht.«

»Wer wäre besser geeignet als du?«

Tina lächelte so breit, dass sie das Gefühl hatte, ihre Mundwinkel müssten sich jeden Moment hinter ihren Ohren treffen.

»Was ist mit den anderen Hunden?«

»Die Zucht und die Rennbahn sind aufgelöst worden. Die anderen Hunde sind auf Tierheime in ganz Deutschland und in eine Auffangstation für Greyhounds verteilt worden und warten auf neue Besitzer.«

»Hat die Gräfin inzwischen gestanden?«

»Ihr Anwalt hat sie davon überzeugt, dass es besser für sie

ist, wenn sie kooperiert. Allerdings wird er wohl auf Unzurechnungsfähigkeit plädieren.«

»Ganz dicht ist sie mit Sicherheit nicht, aber du kannst mir nicht erzählen, dass sie nicht haargenau wusste, was sie tat.«

»Ich glaube auch nicht, dass er damit durchkommen wird.«

»Und was ist mit dem Grafen?«

»Er hat gestanden, dass er von den Morden gewusst hat und dass er bei den Wettbetrügereien mitgemacht hat. Allerdings schiebt er die ganze Schuld auf seine Frau, sagt, dass sie ihn dazu gezwungen hat.«

»Glaubst du ihm?«

Jan nickte. »Die Gräfin hatte ihn ganz schön unter der Fuchtel.«

»Sie kann einem wirklich Angst einjagen. Dieser irre Blick, als sie auf Swatt geschossen hat ...« Tina fröstelte bei der Erinnerung daran, dass Swatt seinen Einsatz in Travemünde fast mit dem Leben bezahlt hätte.

»Er wird natürlich trotzdem wegen Beihilfe angeklagt werden.«

Swatt drängte sich dicht an Tina heran, und Jan trat vorsichtig einen Schritt zurück.

»Du hast dich an Swatt vorbeigetraut, obwohl er gekläfft hat wie verrückt«, stellte Tina fest.

Jan blickte sie an. »Ich habe mich ein bisschen fortgebildet. Im Internet habe ich mich über Hunde und ihr Verhalten schlau gemacht. Danach habe ich ein paar Mal mit den Kollegen von der Hundestaffel und mit ihren Hunden geübt.«

Tina konnte nichts sagen, sie blickte Jan nur an und versuchte, ihr heftig klopfendes Herz unter Kontrolle zu behalten.

»Ich werde es schaffen, Tina. Für uns.« Er sah so verletzlich aus wie ein neugeborener Bassetwelpe, als er leise hinzufügte: »Wenn du willst.«

Er schaute sie aus seinen graublauen Augen an, und Tina lief ein Schauer über den Rücken. Sie trat auf ihn zu, und ihre Blicke versenkten sich ineinander.

»Ja, ich will«, flüsterte sie.

Jan strich ihr eine Haarsträhne zurück, die sich aus ihrem Pferdeschwanz gelöst hatte, und beugte langsam den Kopf. Er roch nach seinem Bulgari-Duschgel und nach einem Hauch von Kaffee. Er strich ihr mit dem Zeigefinger zart über die Lippen.

In dem Moment merkte Tina, dass Swatt ihre Füße leckte. »Swatt! Hör sofort auf damit!«

Jan schaute Swatt an und zeigte zu Daisy, die immer noch ruhig auf dem Steg lag.

»Ab mit dir«, sagte er mit leiser Stimme.

Swatt blickte kurz zu Tina und legte sich dann neben die Hündin.

»Ich bin beeindruckt«, sagte Tina und zog Jan wieder zu sich heran.

Ihre Münder trafen sich. Jans Zunge strich zart über ihre Lippen, seine Bartstoppeln kratzten auf ihrer Haut. Tina legte ihre Arme um seinen Hals und zog ihn auf den Steg.

Swatt kam heran und kratzte an Tinas T-Shirt. »Swatt, lass das«, murmelte sie.

Der Hund legte sich hin und leckte an Tinas Ohr.

»Hör auf!«

Jan stand auf.

Oh nein, er wollte doch wohl jetzt nicht gehen, oder?

Aber er ging nur zum anderen Ende des Steges.

»Swatt, komm her«, sagte er.

Swatt stand auf, schüttelte sich und trottete zu Jan.

Dieser zeigte auf den Steg. »Platz.«

Staunend beobachtete Tina, wie Swatt sich hinlegte.

»Bleib.«

Jan kam zurück, und Swatt stand wieder auf.

»Platz und bleib!«, befahl Jan.

Swatt seufzte, ließ sich auf die Planken fallen und legte den Kopf auf die Vorderbeine.

Jan setzte sich wieder neben Tina. »Wo waren wir stehen geblieben?«

Sie schüttelte kurz den Kopf, um ihr Erstaunen zu vertreiben. »Das war großartig! Sensationell gut. Ich bin völlig von den Socken! Das hätte ich mir in meinen kühnsten Träumen nicht vorstellen können, und ich kann dir versichern, die Träume waren *sehr* kühn.«

Jan lächelte. »Und meine erst. Du bist mir viel zu wichtig, als dass mich diese blöde Hundeangst dazu bringen könnte, dich aufzugeben. Und dich gibt es nun mal nur im Hundepack.«

Tina stützte sich auf und küsste Jan zärtlich auf den Mund. Er zog sie dichter an sich heran und schloss die Augen. Sie kuschelte sich an ihn und blickte in den mittlerweile tiefdunkelblauen Himmel. Erste Sterne blinkten, und Tina dachte, dass sie noch nie so glücklich gewesen war.

Danksagung

Ich möchte meinem Sohn und meinem Mann danken für das Brainstorming, die Begleitung bei den Recherchen am Plöner See, das erste Lektorieren des Manuskripts und für ihre Unterstützung während der gesamten Entstehungsphase dieses Buches.

Ich danke allen meinen Eltern für ihre Unterstützung, auch während des Studiums des kreativen Schreibens.

Meinem Vater danke ich außerdem für die ausführliche Beratung in den Bereichen Waffenkunde und Polizeiarbeit.

Auch wenn er vielleicht gar nicht erwähnt werden möchte, danke ich meinem Stiefbruder für die Einblicke in den Adel sowie die Schlösser und Güter Schleswig-Holsteins.

Allen Probelesern des Manuskripts möchte ich für ihre konstruktive Kritik danken.

Last, but not least danke ich allen, die es möglich gemacht haben, dass aus der Geschichte in meinem Kopf ein Buch geworden ist. Allen voran meiner Agentin Monika Hofko von Scripta, meiner Lektorin beim Lübbe-Verlag Daniela Jarzynka und allen, die bei der Gestaltung des tollen Covers beteiligt waren.

Nordsee – Mordsee
Caro Falk und der Tote in der Strandsauna

Emmi Johannsen
MORDSEELUFT
Ein Borkum-Krimi
DEU
320 Seiten
ISBN 978-3-404-17976-3

Eine perfekt gegarte Leiche in der Strandsauna? Nicht gerade das, was Caro Falk sich von ihrer Kur auf der Insel Borkum erwartet hat. Eigentlich wollte die schlagfertige Kölnerin vor allem eins: möglichst großen Abstand gewinnen zu ihrem ebenso reichen wie untreuen Gatten. Trotzdem ist sie empört, als die örtliche Polizei den Fall einfach zu den Akten legen will. Notgedrungen beginnt Caro selbst zu ermitteln und erfährt dabei unerwartet Hilfe von Jan Akkermann, dem Türsteher von Borkums einziger Disko. Zwischen Kurklinik und Watt kommen die beiden pikanten Geheimnissen auf die Spur – und schon bald müssen Polizei und Mörder sich verdammt warm anziehen ...

Lübbe

Am schönsten stirbt es sich im Schwarzwald

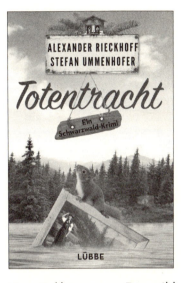

Alexander Rieckhoff / Stefan Ummenhofer
TOTENTRACHT
Ein Schwarzwald-Krimi
DEU
384 Seiten
ISBN 978-3-431-04131-6

Vom Ku'damm zum Damwild – Marie Kaltenbachs Einstieg als Kommissarin in der Schwarzwälder Heimat beginnt eher mittelprächtig: Auf dem Weg zur Arbeit fährt sie erst mal ein Reh um, und mit ihrem neuen Kollegen Karl-Heinz Winterhalter liegt sie sich schon vor Dienstbeginn in den Haaren. Und dann gibt's direkt einen Mord! Ein Mann in Tracht liegt erdrosselt in einer Gruft – und ausgerechnet Winterhalters Sohn ist beim Geocaching über die Leiche gestolpert. Dass die beiden Hauptkommissare bei der Suche nach dem Mörder versehentlich in einer Ehetherapie landen, macht die Sache auch nicht gerade besser. Denn der Fall, den sie zu lösen haben, führt sie in dunkle Abgründe ...

Bastei Lübbe

Die Community für alle, die Bücher lieben

★ In der Lesejury kannst du Bücher lesen und rezensieren, die noch nicht erschienen sind

★ Gemeinsam mit anderen buchbegeisterten Menschen in Leserunden diskutieren

★ Autoren persönlich kennenlernen

★ An exklusiven Gewinnspielen und Aktionen teilnehmen

★ Bonuspunkte sammeln und diese gegen tolle Prämien eintauschen

Jetzt kostenlos registrieren: www.lesejury.de

Folge uns auf Instagram & Facebook:
www.instagram.com/lesejury
www.facebook.com/lesejury